I0573699

UN REFUGE POUR GILLIAN

DELTA FORCE DEUX, TOME 1)

SUSAN STOKER

DU MÊME AUTEUR

Un Défenseur pour Harlow

Un Défenseur pour Everly

Un Défenseur pour Zara

Un Défenseur pour Raven

Ace Sécurité

Au Secours de Grace

Au Secours d'Alexis

Au Secours de Bailey

Au Secours de Felicity

Au Secours de Sarah

Forces Très Spéciales Series

Un Protecteur Pour Caroline

Un Protecteur Pour Alabama

Un Protecteur Pour Fiona

Un Mari Pour Caroline

Un Protecteur Pour Summer

Un Protecteur Pour Cheyenne

Un Protecteur Pour Jessyka

Un Protecteur Pour Julie

Un Protecteur Pour Melody

Un Protecteur pour l'avenir

Un Protecteur Pour Les Enfants de Alabama

Un Protecteur Pour Kiera

Un Protecteur Pour Dakota

Forces Très Spéciales : L'Héritage

Un Sanctuaire pour Caite

Un Sanctuaire pour Brenae

Un Sanctuaire pour Sidney

Un Sanctuaire pour Piper

Un Sanctuaire pour Zoey

Un Sanctuaire pour Avery

Un Sanctuaire pour Kalee

Delta Force Heroes Series

Un héros pour Rayne

Un héros pour Emily

Un héros pour Harley

Un mari pour Emily

Un héros pour Kassie

Un héros pour Bryn

Un héros pour Casey

Un héros pour Wendy

Un héros pour Mary

Un héros pour Macie

Un héros pour Sadie

Un héros pour Annie

En janvier 2018, Monsieur Stoker et moi-même avons filmé une émission pour HGTV appelée Mountain Life. Alors que je discutais de ma carrière avec la productrice, elle a dit qu'elle regrettait de n'avoir jamais lu son nom dans un livre. Eh bien, Gillian, ce roman est pour vous !

CHAPITRE UN

Gillian Romano ferma les paupières et posa la tête sur le dossier de son siège. Elle était épuisée... mais dans le bon sens du terme. L'événement qu'elle avait mis des mois à planifier s'était déroulé sans la moindre anicroche. Le fait qu'il se produise au Costa Rica l'avait rendue nerveuse, mais comme tout s'était bien passé, elle savait qu'on allait probablement lui proposer beaucoup plus de travail à l'avenir.

Troy Johnson, le PDG de Pillar Custom Homes à Austin, l'avait contactée environ un an auparavant pour s'enquérir de l'organisation de tous les aspects d'un voyage d'appréciation pour les clients les plus prestigieux de son entreprise.

Elle avait dit oui, puis avait immédiatement commencé à paniquer. En tant que planificatrice d'événements, on engageait ses services pour organiser des mariages, des fêtes d'anniversaire et des galas de charité dans la région de Killeen et d'Austin. M. Johnson avait obtenu ses coordonnées du directeur d'un refuge pour animaux du coin, qui l'avait embauchée l'année précédente pour arranger leur dîner annuel de collecte de fonds. Celui-ci avait utilisé Pillar

Custom Homes pour faire construire sa maison, et il leur avait donné sa carte.

M. Johnson avait invité une douzaine de ses meilleurs clients et leurs familles, ainsi que certaines des personnes les plus influentes du secteur de l'immobilier dans la région d'Austin. Gillian était responsable de tous les aspects du voyage, depuis les détails du vol et des transports jusqu'à la réservation des suites privées de l'hôtel ou encore la sélection de divertissements pour le séjour de quatre jours. Cela avait été la chose la plus difficile qu'elle ait jamais faite, surtout puisqu'elle avait effectué la majeure partie de sa planification à distance, mais elle trouvait que tout s'était très bien déroulé.

Tout sourire, elle poussa un long soupir de contentement. La veille, elle avait dit au revoir au dernier des invités et avait passé une journée dans la magnifique station du Costa Rica pour profiter de la sensation d'avoir fait du bon boulot et prendre un repos bien mérité.

À présent, elle rentrait chez elle et avait hâte de raconter à ses meilleures amies – Ann, Wendy et Clarissa –, que le Costa Rica était très beau et que l'événement s'était merveilleusement bien déroulé.

Mais un bruit étrange en première classe lui fit ouvrir les yeux. En regardant par-dessus le siège devant elle, elle vit que presque tous les passagers de cette section s'étaient redressés. Elle ne s'inquiéta pas tout de suite, jusqu'à ce qu'elle entende l'une des femmes émettre un son qui lui donna la chair de poule.

C'était un mélange déchirant d'incrédulité et de terreur.

Lui laissant seulement le temps de froncer les sourcils, un homme fit son apparition à l'avant de la cabine principale. Il tenait un fusil entre les mains ! Le braquant en l'air, il dit quelque chose en espagnol, arrachant des cris d'horreur aux passagers qui entouraient Gillian. Plusieurs se mirent même à pleurer.

Glacée par la peur, Gillian n'en crut pas ses oreilles quand l'homme passa à l'anglais et dit :

— Au nom du cartel des soleils, je m'appelle Luis Vilchez. Mes compagnons et moi-même avons pris le contrôle de l'avion et allons atterrir dans notre pays d'origine, le Venezuela. Du calme et pas de geste stupide, sans quoi on vous bute.

Gillian cligna des paupières. Son avion était *détourné* ? Comment cela avait-il pu arriver ? Elle n'aurait jamais pensé qu'une telle chose puisse se produire après le II septembre, depuis que les compagnies aériennes avaient renforcé leur sécurité.

Cela étant, ils n'étaient pas aux États-Unis. Après tout, elle avait été surprise lorsqu'elle s'était rendu compte qu'elle avait oublié de placer dans ses bagages de soute le petit couteau de poche que Clarissa lui avait offert pour se protéger, et qu'elle avait réussi à passer par la sécurité du Costa Rica avec l'arme dans son sac à main.

Mais comment ce type était-il parvenu à emporter un *fusil* à bord ? Était-il un passager ?

En y regardant de plus près, Gillian vit qu'il portait un uniforme de steward. En y réfléchissant, elle se dit qu'il avait pu introduire l'arme dans l'avion de différentes manières... surtout s'il avait reçu l'aide d'un employé de l'aéroport.

Il hocha la tête vers quelqu'un dans sa ligne de mire, et quand Gillian se tourna pour regarder derrière elle, elle vit qu'il y avait trois autres hommes debout dans les allées, également équipés de fusils d'apparence dangereuse.

Triple merde.

Déglutissant fort, Gillian sursauta quand elle entendit un autre cri en provenance de la première classe, et elle tourna brusquement la tête. L'homme qui s'était adressé aux passagers jeta un coup d'œil derrière lui, puis se tourna de nouveau pour faire face aux passagers de la cabine. Il braqua alors son fusil vers une femme assise dans la première rangée.

— Toi. Rassemble les passeports de tout le monde.

La femme se leva, l'air visiblement secouée.

— Sortez vos passeports tout de suite ! dit le pirate de l'air d'une voix fort. Vous les donnerez à cette femme.

Mais quand tout le monde resta glacé d'effroi, il plissa le front et, sans la moindre hésitation, se tourna vers l'homme assis sur le siège côté allée de la première rangée et lui tira une balle dans la tête.

L'homme s'affaissa et l'on entendit d'autres cris et des hurlements de terreur de la part des passagers.

Gillian savait qu'elle était en état de choc. Elle était incapable d'émettre le moindre son, ne pouvant qu'observer avec de grands yeux la scène qui se déroulait devant elle.

— J'ai dit, sortez vos passeports... tout de suite ! s'écria le pirate de l'air en espagnol puis en anglais.

Le jeune couple à côté d'elle se pencha et commença immédiatement à fouiller dans leurs sacs, alors Gillian les imita. Quand la femme désignée pour les récupérer passa dans l'allée, elle le lui tendit. Sa main tremblait et pendant une seconde à peine, elle soutint le regard de l'autre femme. Elle avait l'air absolument terrifiée.

Dans la confusion et la panique qui s'étaient emparées des passagers, Gillian n'avait pas vraiment songé à ce que le pirate de l'air avait dit, mais elle prit alors le temps d'y revenir. Ils allaient au Venezuela. Elle n'avait pas vraiment suivi les dernières nouvelles, mais elle savait tout de même que le pays était en pleine tourmente. Et cet homme avait dit qu'il faisait partie d'un groupe, d'un « cartel » ou quelque chose de ce genre.

C'était généralement une affaire de drogues.

Trop effrayée pour détourner les yeux du pirate de l'air, Gillian sentit sa respiration s'accélérer. C'était bien réel ! Les hommes qui avaient détourné l'avion avaient déjà fait du mal aux gens, avaient déjà tué quelqu'un.

Elle sentit l'avion prendre un virage serré à droite et elle eut le geste inutile de tendre le bras pour se rattraper, même si elle n'allait pas se faire aspirer par le hublot ou quoi que ce soit.

Soit les pilotes étaient complices du détournement, soit les pirates de l'air les avaient maîtrisés et ils faisaient bel et bien demi-tour vers l'Amérique du Sud.

Elle songea brièvement à sortir son téléphone portable pour voir s'il fonctionnait toujours, mais elle ne savait absolument pas qui elle aurait pu appeler. 9-1-1 ? Non, ce n'était pas une option. Ses amies ? Que seraient-elles capables de faire ?

— Les femmes à l'avant, les hommes à l'arrière ! ordonna une nouvelle voix derrière elle.

Gillian se tourna pour regarder et vit que les autres pirates de l'air étaient en train de séparer les passagers. La femme à côté d'elle gémit et son mari lui chuchota quelque chose, essayant visiblement de la calmer et de la rassurer.

Mais les pirates l'écartèrent d'elle de force avant de le pousser vers l'arrière de l'appareil. Gillian se redressa sans attendre et se laissa pousser vers l'avant. Et quand elle pénétra dans la cabine de première classe, elle se glaça devant le carnage qui l'entourait.

Presque tous les hommes et toutes les femmes avaient été tués. À un moment donné durant le chaos généralisé –

peut-être pendant la collecte des passeports –, on leur avait tranché la gorge.

Elle vit également trois agents de bord étendus sans vie.

Pendant une seconde, elle était contente que l'avion n'ait pas été plein avant qu'une poigne brutale ne lui saisisse le bras. Levant un regard paniqué, Gillian plongea dans les yeux bruns glacials du pirate qui avait abattu si calmement le passager de la première rangée.

— *Toi.* Tu seras notre porte-parole auprès des autorités, déclara-t-il.

Gillian secoua la tête, mais aucun mot ne sortit. Elle ne voulait pas avoir un rôle à jouer dans tout cela. Elle avait surtout envie de se rouler en boule dans un coin et devenir invisible.

L'homme se pencha vers elle et son odeur corporelle agressa les sens de Gillian. Il sentait la sueur et les oignons, et elle retint une nausée.

— Tu as le choix, dit-il calmement. Être notre porte-parole ou bien mourir.

Puis il lui lâcha le bras et fit un pas en arrière. Il leva son fusil et plaça le canon contre son front. Il était chaud et elle avait l'impression qu'il lui brûlait un trou dans le crâne.

Déglutissant fort, Gillian murmura :

— Je suis toute disposée à parler à qui vous voulez.

Il afficha alors un sourire mauvais et satisfait tout en abaissant son arme.

— C'est bien ce que je pensais.

Puis il lui saisit à nouveau le bras et se fraya un passage entre les femmes et les enfants terrifiés, la conduisant dans la zone réservée aux agents de bord, où l'équipage prépare la nourriture et les boissons pour les passagers.

Il la fit s'asseoir, et Gillian se laissa volontiers glisser jusqu'à ce que son dos repose contre la paroi de l'avion.

— Tu ferais mieux de te mettre à l'aise. Il nous reste encore du temps avant d'arriver à Caracas, lui dit-il.

Gillian ferma les yeux, mais elle était incapable de bloquer les sons. Les femmes qui pleuraient, les pirates de l'air qui menaçaient les passagers, la terreur des coups de fusil occasionnels.

Les gens mouraient tout autour d'elle… et Gillian était complètement impuissante. Elle détestait cette sensation. Mais elle savait également que si elle voulait survivre, la seule chose à faire serait d'essayer de garder son calme et de faire ce qu'on lui disait.

Trigger consulta sombrement le dossier qu'on lui avait donné avant que lui et le reste de son équipe des Forces Delta ne montent à bord de ce vol à destination de Caracas, au Venezuela. Deux jours auparavant, un vol en provenance du Costa Rica et à destination de Dallas avait été détourné et redirigé vers ce pays sud-américain.

À présent, l'avion avait été parqué sur le tarmac depuis près de quarante-deux heures, les pirates de l'air attendant qu'on accède à leurs demandes.

Le groupe affirmait être associé au cartel des soleils, qui était impliqué dans le trafic international de drogues. Il s'agissait d'une organisation qui serait dirigée par des membres haut placés des forces militaires du Venezuela, ainsi que certains de ses employés gouvernementaux les plus influents. Il n'y avait pas si longtemps, d'ailleurs, le neveu de la première dame du pays avait été arrêté pour avoir tenté de faire passer en contrebande aux États-Unis huit cents kilos de cocaïne en provenance du Venezuela pour le compte du cartel.

Trigger se fichait complètement des drogues *ou* de l'homme que les pirates de l'air tentaient de libérer de prison. Hugo Lamas était un agent de patrouille frontalière au Venezuela qui avait été emprisonné plus tôt cette année-là pour avoir accepté des pots-de-vin et permis à des quantités de drogues s'élevant à plusieurs millions de dollars de transiter par ses postes de contrôle.

Ce qui importait pour Trigger était les vingt-quatre citoyens américains qu'il restait dans l'avion. Douze femmes, dix hommes et deux enfants. Il s'inquiétait également pour la douzaine de ressortissants du Costa Rica, du Mexique, du Canada, du Japon, de la Colombie, du Panama, du Nicaragua et de l'Inde qui se trouvaient à bord.

Toute l'équipe des Forces Delta pensait que les revendications étaient des conneries. Il était impossible que le cartel des soleils se soucie d'un seul agent de patrouille frontalière, du moins, pas assez pour détourner un avion tout entier. Mais pour le moment, Trigger ne voulait pas savoir quel était leur objectif véritable. Il lui importait simplement de trouver comment monter dans cet avion et buter ces connards qui pensaient qu'il était acceptable de terroriser des civils innocents.

Selon des rapports vénézuéliens, ils avaient jeté des corps sur le tarmac depuis l'avion. Ces pirates de l'air ne plaisantaient pas. Ils n'avaient pas juste menacé de tuer des gens, ils l'avaient déjà fait. Et plus les heures passaient, plus de vies étaient en jeu.

Les Deltas avaient été appelés à la rescousse parce qu'ils étaient spécialistes en missions de sauvetage rapproché. Ce genre de sauvetage n'était pas exactement ce que préférait Trigger. La probabilité de voir d'autres otages blessés était extrêmement élevée. Il détestait savoir que des passagers allaient probablement mourir avant qu'ils ne puissent accéder aux pirates. Il était probable que ces connards se servent d'hommes et de femmes comme boucliers pour essayer de survivre.

— À quoi penses-tu ? demanda Lefty.

Poussant un soupir, Trigger se tourna vers son ami et coéquipier.

— Je pense que ça pue terriblement.

— Je sais, acquiesça Lefty. Ça n'a aucun sens.

— Rien n'a de sens, s'interposa Grover. Enfin... le gouvernement vénézuélien déteste les États-Unis. Et avec toutes les rumeurs selon lesquelles ils sont fortement impliqués dans le cartel des soleils, pourquoi nous appelleraient-ils pour buter leurs propres ressortissants ?

— À moins que ce groupe ne vienne *pas* de chez eux, déclara Brain.

Ils hochèrent tous la tête.

— C'est possible, lui fit écho Trigger. Ils sont peut-être contrariés que quelqu'un ait détourné cet avion en leur nom et ils veulent envoyer un message.

— Mais à quel prix ? demanda Oz.

— Ils se fichent des vies innocentes, souffla Doc. Ils veulent simplement rester au pouvoir et s'en mettre plein les poches. Beaucoup d'entre eux ne se soucient pas de leurs propres compatriotes et des femmes affamées qui souffrent, alors ils ne se soucieront donc certainement pas d'une poignée d'étrangers.

— Et je ne doute pas qu'ils nous ont conviés parce que si les choses partent en sucette, ils vont pouvoir nous faire porter le chapeau, ajouta Lucky d'un ton dégoûté.

Trigger se passa une main dans les cheveux et soupira avec agitation.

— Peu importe les raisons de notre présence, il faudra

simplement faire le nécessaire pour que le plus de personnes possible s'en sortent vivantes.

Le reste de l'équipe acquiesça.

— Quelles sont les dernières informations ? demanda Trigger à Brain.

Celui-ci passa ses notes en revue et dit :

— Il semblerait qu'ils aient demandé à l'une des passagères de communiquer avec le négociateur.

— Bien joué. On ne peut donc pas utiliser de logiciel de reconnaissance vocale, déclara Lucky.

— Ouais, confirma Brain. Ils ne semblent pas non plus particulièrement pressés. Ils ont émis les revendications habituelles – apportez-nous à manger et à boire sans quoi on va commencer à tuer des passagers –, mais à part ça, ils paraissent attendre patiemment.

— Attendre quoi ? demanda Grover.

— Aucune idée, répondit Brain.

— Qui est la passagère qui parle ? s'enquit Trigger.

Brain feuilleta d'autres papiers.

— Le FBI a effectué des vérifications sur tous les passagers américains du manifeste. La porte-parole est identifiée comme étant Gillian Romano. Trente ans, célibataire, planificatrice d'événements à Georgetown, au Texas. Elle n'a pas de casier. Un mètre soixante-dix, blonde, des yeux verts, quatre-vingts kilos. Elle a obtenu une licence à l'université d'Austin et a tenu une série d'emplois précaires avant de monter sa propre entreprise il y a environ quatre ans. Ses deux parents sont encore en vie et sont toujours ensemble ; ils résident en Floride. Elle est restée sept jours au Costa Rica, apparemment chargée d'un grand événement organisé par Pillar Custom Homes, une boîte d'Austin. Les invités sont tous repartis un jour avant elle.

— Tu penses qu'elle est impliquée ? demanda Lefty.

— Non, répondit immédiatement Brain. J'ai quelques-unes des transcriptions des appels qu'elle a effectués avec le négociateur et elle est clairement dépassée par les événements. Elle fait de son mieux, mais le connard avec qui elle a parlé ne l'a pas vraiment aidée.

— On prend les négociations en charge ? s'enquit Doc.

— Absolument, répondit Trigger à la place de Brain.

Il avait également vu les transcriptions. Gillian Romano avait visiblement peur, mais elle avait tout de même fait tout son possible pour apaiser les pirates de l'air et pour obtenir un certain confort aux passagers. Il supposait que ses compétences provenaient de son expertise en planification d'événements.

— On va atterrir au même aéroport, sur la seule piste qu'ils gardent encore ouverte, les informa Brain. Mais on n'a pas le droit de mettre un pied hors de l'aéroport. Le gouvernement ne veut pas de nous dans leur pays, et surtout pas qu'on aille fureter dans les environs.

— Quels trouducs, s'exclama Oz dans sa barbe.

— Alors, c'est quoi le plan ? s'enquit Doc.

Trigger s'éclaircit la gorge.

— On y va. On prend la place de ce con au téléphone avec Mlle Romano et on voit si on peut extraire autant d'informations d'elle que possible. Idéalement, on se fera passer pour des livreurs de ravitaillement. On va neutraliser ces pirates de l'air et amener les passagers en lieu sûr.

Grover émit un petit ricanement.

— Les doigts dans le nez... Enfin, plutôt le contraire.

Trigger ne décocha même pas un sourire.

— Ça ne sera pas le cas. Nous le savons tous. Ces connards risquent d'en avoir marre d'attendre. Il s'agit probablement d'une diversion pour dissimuler leurs véritables intentions. Il faudra qu'on reste vigilants. Ne faites confiance à personne. Ils ont atterri au Venezuela pour une bonne raison, mais on ne va pas chercher à savoir laquelle tant que ces passagers ne seront pas en sécurité. C'est compris ?

Ils acquiescèrent tous sans attendre. Leur mission était de secourir les otages. Rien d'autre. C'était à la CIA, au FBI, aux stups et à toute autre instance impliquée de déterminer les raisons du détournement.

Mais alors que l'équipe redevint silencieuse, réfléchissant à la mission à venir, Trigger ne put s'empêcher de se sentir mal à l'aise. Cette opération sentait absolument le roussi. Et pénétrer dans un avion sans se faire détecter était impossible. Des civils innocents allaient mourir ; ils ne pourraient pas y couper.

Les pensées de Trigger revinrent à Gillian Romano, la porte-parole instaurée par les pirates de l'air. Une simple lecture des transcriptions montrait bien qu'elle était intelligente. Elle faisait de son mieux pour ne pas paniquer, chose qu'il admirait. Au fil des années, il n'avait pas vu beaucoup d'otages qui avaient gardé la tête aussi froide que Gillian. Même sans entendre le son de sa voix, sans pouvoir lire ses émotions à travers ses paroles, il voyait quand même parfaitement qu'elle était terrifiée. Et pour une raison quelconque, cela le dérangeait.

C'était ridicule. Trigger ne savait absolument rien de son apparence ou de sa personnalité. C'était peut-être une harpie, ou bien une fille narcissique qui ne pensait qu'au nombre de selfies qu'elle allait publier sur les réseaux sociaux. Mais il ne le croyait pas.

Il avait peut-être traîné trop longtemps avec Ghost et son équipe. Il avait peut-être désiré un peu trop fort trouver une femme qu'il pourrait aimer et chérir autant que l'autre équipe se souciait de leurs femmes et de leurs familles. Il ne pouvait pas nier qu'il était prêt. À trente-sept ans, il avait l'impression que la vie lui filait entre les doigts. Il désirait ce que ses amis avaient.

Il aurait voulu que quelqu'un soit là quand il rentrait à la maison après une mission difficile. Quelqu'un avec qui il pourrait rire, devant qui il pourrait retirer son masque de dureté, et qui pourrait lui faire sentir que la carrière dangereuse qu'il avait choisie en valait la peine.

Il avait toujours pensé qu'il aurait largement le temps. Mais à présent, il frisait la quarantaine. Il n'était vraiment pas vieux, mais Trigger ne pouvait toujours pas s'empêcher d'avoir l'impression qu'une partie vitale de la vie lui faisait défaut.

Secouant la tête, Trigger essaya de se reprendre. Au milieu d'une opération impossible qui se terminerait très probablement par la mort de trop nombreuses personnes, ce n'était pas le moment de commencer à songer à sa vie amoureuse... d'ailleurs totalement inexistante.

Chassant ces pensées personnelles déplacées, Trigger fit de son mieux pour formuler un plan. Il savait que ce serait lui qui prendrait la relève du négociateur. Il était doué pour ça. Le reste de l'équipe tâterait le terrain pour rassembler le plus de détails possible, afin qu'ils puissent trouver le moyen le plus sûr de prendre l'avion d'assaut.

On arrive, Gillian, promit Trigger en silence. *Accrochez-vous encore un peu, on arrive.*

CHAPITRE DEUX

Gillian essayait de ne pas hyperventiler. Elle aurait voulu être n'importe où sauf ici. Elle n'avait vraiment pas envie d'être la négociatrice des monstres qui avaient pris le contrôle de l'appareil. Elle ne voulait pas être responsable de la vie ou de la mort d'autres personnes. Mais elle n'avait pas le choix.

Le pirate qui lui paraissait être le leader – celui qui avait annoncé à la cantonade qu'il s'appelait Luis – lui avait collé un téléphone portable dans la main juste après l'atterrissage et lui avait dit de parler à la personne à l'autre bout du fil.

Cela faisait presque deux jours qu'elle parlait avec le connard condescendant qui avait été affecté pour communiquer avec elle et les terroristes, et il se comportait comme si elle était une fillette stupide qui ne comprenait rien à la situation.

Mais Gillian en comprenait plus que *lui*. Elle avait compris que lorsqu'il n'avait pas immédiatement accepté de ravitailler l'avion, il avait signé l'arrêt de mort de quelqu'un. Et c'est ce qui s'était produit. Un autre des pirates de l'air, Jésus, avait tiré sur un homme dans la tempe et avait jeté son corps hors de l'avion. Elle n'oublierait jamais le bruit qu'avait fait le cadavre en atterrissant sur le tarmac.

Après quoi, la nourriture et l'eau n'avaient guère mis de temps à leur être livrées.

Elle avait dit à l'homme à l'autre bout du fil que les pirates de l'air voulaient que quelqu'un du nom de Hugo Lamas soit libéré de prison, et il lui avait simplement répondu qu'ils étaient sur le coup. Gillian craignait que bientôt, « sur le coup » ne soit pas suffisant. Luis s'impatientait et voulait voir la preuve que le gouvernement faisait quelque chose pour libérer son ami.

Luis la saisit à nouveau par le biceps et Gillian grimaça. Elle avait des ecchymoses violettes partout sur le bras parce que les pirates de l'air prenaient plaisir à la brutaliser. L'homme se pencha vers elle pour la menacer à nouveau.

— Dis-leur qu'on s'impatiente. Il faut qu'ils arrêtent de poireauter et libèrent Hugo. On fait surveiller la prison et on sait qu'ils essaient de gagner du temps. Dites-leur également que cet avion doit être ravitaillé en essence. Une fois qu'Hugo sera libéré, on se casse. S'ils continuent à faire traîner les choses, on tuera d'autres personnes. Ils pourraient vite mettre un terme à tout ça s'ils se contentaient de faire ce qu'on leur dit de faire !

Choquée, Gillian le regarda sans rien dire. Sa barbe devenait de plus en plus hirsute au fil des jours, et bien que sa puanteur ne la fasse plus reculer – tous les occupants de l'avion sentaient maintenant vraiment mauvais –, elle ne put s'empêcher de grimacer devant ces nouvelles informations.

— Mais vous allez tous nous libérer avant de partir, n'est-ce pas ? demanda-t-elle.

Luis sourit. Loin d'être agréable, c'était une expression mauvaise et menaçante. Il fit courir les doigts sur la joue de Gillian et dit :

— Je songe à t'emmener avec nous. Tu as été si gentille et obéissante.

Elle secoua la tête pour qu'il lâche prise, mais Luis fut plus rapide. Il saisit ses longs cheveux blonds dans son poing et lui fit violemment basculer la tête en arrière. Il lui lécha la joue avant de se déplacer pour lui chuchoter à l'oreille.

— Ne te crois pas meilleure que moi, ma fille. En Amérique, tes cheveux blonds et tes nibards te permettent d'obtenir tout ce que tu veux, mais maintenant, tu es dans *mon* monde. Et si c'est toi que je veux, je t'aurai. Si je veux te tuer, je le ferai. Tu vas faire *exactement* ce que je dis, quand je le dis. Tu as compris ?

La bouche de Gillian était aussi sèche que du coton. Elle avait été terrifiée par ces hommes depuis qu'ils avaient pris le contrôle de l'avion, mais elle ne s'était pas inquiétée qu'ils leur fassent quelque chose de sexuel... jusqu'alors. Elle fit de son mieux pour hocher la tête alors qu'il la maintenait toujours en place par les cheveux.

— C'est bien.

Il retira ses doigts et lui caressa la tête de la main.

— Tu sais, si tu étais plus gentille avec moi, je pourrais me montrer plus gentil avec les autres.

Gillian frissonna. Elle ne voulait certes pas se montrer « plus gentille » avec lui... mais si elle parvenait à faire libérer certains des autres passagers, cela pourrait en valoir la peine.

Au fond, Gillian avait le sentiment qu'aucun d'eux ne s'en sortirait vivant. Les pirates de l'air avaient fait preuve d'un manque total de considération pour le bien-être de qui que ce soit. Ils avaient tué les agents de bord ainsi que les passagers de première classe, et menaçaient constamment les autres. Mais ils ne pouvaient pas tous les tuer aussi vite.

Ils avaient besoin d'eux pour parlementer avec les autorités vénézuéliennes, mais s'ils n'obtenaient pas ce qu'ils désiraient, Gillian savait qu'ils n'hésiteraient pas à tuer d'autres personnes.

Elle avait désespérément envie de rester en vie. Elle voulait également sauver autant de passagers que possible. En seulement deux jours, elle avait tissé un lien intense avec les femmes qui l'entouraient.

Avec Alice, par exemple, la femme qui était assise à côté d'elle pendant le vol. Celle-ci ne gérait pas très bien la situation. Cela faisait deux jours qu'elle pleurait sans discontinuer.

Ou bien avec Janet et Renée, sa fillette de sept ans.

Et surtout Andréa. Elle avait l'âge de Gillian et était partie en vacances avec quelques amies au Costa Rica. Ses amies avaient toutes pris d'autres vols, et elle s'était retrouvée dans l'avion détourné. Par le plus grand des hasards, Andréa vivait également à Austin, et malgré – ou peut-être à cause de – la situation accablante dans laquelle ils se trouvaient, Gillian et elle avaient cliqué.

Bien que les femmes aient été séparées des hommes, Gillian avait également vu la peur dans les yeux de ces derniers. Le groupe de quatre mecs d'environ vingt ans était vraiment en train de flipper. Et un homme plus âgé avait une expression de terreur collée au visage et portait fréquemment la main à sa poitrine comme s'il avait mal. Pour la plupart, elle ne connaissait pas leurs noms, mais cela ne signifiait pas qu'elle ne voulait pas les sauver si c'était possible. Personne n'avait demandé à se retrouver dans cette situation.

La dernière chose qu'elle aurait voulue était que Luis, Alberto, Henry ou les autres terroristes tuent d'autres passagers quand ils n'obtiendraient pas ce qu'ils désiraient.

— Je fais tout mon possible pour m'assurer que les autorités comprennent que vous êtes vraiment déterminés à faire libérer votre ami Hugo, dit-elle tranquillement.

— Ce n'est pas mon ami, grogna Luis.

Gillian déglutit fort.

— Si vous montriez un peu de compassion aux autres passagers, ils s'efforceraient peut-être de répondre plus rapidement à vos revendications.

— Tu crois ? lui demanda Luis avec un sourire en coin.

Gillian hocha la tête.

— Alors… tu crois que je devrais laisser partir qui ? Toi ?

— Je ne sais pas, dit-elle en secouant la tête. Peut-être Janet et sa fille. Ou bien Alice. Andréa. Un des hommes.

Luis éclata de rire.

— Et pourquoi ne pas tous les laisser partir ?

Elle n'osa ni acquiescer ni refuser. Elle avait le sentiment que Luis était juste en train de jouer avec elle. Il se détourna d'elle sans ajouter une parole de plus, et Gillian poussa un soupir de soulagement… qui fut de courte durée.

Il tira soudain Andréa du sol et la traîna devant Gillian.

— Tu penses que je devrais la laisser partir ? demanda-t-il d'un ton brusque.

Gillian ne put que le regarder en écarquillant les yeux.

— Eh bien ? Tu le penses ? aboya-t-il.

Elle hocha légèrement la tête.

— Non, décida Luis. Elle est belle. Et elle est bien plus mon type qu'une blondasse riche et grosse comme toi.

Avant que Gillian ne puisse s'offusquer qu'il l'ait traitée de grosse – elle n'était pas grosse ; elle préférait le terme voluptueuse –, Luis avait fait basculer Andréa sur son bras et abaissait la bouche vers elle.

Andréa tentait frénétiquement de le repousser. Elle poussa contre la poitrine et essaya de tourner la tête, mais

Luis ne céda pas. Il se servit de sa main libre pour lui saisir grossièrement son menton alors qu'il imposait sa bouche à celle de la jeune femme.

Gillian ferma les yeux, mais elle ne put échapper aux gémissements déchirants d'Andréa.

Elle ne s'habituerait jamais à la violence que les pirates de l'air assenaient aux civils de l'avion. C'était une chose qu'elle détestait et elle aurait tout fait pour y mettre un terme.

Gillian ne sut pas pendant combien de temps Luis s'imposa à Andréa, mais la sonnerie soudaine du téléphone dans sa main parut résonner dans l'avion caniculaire.

Luis se redressa, repoussa Andréa et se retourna vers Gillian.

Il déplia le couteau qu'il conservait sur lui en permanence et le plaqua sous sa gorge.

— Réponds. Et fais-leur comprendre qu'on est sérieux. Tu peux leur dire que s'ils nous font parvenir de la nourriture et de l'eau dans les deux heures, je libérerai dix otages. Tu pourras même choisir qui... tant que ce n'est pas ton amie Andréa. Ou bien l'autre connasse avec la gamine. Les gens se préoccupent beaucoup plus des enfants que des adultes. J'ai besoin d'elle pour négocier. Tu pourras choisir huit hommes et deux femmes.

Plus Luis parlait, plus Gillian le détestait.

Elle jeta un coup d'œil à Andréa qui s'essuya la bouche à plusieurs reprises avant de regagner l'endroit où elle était assise précédemment.

Prenant une profonde inspiration, elle hocha la tête.

Luis pressa le couteau un peu plus fort sur sa gorge.

— Et on a besoin de carburant pour cet avion. Ils doivent commencer le plus rapidement possible. Mais ne dis rien qui m'oblige à buter d'autres personnes, l'avertit-il.

Puis il retira la lame de son cou et la pointa vers la petite Renée.

— Je commencerai par *elle*.

Gillian hocha une fois de plus la tête et s'adossa à la porte de la cabine de pilotage, se laissant glisser à terre. Isaac, un autre pirate, s'installa sur le siège de l'agent de bord à proximité afin de pouvoir écouter ce qu'elle disait tandis que Luis se dirigeait vers les autres terroristes qui surveillaient les hommes rassemblés à l'arrière.

— Allo ? dit Gillian d'une voix tremblante après avoir porté le téléphone à son oreille.

— Gillian Romano ? demanda une voix profonde.

Surprise de ne pas entendre la voix nasale et aiguë de l'homme avec qui elle parlait depuis deux jours, Gillian répondit machinalement par l'affirmative.

— Mon nom est Walker Nelson. Je prends la relève des négociations.

Elle ne savait pas quoi en penser. D'un côté, elle était heureuse de ne pas avoir à parler à l'autre connard, mais de l'autre, elle n'avait aucun désir de recommencer à expliquer depuis le début ce que voulaient Luis et les autres. Mais comme s'il était capable de lire dans ses pensées, Walker la rassura.

— J'ai été informé de ce qu'il se passe. Soyez assurée que nous avons parfaitement conscience des revendications effectuées par les pirates de l'air et que le gouvernement vénézuélien œuvre à la libération d'Hugo. Comment tenez-vous le coup ?

Gillian cligna des paupières.

— Quoi ?

— Comment allez-*vous* ? Je sais que ça ne doit pas être facile. Et pour ce que ça vaut, je pense que vous faites un travail incroyable. Vous devez simplement vous accrocher un peu plus longtemps.

Elle eut envie de pleurer. Elle ne pensait pas que l'autre homme lui ait volontairement donné l'impression qu'elle allait tout faire foirer, et pourtant, certaines des choses qu'il avait dites sous le coup de la frustration avaient eu précisément cet effet-là. Le fait que *ce* type avait amorcé leur conversation avec quelque chose de positif lui donna envie de se rouler en boule et d'éclater en sanglots. Elle s'était toujours considérée comme une femme forte et indépendante, mais à cette seconde, elle aurait tué pour que quelqu'un la serre dans ses bras et lui assure que tout allait bien se passer.

— Gillian ?

— Je suis toujours là, dit-elle d'une voix qui se brisa. Je vais bien.

Il y eut une courte pause puis Walker dit :

— Non, mais ça va aller. Écoutent-ils votre côté de la conversation ?

Ce changement de sujet désarçonna Gillian.

— Oui.

— D'accord, je vais avoir besoin que vous fassiez preuve de créativité. Dites-m'en le plus possible sur ce qu'il se passe à l'intérieur de cet avion. Combien d'otages il y a. Où ils sont localisés. Tout ce que vous savez sur les pirates de l'air. Je suis désolé qu'on ait laissé passer autant d'heures avant d'amorcer votre libération, mais on espère que maintenant, les choses vont changer. D'accord ?

— D'accord, murmura-t-elle.

Elle sentit l'espoir pointer en elle. Contrairement à l'autre type, Walker donnait l'impression de savoir ce qu'il faisait.

— Vous êtes américain, n'est-ce pas ?

Il rit doucement et ce son apaisant parut voyager à travers son corps, la réchauffant jusqu'à la pointe de ses orteils.

— Oui. Actuellement stationné au Texas.

Stationné. Cela signifiait qu'il était militaire. Ce qui signifiait également qu'il faisait probablement partie d'une unité des forces spéciales.

Gillian n'était pas idiote. Vivre aussi près de Fort Hood lui avait permis de rencontrer bon nombre de membres des forces armées. Elle savait qu'il y avait plusieurs équipes d'agents des Forces Delta stationnées à la base. Elle ferma les yeux et pria plus fort qu'elle ne l'avait jamais fait pour que Walker soit l'un de ces super soldats.

— Gillian ?

— Je viens du Texas, moi aussi, dit-elle doucement.

— Je sais, répliqua-t-il.

Gillian poussa un cri de douleur quand Isaac lui fila un coup de pied brutal dans le tibia.

— Aïe !

— Qu'est-ce que tu lui racontes ? aboya Isaac.

— C'est un nouveau négociateur, lui dit-elle. Il veut apprendre à me connaître.

— Dis-lui qu'on veut plus de nourriture et qu'on a besoin d'essence. Demande-lui pour Hugo, lui ordonna Isaac.

— Il m'a déjà dit qu'ils œuvraient pour libérer Hugo. Il a dit qu'il y avait beaucoup de paperasserie et que ça mettait du temps pour coordonner avec les autorités vénézué-liennes. Mais ils sont sur le coup, dit-elle rapidement quand il prit à nouveau son élan pour lui redonner un coup de pied. Et je vais lui parler de la nourriture, de l'eau et du carburant. Je n'en ai pas encore eu l'occasion, dit-elle au pirate de l'air.

Se sentant plus courageuse que jamais, juste parce qu'une voix aimable se trouvait à l'autre bout du fil – elle se sentait déjà plus en sécurité avec lui à la tête des opérations qu'avec l'autre type –, elle déclara :

— En Amérique, il est d'usage d'apprendre à connaître quelqu'un avant de commencer à exiger des choses. Je vais lui transmettre vos revendications, mais me laisser lui parler pendant cinq minutes ne va pas chambouler votre emploi du temps.

Sans surprise, Isaac lui jeta un regard glacial. Cela étant, il hocha la tête avant de se pencher en avant et d'enfoncer brutalement les doigts dans son mollet en lui disant :

— D'accord, mais si on ne nous file pas bientôt plus de nourriture, ça sera ta faute si quelqu'un d'autre crève. Il lui pressa à nouveau la jambe, puis la lâcha et se rassit, ses yeux marron foncé braqués sur elle.

— Merde, ça va ? dit Walker à son oreille. Il vous a fait du mal ?

— Je vais bien, répéta Gillian.

Ce n'était pas le cas, mais Walker Nelson ne pouvait rien faire contre la douleur dans sa jambe ou bien la peur qui palpitait dans ses veines. Elle savait qu'elle n'avait pas beaucoup de temps pour communiquer des informations à ce type, et elle espérait vraiment qu'il serait en mesure de comprendre ses indices. Elle n'était pas exactement une pro de l'espionnage, mais elle ferait de son mieux.

— Mon père était pilote, commença-t-elle. Mais il est mort. Ma mère travaillait pour la même compagnie aérienne que lui, et c'est comme ça qu'ils se sont rencontrés. Elle était hôtesse. Mon père l'a courtisée en soudoyant les traiteurs pour qu'ils lui offrent des cadeaux. Le premier cadeau qu'il lui a envoyé était un animal en peluche. C'est gnangnan, mais ça a fonctionné puisqu'elle a accepté de sortir avec lui. Gillian savait qu'Isaac écoutait tout ce qu'elle disait, et elle craignait d'avoir été trop vague. Mais les paroles suivantes de Walker la rassurèrent.

— D'accord... Je sais que vos parents vivent en Floride et n'étaient ni pilote ni agent de bord. Si je comprends bien, vous dites que le pilote est décédé et vous pensez que les pirates de l'air ont fait passer des armes en contrebande à bord avant le décollage ? demanda calmement Walker.

Gillian se détendit légèrement. Il avait compris. Dieu merci.

— Oui.

— Combien sont-ils ?

— J'ai six frères. Je suis la plus jeune, dit-elle.

— Compris, lui assura Walker. Tous armés ?

— Oui.

— Des armes à feu ?

— Oui.

— Des couteaux ?

— Oui.

— Vous vous débrouillez très bien, Gillian.

— Ma mère me racontait souvent qu'ils aimaient s'amuser dans l'avion une fois que tous les passagers avaient quitté l'avion. Ça ne se produirait jamais de nos jours, mais à l'époque, ils n'avaient aucun problème pour retourner dans un avion une fois les vols terminés. Maman voulait toujours être à l'avant, en première classe, mais papa préférait l'arrière de l'appareil.

— D'accord... Je sais que vous essayez de me dire quelque chose, mais je ne comprends pas, déclara Walker. Je suis désolé. Continuez. Je vais bien finir par comprendre.

Gillian refusa de se laisser décourager. Elle était en train de fournir aux autorités des informations qu'ils pourraient utiliser, et pas simplement de se faire hurler dessus par le négociateur et les pirates de l'air. Elle força un petit rire, comme si Walker avait dit quelque chose de drôle.

— Vous savez comment c'est. Mes frères étaient tous très protecteurs envers moi. Ils me laissaient toujours avoir le meilleur siège. J'étais toujours à l'avant de la voiture, et quand on allait voir des spectacles, ils me faisaient m'asseoir dans la rangée devant eux pour qu'ils puissent garder un œil sur moi.

— Vous êtes à l'avant de l'avion ? demanda Walker.

— Oui.

— C'est noté. Ils ont séparé les femmes et les hommes, en plaçant les femmes à l'avant de l'avion et les hommes à l'arrière, c'est ça ?

Gillian aurait pu pleurer de soulagement. Il avait compris ses indices à la noix.

— Exactement.

— C'est du bon travail. Les caméras thermiques nous ont informés qu'il y avait deux groupes d'otages, l'un à l'avant et l'autre à l'arrière, mais on ne savait pas qu'ils vous avaient répartis par sexe.

Plus il parlait, plus Gillian était rassurée. Les signatures thermiques signifiaient qu'ils avaient des appareils électroniques haut de gamme et qu'ils pouvaient observer ce qu'ils faisaient.

— Je vais vous sortir de là, lui dit Walker.

Gillian ferma les yeux. Elle savait qu'il ne pouvait pas lui promettre une telle chose, mais elle appréciait qu'il le lui dise.

— D'accord.

— Vraiment, répéta-t-il d'un ton plus ferme.

— Je l'espère, murmura-t-elle.

Isaac lui fila un autre coup et elle glapit quand son pied

entra en collision à l'endroit même où il l'avait frappée et enfoncé ses doigts pas si longtemps auparavant.

— Continue, siffla-t-il.

— Il vaudrait mieux que ce bâtard cesse de vous faire du mal, gronda Walker. Ça va, Gillian ? lui demanda-t-il à l'oreille.

Elle ferma les yeux pour mieux s'imprégner de son inquiétude. Après l'enfer qu'elle avait traversé au cours des deux jours précédents, ses paroles étaient un baume pour son âme meurtrie.

Il ne s'était écoulé que quelques minutes, mais Gillian était déjà en train de former un attachement émotionnel à un homme qu'elle n'avait jamais vu, un homme sur lequel elle comptait pour la sauver. Mais elle ne pouvait pas s'en empêcher. Sa gentillesse signifiait tout pour elle.

— Que s'est-il passé ? demanda Walker d'un ton urgent.

Émergeant de ses pensées, Gillian cligna des paupières.

Quelles idées était-elle en train de se faire ? Cet homme faisait son *travail*. Tout attachement qu'elle ressentait était dû à la situation, rien de plus.

— On a besoin de plus d'eau, dit-elle rapidement, ne retirant pas les yeux du pied d'Isaac.

Elle voulait être préparée la prochaine fois qu'il décidera de lui filer un coup de pied.

— Et de la nourriture. Et ils voudraient qu'on ravitaille l'appareil en essence.

— Attendez, quoi ? Ils vont essayer de faire décoller cet avion loin d'ici ? demanda Walker.

Gillian l'ignora. Elle ne savait pas ce que les pirates de l'air avaient prévu. Tout ce qu'elle savait, c'était qu'il y avait dix personnes qui pourraient échapper à ce cauchemar si elle jouait correctement son rôle.

— Ils ont dit qu'ils allaient laisser partir des gens si on

reçoit vite de la nourriture et de l'eau, sans quoi ils vont tuer quelqu'un d'autre. Et ils sont sérieux.

— Respirez, Gillian. Je sais qu'ils sont sérieux.

Elle l'ignora et poursuivit, parlant aussi vite qu'elle pouvait pour s'assurer de lui communiquer le plus d'informations possible.

— La dernière fois, ils ont buté un des hommes et l'ont jeté hors de l'appareil. J'ai entendu son corps atterrir sur le tarmac.

— Gillian, dit fermement Walker. Respirez. On a de la nourriture et de l'eau. Ça vous sera livré dans moins d'une heure. Ce sont *eux* qui sont responsables de ces morts, pas vous.

Elle essaya de se détendre, mais c'était impossible. Une autre idée lui vint.

— Je ne sais pas comment ça fonctionne, mais les toilettes refoulent toutes. Elles doivent être pleines. Ce n'est pas une de leurs exigences, mais s'il vous plaît, est-ce qu'on pourrait les nettoyer, si possible ?

— Je vais voir ce que je peux faire, la rassura Walker.

— Attendez, lui dit-elle avant de regarder Isaac. Il dit qu'ils ont de la nourriture et de l'eau.

— Et le carburant ?

— Walker ? demanda-t-elle dans le téléphone. Il veut également que vous fassiez le plein d'essence.

— Puisqu'il s'agit d'une nouvelle revendication, elle doit passer par plusieurs niveaux d'approbation, mais je vous jure que je vais faire mon possible.

Ce n'était pas ce que Gillian voulait entendre, mais elle hocha machinalement la tête.

— Tous les camions à carburant ont été déplacés loin de l'aéroport, déclara-t-elle à Isaac, inventant des choses au fur et à mesure. Je ne pense pas qu'ils aient un problème pour ravitailler l'avion, mais ça ne sera pas pour tout de suite.

Isaac grogna et adressa un geste à Carlos, un autre pirate de l'air pas loin d'eux. Ils échangèrent quelques mots en espagnol, puis Isaac acquiesça.

— Bien, mais dis-lui que refuser de nous ravitailler n'est pas une option. Plus ils mettront de temps, plus on tuera de gens. Dix, quinze... peut-être plus... selon mon envie.

— J'ai entendu, dit Walker à son oreille. Dites-lui que ça sera fait.

— Il a dit très bien, déclara Gillian à Isaac d'une voix tremblante. Il fera ravitailler l'avion.

— Bien. Donne-moi le téléphone, ordonna-t-il.

Par le passé, Gillian n'avait eu aucun problème à abandonner le téléphone portable après avoir communiqué leurs demandes. Mais pour une raison qu'elle ne comprenait pas, cette fois-ci, elle hésita. Walker Nelson était comme une bouée de sauvetage. Comme si raccrocher signifiait signer sa perte. Ses doigts se serrèrent sur le plastique bon marché.

— N'abandonnez pas, dit Walker à son oreille. On est là, les yeux braqués sur vous. Vous vous êtes extraordinairement bien débrouillée et on va vite vous sortir de là. J'ai hâte de vous rencontrer face à face.

Alors que ces paroles résonnèrent dans l'esprit de Gillian, Isaac, visiblement las d'attendre qu'elle lui obéisse, lui balança un coup de poing sur le côté de la tête.

Elle cria et partit en vol plané sur le côté. Dans l'espace confiné devant le poste de pilotage, elle n'atterrit pas très loin. Sa tête rebondit contre le mur.

Gillian se roula en boule sur le sol, tenant sa tête entre ses mains. Les deux côtés palpitaient, à cause du poing d'Isaac et du choc contre le mur.

Le pirate de l'air se pencha alors et ramassa le téléphone

qu'elle avait laissé tomber. Puis il l'éteignit et le remit dans sa poche. Il se détourna d'elle sans rien ajouter et se dirigea vers Luis, qui se tenait au milieu de l'avion.

Gillian retourna en rampant à l'endroit où les autres femmes étaient blotties ensemble dans la cabine de première classe, et elle fit de son mieux pour ne pas pleurer.

— Qu'est-ce qu'ils ont dit ? demanda Andréa. Que se passe-t-il ?

— J'espère qu'ils vont réparer les toilettes, dit Gillian aux autres.

— Et nous apporter de la nourriture et de l'eau ? demanda Alice.

— Aussi, oui. Le pirate de l'air a également déclaré que certains d'entre nous pourraient être libérés.

Les femmes qui l'entouraient émirent des bruits excités et Gillian aurait voulu se sentir heureuse que certaines d'entre elles se tirent de cette situation horrible... Mais en cet instant, elle ne pouvait penser qu'à Walker.

Elle avait entendu son juron indigné quand Isaac l'avait frappée, juste avant que le téléphone lui échappe. Et il avait dit qu'il voulait la rencontrer.

Elle avait beau essayer de se rappeler qu'elle était juste en train de lier contact avec un autre inconnu en raison du stress de la situation, elle s'en fichait. Elle voulait survivre à cette situation terrible, ne serait-ce que pour rencontrer l'homme qui l'avait déterminée à rester en vie, coûte que coûte.

*　*　*

Trigger agrippait la table devant lui si fort qu'il se dit qu'il allait la casser. Il était déjà impressionné par Gillian avant, mais maintenant qu'il lui avait parlé, il l'était encore plus.

Bien entendu, elle avait peur, mais elle s'accrochait. Elle était intelligente, et même dans les circonstances horribles dans lesquelles elle se retrouvait, elle était restée forte, déterminée à faire de son mieux pour l'aider. Il s'attendait à devoir lui expliquer comment lui donner discrètement des indices, mais elle n'avait eu besoin d'aucune explication.

Ils avaient appris qu'il y avait six pirates de l'air à bord, et que les hommes et les femmes avaient été séparés, les femmes étant à l'avant de l'avion et les hommes à l'arrière. Les terroristes avaient également affirmé que certains otages pourraient être libérés, et il se doutait que c'était parce que Gillian avait parlementé pour eux. La revendication de ravitailler l'avion était nouvelle, mais pas tout à fait surprenante. Cependant, si les terroristes croyaient qu'ils allaient survivre à toute cette affaire et s'envoler vers la liberté, ils étaient plus idiots qu'il l'avait cru.

Mais pour le moment, toutes les pensées de Trigger étaient braquées sur Gillian. Il savait reconnaître à l'ouïe quand quelqu'un se faisait frapper, et il était vraiment en colère que la femme de l'autre bout du fil ait été victime de violence. Il voulait qu'elle et les autres civils innocents puissent sortir de cet avion. *Tout de suite.*

— Brain ? demanda-t-il à son coéquipier qui était assis à côté de lui, à l'écoute de sa conversation avec Gillian. Tu as quelque chose ?

L'autre homme secoua la tête.

— Pas encore. J'ai besoin de repasser l'enregistrement et d'isoler les conversations en arrière-plan. Ça va prendre un peu de temps.

Trigger hocha la tête. Il était un linguiste de génie, parlant couramment au moins trente langues et capable d'en apprendre de nouvelles sans trop de difficulté. Son boulot consisterait à écouter les bruits de fond et à glaner des informations à partir des conversations des pirates de l'air.

— La nourriture et l'eau sont prêtes à être livrées, l'informa Grover. Et on va informer les autorités de la demande de carburant.

— J'ai déjà réussi à rassembler l'équipe pour l'extraction des déchets, ajouta Oz.

— Ça doit être l'enfer sur terre à l'intérieur de cet avion, marmonna Lucky. Entre la chaleur, les toilettes et la peur...

Sa voix mourut.

Trigger était parfaitement conscient de ce que les gens à l'intérieur de l'avion traversaient. Il s'était retrouvé dans une situation similaire.

Il sentit une main sur son épaule et comprit que Lefty se tenait derrière lui.

— Elle va s'en sortir, dit son ami à voix basse.

Trigger secoua la tête.

— On n'en est pas sûrs. J'ai dit la même chose, mais j'ai le sentiment qu'elle sait aussi bien que nous qu'il n'y a aucune garantie. Toute cette histoire pue.

— Je suis d'accord, dit Doc. D'un certain côté, il s'agit d'un détournement tout ce qu'il y a de plus normal, mais c'est vraiment exagéré. Le Cartel des soleils est dirigé par le gouvernement vénézuélien. Pourquoi auraient-ils recours au détournement d'un avion en provenance du Costa Rica ?

— C'est vrai, non ? demanda Lefty. Ils auraient simplement pu demander à un de leurs contacts dans l'armée ou le système carcéral pour faire en sorte que Lamas s'échappe.

— Quoi qu'il en soit, notre travail n'est pas de comprendre toute cette merde, déclara Trigger à son équipe. On a été appelés strictement pour sauver ces otages. Pas pour résoudre les problèmes politiques du monde. On doit se concentrer sur la façon dont on va pouvoir nous introduire dans cet appareil et sauver le plus d'innocents possible.

Tout le monde acquiesça.

— Gillian a dit qu'en échange de nourriture et d'eau, ils pourraient laisser partir quelques otages, déclara Trigger. Lefty, Grover et toi êtes avec moi. On va enfiler ces combinaisons que porte le personnel de l'aéroport et c'est nous qui livrerons le ravitaillement. Croisons les doigts, on pourra apercevoir certains des pirates de l'air et en même temps, mieux jauger la situation à bord.

Les autres acquiescèrent.

— Brain, continue de bosser, fais-nous savoir si tu découvres quoi que ce soit.

— D'accord, confirma l'autre homme.

— Le reste d'entre nous sera prêt à couvrir vos arrières. J'ai vraiment l'impression que tout va se passer plus vite que ce qu'on pense, les prévint Trigger.

— Plus vite on quittera ce pays, mieux ce sera, déclara Oz. Depuis qu'on a atterri, j'ai l'impression qu'on nous observe.

— Pareil pour moi, confirma Lucky.

— Le gouvernement américain a affrété un vol spécial pour que les survivants américains puissent partir d'ici à la seconde où tout ça sera terminé, ajouta Brain.

— D'accord... Je pense que c'est plus parce que le gouvernement vénézuélien veut qu'ils s'en aillent afin que les États-Unis n'aient pas de raison de s'attarder ici, déclara sèchement Doc.

Trigger n'écoutait plus ses coéquipiers. Ils ne lui apprenaient rien de nouveau. Il pensait seulement à la manière dont la voix de Gillian avait tremblé de peur – ou de douleur – quand elle avait discuté avec lui. Elle s'en prenait vraiment plein la figure de la part de ces connards qui aimaient jouer avec elle... ainsi que des négociateurs. En surface, leurs revendications étaient raisonnables et semblaient logiques, même s'il ne pouvait pas s'empêcher de soupçonner qu'il se tramait autre chose.

Mais pour le moment, son seul but était de sauver les otages. Une femme blonde en particulier.

CHAPITRE TROIS

Trigger conduisait le petit chariot de la compagnie aérienne vers l'avion silencieux immobile sur le tarmac. Il était immense et sinistre. Il n'y avait pas d'autres avions ou véhicules autour de lui, et aucune lumière à l'intérieur de la cabine. Le soleil s'était couché et l'obscurité était rapidement descendue. L'avion était stationné loin du terminal et Trigger et ses hommes ne disposeraient d'aucune couverture quand ils se présenteraient avec la nourriture et l'eau demandées.

Le béton sous la trappe arrière était maculé de rouge à cause du sang des hommes et des femmes qu'ils avaient jetés à l'extérieur. Tous les passagers de première classe avaient été assassinés, et leurs corps avaient été jetés hors de l'avion après l'atterrissage. Et il y avait eu au moins un autre passager assassiné et jeté à l'extérieur depuis leur arrivée au Venezuela. Trigger ne laisserait pas cela se reproduire, pas s'il avait le pouvoir de l'empêcher.

Ils s'approchèrent de l'avion dans un silence déroutant, mais quand ils se garèrent sous le côté droit, près de l'entrée

que les compagnies de restauration utilisaient pour réap-
provisionner l'avion, la trappe s'ouvrit lentement.

Levant les yeux, Trigger vit une silhouette sombre vêtue
de noir debout près de l'ouverture, mais il fut incapable de
détourner les yeux de la femme qui fit également son
apparition.

Gillian. Il l'aurait juré.

Ses cheveux longs tombaient mollement autour de son
visage pâle. Elle portait un jean et un léger chemisier bleu
foncé qui flottait dans la brise légère de la soirée. Il la vit
inspirer profondément, comme si elle profitait de l'air frais,
avant que l'homme qui se tenait à ses côtés ne lui colle le
canon d'un fusil dans les côtes.

Elle eut un mouvement de recul et baissa les yeux vers
lui, Grover et Lefty.

Le dernier équipage qui avait livré du ravitaillement
avait apporté une échelle qu'ils avaient utilisée pour
atteindre la trappe. Ce n'était pas idéal, mais puisque ça
avait fonctionné une fois, Trigger se dit qu'ils feraient mieux
de ne pas éveiller les soupçons en exigeant une autre
méthode de livraison.

— Vous avez la nourriture et l'eau ? l'interpella la
femme.

Trigger hocha la tête.

— Et les toilettes ? demanda-t-elle.

— Une fois qu'on aura livré tout ça, ils commenceront à
vider les réservoirs, déclara Trigger, en adoptant un accent
espagnol.

L'homme debout à côté d'elle dit quelque chose d'une
voix trop basse pour que Trigger l'entende, et elle acquiesça.

— Comme la dernière fois, l'un d'entre vous doit monter
sur l'échelle et me donner les boîtes. Vous ne pouvez pas

monter à bord et au moindre geste suspect, on vous descendra. Puis ils tueront également un des otages en représailles.

Sa voix tremblait légèrement et Trigger ressentit une montée d'adrénaline. Il se savait capable de sauter dans l'avion avant que le connard qui monte la garde ne puisse le tuer, mais il y avait encore cinq autres terroristes. Il se ferait probablement tuer avant que Grover ou Lefty ne puissent entrer. Sans parler du fait que cela mettrait tous les civils en danger.

Il devait être patient. Le moment viendrait pour les pirates de l'air de mourir, mais ce n'était pas le cas pour tout de suite.

La femme s'humecta les lèvres et s'agenouilla devant l'ouverture.

— Bon. Ne faites pas de gestes brusques. Ne lui donnez pas de raison de vous tuer ou de tirer sur quelqu'un d'autre. Je vous en prie.

C'était assurément Gillian ; il reconnaissait sa voix. Il hocha la tête et se tourna vers ses coéquipiers. Lefty et Grover croisèrent son regard et communiquèrent aisément sans paroles. Ils ne prendraient pas de risques inutiles, mais si les choses devaient s'envenimer, ils étaient tous prêts à passer à l'acte. Ils portaient plusieurs armes dissimulées sur eux et ne mettraient pas plus de quelques secondes pour les sortir et se mettre à tirer si c'était nécessaire.

Trigger positionna l'échelle et gravit quelques échelons. Il baissa le bras et prit la boîte que Lefty lui tendait, puis il grimpa le reste des échelons jusqu'à la porte de l'avion.

— Je suis Gillian Romano et voici Andréa Vilmer, déclara la femme en prenant la boîte.

Trigger hocha la tête. Il appréciait le fait qu'elle fasse son possible pour fournir les noms des personnes qui se trouvaient encore à l'intérieur. Elle tendit la main vers la lourde caisse et le pirate de l'air à côté d'elle recula plus loin à l'intérieur de l'appareil. Trigger fut incapable de distinguer son visage correctement.

Frustré que Gillian et Andréa soient contraintes de transbahuter les lourdes caisses, Trigger fut forcé de regarder pendant qu'elles et les autres femmes à proximité se démenaient pour déplacer les caisses depuis la trappe jusque dans les entrailles de l'avion.

— Merci, Janet. Il y a peut-être quelque chose de sucré pour ta fille, Renée, déclara Gillian en tendant une autre caisse à une femme qui se trouvait derrière elle. Celle-là est lourde, Alice, l'avertit-elle lorsqu'il remit une autre caisse à une autre femme. Leyton et Reed vous aideront peut-être à déplacer les caisses vers l'arrière pour les hommes. Je sais que Charles appréciera l'eau, avec sa toux.

Chaque fois qu'elle donnait une caisse, Gillian énumérait des noms. Maria, Camille, Rébecca, Mateo, Alejandro, Muhammad... Elle avait fait un travail extraordinaire pour se remémorer les noms des autres otages de l'avion.

Trigger était impressionné. Que ce soit intentionnel ou pas, elle faisait de son mieux non seulement pour humaniser les autres captifs, mais également pour lui faire savoir qui était encore vivant à l'intérieur de l'appareil. Il aurait aimé pouvoir la rassurer. Lui dire qu'il avait compris ce qu'elle faisait, qu'elle était très forte et qu'il l'admirait. Mais il en était incapable. Il ne pouvait que lui donner ces satanées caisses remplies de nourriture et d'eau.

Il n'était pas prêt à ce que Lefty lui remette la dernière. Cela n'avait pas pris assez de temps. Il n'avait pas pu observer suffisamment l'intérieur de l'avion... et n'avait vraiment pas eu assez de temps avec Gillian.

— C'est la dernière, déclara Gillian à l'homme tapi dans l'ombre en la remettant à quelqu'un derrière elle. Vous avez dit que s'ils nous ravitaillaient dans les deux heures, vous laisseriez partir dix personnes.

Trigger aurait voulu lui dire de ne pas contrarier le terroriste, mais il devait garder la bouche fermée. Cet homme armé n'aurait aucun mal à se rendre compte que l'espagnol n'était pas sa langue maternelle et qu'il se tramait quelque chose. Il avait un rôle à jouer, tout comme Gillian. Mais cela ne voulait pas dire qu'il apprécie la situation.

Refusant de descendre de l'échelle, il s'immobilisa, attendant de voir ce qui allait se passer.

L'homme adressa un geste à quelqu'un à l'intérieur de l'avion et d'un coup, un homme d'une trentaine d'années se tint dans la porte de l'avion, regardant vers le bas.

— Faites attention, disait Gillian. Ne tombez pas en descendant l'échelle.

N'ayant pas le choix, Trigger dut descendre de l'échelle alors que le premier otage descendait aussi de l'avion.

Quand ils arrivèrent au bas de l'échelle, Lefty et Grover les redirigèrent vers le terminal. Ils prirent leurs jambes à leur cou, et Trigger ne pouvait pas le leur reprocher. Il était évident qu'ils étaient soulagés de quitter l'avion et les pirates de l'air.

Mais quelque chose le dérangeait au sujet des civils qui avaient été choisis pour être libérés. Généralement, en situation de prise d'otages, c'étaient souvent des femmes, des enfants ou des infirmes qu'on laissait partir. Seuls deux des otages libérés étaient des femmes ; les autres étaient tous des hommes. Des hommes en bonne santé, relativement *jeunes*.

Des gens qui auraient pu être en mesure de se débattre et peut-être de maîtriser les pirates de l'air.

Trigger comprenait pourquoi ils avaient laissé partir les hommes jeunes, en bonne santé et forts, et cela le mit en rogne. Observant la trappe, il vit Gillian revenir vers l'ouverture. Pendant une seconde, il voulut l'encourager à descendre l'échelle, à se tirer de là. Mais il savait que, même si c'était envisageable – ce qui n'était pas le cas –, elle ne le ferait pas. Elle ne sauverait pas sa peau tout en laissant les autres en rade.

Pendant un instant, leurs regards se croisèrent. Elle plissa les sourcils, s'humecta les lèvres, et il vit sa bouche souffler son prénom d'un air interrogateur.

Il hocha le menton, puis un bras vêtu de noir se referma autour de la poitrine de Gillian et la souleva pour l'entraîner brusquement en arrière. Elle émit un petit cri de surprise alors qu'on l'entraînait au loin.

La trappe claqua et Trigger entendit le verrou s'engager quand ils la refermèrent.

— Merde, jura Grover alors que Lefty et lui s'emparaient de l'échelle et la fixaient à nouveau au chariot utilitaire qu'ils avaient conduit jusqu'à l'avion.

— Tu n'as pas pu voir grand-chose, n'est-ce pas ? demanda Lefty.

Trigger secoua la tête.

— Non. Ils l'ont joué fine. Se servir de la porte avant a fait que la cuisinette bloquait toute la vue sur le reste de l'avion.

— Je suppose que c'était Gillian ? demanda Grover.

— Oui, confirma Trigger.

— J'ai entendu un peu de ce qu'elle a dit, déclara Lefty. Elle essayait de nous donner autant d'informations que possible sur ceux qui sont encore en vie à bord, n'est-ce pas ?

Trigger hocha la tête.

— Je crois que oui.

— On a la liste des passagers, rappela Grover aux

hommes. On connaît déjà le nom de toutes les personnes présentes à bord.

— Oui, mais pas de ceux qui ont été abattus ou pas, déclara Trigger à son ami.

Il avait constaté que les gens réagissaient au danger de manière très différente. Certains se glacent de terreur. D'autres pètent un plomb. Mais quelques rares personnes restent calmes et agissent prudemment... comme Gillian. Elle était manifestement effrayée, mais elle avait passé outre ses propres émotions pour essayer d'aider les autres.

— Ça puait vraiment là-bas, murmura Lefty. J'ai pu sentir l'odeur rien qu'en montant à l'échelle.

Pour une raison quelconque, les paroles de son ami irritèrent Trigger.

— Ce n'est pas comme s'ils pouvaient y faire quelque chose, cracha-t-il. Il fait très chaud pendant la journée et ils ne font pas tourner le moteur pour avoir de l'électricité. Et n'oublions pas que les toilettes n'étaient pas conçues pour qu'un aussi grand nombre de personnes les utilisent pendant plusieurs journées d'affilée.

— Calme-toi ! dit Lefty, en levant les mains. Je n'étais pas en train de critiquer. Je faisais juste une observation.

Trigger inspira profondément et retint son souffle pendant que Grover les reconduisait vers le terminal.

— Je sais, désolé.

— Hugo devrait être libéré ce soir. On va les faire mariner en disant que la paperasserie n'est pas encore terminée ou quelque chose de ce genre, mais on devrait être prêts à passer à l'action tôt demain matin, déclara Grover.

Trigger hocha la tête. C'était l'échéance qu'il avait espérée, lui aussi.

Savoir que d'ici demain, cet affrontement serait terminé, aurait dû la rassurer. Mais au lieu de cela, ce malaise profond en lui continuait de croître. Pour la première fois en très long temps, il avait l'impression que l'ennemi avait trois pas d'avance. Ce n'était pas une sensation confortable...

Surtout si on prenait en compte ce que lui inspirait Gillian Romano.

C'était fou. Il ne la connaissait même pas. Pas vraiment. Cela dit, il connaissait les choses importantes. Qu'elle était intelligente et attentionnée. Elle s'inquiétait plus pour les autres otages que pour elle-même. Elle était courageuse... et il aurait envie de la prendre dans ses bras et de lui dire que tout allait bien se passer.

Cela ne lui ressemblait pas, mais Trigger ne pouvait pas sortir cette femme de son esprit. Elle l'impressionnait terriblement, et cela ne se produisait pas très souvent. Il avait envie de mieux la connaître. Il aurait voulu savoir les moindres détails sur elle.

Mais... il était un Delta. Ghost et son équipe avaient certes trouvé des femmes auprès desquelles passer le reste de leur vie, mais ils avaient eu de la chance. Trouver quelqu'un qui pourrait tolérer son travail et le danger qu'il impliquait, tout en acceptant sans condition de ne jamais savoir où il était ou ce qu'il faisait, était quasiment impossible.

Non, il ne serait pas juste envers Gillian de lui demander d'accepter une telle chose.

Mais il en avait vraiment envie.

Inspirant profondément, Trigger concentra ses pensées sur la tâche à accomplir. Il mettait la charrue avant les bœufs. Il n'y avait aucune garantie que lui ou Gillian survivent à cette situation. Et elle ne voudrait probablement rien avoir à faire avec quelqu'un qui avait la moindre relation à cette situation merdique (et il ne pouvait pas le lui reprocher). Elle aurait probablement envie de mettre tout cela derrière elle et de tourner la page.

Trigger récita mentalement les noms que Gillian avait mentionnés afin de ne pas les oublier. Il devait parler à Brain et voir si celui-ci avait pu isoler des conversations à l'arrière de son appel téléphonique précédent avec Gillian. Et lui et son équipe devaient planifier la meilleure façon de descendre sur cet avion, de sorte que le moins de civils innocents se fassent tuer dans le processus.

Sa tête palpitait, mais Trigger l'ignora et pinça les lèvres. Il tirerait Gillian de cet avion, d'une manière ou d'une autre.

Gillian aurait voulu pleurer quand la porte de l'avion se referma. L'air avait été si pur et rafraîchissant que transporter toutes ces caisses lourdes ne l'avait même pas dérangée.

Mais c'était l'homme au sommet de l'échelle qui l'avait vraiment boostée. Au début, elle n'y avait guère prêté attention, se concentrant davantage sur la brise légère et l'air frais. Mais quand elle remarqua enfin qu'il faisait particulièrement attention à *elle*, elle l'observa de plus près.

Il avait des cheveux foncés et ses biceps tendaient le tissu de sa combinaison. Ses yeux gris intenses étaient perçants, et elle aurait juré qu'il exsudait la confiance et la positivité comme si c'étaient des phéromones. Mais la chose qui lui faisait réellement croire qu'il était l'homme à qui elle avait parlé au téléphone était qu'il n'avait pas peur. Les hommes qui leur avaient livré la dernière ration de nourriture et d'eau s'étaient hâtés d'apporter leurs cartons et de repartir.

Cet homme – et ses compères – lui avait fait l'impression

inverse. Gillian avait le sentiment que si Luis avait fait le moindre geste menaçant derrière elle, l'homme au sommet de l'échelle aurait bondi dans l'avion pour le buter.

Poussée par l'assurance de cet individu, elle avait commencé à nommer le plus d'otages possible. Si c'était bien son Walker, elle voulait qu'il sache exactement qui se trouvait à bord.

Son Walker ?

Gillian secoua la tête d'un geste exaspéré. Il n'était pas à elle. Elle devait se reprendre. Il faisait simplement son travail. Une fois que tout cela serait terminé – vite, espérait-elle –, il rentrerait chez lui et l'oublierait complètement.

Cela dit, une partie d'elle refusait d'y croire. Elle avait l'impression d'avoir un lien avec cet homme, mais encore une fois, c'était stupide. Il était probablement concentré à cent pour cent sur cette mission. À savoir, le sauvetage de tous les otages de l'avion. Elle n'avait rien de spécial, et plus vite elle se le fourrerait dans le crâne, mieux ce serait.

C'était un fantasme ridicule qu'il ressente ne serait-ce qu'un dixième de l'attirance émotionnelle qu'elle avait pour lui, mais c'était vraiment mieux que de songer à sa situation présente.

Elle avait articulé son prénom juste avant que la trappe ne se ferme, ayant besoin de savoir si c'était vraiment lui. Il avait légèrement acquiescé... puis Luis l'avait attrapée et l'avait traînée violemment à l'intérieur de l'avion.

Elle s'assit sur le sol, le dos contre la porte du poste de pilotage, regardant Alberto et Jésus distribuer de l'eau et de la nourriture aux autres femmes. Leyton, un homme hispanique d'environ trente-deux ans, avait été chargé de porter quelques cartons à l'arrière de l'avion pour les hommes qui y étaient retenus.

Braquant son attention vers les femmes, Gillian soupira.

Elle espérait qu'ils laissent partir Janet et sa petite fille. Ou même Alice, qui n'allait pas bien depuis qu'elle était séparée de son mari. Mais au lieu de cela, comme promis, ils n'avaient libéré que deux des femmes. Gillian ne les connaissait pas bien ; elles étaient plus âgées et n'avaient pas adressé une parole à qui que ce soit, à ce qu'elle en savait.

Ils avaient également laissé partir huit hommes. La plupart étaient jeunes, et ils n'avaient même pas regardé les femmes devant lesquelles ils avaient dû passer en sortant. Étrangement, Gillian comprenait. Les femmes n'étaient pas aussi fortes que les hommes et étaient moins susceptibles de planifier une révolte.

Cela étant, même si les terroristes considéraient Gillian et les autres comme plus faibles qu'eux, elles ne l'étaient pas. Elles allaient simplement devoir utiliser d'autres armes que leurs muscles.

À ce moment précis, Gillian s'engagea à faire le nécessaire pour contrecarrer leurs projets, quels qu'ils soient. S'ils pensaient pouvoir prendre un avion pour aller se planquer en sécurité, ils se trompaient. Elle devait trouver un moyen de saboter l'avion. Elle avait vu Luis fermer la trappe ; peut-être pourrait-elle désactiver la porte d'une manière ou d'une autre ? Ils ne seraient pas en mesure de décoller si la porte n'était pas verrouillée, n'est-ce pas ? Elle n'avait aucune certitude, mais ça valait la peine d'essayer. Elle devrait également se démener pour donner à Walker le plus d'informations possible.

— J'ai besoin qu'on me suce la queue, annonça Luis à la cantonade.

Gillian sursauta fort. Elle avait été perdue dans sa propre tête, pensant à Walker et aux différentes façons de résister, lorsque les mots du pirate de l'air l'interrompirent, sonores et menaçants.

Elle se recroquevilla contre la porte et le fixa avec de grands yeux. Il se trouvait au milieu de l'allée, à environ six rangées en arrière, où se terminait la cabine de première classe et où commençait la section économie.

Il regarda toutes les femmes qui se blottissaient les unes contre les autres comme s'il faisait ses emplettes et essayait de choisir le fruit le plus mûr.

— Toi, dit-il, en désignant Andréa qui était assise sur le sol dans l'une des rangées.

Elle laissa échapper un sanglot silencieux et secoua la tête.

— Lève ton cul, tout de suite ! ordonna Luis.

Très lentement, Andréa se redressa. La tête penchée, elle gardait les yeux braqués à terre.

— Eh bien ? Qu'est-ce que tu attends ? Ramène ton cul ! lui dit Luis avec un sourire mauvais.

Personne ne pipa mot. Gillian pouvait entendre Janet et les autres pleurer, mais personne ne se dressa contre le pirate ni ne vint à l'aide d'Andréa.

Gillian ouvrit la bouche. Elle ne savait pas ce qu'elle pouvait dire ; ce n'était pas comme si elle allait se porter volontaire... Mais il était trop tard. Luis avait attrapé le bras d'Andréa et l'entraînait violemment un peu plus loin dans l'allée.

Il la poussa dans une des rangées d'évacuation, probablement parce que c'était plus large et qu'il y avait plus de place. Puis il la fit tomber à genoux devant lui. Gillian ne pouvait plus voir Andréa ni ce qu'elle faisait, mais elle le devinait en voyant le torse de Luis. Elle se sentit tellement soulagée que les sièges lui bloquent la vue qu'elle ressentit une vague de culpabilité.

Luis baissait la tête, avec toujours ce même sourire narquois plaqué sur le visage. Gillian vit Luis dire quelque chose à Andréa et elle se l'imagina tenant la tête de l'autre femme entre ses mains alors qu'elle défaisait son pantalon. Il resta immobile encore une minute environ, puis il jeta la tête en arrière comme s'il appréciait vraiment ce qui se passait.

Gillian voyait bien à ses mouvements de balancement que ses hanches allaient d'avant en arrière, de plus en plus vite, et elle ne pouvait que s'imaginer ce qu'endurait la pauvre Andréa. Carlos et Jésus, fascinés, les observaient depuis l'arrière de l'avion, et elle réalisa que Henry se masturbait, assis sur le strapontin à côté d'elle.

Tremblant et fermant enfin les paupières, Gillian fut incapable d'en regarder davantage.

Luis était horrible. Lui *et* ses complices. Cette situation n'était-elle pas déjà assez grave ? Voilà qu'ils avaient décidé de violenter les otages ? Serait-elle la suivante ? Ou bien la pauvre Janet ? Alice ? Ou la magnifique Camille ? C'était trop. N'en avaient-elles pas subi assez ?

Une commotion lui fit ouvrir les yeux, et elle se rendit compte que Luis avait ramené Andréa dans l'allée. Son pantalon était fermé, mais le bouton était encore défait, et il arborait une expression satisfaite. Gillian en avait la nausée.

Andréa tenait une main sur ses lèvres et refusait de croiser le regard de qui que ce soit.

— Si tu n'es pas sage et que tu n'obéis pas, c'est toi la prochaine, déclara-t-il en poussant Andréa à sa place sur le sol.

Il fit alors signe à Alberto et Isaac, et tous les trois se rendirent dans l'allée pour avoir une conversation en privé dans l'intimité relative du milieu de l'avion, où il venait de s'imposer à Andréa.

Henry marmonna quelque chose en espagnol qui fit rire les autres, et Gillian était contente d'être incapable de le comprendre. Elle avait l'impression qu'il avait dit quelque chose de désobligeant sur Andréa, ou peut-être les femmes en général.

Gillian aurait voulu rejoindre la jeune femme pour lui demander si elle allait bien, la rassurer en lui disant qu'elles allaient s'en sortir vivantes, qu'il fallait juste qu'elles soient fortes. Mais dans son esprit, ces mots semblaient creux. Elle songea à ce qu'*elle* aurait ressenti si c'était elle que Luis avait choisie. Elle n'aurait pas voulu entendre des platitudes de la part de quiconque.

Fermant les yeux, Gillian tenta à nouveau d'invoquer des pensées apaisantes à propos de Walker, mais elle découvrit que c'était impossible. Toutes ses craintes et tous ses soucis l'écrasaient, et elle était obnubilée par la perspective de ce que Luis et ses acolytes réservaient au reste d'entre elles.

Finalement, elle fit de son mieux pour se reposer, même si elle eut des cauchemars.

Elle avait eu l'impression d'avoir dormi pendant quelques secondes seulement, mais en réalité, des heures s'étaient écoulées avant que Gillian ne se fasse douloureusement réveiller par un coup de pied dans les côtes.

Poussant un cri, elle s'assit sans attendre et grimaça devant la lumière qui l'éblouit.

— Il est temps de passer un autre appel, lui dit brusquement Luis. Il faut qu'on sache quand Hugo sera libéré et quand l'avion sera ravitaillé. Ils mettent trop de temps et ça fait trop longtemps qu'on reste à les attendre sans rien faire. Il est une heure du matin. Ils ont jusqu'à cinq heures du matin pour faire ravitailler cet avion et libérer Hugo.

— Que va-t-il se passer à cinq heures ? demanda Gillian.

Luis afficha un sourire moqueur et se pencha vers elle.

— Des gens vont commencer à crever, dit-il succinctement. Un tous les quarts d'heure jusqu'à ce qu'on ait la preuve que notre camarade a été libéré. Assurez-vous qu'ils comprennent. On va commencer par tes copines. Ou peut-être par cette petite fille.

— Non ! s'exclama Gillian. S'il vous plaît !

Luis tira Gillian par les cheveux et tira fort. Il tint son couteau contre sa gorge exposée et grogna :

— Alors, fais-leur comprendre qu'on ne plaisante pas ! Tu y parviens et tout le monde survit. Tu échoues, et tout le monde crève ! Tu seras la dernière. Je vais te forcer à regarder mourir chaque personne dans cet avion. Tu as compris ?

— Oui, murmura Gillian.

Elle savait qu'il n'hésiterait pas à mettre ses menaces à l'épreuve.

Luis hocha la tête, puis lui jeta le téléphone portable sur les genoux en se redressant.

— Et n'essaie pas de faire quelque chose de stupide, le prévint-il. On va t'écouter.

Et sur ce, il se redressa et braqua sur elle un regard menaçant.

Les doigts de Gillian tremblaient, mais elle cliqua sur le téléphone et retrouva les appels les plus récents. Elle appuya sur le dernier appel reçu et attendit que quelqu'un décroche. Elle avait la gorge serrée et pendant une seconde, elle se dit que personne n'allait répondre, car ils étaient en plein milieu de la nuit. Mais enfin, elle entendit la voix de Walker.

— Oui ?

— C'est Gillian.

— Salut.

Sa voix changea immédiatement, passant du ton bourru et menaçant qu'il avait utilisé à un timbre plus doux.

— Ça va ?

— Je suis censée vous faire parvenir un message.

— D'accord, mais d'abord, respire.

Gillian fronça les sourcils.

— Quoi ?

— Respire, Di. Je vois bien que tu es stressée. Respire.

— Di ?

— Désolé, ça m'a échappé. Diana Prince. Tu sais, l'alter ego de Wonder Woman ? Tu me fais penser à elle. Tu restes calme sous la pression, à la recherche de moyens d'aider les gens même lorsque tout conspire contre toi. Je n'ai pas vu de lasso doré tout à l'heure, mais tu le caches peut-être quelque part.

Gillian en resta littéralement sans voix. Elle ne savait pas quoi lui répondre.

— Tu respires ? Je ne sais pas, je n'ai pas l'impression que tu le fais.

Elle poussa un soupir audible et, étonnamment, elle entendit Walker ricaner à l'autre bout du fil.

— Bien. Maintenant, dis-moi ce que ces connards veulent qu'on sache.

Et c'est ainsi que, brusquement, elle fut ramenée à sa situation présente. Levant les yeux, Gillian vit Luis et Henry la regarder, les bras croisés. Être assise à leurs pieds n'était pas une position avantageuse, mais elle essaya de ne pas se laisser intimider.

Mais à quoi bon se mentir ? Elle était vraiment intimidée.

— Ils ont dit que vous avez jusqu'à cinq heures demain matin pour faire le plein et libérer Hugo. Sans quoi, ils vont commencer à tuer des gens. Une personne tous les quarts d'heure.

Elle lui communiqua le message rapidement, sentant la

bile monter dans sa gorge à l'idée d'avoir à prononcer ces mots à voix haute.

— Les autorités attendent que le soleil se lève pour faire le plein, déclara Walker calmement. Je peux leur dire qu'ils devront le faire plus tôt. Et je crois que Hugo sera libéré dans deux heures environ. Ils nous écoutent ?

Gillian hocha la tête, mais ne put rien dire.

— Je suis sûr que oui, dit Walker. Vas-y, répète-leur ce que je viens de dire.

Gillian ne savait absolument pas comment Walker pouvait paraître si calme et rassuré. Elle s'éclaircit la gorge et fit passer le message.

Luis et Henry commencèrent immédiatement à discuter entre eux en espagnol.

— Je ne...

— Chut, dit rapidement Walker au téléphone.

Surpris qu'il soit aussi abrupt, Gillian déglutit fort et tint fermement le téléphone contre son oreille. Elle ne savait pas quoi dire ou pourquoi elle tenait toujours le téléphone. Elle aurait dû raccrocher. Elle avait transmis le message. Mais même si la concision de Walker l'avait déboussolée, elle ne pouvait pas se forcer à briser le lien.

Elle pouvait l'entendre respirer à l'autre bout de la ligne, et se concentrait sur cela. Elle essaya de respirer à son rythme. Étonnamment, cela la calmait. Il ne haletait pas, n'était pas nerveux et ne semblait pas avoir peur.

Henry et Luis avaient fini de se disputer et ce dernier rejoignit l'arrière de l'avion d'un pas lourd. Henry passa une main agitée dans ses cheveux et grogna avant de s'éloigner à son tour de l'endroit où Gillian était assise. Il n'alla pas loin, seulement à la sortie de la cabine de première classe, mais cela lui donna un peu d'intimité.

— Walker ? chuchota-t-elle.

— Désolé, Di.

— Que s'est-il passé ? demanda-t-elle.

— J'avais besoin d'entendre leur conversation, lui dit Walker.

Soudain, Gillian comprit.

— Qu'est-ce qu'ils ont dit ?

— Je ne sais pas. Mais mon coéquipier va bien trouver un truc. Il est en route et il écoutera l'enregistrement de notre appel quand il sera arrivé.

— Ce type va vraiment être libéré bientôt ?

— Oui, répondit simplement Walker.

— Et l'avion sera ravitaillé ?

— J'en déduis que personne n'est en train d'écouter ? demanda Walker.

— Non. Henry boude. Oh ! Luis, Jésus, Alberto, Carlos, Henry et Isaac. Ce sont les noms des pirates de l'air.

— Bon travail ! déclara Walker avec une admiration évidente. Et tout ça sera bientôt terminé.

— Ils vont *vraiment* commencer à tuer des gens, l'avertit Gillian. Ils ont dit qu'ils commenceraient par les femmes.

— Je te crois, mais on ne va pas en arriver là.

— Promis ?

Elle savait que ce n'était pas vraiment juste de lui demander une telle chose, mais elle était désespérée. Son cœur se serra quand Walker ne lui répondit pas immédiatement.

— Désolée. Tu n'as pas besoin de répondre...

— Je ne suis pas devin, ma belle. J'aimerais bien l'être. J'aimerais pouvoir te dire avec certitude ce qui va se passer dans les prochaines heures. Tout ce que je *peux* te dire est que je fais de mon mieux pour que toi, et tout le monde dans cet avion, vous en sortiez en un seul morceau.

— Ne les laissez pas s'en aller avec nous tous à l'intérieur de cet avion.

— Absolument pas, dit Walker avec ferveur.

Elle le croyait.

— J'ai vu Luis fermer la porte. Je suis certaine de pouvoir faire quelque chose pour l'ouvrir ou bien faire qu'il ne puisse pas la fermer correctement. Ils ne peuvent pas partir sans que la porte soit verrouillée, n'est-ce pas ? Peut-être que lorsque l'avion sera ravitaillé, quelqu'un pourra me laisser un fusil ou une arme quelconque dans un compartiment secret. Je peux...

— Diana Prince, sans la moindre hésitation, l'interrompit Walker.

— Quoi ?

— On s'en occupe, Di. De ton côté, suis le mouvement, reste discrète et essaie de ne pas te mettre en danger. D'accord ?

— D'accord. Walker ?

— Oui ?

— C'*était* toi avec la nourriture et l'eau, n'est-ce pas ?

— Bien vu.

Gillian se sentit légèrement stupide. Bien entendu. Il l'avait confirmé plus tôt avec son hochement de tête. Mais elle ne maîtrisait pas ses émotions. Elle était épuisée, stressée et terrifiée. Sans mentionner le fait qu'elle se doutait qu'elle puait... Elle n'en était pas certaine, parce que tout le monde autour d'elle aussi sentait fort. Elle était vraiment en colère que Walker l'ait vue dans cet état. Elle aurait voulu l'impressionner. Elle aurait voulu ressembler à ces héroïnes de film super fortes qui pouvaient survivre au pire et parvenir quand même à séduire le héros.

— Je pensais que oui, déclara-t-elle bêtement quand le silence se prolongea.

— À quoi tu penses ? demanda-t-il.

Gillian ferma les yeux et posa son front sur ses genoux. Elle avait mal. Partout. Elle était épuisée et terrifiée. Et elle était apparemment assez vaine pour souhaiter plaire à Walker... alors qu'ils se trouvaient au beau milieu d'une situation de prise d'otages, bon sang ! Elle était vraiment folle.

— Rien.

— Tu veux savoir ce que j'ai vu lorsque j'ai gravi cette échelle ? lui demanda Walker à voix basse.

— Peut-être, dit Gillian en secouant pourtant la tête.

Il rit doucement, puis la surprit totalement.

— J'ai vu une femme qui était au bout du rouleau, mais qui tenait toujours le coup. Mieux encore, j'ai vu une leader. Quelqu'un que probablement tous les passagers de cet avion tiennent en exemple. Quelqu'un qui, malgré sa peur, fait de son mieux pour survivre à cette épreuve pour le bien du reste de l'équipe. J'ai vu une femme que j'admirais et qui, je me l'étais juré, ne deviendrait jamais une statistique ou bien quelques lignes lors d'un bulletin d'informations. Après un court silence, il ajouta :

— J'ai vu une femme que j'avais envie de mieux connaître.

Ses paroles la faisaient se sentir bien. Très bien. Inspirant profondément, elle demanda :

— Tu veux savoir ce que j'ai vu quand je t'ai vu *toi* ?

— Bien sûr, Di. Raconte-moi.

— L'espoir.

Ils restèrent tous les deux silencieux pendant un moment.

— Je ne devrais pas aimer autant ça. Accrochez-vous encore un peu, Gillian. Soyez vigilante et restez aussi calme que possible. D'accord ?

— Oui.

Gillian eut soudain une idée. Quelque chose qui aurait dû lui venir il y a longtemps.

— Walker ? Tu m'as dit que tu enregistres mes appels ?

— Oui.

— Que se passerait-il si je leur rends le téléphone en faisant semblant de raccrocher ?

— Non.

— Mais...

— Non. S'ils s'en rendent compte, ils te feront du mal.

— Ils vont me faire du mal de toute façon. Ils m'ont *déjà* fait du mal. Pour le moment, ils ont juste joué avec moi, mais je sais qu'à la seconde où ils en auront l'occasion, Luis ou n'importe lequel des autres prendra plaisir à me faire souffrir. Mais si tu peux entendre leurs conversations, tu seras peut-être en mesure de les rattraper s'ils s'enfuient.

— Tu es plus importante.

Gillian savait qu'elle se repasserait ces quatre mots dans son esprit pour le reste de sa vie... aussi courte qu'elle risquait d'être.

Elle avait eu son lot de petits amis, mais pour la plupart, elle n'avait jamais eu l'impression qu'ils la faisaient passer en premier. Elle était sortie avec un musicien qui avait déménagé à Los Angeles pour faire carrière. Elle serait partie avec lui... s'il le lui avait demandé. Il ne l'avait pas fait. Puis il y avait eu le comptable qu'elle n'avait pas vu pendant trois mois à la période de paiement des impôts. Et puis il y avait ce fan qui aimait tellement le sport qu'il ne l'invitait jamais à sortir quand son équipe préférée jouait parce qu'elle l'aurait déconcentré.

Walker ne la connaissait même pas, et il *la* faisait passer au-dessus de la capture de six terroristes impitoyables.

— Je ferais attention, lui dit-elle. J'espère pouvoir bientôt te rencontrer officiellement, Walker Nelson. Fais attention à toi.

Puis, sans attendre sa réponse, parce qu'elle pressentait qu'il serait en mesure de lui faire changer d'avis, elle cliqua hors de l'application téléphonique et éteignit l'écran. Alors qu'il devint noir, elle pria pour que son plan fonctionne vraiment et que ces connards qui les retenaient en otage s'incriminent alors que Walker et ses amis pouvaient les entendre.

Elle tint le téléphone face vers le haut et attendit que Henry se rende compte qu'il l'avait laissée seule avec son portable. Étonnamment, cela prit encore quelques minutes. Quand il s'en rendit compte, il rejoignit l'allée en courant et lui arracha le téléphone de la main. Il le fourra dans sa poche arrière et la frappa en plein visage.

— Qu'est-ce que tu lui as dit ? aboya-t-il.

— Rien ! protesta Gillian. J'ai raccroché quand vous êtes parti.

— J'espère que tu ne mens pas, siffla-t-il alors qu'il se dressait au-dessus d'elle d'un air menaçant.

— Je ne mentais pas ! Je le jure !

Henry lui fila un autre coup de pied puis tourna les talons pour s'en aller. Gillian croisa le regard d'Andréa et essaya de lui adresser un sourire rassurant. Elle voulait lui dire, ainsi qu'aux autres, que les secours étaient en route. Que bientôt, tout ceci ne serait qu'un mauvais souvenir, mais elle n'osa pas.

Elle espérait que Walker avait été honnête avec elle et que l'ami des pirates de l'air serait libéré. Alors peut-être pourraient-ils tous s'en sortir vivants.

CHAPITRE QUATRE

Trigger se tenait au bord du tarmac. Chaque muscle de son corps était tendu. Il avait entendu Gillian se faire frapper et détestait entendre la peur dans sa voix. Mais il ne pouvait nier que son geste leur serait utile. Peut-être pas tout de suite, mais plus tard, une fois l'opération terminée. Les enquêteurs pourraient écouter les discussions des pirates de l'air et en déduire leur plan. Apparemment, le terroriste qui avait pris le téléphone ne s'était pas rendu compte qu'il était toujours allumé, et il espérait que les enregistrements seraient audibles.

Cela dit, pour l'instant, ils avaient un avion à prendre d'assaut et des otages à sauver. C'était leur objectif principal. La raison première de leur présence.

Et le temps leur filait entre les doigts. Il était quatre heures du matin et le délai que leur avaient fixé les pirates de l'air approchait rapidement. Hugo Lamas avait été libéré, mais à la seconde où le véhicule avait quitté l'enceinte de la prison, il avait été frappé par un tir de roquette. Hugo, ainsi que tous les occupants du véhicule, avait été réduit à néant.

Personne ne savait qui était derrière le coup. Le cartel

des soleils avait-il liquidé un de leurs propres membres pour s'assurer de son silence ? Est-ce que quelqu'un dans l'armée ou au gouvernement ne voulait pas qu'il soit libéré ? Un gang rival de trafiquants de drogue ? Personne n'avait de réponses, ce qui rendait Trigger et son équipe nerveux. Celui qui était à l'origine de l'assassinat avait obtenu des informations confidentielles sur sa libération ou bien avait attendu son heure, aux aguets. Quoi qu'il en soit, si Luis et les autres pirates de l'air apprenaient que leur ami avait été tué, qui savait ce qu'ils auraient pu faire en guise de représailles ?

Il ne pouvait plus faire traîner les choses. Les pirates attendaient l'arrivée de leur ami, et quand il ne se présenterait pas, ils commenceraient à tuer des civils innocents. C'était le travail des Delta de les en empêcher.

— Tout le monde sait ce qu'il a à faire ? demanda Trigger dans leurs radios mains libres enroulées autour de leur cou. Quand ils parlaient, la connexion s'enclenchait automatiquement.

— Affirmatif.

— Oui.

— Absolument.

Les réponses furent immédiates et assurées. Trigger sentait l'adrénaline courir dans ses veines. Ils étaient prêts à prendre l'avion d'assaut. Lefty et lui entreraient par la même porte par laquelle ils avaient livré la nourriture. Grover, Brain et Oz pénètreraient par la trappe arrière. Doc prendrait une issue de secours près des ailes et Lucky prendrait l'autre. Ils espéraient que cette entrée simultanée causerait une confusion généralisée auprès des pirates de l'air et qu'ils pourraient en descendre assez avant qu'ils ne ripostent en butant les otages.

C'était terriblement risqué, mais sans autre moyen de

monter à bord de l'avion, c'était leur meilleur plan d'action, et une chose qu'ils avaient pratiquée à de nombreuses reprises durant leurs entraînements. Ils étaient prêts. Trigger espérait simplement que Gillian et les autres le soient également.

— Le camion de ravitaillement en essence est prêt à partir, déclara Doc. Restez tous en attente. On va s'en servir comme couverture, et une fois arrivés à l'avion, on se dispersera. Un, deux... Merde ! Qu'est-ce que c'est que ça ?

Trigger regarda vers l'endroit où le camion de ravitaillement attendait et vit un bimoteur Beechcraft arriver à toute vitesse au bout du terminal. Les hélices tournaient, et il était clair que ce n'était pas simplement un pilote lambda qui débarquait comme une fleur. L'engin pouvait accueillir jusqu'à douze personnes et se dirigeait directement vers l'avion de ligne détourné sans donner l'impression de ralentir.

Leur plan soigneusement construit venait de partir en sucette.

Trigger tourna la tête vers l'avion détourné lorsqu'il entendit le bruit d'un des toboggans qui se gonflait.

— Merde, merde, merde, marmonna Trigger en faisant signe à son équipe de se mettre en mouvement.

Mais avant qu'ils n'atteignent l'avion, les passagers commencèrent à sortir. Deux par deux. Un homme et une femme. À la seconde où le premier duo arriva au bas du toboggan, ils commencèrent à courir vers le petit biplan.

Ils n'avaient aucune idée de ce à quoi ressemblaient les pirates de l'air, et il ne savait donc pas si les gens qui couraient étaient leurs cibles ou non.

Deux par deux, de plus en plus de gens glissèrent le long du toboggan d'évacuation et coururent vers le petit avion qui ralentissait à proximité.

Le premier binôme fit le tour de l'avion et se dirigea vers le terminal derrière lui.

Arrêter l'avion pile au milieu du chemin que les otages devraient emprunter pour aller se mettre en sécurité était une idée géniale. Cela rendait beaucoup plus difficile de distinguer les terroristes des otages.

Il était clair que les pirates de l'air n'avaient jamais eu l'intention de s'enfuir à bord de l'avion de ligne. Ils allaient prendre un engin plus petit et plus maniable, qui pourrait voler sous les radars et disparaître en Amérique centrale sans laisser la moindre trace.

Trigger courait aux côtés de Lefty alors que l'équipe se dirigeait vers les passagers paniqués qui essayaient désespérément d'échapper à l'enfer qu'ils avaient vécu au cours des trois derniers jours.

— Ils utilisent les passagers comme boucliers, déclara Trigger à son équipe.

Il savait qu'ils étaient déjà au courant, mais il devait quand même le dire.

— Liquidez les cibles, mais assurez-vous que la personne sur laquelle vous tirez soit bien un pirate de l'air !

La distance qui les séparait des deux avions restait conséquente, et Trigger ne s'était jamais senti plus exposé.

Un coup de feu sonore se fit entendre et, comme un seul homme, les sept Deltas roulèrent au sol. Ils n'avaient aucune couverture, mais ils n'allaient pas attendre de se faire descendre sans rien faire. Quelques secondes plus tard, ils reprirent leur marche vers l'avion. Personne ne savait qui tirait et d'où, mais il était trop tard pour avorter la mission.

Au bout de ce qu'il leur sembla être une heure, ils atteignirent enfin les roues avant de l'avion détourné. Ils se mirent en rang, se mettant à couvert derrière les roues et se protégeant mutuellement. Trigger était devant, et il cherchait frénétiquement du regard celui qui leur tirait dessus.

La scène était un chaos absolu. Les femmes pleuraient, les hommes criaient, et Trigger savait qu'il devait immédiatement déterminer qui était un pirate de l'air et qui était un civil innocent.

— Grover, descends le pilote dans le biplan, ordonna Trigger. Doc, couvre-le. Lefty, Brain et toi devez trouver un moyen de rediriger les civils... De les séparer de nos cibles. Oz et Lucky, vous et moi allons nous occuper des terroristes.

Sans un mot, les membres de son équipe se dispersèrent. Trigger entendit Lefty siffler aussi fort qu'il le pouvait alors que Brain commença à crier aux otages de courir dans la direction opposée à celle du biplan.

Comme si les hommes et les femmes terrifiés avaient simplement attendu que quelqu'un leur dise quoi faire, ils prirent immédiatement un virage à droite et se dirigèrent vers les deux hommes qui leur faisaient frénétiquement signe de courir vers eux.

Avec le changement de mouvement des corps, Trigger pouvait facilement distinguer les terroristes des otages. Mais il y avait à présent un nouveau problème : les pirates de l'air se servaient des femmes et des enfants comme de boucliers.

Un homme avait un petit enfant dans les bras. Il tenait un couteau contre sa gorge alors qu'il courait vers le petit avion.

Un autre enfonçait le canon d'une carabine dans le flanc d'une femme alors qu'il la forçait à courir vers le Beechcraft.

Puis Trigger vit Gillian.

Ses cheveux blonds se démarquaient, même dans la faible lumière du soleil levant. Un homme avait passé un bras autour de son cou et tentait de marcher à reculons vers le petit avion tout en tirant au hasard sur l'équipe de Trigger et les otages qui battaient en retraite.

Quelque chose à l'intérieur de Trigger changea et un sentiment qu'il n'avait encore jamais ressenti en mission s'empara de lui.

La peur.

Soudain, il avait peur que l'homme monte dans le petit avion avec Gillian et qu'il ne la revoie plus jamais n'entende plus jamais sa voix.

Non. Impossible !

Il plissa les paupières et braqua entièrement son attention sur cet homme. Trigger reconnut ce sentiment d'avoir une vision télescopique, mais il ne tenta pas de s'en extraire. Il avait foi en son équipe. Ils le couvriraient et s'occuperaient des autres pirates de l'air. Ce connard qui faisait du mal à Gillian allait mourir.

* * *

Gillian avait le vertige. Quand les pirates de l'air avaient soudainement rassemblé toutes les femmes et les avaient poussées à l'arrière de l'avion avec les hommes, elle avait pensé qu'ils allaient tous les laisser partir, que l'avion avait finalement été ravitaillé et qu'ils étaient prêts à partir. Lorsqu'ils avaient ouvert une trappe, ses conclusions avaient été confirmées. Elle ne put s'empêcher de sourire.

Mais Luis avait ensuite parlé dans une radio portative qu'elle n'avait pas vue auparavant et s'était mis à regrouper les otages deux par deux. Un homme et une femme. Il poussa le premier duo par la trappe pour qu'ils glissent en bas d'un toboggan, sans leur donner le moindre avertissement. Puis il fit de même avec le suivant. Et le suivant. Puis Henry saisit Alice et sauta derrière un des duos d'otages.

Que se passait-il ?

Elle regarda par la trappe et vit un petit avion venir vers eux, vite.

Puis elle comprit.

Les pirates de l'air ne s'en iraient pas dans l'avion de ligne. Un complice allait les récupérer dans le biplan.

Gillian était tellement stupéfaite qu'elle avait cessé de prêter attention à ce qu'il se passait autour d'elle, et fut donc surprise quand Alberto s'empara de son bras pour la plaquer contre lui. Il lui serrait si étroitement le biceps que Gillian ne put s'empêcher de glapir de douleur.

— Tu viens avec moi, siffla Alberto. Et si tu cours, je te bute. C'est compris ?

Gillian ne put que hocher la tête.

Il se fraya un chemin entre les autres otages qui attendaient avec inquiétude leur opportunité de s'échapper de l'avion et la plaça de force derrière Luis et Andréa. L'autre terroriste avait plaqué un petit pistolet contre la tempe de cette dernière et lui dit quelque chose en espagnol. Quand Alberto et elle apparurent derrière eux, Luis se redressa, mais ne retira pas le pistolet de la tête de la jeune femme.

— C'est rigolo, non ? demanda-t-il avec un sourire mauvais.

Puis il se pencha vers Andréa et lui lécha le côté du visage.

— Je prends celle-là avec moi. Elle m'a tellement bien sucé que je ne vais pas m'en priver. Elle et moi allons nous faire d'autres petites parties de plaisir, n'est-ce pas ?

Gillian trembla alors qu'Andréa fermait les yeux.

— Viens, ordonna Luis. On n'a pas beaucoup de temps. Tout le monde est sorti ?

— *Si*, Isaac est derrière moi, déclara Alberto.

Gillian se tourna pour regarder et vit qu'Isaac se tenait

en effet derrière eux. À côté de lui se trouvait Leyton, l'homme hispanique qui les avait aidés à porter les caisses plus tôt.

— Je vais aller avec elle, déclara-t-il lorsque leurs regards se croisèrent.

Elle fronça des sourcils confus.

Leyton voulut lui prendre le bras.

— Je vais la prendre, répéta-t-il.

Gillian ne savait absolument pas pourquoi Leyton avait proposé d'aller avec elle alors qu'il semblait évident qu'Alberto avait prévu de se servir d'elle comme d'un bouclier. Elle vit ensuite Wade, le mari d'Alice, qui avait été assis dans la même rangée que Gillian lorsque tout avait commencé.

— Non, je vais sauter avec elle, déclara Wade.

Gillian réalisa enfin que les hommes faisaient leur possible pour essayer de l'aider, pour l'éloigner du pirate de l'air.

Leyton tendit même la main pour lui saisir le bras. Pendant une brève seconde, Alberto et lui parurent se disputer Gillian.

— Vous voulez aussi venir avec nous ? railla Alberto, avant de placer une main sur la poitrine de Leyton et de le pousser fort.

Le jeune homme recula, mais il ne détourna pas les yeux du pirate de l'air.

— Recule, dit Alberto d'une voix sévère. Et c'est valable pour le reste d'entre vous, poursuivit-il, s'adressant aux gens qui s'étaient rassemblés autour d'eux. Faites *ce* qu'on vous dit, *quand* on vous le dit, et vous aurez des chances de survivre. Faites les malins et je vous descends immédiatement !

— On doit sortir d'ici, l'interrompit Luis avec impatience, avant de pousser Andréa en avant. Ils glissèrent tous les deux sur le toboggan gonflable.

Sans lui laisser le temps de se préparer, Alberto sauta à son tour sur le toboggan, entraînant Gillian avec lui. À la seconde où leurs pieds touchèrent le tarmac, il la fit se redresser de force et l'entraîna vers le petit avion qui les attendait.

Les gens couraient de partout. La confusion était omniprésente. Les otages libérés ne savaient pas où aller. Certains se dirigeaient vers le petit avion, mais d'autres s'étaient tournés et couraient vers la droite, vers un homme entièrement vêtu de noir. Des coups de feu résonnèrent, mais il n'y avait nulle part où se dissimuler.

Alberto passa un bras autour de son cou et la serra contre sa poitrine. Elle saisit son bras entre ses mains et essaya de le retirer de sa gorge. Il lui coupait la respiration, et la seule chose sur laquelle elle parvenait à se concentrer était de remplir ses poumons d'oxygène. Marchant à reculons, Alberto souleva sa carabine et tira sur les hommes et les femmes qui couraient dans la direction opposée, puis éclata de rire quand des cris résonnèrent autour d'eux.

— Arrêtez de perdre du temps ! cria Luis dans leur dos. Dirigez-vous vers l'avion !

C'est alors que Gillian se débattit. Elle n'allait pas prendre un autre avion avec ces connards sans cœur. Elle savait que s'ils la faisaient monter à bord, personne ne la reverrait plus jamais. Ni ses parents ni ses meilleures amies... Personne. Ils abuseraient d'elle, lui feraient du mal, puis se débarrasseraient de son corps quelque part dans la jungle.

Elle ne laisserait pas cela se produire.

Alberto fut évidemment surpris qu'elle se débatte, parce qu'il cessa de tirer et laissa tomber son fusil. Il était accroché à son dos avec une sangle, mais il avait besoin d'utiliser ses deux mains pour essayer de la soumettre.

Mais elle eut beau se débattre, Gillian ne parvint pas à se libérer de l'emprise d'Alberto. Ce n'est qu'après avoir entendu Luis jurer en espagnol qu'elle se rendit compte qu'ils avaient atteint le plus petit avion.

Avant de pouvoir comprendre ce qu'il se passait, elle entendit Andréa crier. La pauvre petite Renée pleurait également pas très loin de là.

Gillian se dit en passant que Leyton avait dû les suivre hors de l'avion. Il se tenait près d'elles. Il ne les aidait pas ; ni elle, ni Andréa, ni même Renée. Il se contentait de la regarder, presque comme s'il était en état de choc.

Elle aurait voulu lui crier de courir, de s'éloigner de l'avion et des pirates de l'air, pour sauver sa peau, mais elle n'en a pas eu l'occasion.

Une seconde Gillian était debout, et celle d'après, Alberto et elle se retrouvaient par terre. Ils étaient entrés en collision avec Andréa et Luis, fortement, et tous les quatre s'étaient écroulés. Les deux autres se trouvaient à présent sous eux. Ils étaient affalés au bas des trois marches qui menaient à l'avion bimoteur, tandis que Luis hurlait en espagnol et essayait de se redresser.

Renée était roulée en boule tout près de là et appelait sa mère en pleurant.

Tout était chaotique et déroutant, et tout se passait trop rapidement pour que Gillian comprenne.

Un coup de feu déchira l'air et ils parurent tous se figer. Le bruit de verre brisé suivit immédiatement le coup de feu, et des éclats déferlèrent sur les quatre personnes au bas des marches.

— Merde ! s'écria Luis avant de parvenir enfin à écarter Andréa et à se redresser. Il se tourna pour gravir les escaliers, mais un autre coup de feu fendit l'air, et le leader des pirates de l'air s'affala sur les marches qu'il tentait de monter.

Andréa se remit à hurler.

Alberto mit Gillian à genoux de force, mais avant qu'elle ne puisse se redresser, on entendit un autre coup de feu...

Et Alberto s'écroula contre elle.

Elle sentit une humidité éclabousser son visage avant qu'elle ne tombe à nouveau, le poids d'Alberto l'épinglant au sol.

Andréa continuait de crier, Renée pleurait toujours, et Gillian se surprit à penser qu'elle aimerait bien qu'elles se la ferment. Autour d'elle, elle entendait un concert de cris et de sanglots.

Luttant pour ramper de sous Alberto, Gillian entendit d'autres coups de feu, cette fois beaucoup plus proches. Grimaçant à chacun d'entre eux, elle décida de rester là où elle était. C'était irrationnel, mais elle se sentait plus en sécurité dissimulée sous le cadavre d'Alberto que debout et exposée aux balles qui fendaient l'air.

Après ce qui aurait pu tout aussi bien être deux minutes ou deux secondes (elle n'en était pas certaine), ses oreilles enregistrèrent enfin le silence.

Puis :

— Gillian !

Elle aurait reconnu cette voix n'importe où.

Walker.

Renouvelant sa tentative de se dégager du corps d'Alberto, Gillian fit de son mieux pour se libérer. Elle lutta pendant seulement quelques secondes avant de parvenir à se dégager du cadavre de l'homme. Tournant la tête, Gillian croisa le regard gris préoccupé de Walker alors qu'il courait vers elle.

Il avait l'air très différent de la dernière fois où elle l'avait vu. Il ne portait plus sa combinaison grise d'agent d'aéroport. À présent, il était vêtu de noir et avait même de la peinture noire étalée sur le visage. Il tenait une sorte de fusil et avait quelque chose d'enroulé autour de la gorge.

Baissant le bras, il la remit sur pied d'une seule main tout en gardant son fusil prêt à tirer, puis il la tira vers lui.

Gillian se laissa faire.

Il était dur de partout, surtout à cause de son gilet pare-balles, mais même ses biceps étaient durs comme de la pierre.

Elle ne s'était jamais sentie aussi en sécurité de toute sa vie.

Elle s'autorisa pendant une seconde à fermer les yeux et à se détendre contre lui avant que le son des sanglots d'Andréa ne la force à rouvrir les paupières. Tournant la tête à droite, elle vit un homme habillé comme Walker qui aidait Andréa à se redresser. Celle-ci avait l'air absolument terrifiée. Tellement qu'elle ne pouvait même pas marcher ; il fut contraint de la porter pour aller la mettre en sécurité.

Le cadavre de Luis avait été dégagé des escaliers et reposait sur le tarmac, à côté du petit avion. Un autre homme, manifestement de l'équipe de Walker, se tenait dans l'encadrement de la porte de l'appareil. Il fronçait les sourcils, et son expression austère faisait un peu peur à Gillian.

Se tournant, elle vit que Renée n'était plus allongée sur le sol. Un des coéquipiers de Walker la dirigea alors vers le terminal et lui dit de courir.

Les oreilles de Gillian résonnaient.

— C'est terminé ? chuchota-t-elle, se sentant stupide.

— C'est terminé, confirma Walker.

— Trois morts à l'intérieur, sans compter le pilote, déclara l'homme debout dans l'avion.

— Il y en a trois autres là-bas. Bon travail, tout le monde, disait quelqu'un qui se tenait derrière eux, terrifiant Gillian.

— Du calme, Di, murmura Walker qui ne la lâchait pas.

C'était une bonne chose, car Gillian savait que sans son soutien, elle se serait écroulée à terre.

Regardant autour d'elle, elle désigna Luis.

— C'est Luis.

Puis elle hocha la tête en direction d'Alberto.

— Et celui qui me tenait était Alberto.

Se tournant, elle regarda l'homme mort derrière elle.

— Et voilà Jésus.

— On a besoin d'elle pour identifier les autres, déclara l'homme dans l'avion.

— Non, répondit Walker.

Au même moment, Gillian dit :

— D'accord.

— Tu n'es pas obligée de faire ça, lui dit sévèrement Walker. Quelqu'un d'autre peut essayer de dépatouiller ce fiasco.

Elle secoua la tête.

— J'ai besoin de savoir qu'ils sont morts.

Walker pinça les lèvres. Elle voyait qu'il n'était pas ravi, mais il n'essaya pas de lui faire changer d'avis.

— Oz, fais-les glisser vers la porte. Elle peut les identifier d'ici.

Le grand homme dans l'avion hocha la tête et disparut pendant un moment. Puis il revint, traînant le corps de Carlos par le biceps.

— Carlos, dit Gillian à voix basse.

Oz hocha la tête et répéta le processus à deux autres reprises, lui faisant identifier Isaac et Henry.

Gillian savait qu'elle était en état de choc. Ce n'était pas sa vie. Impossible ! Se trouvait-elle vraiment au milieu d'une piste aérienne au Venezuela, à identifier des cadavres ? Des hommes avec des trous sanglants dans la tête ?

Au loin, on entendait des sirènes, un son stressant et détonnant.

Gardant un bras autour de ses épaules, Walker la fit tourner afin qu'elle se retrouve face à lui.

— Tu as mal quelque part ?

— Pas vraiment. Je veux dire, je suis en vie. Que pourrais-je demander de plus ? Qu'est-ce qu'il vient de se passer ?

— Les pirates de l'air n'avaient évidemment pas prévu de quitter le pays avec l'avion de ligne.

Gillian hocha la tête.

— Le carburant était un leurre.

La lueur d'admiration dans les yeux de Walker était gratifiante. Elle se sentait à vif et désarçonnée, mais elle avait également l'impression qu'elle serait capable de faire n'importe quoi s'il continuait à la regarder comme si elle était véritablement spéciale.

— Exactement. Ils ont laissé les otages partir deux par deux pour nous distraire. Puisque personne n'avait vu à quoi ils ressemblaient, on ne savait pas qui était un pirate de l'air et qui était un civil innocent. C'était intelligent. Mais une fois que Lefty et Brain ont détourné les otages, ça a été facile de distinguer ceux qui se rendaient vers l'avion de ceux qui essayaient simplement de s'en tirer vivants.

Gillian hocha la tête.

— Les trois autres sont parvenus jusqu'à leur petit avion et ont laissé partir les femmes et les enfants qu'ils utilisaient comme boucliers. On aurait dit que Luis essayait d'entraîner Andréa dans l'avion avec lui quand toi et ce connard, dit-il en donnant un coup de pied à Alberto, leur êtes rentrés dedans et avez fait s'écrouler tout le monde. Ça nous a donné assez de temps pour parvenir à eux avant qu'ils ne puissent grimper à l'intérieur. Grover a tué le pilote. Il lui a collé une balle à travers le hublot, et Oz a grimpé à l'intérieur et a descendu les autres. Et maintenant... c'est fini.

Gillian avait le vertige. Elle était plus sûre que jamais que Walker et ses amis étaient une sorte d'agents des forces spéciales. Tout avait paru se produire si rapidement après trois des plus longues journées de sa vie. Ils étaient simplement passés à l'acte. Dieu merci.

— Où est passé Leyton ?

— Qui ?

— Leyton. Un des otages. Il nous a suivis jusqu'à l'avion, puis il a disparu.

— Je ne sais pas, et pour le moment, je n'en ai rien à faire. Tout ce qui m'importe est qu'ils sont morts et pas toi, déclara Walker.

— Je pense qu'ils allaient m'emmener, murmura-t-elle. Merci de t'être assuré que ça n'arrive pas.

— Je n'allais pas les laisser faire ça, lui dit-il avant de l'attirer à nouveau lentement contre lui.

Gillian posa la joue sur sa poitrine. Il était plus grand qu'elle, mais ils s'emboîtaient tout de même parfaitement. Elle savait qu'elle avait besoin d'une douche et que le sang d'Alberto collait à ses cheveux et ses vêtements, mais elle n'en avait cure. Toute son attention était braquée sur l'homme qui l'étreignait.

Elle n'avait jamais ressenti pour *personne* ce qu'elle éprouvait pour Walker en cet instant.

Elle savait bien que c'était parce qu'elle avait failli mourir. L'adrénaline qui courait toujours dans ses veines la faisait trembler. Mais une partie d'elle lointaine et tenace lui chuchotait que c'était réel. Que Walker *ressentait* bien quelque chose pour elle, et pas seulement parce qu'il faisait son travail.

— On doit partir, dit doucement un de ses amis près d'eux.

Pendant une seconde, Gillian serra Walker plus fort, puis elle inspira profondément et releva la tête de sa poitrine. Il ne desserra pas immédiatement son étreinte. Ils se contemplèrent pendant un long moment, puis il baissa les bras à contrecœur, du moins le pensa-t-elle.

Gillian oscilla, et Walker lui attrapa instantanément un biceps pour la retenir. Elle grimaça, et il se glaça.

— Qu'est-ce qui ne va pas ? Tu es blessée après tout ? Fais-moi voir.

— Je vais bien, le rassura Gillian. C'est juste le même endroit où ces connards aimaient m'attraper pour me faire valser. C'est juste des bleus. Ça guérira vite.

Elle crut l'entendre marmonner qu'il aurait dû prendre son temps pour les buter, mais il posa alors la main sur son visage. Son pouce caressa sa joue, et elle le regarda pendant qu'il l'observait lentement. Son regard passa du haut de sa tête à ses yeux, ses joues et enfin sa bouche.

Elle ne put s'empêcher de passer sa langue sur ses lèvres soudainement sèches, et elle apprécia de voir les pupilles de Walker se dilater en voyant le mouvement.

— Que va-t-il se passer à présent ? demanda-t-elle à voix basse.

— Le gouvernement américain a affrété un vol pour vous ramener chez vous, toi et les autres Américains, le plus rapidement possible. Actuellement, le Venezuela est un pays dans lequel il vaut mieux ne pas s'attarder. Une grande partie du gouvernement est corrompue et terriblement dangereuse.

— Oui, je crois que je l'ai découvert à mes dépens, déclara Gillian.

Il afficha un sourire, mais redevint rapidement sérieux.

— Je suis sûr qu'on va t'interroger sur ce qui s'est passé. Tu devrais également voir un médecin pour t'assurer que tu vas bien.

— Je le ferai, lui dit-elle. Qu'est-ce que je dois dire sur toi et tes amis ?

— Que veux-tu dire ? demanda-t-il en fronçant les sourcils.

— C'est simplement que... je suppose que vous voulez qu'on minimise votre rôle dans cette opération.

— Pourquoi penses-tu une chose pareille ? demanda Walker.

Se sentant gênée et se disant qu'elle avait peut-être mal interprété toute cette situation, Gillian poursuivit :

— Tu as dit que tu étais stationné au Texas, ce qui signifie que tu es dans l'armée. Et puisque c'est juste vous et pas un peloton en entier, j'en déduis aussi que vous êtes un genre de Forces Spéciales. Et avec les relations actuelles entre les États-Unis et le Venezuela, je devine qu'il vaut mieux essayer de garder votre présence ici discrète.

Quand personne ne répondit, Gillian regarda ses pieds.

— Ou bien je suis juste une fille qui lit trop. Ça ne fait rien. Faites comme si je n'avais rien dit.

Elle sentit un doigt sous son menton et regarda Walker dans les yeux.

— Je savais que tu étais futée. Je suis sûr que les personnes qui vont t'interroger sauront qui nous sommes et quel rôle on a joué, alors tu pourras être honnête avec eux. Mais une fois que tu seras rentrée chez toi... oui, ce serait bien si tu ne parlais pas de nous aux médias ou à qui que ce soit d'autre.

— Et mes meilleures copines ? Ann, Wendy, Clarissa et moi nous racontons tout. Elles sont plus comme des sœurs que comme des amies. Je peux tenir la plupart des détails secrets, mais elles sauront que je mens si j'essaie de leur cacher trop de trucs.

— Fais preuve de discernement, répondit Walker.

— Elle me plaît, dit un des militaires derrière eux.

— À moi aussi, dit quelqu'un d'autre.

Elle vit Walker secouer la tête vers ses amis d'un air déconcerté, mais il ne décolla pas le regard d'elle. Il se pencha en avant et dit doucement :

— Tu es incroyable, Gillian Romano. Ta force m'impressionne.

Puis il se redressa et fit un pas pour s'éloigner d'elle.

Gillian frissonna, même s'il ne faisait absolument pas froid.

Elle entendit crier, et quand elle tourna la tête, elle vit au moins une douzaine d'hommes se diriger vers eux, vêtus d'uniformes en tissu camouflage. Elle regarda Walker et vit qu'un masque s'était emparé de ses traits. Il avait réintégré son professionnalisme.

— Vais-je te revoir ? ne put-elle s'empêcher de demander.

Lorsqu'il ne répondit pas immédiatement, elle dit d'un ton maladroit :

— Je veux dire... je vis à Austin, et je suppose que vous êtes stationnés à Fort Hood parce que, tu sais... c'est l'Armée, c'est une grande base.

Elle ne parvint pas à interpréter son expression, mais elle fut soulagée de voir ses traits changer, s'adoucir.

— Pars avec les responsables vénézuéliens, insista-t-il. Prends soin de toi, Di. Et tu ne sais jamais qui risque de se présenter à ta porte un jour.

Gillian se décontracta entièrement. Il n'avait pas déclaré ouvertement qu'il la reverrait, mais il l'avait insinué. Elle s'en contenterait.

— Merci à tous, dit-elle aux hommes qui se tenaient autour d'elle. Je suis sincère. Merci.

Ils la saluèrent tous du menton.

La dernière image qu'elle eut de Walker fut quand elle le vit se tourner et s'éloigner, entouré de ses six amis et coéquipiers.

CHAPITRE CINQ

Trois semaines plus tard

— Qu'est-ce qui t'arrive, mec ? demanda Lucky avec impatience. Ça fait des semaines que tu es bizarre.

Il était six heures du matin et Trigger et son équipe effectuaient leur course d'échauffement habituelle de huit kilomètres avant d'entamer le reste de leur entraînement.

— Il est comme ça depuis le Venezuela, précisa Grover.

— Depuis qu'il l'a rencontrée, ajouta Lefty mal à propos.

— Allez vous faire voir, marmonna Trigger.

Il aimait ses amis, mais ils lui couraient parfois sur le haricot.

— Pourquoi est-ce que tu ne l'appelles pas ? demanda sérieusement Doc.

— Tu sais pourquoi, déclara Trigger.

— Non, je ne le sais pas, répliqua Doc.

— À cause de ce qu'on est, lui dit Trigger.

— C'est-à-dire ? Des hommes ?

Trigger cessa de courir et braqua un regard noir sur ses

amis qui s'arrêtèrent également pour le dévisager d'un air confus.

— On est des Delta, énonça-t-il simplement.

— Et ? demanda Oz quand les autres ne dirent rien.

Trigger poussa un soupir frustré.

— Vous savez aussi bien que moi ce que ça signifie. Nos vies ne nous appartiennent pas. On pourrait nous appeler cet après-midi pour on ne sait pas combien de temps. On pourrait être tués en action et personne ne saurait jamais comment ou où nous sommes morts. On a tous eu des copines, mais ça ne fonctionne jamais. Certaines femmes veulent juste se taper un Delta. Elles aiment l'*idée* de ce que nous sommes, mais pas vraiment qui nous sommes réellement. Sans parler du fait que beaucoup de femmes se lassent de tous ces secrets et finissent par mettre un terme à la relation. Je ne ferai pas ça à Gillian.

— Ghost et son équipe y sont tous parvenus, déclara Brain.

Trigger tenta de trouver un argument viable, mais il en fut incapable. En réalité, il était terriblement jaloux de Ghost, Fetch, Coach et les autres. Ils avaient bel et bien réussi à entretenir des relations durables. Ils avaient des femmes qui les aimaient, qu'ils aimaient en retour, et beaucoup d'entre eux avaient même fini par avoir des enfants. Comme Annie. La boule d'énergie qui menait par le bout du nez lui-même et tous les gens qu'elle rencontrait.

Il soupira.

— Je crains qu'elle soit trop bien pour moi, déclara-t-il doucement, admettant la vérité à contrecœur. J'ai relu les informations que nous avons reçues du FBI et d'après ce que je vois, elle est intelligente, extrêmement travailleuse et dévouée à son travail.

— Et c'est mal ? demanda Brain.

— Pas vraiment. Mais vous savez tous comment est la vie dans l'armée. C'est difficile. J'ai peur de la contaminer d'une façon ou d'une autre. Elle est super forte et indépendante, pour ne rien gâcher. Elle a une famille aimante et des amies qui feraient n'importe quoi pour elle. Je ne veux pas gâcher ça. Vous savez tous, tout comme moi, que s'impliquer avec nous sous-entend la possibilité de déménager, ce qui signifierait l'arracher à son réseau de soutien.

— Il me semble, dit Lefty d'un ton traînant, que c'est exactement le genre de femme que tu *devrais* souhaiter. Dont on a *tous* envie. On a besoin d'une partenaire qui ne s'effondrera pas lorsqu'on sera en déploiement. Quelqu'un qui sait tondre la pelouse et appeler un plombier quand les toilettes débordent. C'est une *bonne* chose qu'elle possède un réseau de soutien. Et même si on doit quitter le Texas, elle se constituera un nouveau réseau de soutien, avec d'autres épouses des Forces Delta. En outre, personne ne te dit que tu devrais *épouser* cette fille. Elle te plaît, et tu lui plais aussi visiblement. Qu'est-ce qui te dérange *vraiment* ?

Trigger hésita. Il savait que ce qu'il allait dire aurait l'air fou, mais c'étaient ses meilleurs amis. Des hommes pour lesquels il aurait donné sa vie, et qui en auraient fait de même pour lui.

— Je pense que c'est la bonne, dit-il en posant la main sur son ventre, qui ne cessait de se contracter.

— C'est *quoi* ? demanda Grover d'un ton confus.

— Je ne sais pas expliquer comment je le sais, mais on a vraiment cliqué. C'est stupide, je m'en rends compte. Complètement fou. On ne se connaît même pas. Mais quelque chose à l'intérieur de moi sait qu'elle pourrait être celle qui est faite pour moi. Et si je la connaissais mieux, je ne voudrais pas la laisser partir. Si elle me rejette, ça me tuera.

Personne ne dit rien pendant un long moment, puis Brain afficha un large sourire. Félicitations !

Les autres le félicitèrent aussi.

— Attendez, les mecs, protesta Trigger. Il ne s'est rien passé. Elle a probablement déjà oublié que j'existe.

— Il n'y a qu'une seule façon de le savoir, déclara Doc d'un ton raisonnable. Appelle-la.

— Je n'ai pas son numéro, protesta Trigger.

— Je vais te le dénicher, se proposa Brain. Et son adresse aussi.

— Parle-lui, l'exhorta Lucky. Quel mal ça peut faire ?

— Pourquoi insistez-vous autant ? demanda Trigger.

Il ne pouvait pas nier qu'il était heureux de leur soutien, mais aussi légèrement dérouté.

— Parce qu'on ne rajeunit pas, déclara Lefty d'un ton raisonnable. Toi en particulier.

Trigger lui donna un coup de poing dans le bras et ils éclatèrent tous de rire.

— Mais sérieusement, poursuivit Lefty, on aime tous l'Armée et ce qu'on fait, mais on ne restera pas Delta pour toujours. Un jour, on va découvrir qu'on se retrouve tous seuls. Et c'est nul. Je veux trouver une femme qui soit intelligente, indépendante, et qui ait du répondant. Quelqu'un qui va m'embrasser et me dire d'aller botter le cul des méchants quand je pars, et qui sera contente de me revoir à mon retour. Quelqu'un qui ne me trompera pas et qui ne décidera pas qu'elle est lasse d'attendre que je rentre à la maison. J'ai envie qu'elle comprenne que ce que je fais est important pour moi. En retour, je la traiterai comme une reine. Elle sera le centre de mon univers, et je ferai en sorte qu'elle le sache. Les relations sont difficiles, mais encore plus pour nous. Donc, si tu as l'impression que cette femme est celle qui pourra être tout ça pour toi, je vais faire mon possible pour que ça arrive. Et je tuerai quiconque se dressera entre toi et ta femme.

Trigger ne savait pas quoi répondre. Il était profondément touché.

— Je suis d'accord avec ce qu'a dit Lefty, déclara Grover.

Ils éclatèrent à nouveau de rire.

— Je vais y réfléchir, déclara Trigger.

Brain leva les yeux au ciel.

— Je pourrai te communiquer ses coordonnées dans l'après-midi.

Trigger hocha la tête et fila au pas de course. Puis il se retourna et dit :

— Vous venez ou bien vous allez laisser ce vieillard vous botter le cul ?

Cela suffit pour que les autres se mettent en mouvement et partent à sa poursuite.

Plus tard dans l'après-midi, Trigger était assis dans son bureau quand on toqua à sa porte. Levant les yeux, il vit que c'était Brain.

— Tu sais, ce n'était pas *vraiment* nécessaire de te dépêcher de me fournir les coordonnées de Gillian, plaisanta-t-il.

Mais Brain ne sourit pas.

— Il faut qu'on parle, dit-il.

Trigger se raidit immédiatement et désigna du menton la chaise placée devant son bureau.

Brain s'assit, et il ne le fit pas attendre.

— Tu te rappelles que Gillian n'a pas coupé la connexion téléphonique la dernière fois dans l'espoir qu'on puisse obtenir quelque chose des pirates de l'air quand ils discutaient ensemble ?

— Oui, confirma Trigger.

— On a quelque chose.

Trigger se pencha en avant.

— Quoi ?

— Comme on a fini par le comprendre, ils n'avaient aucune intention de partir dans cet immense avion. Ils ont engagé un pilote du cartel pour les récupérer dans le biplan et les ramener au Mexique.

— Au Mexique ? demanda Trigger d'un ton surpris.

— Oui. Ils bossaient avec Sinaloa.

— Merde, déclara Trigger qui se colla contre le dossier de son siège avec un bruit sourd.

— Ils ne voulaient pas que Hugo Lamas soit libéré pour qu'il puisse s'échapper avec eux. Ils voulaient qu'il soit tué pour envoyer un message au cartel des soleils. Ils ont essentiellement amorcé une guerre.

— Et comme tout cartel de drogue, ils ne se sont pas souciés de savoir qui s'est retrouvé pris entre deux feux, déclara Trigger d'un ton dégoûté. Les gens qu'ils ont tués dans l'avion ne comptaient absolument pas pour eux. Tout ce qu'ils voulaient était de faire la nique aux Vénézuéliens. Leur faire savoir qu'ils les ont dominés sur leur propre territoire.

— Exactement. Mais il y a autre chose, ajouta Brain.

— Quoi ?

— On parle d'un septième pirate.

— Qu'est-ce que tu me racontes ? Qu'on aurait raté un pirate de l'air et qu'il s'est échappé ? demanda Trigger.

— Oui, c'est exactement ce que je suis en train de dire. Sur les enregistrements, ils se disputaient à propos du biplan. Luis disait que c'était bien parce qu'il pouvait accueillir jusqu'à douze passagers, et il y en aurait sept avec le pilote, plus deux avec les femmes que lui et Alberto allaient prendre, ce qui laissait de la place pour leur « amigo » et deux autres personnes, si quelqu'un d'autre voulait emmener une « petite distraction ».

Trigger aurait à nouveau voulu tuer Luis et les autres pirates de l'air. Alberto avait prévu de prendre Gillian avec lui. La pensée de ce qu'il lui serait arrivé s'il l'avait emportée au plus profond du territoire du cartel de Sinaloa était trop troublante pour s'y attarder.

Brain poursuivit.

— Mais un autre a dit qu'il serait préférable pour leur « amigo » de rester avec le reste des otages, afin d'obtenir autant d'informations que possible. Pour découvrir ce que le gouvernement et le Cartel des soleils savaient de l'opération. À ce que j'en ai compris, avant que l'appel ne prenne brusquement fin, ils se disputaient encore à ce sujet. La moitié de ces connards voulaient que leur taupe reste cachée et camouflée avec les autres civils, et l'autre moitié voulait l'extraire avec eux.

— Alors la CIA doit parcourir au peigne fin les antécédents de tous les otages qui se trouvaient dans l'avion. Pour voir qui a des liens avec Sinaloa et le Mexique, déclara Trigger.

Pas si facile, dit Brain en haussant les épaules. Même si on réduit les possibilités, tout le monde a été relâché dans la nature. Ils sont tous retournés dans leur pays pour reprendre le cours de leurs vies. Notre cible aurait même pu utiliser un faux nom. Mais je pense qu'on a des problèmes plus importants.

— Plus importants ? demanda Trigger.

— Celui qui travaillait avec les pirates de l'air est au courant de tout ce qui s'est passé dans cet avion. *Tout*. Ils sont probablement au fait de la façon dont leurs amis ont été tués… et du rôle que Gillian a joué pour nous donner le temps de nous rapprocher et de descendre Luis, Alberto, le pilote et les autres. Il – ou elle – ne serait peut-être pas très content que Gillian s'échappe... ou pourrait même se rendre compte qu'elle nous refilait des informations.

— Mais pourquoi elle en particulier ? Il n'y a aucune raison, demanda Trigger. Il y avait beaucoup d'autres passagers dans cet avion qui ont interagi avec les pirates de l'air.

— J'ai parlé à l'un des agents qui ont interrogé les otages. Plusieurs ont raconté qu'ils ont vu Gillian se débattre contre Alberto, puis tomber et faire trébucher Luis et Andréa. Ils vous ont également vu vous étreindre. Le groupe en a fait des gorges chaudes. Ils étaient impressionnés par Gillian et le courage dont ils trouvaient qu'elle avait fait preuve... mais ils ont aussi remarqué à quel point vous sembliez intimes, tous les deux. Comme si vous vous connaissiez peut-être d'avant le détournement, et que *Gillian* était la raison pour laquelle l'équipe a été envoyée. Si j'étais membre du cartel, je serais vraiment en colère contre elle. Surtout après avoir entendu les autres passagers la féliciter avec autant d'enthousiasme.

Trigger se redressa si rapidement que sa chaise tomba au sol derrière lui.

— Son adresse ?

Brain ne sourit pas tout à fait, mais ses lèvres s'étirèrent légèrement alors qu'il tirait un morceau de papier de sa poche

— Elle vit dans les quartiers nord de Georgetown. Ça ne devrait pas te prendre trop longtemps pour y aller.

— Ce n'est pas drôle, déclara Trigger en fronçant les sourcils.

Brain se redressa.

— Je n'ai pas dit que ça l'était. Malgré tous tes complexes

sur ce que tu fais et qui tu es, elle a besoin de savoir qu'elle court un danger.

— Je sais.

— Le cartel de Sinaloa ne plaisante pas. S'ils voulaient la tuer, il faudrait un miracle pour s'assurer que cela n'arrive pas, déclara solennellement Brain.

Trigger serra les dents. Il se tourna pour partir, mais il avait une autre question. Il regarda son ami. — Ils ont vraiment détourné un vol international pour tuer un agent frontalier qui travaillait pour un cartel de drogue rival ?

Brain soupira et secoua la tête.

— J'en doute. À ce qu'en sait la brigade des stupéfiants, c'était pour distraire de leur objectif principal. Faire sortir du Venezuela en contrebande huit cents kilos de cocaïne et de méthadone. Sinaloa les a dérobés au cartel des soleils. Alors que l'attention du monde entier et celle des dirigeants du Venezuela étaient braquées sur l'aéroport, ils ont chargé la drogue sur un navire et ont pris la mer, et les autorités n'y ont vu que du feu.

Trigger ne put que secouer la tête. Toutes ces morts pour une histoire de drogues ! Enfin, plus précisément, à cause de l'argent. Il ne l'avait jamais compris.

— Merci de m'avoir prévenu, dit il à Brain.

Son ami lui répondit d'un simple geste.

— La meilleure chose à faire est de la faire bouger ici à Killeen afin qu'on puisse garder un œil sur elle.

Trigger émit un reniflement moqueur.

— Tu penses vraiment que ça va se produire ? Tu m'as bien entendu quand j'ai dit qu'elle était indépendante et intelligente ?

Brain afficha un large sourire pour la première fois.

— Oui. Il te suffira de la convaincre. Montre-lui un peu... de cuisse... ou un truc comme ça.

Trigger leva les yeux au ciel et se tourna pour sortir du bureau. Il savait qu'il n'avait absolument pas la moindre chance de convaincre Gillian d'emménager avec lui, même pour sa propre sécurité. Mais il ne pouvait pas nier que la pensée de l'avoir dans son espace était vraiment attirante.

* * *

Gillian était devant le miroir de la salle de bains et elle regardait son reflet. Elle trouvait qu'elle avait l'air vraiment bien, même si c'était entièrement subjectif. Ce soir, elle sortait avec Ann, Wendy et Clarissa, et elle s'était habillée pour l'occasion. Elle portait un jean moulant qui dévoilait ses fesses et ses cuisses, des sandales à talons hauts ornées de cristaux étincelants, ce qui les rendait plus élégantes qu'elles ne l'étaient vraiment. Elle avait également choisi son cache-cœur noir préféré, qui lui moulait les seins et rehaussait bien son décolleté.

Elle avait eu la main plus lourde que d'habitude sur le maquillage et avait mis son collier favori, un – faux – diamant de deux carats, qui reposait au milieu de sa poitrine, ce qui attirait l'attention sur le fameux décolleté.

Ses cheveux tombaient en boucles autour de son visage, et même si Gillian savait qu'elles ne tiendraient probablement pas jusqu'au bout de la nuit, elle commencerait au moins la soirée en beauté.

Soupirant, elle posa les mains sur le comptoir et baissa la tête. Maintenant, si au moins elle pouvait se *sentir* aussi bien qu'elle en avait l'air.

Trois semaines. Trois semaines s'étaient écoulées depuis son épreuve au Venezuela, et d'une certaine manière, elle avait encore l'impression que c'était hier. Ses parents avaient insisté pour prendre l'avion pour venir s'assurer qu'elle allait bien, et la semaine qu'ils avaient passée ensemble lui avait fait beaucoup de bien. Elle n'était pas habituée à être le centre d'attention et parler à la presse l'avait rendue extrêmement nerveuse, mais sa mère l'avait rassurée sur le fait que les informations qu'elle avait partagées avec les journalistes étaient concises et claires, sans trop de détails, ce qui avait été un grand soulagement. Elle avait été gênée par la façon dont quelques autres passagers s'étaient extasiés sur ce qu'elle avait réussi à faire sous la pression, mais encore une fois, la présence de ses parents lui avait fait tout oublier.

Mais en fin de compte, même l'affection et les câlineries que sa mère et son père avaient déversées sur elle ne pouvaient pas effacer tous les mauvais souvenirs de cet événement.

Elle dormait toujours avec les lumières allumées dans tout l'appartement et le moindre bruit la faisait sursauter. Elle avait plus ou moins retrouvé sa routine habituelle, ce qui était bien... Mais une petite partie d'elle était morte à l'intérieur d'elle quand elle n'eut pas de *ses* nouvelles. Elle s'attendait à ce qu'il soit occupé après son retour, mais alors que les jours s'étaient écoulés sans un appel téléphonique ni même un e-mail, elle commençait à se dire que la connexion qu'elle avait ressentie était unilatérale.

Elle avait été tellement certaine qu'ils avaient ressenti une connexion à un niveau qu'elle n'avait jamais connu avec personne d'autre. Il avait dit qu'il la contacterait... n'est-ce pas ? Elle doutait de plus en plus de cette éventualité.

Rationnellement, elle savait qu'il était peu probable qu'elle ait des nouvelles de Walker Nelson. Il avait juste fait son travail. S'il faisait partie des Forces Spéciales, il faisait tout le temps ce genre de choses. Il avait probablement secouru des centaines de personnes. À l'instant même, il était probablement déjà en mission, à sauver quelqu'un d'autre. Pourquoi voudrait-il reprendre contact avec *elle* ? Ce n'est pas parce qu'elle avait ressenti un lien avec lui qu'il en était allé de même pour lui.

Elle était stupide.

Gillian savait qu'elle était romantique, et c'est pourquoi tous les matins, elle se réveillait en se disant que ce serait pour aujourd'hui. Walker allait trouver son numéro et l'appeler ou bien lui envoyer un texto pour lui dire qu'il souhaitait la revoir. Ou bien il l'attendrait devant son immeuble, appuyé contre le mur d'un air détaché et inclinant le menton en guise de salut quand il la verrait.

Poussant un soupir, Gillian redressa le dos et lissa son chemisier. Non, il était évident que cela ne se produirait pas. Il avait tourné la page, et elle devait faire pareil.

Elle reçut un texto. En prenant son téléphone sur le comptoir, elle se rendit compte qu'elle en avait manqué plusieurs autres pendant qu'elle prenait sa douche et se préparait.

Le premier était de Janet. Elle avait gardé le contact après le détournement. Et Gillian aimait recevoir des nouvelles de sa fille Renée. Au début, la fillette avait été traumatisée, mais après avoir vu un thérapeute, Janet lui avait dit qu'elle commençait à redevenir la petite fille qu'elle avait été avant cette épreuve. Elle avait joint une photo de Renée au texto. Elle était suspendue à l'envers sur une cage à grimper. Son air radieux donna le sourire à Gillian. Le texto qui accompagnait la photo disait *Grâce à toi, j'ai récupéré ma fille.*

Les louanges la mettaient mal à l'aise. Lorsque tous les otages avaient été rassemblés dans une pièce de l'aéroport de Caracas, attendant d'être interrogés individuellement, ils avaient discuté de tout ce qui s'était passé. Et lorsque la CIA et le FBI étaient arrivés pour les interroger, ils avaient donné aux passagers l'impression – ou peut-être étaient-ce les otages qui avaient donné cette impression aux agents fédéraux – que Gillian avait été leur leader, en quelque sorte.

C'est grâce à *elle* qu'autant de personnes avaient survécu à cette épreuve.

Gillian lut le texto suivant en secouant la tête. Il provenait d'Andréa. Elle vivait également à Austin, mais elle n'était pas encore prête à la revoir en personne. Gillian savait qu'elle souffrait à cause des violences sexuelles qu'elle avait subies aux mains de Luis, et qu'elle avait été traumatisée lorsqu'il avait essayé de la forcer à venir avec lui.

Plus tôt, Gillian lui avait envoyé un bref texto pour informer Andréa qu'elle pensait à elle. Andréa avait répondu d'un *Merci. Je vais mieux et je te recontacterai bientôt. Je veux vraiment être assez forte pour pouvoir te prendre dans mes bras en personne.*

Il y avait un autre texto, de la part d'Alice, la jeune femme originellement assise à côté de Gillian sur le vol en provenance du Costa Rica. Elle et son mari avaient survécu et reprenaient le cours de leur vie dans l'État de Washington. Elles ne correspondaient pas souvent, mais Gillian était contente d'avoir de ses nouvelles, même si c'était juste pour lui dire qu'Alice et sa famille s'installaient dans un nouvel immeuble doté d'une sécurité vingt-quatre heures sur vingt-quatre.

Alors qu'elle lisait ses textos, un SMS fit vibrer le téléphone de Gillian. Il provenait de Wendy.

Wendy : Tu es déjà partie ? Arrête de ruminer et bouge ton cul jusqu'au bar. Ta première margarita n'attend plus que toi !

. . .

En souriant, Gillian envoya un bref texto à son amie pour lui dire qu'elle était en route, puis elle tourna le dos à son reflet et sortit de la salle de bains. Elle ramassa son sac à main à bandoulière sur son lit défait et passa la sangle par-dessus sa tête.

Elle se rendait dans sa salle de séjour quand on toqua à sa porte.

Pilant net, Gillian fit un effort conscient pour contrôler son rythme cardiaque. C'était rare que les gens se présentent à sa porte à l'improviste, mais c'était déjà arrivé. Il y avait un interphone que les gens étaient censés utiliser pour entrer dans le bâtiment, mais parfois, ils se glissaient derrière un autre résident.

Prudemment et aussi discrètement que possible, Gillian gagna sa porte sur la pointe des pieds et jeta un œil à travers le judas.

Ébahie de voir qui se tenait là, elle tenta d'ouvrir les verrous d'un geste maladroit. Ses mains tremblaient, telle-ment elle avait hâte d'ouvrir la porte.

— Bonjour, déclara-t-elle enfin lorsqu'elle se retrouva enfin face à l'homme qu'elle avait cru ne plus jamais revoir.

— Bonjour, lui répondit Walker Nelson.

Gillian soupira intérieurement. Si elle l'avait trouvé chaud dans sa tenue de combat sombre avec de la peinture noire partout sur le visage, ce n'était rien comparé à la vision qui se tenait sur le seul de sa porte en cet instant.

Il portait une chemise bleu roi à manches courtes, qui ne faisait que souligner ses biceps musclés. Ses avant-bras aussi étaient puissants, et Gillian dut se retenir de s'éva-nouir. Elle avait toujours eu un truc pour les bras, et Walker n'était pas en rade sur ce point-là. Il portait également un jean bleu pâle qui lui moulait les cuisses. Elle essaya de ne pas fixer son entrejambe trop longtemps, mais elle remarqua qu'il remplissait à la perfection cette partie-là de son jean. Enfin, il portait une paire de bottes de combat noires qui auraient dû paraître déplacées au Texas, mais qui lui correspondaient pourtant parfaitement.

Quelques poils de barbes discrets soulignaient également sa mâchoire, son menton et ses pommettes. Les doigts de Gillian avaient terriblement envie d'y toucher, pour voir si c'était doux ou piquant. Ses yeux gris étaient ornés de taches brunes, et ils la regardaient comme si elle était la seule personne sur cette terre. Elle n'avait jamais reçu ce genre d'attention de la part des hommes, et que *cet* homme la considère avec tant d'attention qu'elle était en fusion était un sentiment grisant.

Ils s'étaient regardés pendant si longtemps que Gillian se sentit soudainement gênée.

— Euh, entre, dit-elle en faisant un pas en arrière et en désignant son appartement de la main.

— Merci, déclara Walker, se rapprochant d'elle pendant une seconde en traversant le vestibule.

S'obligeant à se reprendre, Gillian essaya de contrôler son rythme cardiaque. Elle était terriblement excitée que Walker soit vraiment là. Qu'il l'avait retrouvée après tout. Elle passa en revue toutes sortes d'excuses pour annuler sa sortie avec ses copines alors qu'elle suivait Walker à l'intérieur de son appartement. Elle essaya d'éviter de lui mater le cul... sans résultats. Il remplissait l'arrière de son jean aussi bien que l'avant.

Elle inhala profondément pour essayer de reprendre le contrôle d'elle-même et de ne pas lui sauter dessus, et son parfum boisé lui remplit les narines. Elle ne se rappelait absolument pas ce qu'il sentait quand elle l'avait vu la dernière fois, mais c'était probablement parce qu'*elle-même* devait sentir comme des têtes de poissons qu'on aurait laissées pourrir à l'extérieur pendant au moins une semaine. À l'époque, elle n'avait rien senti d'autre que sa propre peur et sa propre sueur.

Il s'arrêta devant le comptoir qui séparait sa cuisine du reste de l'appartement et se tourna vers elle. — Tu es très jolie. J'ai interrompu quelque chose ?

Gillian était soudainement très contente d'avoir prévu de sortir avec ses amies ce soir-là. Sans quoi, elle aurait porté sa tenue décontractée : un pantalon large en coton fleuri à la taille élastique... et pas de soutien-gorge. Ses cheveux auraient été rassemblés en un chignon approximatif et elle aurait été mortifiée. Mais à présent, elle se présentait sous son meilleur jour.

— Merci. Et je me rendais juste à un bar appelé le Morse Branché pour retrouver mes copines.

Walker sourit, un spectacle devant lequel Gillian eut du mal à rester debout. Il était beau quand il était sérieux, les sourcils froncés. Et son sourire ? Il était mortel.

— Le Morse Branché ? demanda Walker.

Gillian rit doucement.

— Je sais, le nom est bizarre, mais encore une fois, la plupart des choses à Austin sont bizarres, donc ça convient. Ce n'est pas un bar pour étudiants. La plupart des clients sont des professionnels entre trente et cinquante ans. C'est tranquille et décontracté, et on essaie de se retrouver au moins une fois par mois pour se raconter les dernières nouvelles.

Walker hocha la tête, et le silence qui s'ensuivit s'étira entre eux.

Gillian s'agitait maladroitement. C'était bizarre... et tellement différent de ce qu'elle s'était imaginé. Dans ses fantasmes, elle était intelligente et amusante, et Walker lui aurait dit qu'il avait pensé à elle et avait eu envie de la revoir.

Inspirant profondément, Gillian décida de faire le premier pas. Cela semblait peu probable, mais Walker était peut-être nerveux.

— Je suis contente de te voir.

— Il faut qu'on parle.

Ils avaient parlé en même temps, et Gillian rougit. Walker n'avait pas l'air content d'être contraint de lui parler, et il n'avait certainement pas l'air de flirter, comme elle tentait de le faire avec lui.

— Euh... D'accord, balbutia-t-elle.

Il fit courir une main sur sa tête et soupira, et Gillian se prépara à entendre ce qu'il était sur le point de dire.

— Je suis passé parce qu'on a appris qu'il y avait un septième pirate de l'air dans l'avion. En utilisant la piste que tu avais réussi à enregistrer la dernière fois qu'on s'était parlé, quand tu avais rendu le téléphone sans le raccrocher, on a pu déterminer qu'un des terroristes s'est fait passer pour un passager. Luis et un autre pirate de l'air ont parlé de lui, mais ils ne nous ont pas fourni d'indications quant à son identité.

Gillian cligna des paupières et elle sentit son cœur se serrer.

La seule chose qu'elle comprenait était que Walker n'était *pas* venu pour l'inviter à sortir ou apprendre à mieux la connaître. Elle rêvait de lui depuis trois semaines, espérant contre toute attente que l'étincelle qu'elle avait ressentie entre eux n'était pas unilatérale. Et les premiers mots qui étaient sortis de sa bouche avaient réduit à néant tout espoir qu'il se passe quelque chose de plus entre eux.

— Oh...

Elle ne parvint pas à en dire plus. Sa gorge était serrée et elle avait du mal à déglutir.

— Je voulais t'avertir, te faire savoir que tu es peut-être

en danger. On ne sait pas ce que pense cette septième personne. On ne sait pas s'il a envie de venger la mort de ses amis, ou s'il pense que tu en as trop entendu quand tu étais à bord. Ou bien il craint peut-être que tu sois en mesure de l'identifier.

Gillian l'entendait à peine. La déception et l'embarras qu'elle ressentait étaient accablants. Elle savait qu'elle aurait dû s'inquiéter davantage de l'existence d'un autre pirate de l'air, mais sa déception quant à la raison de la visite de Walker avait totalement éclipsé tout le reste.

Ses épaules s'affaissèrent inconsciemment.

— Eh bien… merci de me le faire savoir, dit-elle maladroitement.

Walker fronça les sourcils.

— Ça va ?

— Très bien. Oui, je vais bien, dit-elle d'un ton un peu trop guilleret, faisant de son mieux pour faire semblant que Walker n'avait pas détruit son fantasme d'avoir une relation avec lui. Je te remercie de me l'avoir dit. Je ferai attention.

— J'ai pensé qu'on pourrait discuter. Repasser ce que tu te rappelles des passagers et voir si, par élimination, on peut découvrir qui est l'agent double.

Passer plus de temps avec lui ? Alors que tout ce qu'il voulait était des informations ? Non, merci. Plus tard, peut-être, dans un an ou deux, elle pourrait être en mesure de s'asseoir en face de lui et d'avoir une conversation parfaitement professionnelle sur la fois où son avion avait été détourné et qu'elle avait été contrainte d'agir comme intermédiaire entre les pirates de l'air et les négociateurs. Mais aujourd'hui, ce n'était pas possible.

Elle hocha rapidement la tête, ayant le sentiment de ressembler à une poupée de chiffon spastique.

— Bien sûr. Oui, très bien. Mais je ne peux pas le faire tout de suite. Je sors. On m'attend... Mes copines.

Walker fronça les sourcils.

— Je ne suis pas sûr que c'est vraiment sage pour le moment. Pas alors qu'on ne sait pas qui est le septième pirate de l'air ni où il se trouve.

Gillian renifla d'un air méprisant.

— Il ne pensera pas à moi. Je ne suis personne, totalement inoffensive. En plus, je verrouille toujours mes portes et les non-résidents ne peuvent pas entrer comme ça dans l'immeuble. Un résident doit leur ouvrir la porte. Ça va aller.

— *Je* suis entré facilement, dit Walker.

Gillian avait désespérément besoin de se débarrasser de lui. Elle avait envie de pleurer. Elle était *à deux doigts* de le faire. Mais elle aurait préféré marcher sur des clous plutôt que de laisser Walker voir à quel point elle était bouleversée.

— Je vais faire attention, lui dit-elle fermement. C'était bien de te voir, mais maintenant, j'ai vraiment besoin d'y aller.

Elle se tourna et se dirigea vers la porte d'entrée. Elle l'ouvrit et était sur le point de partir quand Walker lui dit quelque chose.

— Euh, Gillian ?

Elle se tourna.

— Oui ?

Tu vas me laisser dans ton appartement ?

Merde, merde, merde. Elle essaya de minimiser sa gaffe. Secouant la tête, elle dit :

— Non, je te tenais la porte.

Il sourit comme s'il savait qu'elle mentait, mais il s'avança vers elle sans dire un mot. Il s'arrêta quand il se retrouva face à elle. Gillian n'osait pas le regarder. Elle avait le sentiment qu'il serait capable de voir que sa bravoure n'était qu'un masque.

— Gillian ?

— Oui ? demanda-t-elle en regardant sa pomme d'Adam comme si c'était la chose la plus fascinante qu'elle ait jamais vue.

— Regarde-moi.

Se préparant mentalement, Gillian leva le menton et laissa leurs regards se croiser.

— Qu'est-ce qui ne va pas ?

— Rien, répondit-elle rapidement. Trop rapidement. J'allais sortir et tu m'as prise par surprise.

— Tu es sûre qu'on ne peut pas retourner à l'intérieur et parler ? Ça me dérange de te laisser comme ça.

Pendant une seconde, Gillian se mit en colère. *Il* n'était pas rassuré ? Bien sûr, tout tournait autour de lui. Elle était juste une fille stupide et romantique qui avait bêtement cru qu'ils avaient eu une connexion pendant une situation intense.

La plupart du temps, elle avait une haute estime d'elle-même. Elle avait trente ans et possédait son propre business florissant. Elle avait des amis géniaux et les gens semblaient l'apprécier. Elle avait le don de pouvoir désamorcer presque n'importe quelle situation, ce qui lui avait été utile puisqu'elle devait quotidiennement faire face à des situations stressantes pour son travail.

Mais la seule chose qui l'éludait était l'amour. Le genre d'amour qui fait qu'un homme la plaçait au premier plan, quoi qu'il puisse se passer d'autre dans sa vie. Elle était plus que disposée à rendre la pareille, et s'était entièrement donnée dans chaque relation sérieuse qu'elle avait eue. Mais au bout du compte, les hommes qu'elle avait cru aimer avaient prouvé qu'elle passait en second.

Elle inspira profondément, essayant d'ignorer le fait que Walker sentait fabuleusement bon, et comprit qu'elle se comportait de façon irrationnelle. Mais ses paroles restaient quand même douloureuses. Elle secoua la tête.

— Je vais bien. Je vais toujours bien, dit-elle d'une voix pleine de tristesse qu'elle fut incapable de dissimuler.

Puis elle haussa les épaules et s'éloigna de lui, se glissant dans le vestibule.

— Tu peux fermer la porte ? demanda-t-elle d'un ton aussi égal que possible.

Walker continuait de froncer les sourcils, mais il saisit la poignée et claqua la porte. Gillian ferma rapidement les verrous et serra fort ses clés.

— Eh bien, merci d'être passé, déclara-t-elle.

Elle n'était pas capable d'être impolie, quel que soit le degré de dévastation qu'elle ressentait.

— Dis bonjour et encore merci à ton équipe, euh... de ma part. Je suis en retard et j'ai vraiment besoin d'y aller, ou bien mes amies vont se demander où je suis.

— Je te raccompagne à ta voiture, dit fermement Walker.

Pinçant les lèvres, elle hocha la tête. Elle compta chaque pas qu'ils firent pour descendre les marches qui menaient au rez-de-chaussée. Le silence entre eux était embarrassant, ou peut-être était-ce juste l'impression qu'elle avait.

Pleurant la perte de quelque chose qu'elle n'avait jamais vraiment eu de toute façon, elle se dirigea vers sa voiture. Elle la déverrouilla, ouvrit la portière et se tourna à nouveau vers Walker. Elle voulait lui demander ce qui ne tournait pas rond chez elle. Comment était-il possible qu'elle se sente aussi connectée à lui alors qu'il ne ressentait rien en retour ? Mais elle se força simplement à sourire et dit :

— Prends soin de toi, Walker. Je suis contente de t'avoir revu.

— Toi aussi, répondit-il en plissant le front comme s'il essayait de comprendre. Je pense vraiment que...

— Au revoir ! l'interrompit Gillian, ayant besoin que ça se termine. Elle se glissa sur le siège conducteur et referma la portière. Clignant des paupières aussi vite qu'elle le pouvait pour empêcher les larmes de couler, elle se força à sourire vers l'endroit où Walker se tenait, alluma le moteur et sortit à reculons de la place de stationnement. C'était une bonne chose finalement qu'elle connaisse par cœur le trajet jusqu'au Morse Branché.

Gillian refusa de regarder dans le rétroviseur l'homme qui, sans s'en rendre compte, venait de lui briser le cœur.

* * *

Trigger fixa les feux arrière du cabriolet de Gillian alors qu'elle sortait du parking.

— Ça ne s'est pas passé comme je l'avais imaginé, marmonna-t-il.

Il ne savait pas ce à quoi il s'était attendu lorsqu'il s'était rendu à Georgetown pour voir Gillian. Au début, elle avait semblé heureuse de le voir. Et Trigger n'oublierait jamais la façon dont son cœur avait bondi dans sa poitrine quand elle avait ouvert la porte.

Elle était absolument magnifique. Pas trop grande, mais pas trop petite non plus. Des courbes aux bons endroits. Ses yeux avaient été immédiatement attirés par ses seins. Seigneur, ils étaient parfaits ! Il voulait plonger son visage entre les globes de chair et passer des heures à les adorer, mais il s'était forcé à être un gentleman et à ne pas trop regarder.

Son jean collait à ses courbes, et il avait fallu qu'il invoque toute sa volonté pour ne pas se choper une érection sur le seuil de sa porte. Elle lui aurait claqué la porte au visage si elle avait regardé vers le bas et vu sa queue presser contre son jean comme un jeune ado.

Elle s'était maquillée de façon à faire ressortir ses yeux verts, et dans ses talons, elle était presque aussi grande que lui. Quand elle l'avait invité à entrer, et qu'il était passé devant elle, il avait senti le chèvrefeuille. Il ne savait pas si c'était son parfum, son shampooing ou quoi que ce soit, mais cela lui rendait très difficile de ne pas l'attraper, la serrer contre lui et l'embrasser.

Le temps qu'il atteigne sa petite cuisine, il avait quasiment repris le contrôle, même si le sourire qu'elle lui avait adressé lui avait laissé des picotements dans les doigts. Il n'avait aucune idée de ce qu'il allait lui dire une fois qu'il serait entré.

Il était plus soulagé qu'il n'aurait voulu l'admettre qu'elle sorte avec des copines, et pas avec un homme. Il avait eu peur d'avoir attendu trop longtemps. D'avoir laissé passer son tour. Non pas qu'un simple rendez-vous l'aurait empêché de lui faire la cour. Il n'avait pas été certain de vouloir la revoir, mais une fois qu'il l'avait fait, il avait été déterminé à lui faire savoir qu'*il* voulait être celui avec qui elle sortait. Pour l'amener dîner. Pour la regarder rire devant un film amusant. Pour lui tenir la main alors qu'ils flâneraient au bord de la rivière d'Austin.

Il avait voulu d'abord lui communiquer la raison de sa présence, avant de lui révéler qu'il n'avait pas pu cesser de penser à elle. Qu'il était fier d'elle et de la façon dont elle s'était débrouillée au Venezuela. Il voulait lui dire qu'il n'avait jamais ressenti un tel lien avec une femme, et même si c'était fou, il voulait savoir si elle ressentait la même chose.

Mais il s'était passé quelque chose. Juste après avoir mentionné un septième pirate de l'air, elle avait paru se fermer. Il avait vu ses prunelles s'éteindre, et même s'il savait qu'il avait dit quelque chose de choquant, sa réaction détonait avec ce qu'il savait d'elle.

Avait-elle été terrifiée par l'existence d'un pirate de l'air secret ? La simple mention de cet incident lui avait-elle provoqué une crise mentale ? Il n'en avait aucune idée.

Elle était polie, mais distante. Les étincelles qu'il avait ressenties entre eux s'étaient soudainement éteintes, et il ne savait pas vraiment pourquoi. Puis il était plus qu'évident qu'elle avait essayé de le faire sortir de son appartement, qu'elle voulait être loin de lui.

Trigger détestait cela. *Détestait*.

Bon sang, dans sa hâte de prendre ses jambes à son coup, elle l'avait presque enfermé *dans* son appartement.

Même si son immeuble possédait une sécurité rudimentaire, cela n'empêcherait pas un terroriste d'entrer. Trigger n'avait eu à attendre que trois minutes pour qu'un résident fasse son apparition. Il lui avait simplement souri, et le mec n'avait vu aucun inconvénient à ce qu'il se glisse derrière lui.

Non, Gillian n'était vraiment pas en sécurité ici si le terroriste décidait, pour une raison quelconque, de la prendre pour cible.

Mais elle n'avait pas caché qu'elle n'était pas vraiment contente de le revoir.

Poussant un soupir de frustration, Trigger ne sut pas quoi faire. Il n'avait pas envie de retourner chez lui à Killeen. Cela faisait trois semaines qu'il n'avait pensé à rien d'autre que Gillian, et partir maintenant lui paraissait trop...

final. S'il partait, il avait le sentiment qu'il ne la reverrait plus, ce qui n'était pas acceptable.

Alors, il inspira profondément et songea à ce qu'il allait faire. Suivre Gillian et lui faire avouer ce qu'il avait dit pour que son accueil chaleureux se fasse soudain glacial ?

Battre en retraite et réessayer quand il en saurait plus sur le pirate de l'air ? Cela lui donnerait une raison de revenir la voir.

Attendre et s'assurer qu'elle rentre chez elle en toute sécurité ?

Poussant un nouveau soupir, Trigger se dirigea vers sa voiture. Il ne savait pas quoi faire, et pour le moment, il devait réfléchir. Il resterait assis dans sa bagnole et tenterait de voir comment cette soirée était passée de l'anticipation et de l'excitation à un rejet glacial.

Trigger admirait Gillian. Il n'avait pas appris une seule chose à son sujet qui le rebutait... ce qui était particulièrement inhabituel.

Il aimait être seul. Ne pas avoir de responsabilités. Mais quelque chose chez Gillian lui donnait *envie* de se poser. *Envie* de veiller sur elle. *Envie* de s'inquiéter d'une autre personne que lui.

C'était particulièrement déroutant... et Trigger devait gérer ses émotions avant de décider quoi faire.

CHAPITRE SIX

— Que je comprenne bien, dit Wendy. Il est juste passé te voir parce qu'il voulait te parler de cet autre pirate de l'air ?

Gillian hocha tristement la tête et avala une autre longue gorgée de sa margarita. La vitesse à laquelle elle se les enquillait quand elle se sentait mal était impressionnante. C'était sa troisième et elle commençait vraiment à sentir les effets de l'alcool. Elle n'était pas une grosse buveuse, mais elle venait de subir la plus grande déception de sa vie et elle avait besoin de noyer ses malheurs dans l'alcool.

— Oui. Il m'a dit que j'avais l'air super, et au début, il n'a pas pu détourner les yeux de mes seins. Mais bien vite, il m'a fait comprendre qu'il n'était là qu'à cause du boulot.

Regardant ses amies, qui la contemplaient avec sympathie, elle laissa échapper un peu trop fort :

— Je veux dire, mes seins sont vraiment fabuleux ce soir. Mes cheveux m'ont obéi pour une fois et j'ai réussi à fourrer mon cul dans ce jean. Et il n'a même pas réagi.

— Tu viens de nous dire qu'il t'a maté les nichons, protesta Ann avec bienveillance.

— Ça lui a fait de l'effet ! s'exclama Gillian.

— Apparemment pas tant que ça.

Ses émotions avaient oscillé toute la soirée entre l'indignation et la tristesse, et soudain, elle était épuisée. Posant la tête sur la table sur son avant-bras, elle dit doucement :

— Je croyais qu'il était fait pour moi.

— Oh, Gilly, dit Clarissa d'un ton compatissant.

Il n'en fallut pas davantage pour que les larmes que Gillian avait retenues toute la soirée se déversent. Elle leva la tête et les essuya d'un geste impatient. Elle regarda ses meilleures amies.

— Je vous aime, les filles. Clarissa, ton mari est incroyable. Je me souviens de la fois où tu étais malade au début de votre relation, et il a pris deux jours de congé pour rester avec toi. Quand tu n'as pas réussi à atteindre la salle de bains et que tu as vomi de partout, il a tout nettoyé sans avoir des haut-le-cœur.

Clarissa pouffa.

— Je ne suis pas certaine que ça illustre vraiment le fait que Johnathan est extraordinaire.

— *Si*, insista Gillian. Et *toi*, Ann. On a le même âge et tu as déjà deux enfants ! Les deux enfants les plus beaux et les plus intelligents de la planète. Ils sont polis et gentils, et c'est grâce à Tom et à toi, et à la façon dont tu les as élevés.

— Ce sont parfois des petits diables, Gillian. Ils ne sont pas toujours polis et gentils.

Gillian l'ignora.

— Et Wendy...

Ses yeux se remplirent à nouveau de larmes, et elle ferma les paupières pour essayer de se contrôler.

— Wyatt et toi êtes faits l'un pour l'autre. Chaque fois qu'il te regarde, c'est évident que tu signifies tout pour lui. Tu te souviens de la fois où on était toutes à ce festival dans le centre-ville d'Austin, et que ce gars a commencé à nous interpeller ? On l'a ignoré, mais il n'arrêtait pas. Wyatt est allé le voir directement et lui a dit que s'il ne fermait pas sa gueule, il allait se retrouver avec les noisettes tellement hautes à l'intérieur de son abdomen qu'il faudrait un pied de biche pour les dénicher. C'était tellement romantique ! Le dernier mot sortit comme un cri de désespoir, mais Gillian fut incapable de se retenir.

— Gilly, ce gars aurait été capable de détruire Wyatt. Il faisait quinze centimètres de plus et était bien plus fort. Wyatt était idiot, pas romantique. On a eu de la chance que l'autre type l'ait trouvé drôle et qu'il n'ait pas pris la mouche, lui rappela Wendy.

Gillian secoua la tête.

— Mais il l'a fait quand même. Parce qu'il t'aime, dit-elle doucement. Tu ne comprends pas. Il aurait fait n'importe quoi pour toi. *N'importe quoi.*

— Je crois qu'elle a bu suffisamment de margaritas, assena Clarissa en essayant de retirer de force le verre de la main de Gillian.

— Non ! Je sais exactement ce que je dis, protesta cette dernière en s'accrochant à son verre. Je ne suis pas vous, alors je ne sais pas ce que vous avez ressenti lorsque vous avez vu vos hommes pour la première fois, mais vous m'avez toutes dit que quelque chose de profond en vous vous a semblé... *juste.* La première fois que j'ai entendu la voix de Walker, j'ai su.

— Quoi, Gilly ? demanda Ann.

— Qu'il était à moi, dit-elle simplement.

Secouant la tête devant le scepticisme qu'elle constatait sur le visage de ses amies, Gillian tenta de s'expliquer.

— Je sais que ça semble fou. Dérangé. Stupide. Mais je ne peux pas le nier. Je pensais qu'on avait cliqué, dit-elle tristement. Je croyais qu'il avait ressenti la même chose que moi. Il m'a donné un surnom. Il m'a même dit qu'un jour, il se présenterait à ma porte.

— Mais ce n'est pas exactement ce qu'il a dit, déclara Wendy.

Gillian agita sa main dans l'air.

— À peu de choses près. C'était plus le sens sous-jacent de ses paroles. Et depuis, tous les jours, j'ai espéré que ce serait la bonne journée. J'espérais qu'il serait venu pour me dire que je lui manquais tellement qu'il ne pouvait plus rester loin de moi. Et puis il est venu ! Il était beau. Et il sentait si bon. Mais il n'était pas là pour moi. Il n'était pas là pour me dire qu'il ne pouvait pas vivre sans moi. Il n'est venu que parce qu'il s'y sentait *obligé*.

— Tu mérites ce qu'il y a de meilleur, déclara Clarissa avec douceur. Tu mérites un homme qui déplacerait des montagnes pour être à tes côtés. Tu as du succès, tu es jolie, et tu es tellement intelligente !

— Si je suis aussi jolie, intelligente et irrésistible, alors pourquoi est-ce que je me retrouve seule ? se lamenta Gillian.

Elle se détestait d'avoir plombé l'ambiance. Elle n'aimait pas voir que sa mauvaise humeur avait gâché la soirée pour tout le monde. Prenant une profonde inspiration, elle avala une longue gorgée avant d'essuyer les traces de ses larmes sur ses joues.

— Vous savez quoi ? Qu'il aille se faire voir. Ce n'est pas important. Il y a de grandes chances pour que ce soit un connard de toute façon. Bien sûr, c'est probablement un excellent coup au lit et on pourrait faire des étincelles entre les draps, mais il ne sait certainement pas comment être un bon petit ami.

— Gillian..., lui dit Ann.

Mais l'intéressée lui coupa la parole.

— Par exemple, il insisterait sans doute pour partager l'addition au restaurant, et me laisserait marcher sur le rebord du trottoir, pour que je sois la première à me faire renverser par une voiture.

— Gillian, tu devrais...

Cette fois, ce fut Wendy qui essaya de l'interrompre, mais Gillian était sur sa lancée.

— Et il a probablement une petite bite de toute façon. La bosse que j'ai vue dans son pantalon était certainement une chaussette ou un truc comme ça. Et ça ne me surprendrait pas s'il voulait des pipes, mais refusait de me rendre la paro... La papa... De me faire la même chose.

— Gillian ! siffla brusquement Clarissa.

— *Quoi* ? demanda-t-elle.

— Quand tu l'as vu tout à l'heure, ton Walker portait bien une chemise bleue, un jean et des bottes de combat ?

Gillian écarquilla les yeux.

— Comment le sais-tu ? Et puis sa chemise n'était pas exactement bleue. Elle était foncée, une sorte de bleu roi, et elle brillait un peu à la lumière. Je ne sais pas de quelle matière elle était faite, mais elle avait l'air soyeuse. J'aurais bien voulu le toucher...

— Il est juste derrière toi, déclara Clarissa avec un petit sourire.

Gillian leva les yeux au ciel.

— Non, ce n'est pas vrai. Il rentre à sa base. Il a rempli son devoir en me parlant du pirate de l'air et maintenant, il est reparti.

Clarissa et Ann se calèrent contre le dossier de leur banquette et sourirent. Wendy se retourna et regarda derrière elle.

— Seigneur Dieu ! dit-elle doucement. Si je n'étais pas avec Wyatt, je me battrais peut-être avec toi, Gilly.

Gillian s'immobilisa. Elle zieuta Wendy à sa gauche, qui regardait toujours derrière elles.

— Dites-moi que vous plaisantez, murmura-t-elle fort.

— Absolument pas, répliqua Wendy en souriant.

— Ça fait combien de temps qu'il est là ? demanda-t-elle à Clarissa. Elle avait cru être calme pendant sa tirade, alors qu'en fait, les tables les plus proches d'elles avaient certainement pu entendre ses pensées.

— Tu es là, célibataire et belle parce que tu ne *m*'avais pas encore rencontré, dit dans son dos une voix à laquelle Gillian rêvait depuis des semaines. Quand on sortira, tu ne paieras jamais, et rien ne te fera jamais marcher du côté de la chaussée... ou bien dormir sur le côté du lit qui se trouve près de la porte, d'ailleurs. Et juste pour que tu le saches, je n'ai pas de chaussette dans mon pantalon, et je peux te garantir qu'une fois que j'y aurai goûté, une de mes choses préférées va être de te faire des cunnis aussi souvent que tu m'autoriseras à le faire.

— Mon Dieu ! déclara Ann en s'éventant de la main.

Clarissa se contenta de rougir, mais son immense sourire révélait son approbation.

Et Wendy restait simplement bouche bée devant lui.

Si elle n'avait pas été ivre, Gillian n'aurait probablement pas agi de la sorte, mais parce qu'elle ne ressentait aucune douleur et qu'elle n'avait plus aucune inhibition, elle se retourna et se jeta un regard noir à Walker.

— Qu'est-ce que tu fais ici ? cracha-t-elle, sur la défensive. Tu me suis ?

Il émit un petit rire.

— Te revoir ne s'est pas déroulé comme je me l'étais imaginé. J'ai dit quelque chose de mal et je ne sais pas quoi. Je pensais que je pourrais réessayer.

Gillian cligna des paupières.

— Vous êtes venu la voir seulement à cause d'un septième pirate de l'air, l'informa Ann.

— Elle pensait que vous vouliez la voir, mais vous êtes juste passé pour le boulot, ajouta Clarissa.

— C'est pas cool, le gronda Wendy.

— C'est ce que tu as cru ? demanda Walker, les prunelles braquées sur Gillian.

Elle fut incapable de détourner le regard de lui, perdue dans l'émotion qu'elle lisait dans ses yeux, et elle hocha la tête.

— J'ai vraiment merdé, murmura-t-il.

Puis il fit le tour de la banquette et s'agenouilla à côté de l'endroit où Gillian était assise. Il posa une main sur sa jambe, et elle aurait juré qu'elle pouvait sentir des picotements lui parcourir la cuisse.

— Je ne suis pas venu ce soir par obligation, Di. Le FBI aurait pu envoyer quelqu'un pour t'informer de l'existence d'un septième pirate de l'air. Je m'en suis servi comme excuse pour te revoir. Et je ne t'ai pas appelée avant parce que je n'étais pas certain que tu voudrais qu'on te rappelle ce qui s'est passé. Je me suis dit que je serais peut-être un mauvais souvenir pour toi.

— Tu as été le *meilleur* souvenir dans toute cette histoire, laissa échapper Gillian.

— Est-ce qu'on peut recommencer ? demanda-t-il en ne détournant pas les yeux d'elle, ne serait-ce qu'une seconde.

Gillian aurait voulu dire oui, aurait voulu sauter sur l'occasion. Mais elle avait assez bu pour être complètement honnête. Elle secoua la tête d'un air triste.

— Je ne peux pas.

— Pourquoi ? demanda-t-il.

— Oui, pourquoi ? répéta Clarissa.

— Gilly, tu viens de nous dire que tu avais le sentiment qu'il était...

— Je sais ce que je vous ai dit, dit-elle rapidement, coupant Clarissa en regardant à nouveau Walker.

— C'est juste que je... si un simple malentendu me fait *autant* de mal, alors que je ne te connais même pas, si on sort ensemble et que tu décides que tu en as marre de moi, ou que je suis trop ennuyeuse, ou trop du type A, trop romantique et collante... ça me tuera. Elle avait murmuré ces trois derniers mots.

— Je n'ai pensé à rien d'autre qu'à toi depuis trois semaines, lui dit Walker sans hésitation. Je me suis demandé comment tu allais et comment tu gérais ce qui s'était passé. Avant d'être certain que toi et les autres aviez quitté le Venezuela, j'ai eu peur que tu y restes coincée d'une manière ou d'une autre. Tu pourras le demander à mes amis ; j'ai été distrait et un gros boulet. Et quand on m'a dit que tu risquais d'être en danger, ma première pensée a été de venir te retrouver pour te protéger. C'est à *moi* de m'inquiéter que tu te lasses de sortir avec un soldat comme moi. Tu te lasseras de ne pas savoir où je suis ou quand je rentrerai à la maison. Crois-moi, Di, je sais qui est le plus chanceux de nous deux, et ce n'est pas toi. C'est moi. C'est vraiment moi.

Wendy lui donna un coup sur l'épaule quand elle ne répondit rien.

Gillian regarda son amie, puis à nouveau Walker. Il n'avait pas bougé. Il était encore accroupi à côté d'elle. Ses yeux n'avaient pas quitté son visage. Il était entièrement concentré sur elle. C'était bizarre... et agréable.

— J'ai trop bu, l'informa-t-elle.

Il afficha l'ombre d'un sourire.

— Je vois ça.

— Je m'inquiéterai pour toi quand tu seras parti, mais je ne vais pas rester à la maison et pleurer vingt-quatre heures sur vingt-quatre jusqu'à ce que tu reviennes. J'ai une entreprise à faire tourner. J'ai des amis.

— Bien, dit-il calmement.

— Personne ne m'a jamais fait de cunni, alors je ne sais pas si ça me plaira ou non.

Il sourit davantage.

— Ça te plaira.

Gillian leva les yeux au ciel et regarda Ann et Clarissa.

— Il est arrogant.

Clarissa haussa les épaules.

— C'est bien qu'un homme ait de l'assurance.

— Tu as toujours dit que tu voulais un homme alpha, ajouta Ann.

Gillian regarda de nouveau Walker.

— Ne me fais pas de mal, l'implora-t-elle.

— Je ne le ferai pas.

Ces deux mots avaient été prononcés avec une telle assurance que Gillian ne put s'empêcher de le croire.

— D'accord.

Walker se redressa immédiatement et lui tendit la main.

— Viens. Je vais te ramener chez toi.

— Mais je suis de sortie avec mes copines.

— Vas-y, l'enjoignit Wendy, en poussant sur l'épaule de Gillian. Je crois qu'on va pouvoir survivre sans toi au reste de la soirée. En plus, après toutes ces belles paroles, je crois que je vais rentrer chez moi et appeler Wyatt... voir s'il veut passer.

— Je vais m'assurer qu'elle rentre bien à la maison, déclara Walker à ses amies. Et Gillian ne put s'empêcher de frissonner en entendant le ton de sa voix. Il était autoritaire et chaleureux en même temps... et lui fit réfléchir à ce qu'ils pourraient faire ensemble quand ils rentreraient à son appartement.

— Oh, mais ma voiture est là, dit-elle en secouant la tête.

— Tu ne vas pas conduire, grogna Walker.

Gillian leva à nouveau les yeux au ciel.

— Bien sûr que non. Je ne conduis pas quand j'ai bu. Ça serait vraiment stupide. Je vais appeler un Uber.

— Tu ne vas pas non plus prendre un Uber, déclara Walker.

— Pourquoi pas ?

— Et d'une, parce que je suis ici, et que je te raccompagne. Et de deux, parce que c'est dangereux d'aller sur Internet et d'accepter un rendez-vous avec un inconnu dans sa voiture. Tu n'as jamais vu des documentaires policiers ? Une fois que tu montes en bagnole avec quelqu'un qui veut te faire du mal, la probabilité que tu te retrouves morte, quelque part dans un champ de maïs, est de quatre-vingt-dix pour cent ou davantage.

Gillian le regarda en plissant les paupières.

— Tu affabules ?

Puis, sans lui donner le temps de répondre, elle se tourna vers ses amies.

— Il affabule ?

— Je n'en ai aucune idée, déclara Ann. Mais maintenant, je vais réfléchir à deux fois à l'idée de remonter dans un Uber. Je ne suis pas certaine qu'il y a des champs de maïs dans les environs, mais la prochaine fois que j'en verrai, je ne pourrais penser qu'à ces pauvres femmes qui s'y trouvent et qui voulaient simplement rentrer chez elle.

— Super, dit Walker. Vous êtes toutes en état de conduire ? Je peux vous appeler un taxi ou vous ramener chez vous si vous préférez.

Clarissa lui adressa un large sourire.

— C'est bon. On a toutes bu notre Margarita habituelle, dit-elle en regardant sa montre. Il y a deux heures. Et on a toutes mangé. C'est seulement Gillian qui a décidé qu'elle avait besoin de se saouler la gueule et qu'elle n'avait pas faim.

Gillian vit le regret passer sur le visage de Walker, et elle ne pouvait pas nier qu'il lui provoqua des frissons.

— Viens, Di. Je vais te ramener chez toi.

— Et ma voiture ?

— On se débrouillera.

On. Elle aimait ça. Beaucoup.

Elle se redressa de la banquette et se serait effondrée à terre si Walker n'avait pas été là pour lui passer un bras autour de la taille.

— Walker ? dit Clarissa alors qu'ils étaient sur le point de partir.

— Oui ?

— Ne lui faites pas de mal. On est peut-être des femmes, et vous une sorte de super soldat qui dégomme des terroristes, mais on trouvera bien le moyen de faire de votre vie un enfer si vous faites le moindre mal à Gilly.

Gillian était embarrassée, mais quand elle se tourna vers Walker, étrangement, il souriait.

— Compris, déclara-t-il. Et juste pour que vous le sachiez, je ne vais pas lui faire de mal. Je suis content qu'elle ait des amies comme vous trois pour la soutenir.

— Ne l'oubliez pas, la prévint Ann.

Il les salua du menton puis baissa les yeux vers Gillian.

— Prête ?

Enroulant un bras autour de sa taille et ne s'étonnant pas de ne pas sentir un gramme de graisse sous ses doigts, Gillian hocha la tête. Elle tituba aux côtés de Walker alors qu'il la guidait hors du restaurant, jusque dans le parking. Il l'aida à grimper dans sa Chevrolet et tendit même le bras pour enclencher sa ceinture de sécurité. Mais au lieu de reculer et de fermer sa portière, il resta dans son espace personnel.

— Qu'est-ce qui ne va pas ? demanda-t-elle nerveusement.

— Rien, dit-il. Je suis juste en train de graver ce moment dans ma mémoire.

Gillian fronça les sourcils.

— Quel moment ?

— Celui-ci.

Puis il leva sa main sur le côté de son cou, lui faisant tourner la tête vers lui. Il se pencha en avant, lui donnant le temps de rejeter ses avances.

Non, Gillian n'aurait pas pu rejeter tout ce que cet homme voulait lui donner. Elle se pencha vers lui, se rapprochant et saisissant son biceps avec sa main droite.

Les lèvres de Walker frôlèrent doucement les siennes. Une fois. Deux fois. Des petites caresses taquines qui faisaient mourir Gillian de plaisir. Il avança la langue pour lui lécher la lèvre inférieure, avant de presser à nouveau les lèvres contre les siennes.

Ce baiser avait été chaste et bien trop court... mais c'était la chose la plus romantique qu'on ait jamais faite pour elle.

Walker cala le front contre le sien, et elle put sentir sa respiration chaude contre sa peau.

— Merci, dit-il doucement.

— Pourquoi ?

De m'avoir donné une deuxième chance, dit-il simplement. Puis il caressa sa joue avec son pouce et se recula. Il ferma sa portière et fit le tour par l'avant du véhicule. Il s'installa du côté conducteur et démarra le moteur. En passant un bras sur le dossier du siège, il se contorsionna

SUSAN STOKER

pour regarder derrière lui avant de sortir de l'espace de stationnement et de s'engager sur la route.

— Ce baiser était incroyable, lui dit Gillian, la quantité d'alcool qu'elle avait consommée ayant détruit toutes ses inhibitions.

— Je suis bien d'accord, répondit Walker avec un sourire.

— Mais j'en veux plus.

— Oui ?

— Oui.

— Je serai parfaitement disposé à te donner exactement ce que tu veux... quand tu auras dessaoulé.

Gillian fronça les sourcils.

— Je sais ce que je fais. Je ne me suis jamais beurrée au point de perdre la mémoire.

— Beurrée ? demanda-t-il en riant.

— Torchée, déchirée, on s'en fiche, déclara Gillian.

— Peu importe, dit Walker. Je n'ai jamais profité d'une femme auparavant, et ce n'est pas aujourd'hui que je vais m'y mettre.

Gillian fit la moue.

— Pas même si elle en a envie ?

Walker rit fort et longtemps. Gillian était fascinée. Elle n'aurait jamais cru qu'il était un homme qui savait lâcher prise comme cela. Elle ne put se retenir de lui sourire en retour. Puis elle se reprit.

— C'est bizarre. Ce n'est pas bizarre ?

— Non, répondit Walker sans la moindre hésitation.

— Si, déclara Gillian. Je veux dire, on ne se connaît pas, pas vraiment. Et tu m'as empêchée d'être entraînée dans un avion vers le repaire d'un seigneur de la drogue pour être terriblement abusée et peut-être droguée de force. Et tu as *tué* des gens pour moi. Tu les as descendus ! PAN ! Dans la

112

tête. Et je me suis retrouvée éclaboussée par des morceaux de cervelle. J'avais l'air horrible quand on s'est rencontrés. Je n'avais pas pris de douche depuis une éternité et je puais la mort. Et même si je sais que ce n'était pas approprié sur le moment, je n'ai pas pu m'empêcher de me demander à quoi tu ressemblais sans tes vêtements. C'est déroutant, Walker. Comment puis-je avoir l'impression de te *connaître*, alors que je ne te connais vraiment pas ?

— La première fois que j'ai entendu ta voix, j'ai bandé, déclara Walker d'un ton neutre.

Gillian le regarda avec de grands yeux, le laissant poursuivre.

— C'était très déplacé. Tu étais otage, et absolument terrifiée. Tu as dit : « Je suis là » et « Je vais bien ». Et ça a suffi. Je suis tombé pour toi... fort. Je me suis porté volontaire pour apporter la nourriture à l'avion juste pour voir la femme qui m'avait impressionné, et qui m'a fait ressentir plus de choses avec quelques paroles que toutes les relations sérieuses que j'ai connues auparavant. Si c'est bizarre, alors ça me va parfaitement.

— Walker, murmura Gillian.

Il tendit le bras pour lui prendre la main.

— Ferme les yeux, Di. Je vais te ramener chez toi saine et sauve.

— Je sais, soupira-t-elle en lui obéissant.

La voiture entière tournait, comme si elle était au milieu d'une tornade. Cela faisait longtemps qu'elle n'avait pas autant bu. La soirée avait commencé sur une note déprimée et triste, mais voilà qu'elle se retrouvait assise à côté de Walker, qui s'occupait d'elle et s'assurait qu'elle rentre chez elle en un seul morceau.

Était-elle vraiment en train de vivre cela ?

* * *

Quarante-cinq minutes plus tard, Trigger regardait une Gillian endormie... ou plutôt qui cuvait. Il l'avait ramenée jusqu'à son appartement et lui avait mis entre les mains un tee-shirt qu'il avait trouvé dans ses tiroirs, avant de la diriger vers la salle de bains. Il espérait vraiment qu'elle était capable de rester éveillée suffisamment longtemps pour se changer, parce qu'il ne savait pas s'il survivrait au fait de lui retirer son jean et sa chemise.

Il avait contemplé ses seins généreux tout au long du trajet jusqu'à chez elle. Son chemisier était légèrement entrouvert, dévoilant une bande de peau laiteuse et appétissante qui lui donnait envie de la lécher et la goûter. Mais elle avait réussi à enfiler son tee-shirt, et même s'il dissimulait son décolleté, il laissait ses longues jambes nues. Il ne savait absolument pas si elle portait des sous-vêtements et il avait fermé les yeux quand elle s'était glissée sous les couvertures.

— Claque la porte quand tu t'en iras. Elle se verrouillera derrière toi, dit-elle d'une voix traînante en fermant les yeux et pressant un oreiller sur sa poitrine.

Trigger n'avait rien répondu. Il n'aimait pas savoir que sa seule défense contre quelqu'un qui aurait voulu rentrer était une serrure fragile sur une poignée de porte. S'appuyant sur elle, il inhala profondément et fut à nouveau récompensé par l'odeur du chèvrefeuille. Décidant que l'odeur venait de ses cheveux, il souleva une mèche et la porta à ses narines. Oui... c'était bien son shampooing.

Gillian remua sous lui et Trigger lâcha ses cheveux puis se redressa. Bon sang, il était penché sur elle comme une sorte de pervers. Elle toussa et il se tendit jusqu'à ce qu'elle se calme à nouveau.

Elle était complètement saoule. Il ne pouvait pas la laisser. Et si elle vomissait dans son lit ? Si elle s'étranglait ? Il devait rester pour sa sécurité.

Trigger savait qu'il était ridicule, mais il ne parvenait pas à se forcer à partir. Il se dirigea vers la porte d'entrée, enclencha le verrou et fixa la chaîne, en plus de tourner la petite serrure de la poignée. Puis il prit une chaise à la petite table de la cuisine et la ramena dans sa chambre à coucher. Il la plaça de l'autre côté de la pièce, en face du lit, et s'assit lentement. Il pouvait parfaitement voir Gillian et la salle de séjour de l'appartement.

Il ne savait pas si le septième pirate de l'air déciderait de venir s'en prendre à Gillian pour une raison quelconque, mais s'il le faisait, il serait là... du moins ce soir.

Sachant qu'il allait rater l'entraînement le lendemain matin – pour la première fois de sa carrière –, Trigger sortit son téléphone et envoya un texto à Brain.

Trigger : J'ai un imprévu. Je ne pourrai pas venir à l'entraînement demain matin.

Son ami répondit immédiatement.

Brain : Ça va ?

   Trigger : Oui.

   Brain : C'est Gillian ?

   Trigger : Elle a trop bu. Je veux m'assurer qu'elle va bien. Je passerai plus tard.

   Brain : Elle a le moindre indice sur l'identité du pirate de l'air ?

. . .

Trigger fronça les sourcils. Il n'avait même pas pensé à le lui demander. Et d'une, elle était ivre. Elle n'avait probablement pas les idées claires de toute façon. Mais de deux, il se rendait compte qu'il n'avait aucun désir de parler de la situation difficile dans laquelle ils s'étaient trouvés au Venezuela.

Il faudrait bien qu'ils en parlent un jour. Il avait besoin de découvrir si elle soupçonnait l'identité de ce terroriste dormant. Elle avait passé plus de temps avec le reste des passagers que n'importe qui et avait probablement de meilleures infos que tout autre type de rapport aurait pu lui fournir. Mais pour le moment, tout ce qu'il aurait voulu était d'essayer de comprendre les sentiments fous qui tourbillonnaient à l'intérieur de lui.

Trigger : Nous n'en avons pas parlé.
    Brain : Sérieusement ?
    Trigger : Sérieusement.
    Brain : Tu vas la faire emménager dans ton appartement ici ?
:)

Trigger pouffa légèrement. Cela avait été le conseil de Brain lorsqu'ils avaient appris pour la première fois l'existence d'un septième pirate de l'air. Et même si en cet instant, cela lui semblait être la meilleure idée du monde, il savait que Gillian ne serait jamais d'accord. Elle était trop indépendante et avait sa vie ici, à Georgetown.

Même si Trigger aurait voulu l'envelopper dans du papier de soie pour la protéger, il ne voulait pas non plus lui couper les ailes. Il *aimait* la voir indépendante. Il aurait juste à trouver d'autres moyens de veiller sur elle, de la protéger du mal qui régnait sur cette terre. Cela ne serait pas très difficile.

Trigger : Non. On se parle demain.
    Brain : À plus.

Trigger remit le téléphone dans sa poche et se pencha en avant, posant les coudes sur ses genoux et regardant Gillian. Qu'avait-elle de si différent des autres personnes ? Il n'en était pas sûr, mais il avait hâte de le découvrir.

CHAPITRE SEPT

Gillian se réveilla vers six heures le lendemain matin avec une envie de mourir. Elle se rendit en titubant dans la salle de bains et vit ses vêtements empilés sur le sol là où elle les avait jetés après s'être déshabillée la nuit précédente.

Elle fit le nécessaire puis s'assit au bord de la baignoire, la tête entre les mains. Elle se sentait vraiment mal. Pas au point de vomir... du moins ne le pensait-elle pas... mais quand même pas bien. Elle n'aurait vraiment pas dû boire toute cette tequila. Mais les margaritas s'étaient succédé bien trop facilement.

Elle se souvenait de tout ce qui s'était passé la veille.

Elle peinait encore à croire que Walker était venu au Morse Branché pour la voir... et qu'il lui avait dit qu'il ressentait cette même connexion insensée qu'elle ressentait pour lui.

Gillian ne savait pas quoi faire. Elle n'avait aucun moyen de le contacter. Elle avait oublié de lui demander son numéro de téléphone avant qu'il ne parte la nuit dernière. Elle pouvait le chercher sur les réseaux sociaux, mais elle avait conscience que ce serait probablement futile. S'il était bien ce qu'elle soupçonnait, il n'aurait pas de profil sur Facebook. Et il ne semblait certainement pas du genre à avoir un Instagram.

Poussant un soupir, Gillian se leva et se rendit au lavabo. Elle ne se sentait pas de prendre une douche, cependant elle se démaquilla et rassembla en un chignon ses cheveux ébouriffés par le sommeil. Elle retourna d'un pas traînant dans sa chambre à coucher et enfila sur un pantalon large noir orné d'énormes fleurs jaunes et orange.

Décidant qu'elle allait s'allonger sur son canapé pendant un moment et tenter de faire semblant qu'elle n'avait pas une gueule de bois à tout casser, Gillian sortit de sa chambre.

Elle se figea dans le couloir quand elle entendit quelqu'un dans sa cuisine.

Toutes les inquiétudes de Walker lui revinrent immédiatement à l'esprit. Il n'était peut-être pas si loin du compte lorsqu'il lui avait dit qu'il se faisait du mouron pour elle. Le pirate de l'air mystère était-il présentement dans son appartement, prêt à la tuer quand elle montrerait le bout de son nez ?

Pendant une seconde, Gillian resta paralysée par la peur... puis elle inspira.

Cela sentait le café ?

Un meurtrier prendrait-il d'abord le temps de faire du café ?

Terriblement déroutée, Gillian parcourut en silence le reste du couloir. Puis elle pila net quand elle jeta un œil dans sa petite cuisine.

Walker Nelson était attablé, occupé à boire une tasse de café, tenant son téléphone dans l'autre main tout en lisant quelque chose attentivement. Il portait son jean et sa chemise de la veille, mais ses cheveux étaient ébouriffés et il n'avait aux pieds qu'une paire de chaussettes blanches.

Le cœur de Gillian fit un bond. Il avait l'air absolument parfait, assis, là, dans son espace. Elle étendit une main sur sa poitrine et appuya sur son cœur, le sentant battre fort sous sa paume. Cela ressemblait tellement aux fantasmes qu'elle avait eus au cours des trois dernières semaines que c'était étrange.

Elle avait dû faire du bruit, parce que Walker leva soudainement la tête et la vit qui se dissimulait dans son propre couloir, les yeux braqués sur lui. Il reposa sa tasse et son téléphone, et se redressa immédiatement. Il s'approcha vers elle d'un pas vif, et Gillian ne put que le regarder faire.

Levant le menton autant qu'elle le pouvait pour maintenir le contact visuel avec lui, elle fut choquée lorsqu'il ne s'arrêta pas malgré leur proximité. Il envahit son espace personnel et posa ses mains de part et d'autre de sa tête.

— Bonjour, dit-il doucement, sa voix rauque faisant darder les mamelons de Gillian.

Elle savait que s'il baissait les yeux, il pourrait voir l'effet qu'il avait sur son corps, mais il garda le regard braqué sur elle.

— Bonjour, répondit-elle au bout d'un moment. Que fais-tu ici ?

— Il était hors de question que je te laisse hier soir. Pas alors que tu étais aussi saoule.

— Tu n'es pas parti ? demanda-t-elle.

C'était une question stupide. Bien sûr que non. Il portait les mêmes vêtements que la nuit précédente, et ce n'était pas comme s'il était allé se changer puis était revenu à Georgetown ce matin.

Il lui répondit d'un large sourire.

— Je ne suis pas parti, confirma-t-il.

— Où as-tu dormi ?

— Sur ton canapé.

Gillian se mordit la lèvre. Mais ce n'est pas très confortable.

Walker haussa simplement les épaules.

— C'était très bien. Je t'assure que j'ai déjà dormi dans des endroits bien pires. Et il a ton odeur.

Ne sachant pas quoi répondre, elle se contenta de le regarder. Il scruta successivement ses cheveux, ses lèvres, puis le reste de son corps, observant son haut et son pantalon fantaisie.

Elle était tellement embarrassée qu'elle aurait voulu disparaître sous terre. Si elle avait su qu'il était là, elle aurait enfilé de vrais vêtements. Un soutien-gorge. Et elle aurait fait quelque chose à ses cheveux... Comme les coiffer, par exemple.

Au moment même où elle avait décidé que ce serait bizarre si elle le repoussait et s'enfuyait dans sa chambre pour se changer, il prit la parole,

— J'ai trouvé que tu avais l'air très belle il y a trois semaines, après tout ce que tu avais traversé. Et hier soir, tu m'as fait tomber à la renverse quand tu as ouvert ta porte. Mais ça ? Là ? Je n'ai jamais rien vu d'aussi beau.

L'estomac de Gillian fit un saut périlleux.

— J'ai la gueule de bois, je ne porte pas de soutien-gorge, je viens à peine de me démaquiller, ce que j'aurais dû faire hier soir... et je pense qu'une souris a élu résidence dans mes cheveux, ne put-elle s'empêcher de dire.

— Tu es réelle, répliqua Walker. Tu es détendue et pas apprêtée. Exactement comme je t'avais imaginée dans mes fantasmes illicites.

Gillian savait qu'elle rougissait, mais ne put se restreindre.

— Et tu as l'air aussi parfaitement mis que chaque fois que je t'ai rencontré. Comment est-ce que tu *fais* ?

Mais il ne lui répondit pas. Au lieu de cela, il lui demanda :

— Tu as faim ?

Gillian plissa les narines.

— Je ne sais pas.

— Je n'ai pas voulu cuisiner au cas où l'odeur des œufs ou du bacon t'aurait rendue malade, lui dit Walker, et Gillian soupira intérieurement.

Bon sang, il était parfait ! Comment quelqu'un pouvait-il être aussi parfait ?

— Un bagel tout simple, dit Gillian. Grillé. Sec. Je crois que je serai peut-être capable de l'avaler.

— D'accord, Gilly, je te prépare ça, lui répondit-il.

L'entendre se servir du surnom que ses meilleures amies lui avaient donné était agréable.

Il se pencha et lui déposa un baiser sur le front, ses lèvres s'attardant un moment. Puis il retira les mains de sa tête et passa un bras autour de sa taille en la conduisant dans la salle de séjour. Il la dirigea vers le canapé et l'encouragea à s'asseoir. Sur quoi il déplia la couverture qu'elle gardait toujours sur le dossier du canapé et l'en recouvrit.

— Ne bouge pas. Je vais te préparer ton bagel.

Gillian le vit entrer d'un pas vif dans la cuisine. Il ouvrit son réfrigérateur et en tira une bouteille d'eau, brisant le sceau sur le bouchon avant de revenir vers elle. Il la lui tendit avec un sourire, puis il fit volte-face et retourna dans la cuisine.

Elle prit une gorgée et regarda Walker commencer à lui préparer son petit-déjeuner... Tout simple soit-il. Il semblait complètement à l'aise dans sa petite cuisine. Il savait où tout se trouvait et agissait comme s'il y était venu des centaines de fois.

Perdue dans son admiration du cul de Walker alors qu'il se déplaçait dans son espace, elle cligna des yeux surpris lorsqu'il s'assit à côté d'elle, tenant à la main une assiette surmontée d'un bagel toasté nature. Elle se tourna sur son siège et le remercia d'un petit sourire.

Elle grignota un morceau de pain avec prudence, heureuse de pouvoir l'avaler sans ressentir l'envie de le rendre.

— Il faut qu'on parle.

Ses paroles la firent immédiatement se raidir. C'étaient précisément les quatre mots qu'il avait utilisés la nuit précédente, ceux qui l'avaient entraînée dans une spirale fatale.

— Non, ne te contracte pas, dit Walker en mettant la main sur sa cuisse et en se penchant vers elle. Écoute-moi, d'accord ?

La bouchée de bagel qu'elle avait réussi à avaler menaçait de remonter après tout. Elle semblait coincée dans sa gorge et elle n'aurait rien pu dire même si sa vie en avait dépendu.

— Je te l'ai dit hier soir, mais je ne sais pas de quoi tu te souviens exactement.

— Je me souviens de tout, avoua Gillian à voix basse.

— Bon, alors, je vais répéter le tout pour que tu l'entendes à nouveau. Oui, je suis venu ici à Georgetown pour t'informer sur l'existence d'un septième pirate de l'air. Mais ce n'était qu'une excuse. Je n'ai pas arrêté de penser à toi. Tu m'as impressionné il y a trois semaines. Tu as gardé la tête froide et tu n'as pas commis la moindre erreur. Tu n'as pas paniqué quand la situation est partie en vrille. J'avais vraiment envie d'être là pour te rassurer et t'aider à naviguer avec les entretiens et toutes ces conneries qui se sont passées ensuite.

Tu m'as manquée, Gillian. Ce qui n'est pas normal, vu que je te connais à peine. Je suis venu pour te livrer ce message en personne, en espérant qu'on puisse discuter après. Apprendre à nous connaître. Pour voir si tu voudrais bien sortir dîner avec moi un soir. Je voulais y aller lentement, voir si cette obsession que je semble avoir pour toi découle de la situation... ou bien si c'est plus que ça.

Gillian savait qu'elle devait ouvrir de grands yeux., mais elle ne pouvait pas s'empêcher de regarder Walker avec ébahissement.

— Quand tu es partie, j'ai compris que j'avais dû merder. J'ai vu la lumière s'éteindre dans tes yeux, et savoir que c'était ma faute m'a tué. Je ne savais pas comment, mais c'était évident. Alors j'ai trouvé où était situé le Morse Branché et j'y suis allé avec l'intention de m'excuser pour ce que j'avais dit.

Gillian émit un petit rire.

— Oui, et tu m'as découverte vraiment bourrée, en train de dire les choses les plus embarrassantes du monde.

— Elles n'étaient pas embarrassantes, dit Walker sérieusement. Elles étaient honnêtes. Je déteste le fait que tu as pu penser ne serait-ce qu'une seconde que tu n'étais qu'un travail pour moi. Tu ne l'étais pas. Tu ne l'*es* pas.

— C'est bon, lui dit-elle.

— Tu pardonnes trop facilement, dit-il en secouant légèrement la tête, mais sans lui donner le temps de dire quoi que ce soit d'autre. C'était probablement déplacé et une erreur de ma part de rester hier soir, mais je ne me le serais jamais pardonné si quelqu'un était entré par effraction alors que tu étais vulnérable, ou si tu avais vomi et t'étais étouffée au milieu de la nuit. Mais je ne suis pas vraiment désolé, parce que j'ai l'occasion de te voir comme ça... Il baissa les yeux et Gillian savait qu'il pouvait voir ses mamelons durcis à travers son tee-shirt.

Il s'éclaircit la gorge et poursuivit.

— J'ai envie de sortir avec toi, Gillian. De t'appeler et de parler jusqu'au beau milieu de la nuit. T'envoyer des textos pour te faire savoir que je pense à toi. T'emmener dîner et t'embrasser dans ma voiture dans le parking quand je te dépose. Je veux apprendre à connaître tes amies, et à rire avec vous. Finalement, quand le temps sera venu pour tous les deux, je veux t'étreindre pendant toute la nuit, endormie dans mes bras après avoir fait l'amour. Je veux goûter chaque centimètre carré de ton corps et je veux que tu explores le mien en retour. On a ressenti une connexion dès le début, et même si j'ai envie d'apprendre à te connaître intimement *tout de suite*, je veux savourer le fait de tout apprendre de toi. Apprendre qui est Gillian Romano. Ce qui la fait réagir.

Plus il parlait, plus Gillian était séduite. Elle aurait voulu secouer la tête, lui dire que non, elle ne voulait pas aller lentement. Qu'elle voulait sentir ses mains et sa langue sur elle sur-le-champ. Mais une autre partie d'elle désirait ce qu'il venait de décrire. Elle voulait le sentiment d'étourdissement qu'on ressentait quand on apprenait à connaître un homme, voulait les appels téléphoniques et les SMS, voulait la tension sexuelle.

Elle voulait être courtisée. Principalement parce qu'elle avait le sentiment que Walker lui donnerait une sensation qui lui faisait cruellement défaut... Celle d'être désirée. Et elle avait l'intuition qu'il ne lui donnerait jamais l'impression de passer au second plan.

— Je... Ça me plairait.

Elle vit ses épaules se détendre, comme s'il avait eu peur

qu'elle le rejette. Il était difficile de croire que cet homme, cet homme extrêmement fort et beau, s'inquiéterait qu'*elle* le rejette.

— Mais tu dois savoir que je n'aime pas faire des histoires, ajouta-t-elle.

— Que veux-tu dire ? demanda-t-il.

— Je suis différente de la plupart des femmes. Je ne fais pas de drame. Les femmes en général sont vraiment douées pour ça. Elles sont jalouses et vache, et font toutes sortes d'histoires. Si elles n'obtiennent pas ce qu'elles veulent, elles font une scène. Elles pensent qu'on devrait toujours leur accorder plus d'attention, et certaines ont des tenues voyantes et vulgaires. Ce n'est pas moi. Je dis les choses telles qu'elles sont, mais ce n'est pas pour obtenir une réaction. Je préfère l'honnêteté aux mensonges parce que c'est plus facile.

— Ça me plaît. C'est un soulagement.

— Mais, Walker, si on fait ça... ne me trompe pas.

Il sembla choqué par ses paroles.

— Pourquoi dis-tu une chose comme ça ? Je ne trompe pas. Et je ne peux pas m'imaginer, si on se met ensemble comme j'aimerais qu'on le soit, que je sois assez stupide pour aller voir ailleurs.

Gillian haussa les épaules.

— D'autres l'ont fait.

— Des mecs t'ont trompée ? C'étaient des idiots.

Ses paroles étaient immédiates et sincères, et ils la firent se détendre légèrement.

— Je suppose qu'ils voulaient quelqu'un de mieux que moi. L'un d'eux m'avait aussi frappé. Fais ou l'un ou l'autre, et je te largue immédiatement.

Walker redressa l'échine et parla d'une voix basse et quelque peu effrayante.

— Quelqu'un t'a *frappée* ?

Gillian se rendit compte qu'elle était sur le point d'avoir un mâle alpha extrêmement remonté sur les bras si elle ne tentait pas de mitiger la situation. Très vite.

— Oui. Une fois. C'était la dernière fois que je l'ai vu. Je l'ai largué immédiatement et suis allée porter plainte. Mon point de vue est que je ne vais pas tolérer de telles conneries. Surtout pas de la part de quelqu'un avec qui je sors. Je vaux mieux que ça. Je suis une compagne formidable. Attentive et généreuse. Quand je suis avec quelqu'un, je le fais passer en premier. Je suis là quand on a besoin de moi et j'ai envie de trouver quelqu'un qui me rendrait la pareille. Et tromper, voler et me frapper ne me met pas en valeur. Ça ne me met pas au premier plan.

Elle voyait bien que Walker était resté bloqué sur l'idée que quelqu'un l'avait frappée. Elle adoucit sa voix.

— Ça arrive, Walker. Malheureusement, tout le temps. Quand on marche dans la rue, les hommes ont l'impression qu'il est acceptable de siffler et de faire des remarques. Ils n'hésitent pas à nous mater les seins et à nous dire que ça les excite vraiment. Beaucoup d'entre eux pensent qu'ils peuvent filer une gifle à une femme simplement parce qu'ils sont des *hommes*, plus forts et meilleurs qu'une femme parce qu'ils ont plus de muscles et un bout de chair entre les jambes qui leur sert à pisser. Ça ne justifie rien, mais de mauvaises choses arrivent à des femmes bien tous les jours.

— Pas à toi. Ça n'arrivera plus, déclara Walker d'un ton possessif qui fit naître la chair de poule sur les bras de Gillian.

— D'accord, accepta-t-elle sans hésitation.

Walker prit un moment pour essayer de contrôler sa réaction extrême face à la révélation qu'on l'avait frappée, puis il déclara :

— Je ne peux pas rester beaucoup plus longtemps. Je dois retourner à Fort Hood. Mon équipe va me souffler dans les bronches parce que j'ai manqué l'entraînement ce matin. Ça ne m'est encore jamais arrivé. Pas une fois.

Gillian cligna des paupières.

— Vraiment ?

— Vraiment, confirma-t-il. Tu es plus importante que d'aller courir quinze kilomètres avec mes amis.

C'était bon. *Très* bon.

— Mais avant que j'y aille, il y a autre chose dont on doit discuter.

— Le pirate de l'air, déclaré sombrement Gillian. Même si elle sentait des papillons de joie lui danser dans le ventre, elle savait qu'ils devaient en discuter.

— Oui, dit Walker d'un air sérieux. Personne ne sait qui il est, ce qu'il pense, ni même où il se trouve en ce moment.

— Mais pourquoi se soucierait-il de moi ou d'un des autres passagers ?

Walker la regarda pendant un long moment et Gillian comprit qu'il réfléchissait à ce qu'il devait lui dire ou lui cacher.

— J'ai besoin que tu sois honnête, dit-elle doucement. Je vois bien que tu ne veux pas qu'on me fasse de mal, mais j'ai besoin de tout savoir.

— D'accord. Tout le monde est sur le coup. Le FBI, la CIA, les stups. Les organisations antiterroristes d'autres pays. Toutes les personnes présentes dans l'avion sont passées au peigne fin, y compris toi. Tes amies risquent de rencontrer des gens qui viendront leur poser des questions sur toi. On passera au crible tes impôts et ton business à la recherche d'incohérences. Je suis vraiment désolé.

Gillian haussa les épaules.

— Je n'ai rien à cacher, Walker. Ça ne m'emballe pas,

mais plus vite ils comprendront que je suis simplement moi, mieux ça vaudra.

Il sourit brièvement, puis se rasséréna.

— Nous avons plus de questions que de réponses sur ce septième pirate de l'air. Pourquoi se cachait-il parmi les passagers ? Est-il très énervé qu'on ait tué ses complices ? Il est maintenant entendu que les pirates de l'air ne bossaient pas pour le cartel des soleils, mais qu'ils étaient plutôt affiliés à un syndicat rival de trafic de stups : le cartel de Sinaloa, basé au Mexique. Ils ne voulaient pas libérer Hugo Lamas : ils voulaient sa mort, chose qu'ils ont accomplie. Ils ont embarrassé le cartel des soleils et ont essentiellement amorcé une horrible guérilla.

Merde ! Elle n'était pas au fait de tous les cartels et n'y avait pas vraiment prêté attention avant le détournement, mais elle connaissait quand même le cartel de Sinaloa, qu'on mentionnait à l'occasion dans les nouvelles locales. Ce qu'elle se rappelait d'eux était terrifiant.

— Pourquoi quelqu'un s'en prendrait-il à *moi* ?

— Pour découvrir ce que tu sais. Parce qu'en fin de compte, c'est en partie à cause de toi que Luis et tous les autres ont été tués. Tu les as retardés juste assez, tu t'es battue. Alberto voulait t'emmener dans cet avion, et parce qu'il te voulait, quelqu'un d'autre pourrait penser qu'il avait une bonne raison de le faire.

— Mais Luis allait prendre Andréa, souligna Gillian.

— Je sais. Ce qui signifie qu'elle pourrait également être en danger. Quelqu'un va également la prévenir.

— Oh, dit Gillian qui avait la tête qui tournait.

— Cela dit, je pense qu'il est très peu probable que quelqu'un du cartel de Sinaloa ou du cartel des soleils vienne t'agresser. Mais je ne parierais pas sur ma vie... ou sur la tienne. Tu dois faire très attention, Gillian. Ne va nulle part toute seule sauf si c'est absolument nécessaire. Ne prends aucun risque. Verrouille toujours ta porte. Installe un système de sécurité ou achète au moins ces caméras à capteur de mouvement qui sont si populaires de nos jours. Et pour l'amour de Dieu, ne prends jamais de Uber.

Gillian ne put s'empêcher de sourire.

— Tu n'aimes vraiment pas ces taxis partagés, n'est-ce pas ?

— Non, grogna-t-il. Tu ne sais absolument pas qui se trouve au volant. Leur historique de conduite, s'ils ont bu ou consommé de la drogue, ou s'ils sont sortis de prison pour agression sexuelle. Une fois que tu montes dans une voiture, tu es vulnérable. Ils pourraient t'emmener n'importe où... au milieu de nulle part, et on ne te reverrait plus jamais.

— D'accord, Walker, dit-elle en plaçant sa main sur sa jambe. Je ferais attention. Puis-je... Les autres passagers sont au courant pour le terroriste secret ? Je veux dire... je reste en contact par e-mail et textos avec certains d'entre eux. Je ne sais pas ce que j'ai le droit de dire.

— Certains en seront informés, d'autres non. Le problème est que tu pourrais parfaitement être en communication avec quelqu'un qui est le septième pirate de l'air, Gillian.

Elle secoua la tête.

— Non. Je ne crois pas.

Elle n'aimait pas la lueur dans les yeux de Walker.

— Non, répéta-t-elle. Janet n'est pas une terroriste. Peut-être penses-tu que ce soit la petite Renée ? Ou Reed ? Peut-être un des étudiants ? Alice, qui a eu tellement peur qu'elle s'est littéralement urinée dessus ? Ou bien Andréa, la femme que Luis a forcée à lui sucer la queue ? Non, *pas possible*.

— Respire, Gilly, dit doucement Walker en tournant sa

main pour qu'il puisse mêler leurs doigts. Il existe autre chose que tu vas devoir faire... Parler aux autorités des autres passagers. Raconte-leur tout ce qu'il s'est passé dans les moindres détails. Même la plus petite chose pourrait être importante, pourrait être un indice quant à l'identité de l'autre pirate de l'air.

Inhalant profondément, Gillian essaya de contrôler sa panique. Elle réalisait à présent que quelqu'un qu'elle avait appris à connaître, avec qui elle s'était liée après cette expérience horrible, aurait pu en réalité être du côté des terroristes.

— Je ne sais pas trop, Walker. Les hommes ont été placés à l'autre extrémité de l'avion, comme tu le sais. Je n'ai parlé que brièvement à la plupart d'entre eux. Mateo, Charles, Muhammad... Ils semblaient tous gentils. Mais à présent, je ne sais plus. Oh ! Maintenant que j'y pense, Leyton était un peu étrange. Quand Alberto essayait de me tirer vers l'avion, Leyton est resté tout près, juste à nous regarder. Il ne nous a pas aidés et n'a pas couru comme les autres. Mais honnêtement, je pense qu'il était juste en état de choc. Tout s'est passé si vite.

— D'accord, Gillian. Mais ce n'est pas moi qui ai besoin de connaître les détails ; ce sont les enquêteurs.

Elle plissa le front.

— Tu ne veux pas savoir ?

Il haussa les épaules.

— Je veux savoir ce que tu veux bien me dire. Mais mon boulot au Venezuela n'était pas de résoudre le mystère de savoir qui avait détourné l'avion et pourquoi. Nous étions là pour sauver des otages, même si cela signifiait liquider les pirates de l'air. Je ne suis pas impliqué dans l'enquête. Pour l'instant, ma seule et unique préoccupation est de m'assurer que *tu* seras en sécurité.

C'était vraiment bon d'entendre cela.

— Si tu veux me parler de ce que tu as traversé, je t'écouterai. J'ai connu des périodes sombres dans ma vie, et je peux t'aider à faire face à ce qui s'est passé si tu en as besoin. Mais à partir d'aujourd'hui, je suis l'homme avec lequel tu sors, et pas quelqu'un qui est avec toi pour te soutirer des informations. D'accord ?

Gillian hocha la tête.

— Mais je dois te promettre que si tu compromets ta sécurité, ou si tu ne la traites pas aussi sérieusement que tu le devrais, je te le ferais remarquer.

Cela ne dérangea pas Gillian autant que si c'était quelqu'un d'autre qui l'avait dit.

— Si j'obtiens plus d'informations, je te promets de te le faire savoir, surtout si ça affecte ta sécurité. Mais en ce qui me concerne, nous ne sommes qu'un homme et une femme qui apprennent à se connaître.

— Ça me plaît.

— Moi aussi, dit Walker avec un sourire. Et puisqu'on apprend à se connaître, tu dois savoir que j'ai des horaires bizarres. Je n'ai pas de travail à horaires réguliers.

— Je crois que j'ai compris, lui dit Gillian avec un petit rire.

— Je ne pense pas que tu le fasses, lui dit-il sérieusement. On pourrait m'appeler en mission à tout moment. Je ferai de mon mieux pour te le faire savoir, mais il se peut que je n'aie pas l'occasion de t'appeler... Les choses peuvent devenir intenses très rapidement.

Gillian s'humecta les lèvres et hocha la tête.

— Je pourrais partir pour quelques jours, ou bien plusieurs semaines. Je ne sais jamais combien de temps un déploiement va prendre.

— D'accord.

— Tu crois que tu vas savoir gérer ? demanda-t-il.

Gillian pouvait entendre l'inquiétude dans sa voix, et elle s'empressa de le rassurer.

— Walker, comme je te l'ai dit hier soir, je ne vais pas me morfondre en attendant ton retour. Tu me manqueras, mais j'ai une vie. Un travail qui me tiendra occupée. Et quand je me sentirai triste, je retrouverai Ann, Wendy, et Clarissa pour leur pleurer sur l'épaule, puis je continuerai à vivre. Je me débrouille toute seule depuis dix ans. Je ne vais pas m'écrouler quand tu seras en déploiement. Je suis fière que tu sois au service de notre pays. Et...

Elle baissa la voix et elle ne put s'empêcher de regarder autour d'eux. Elle ne savait pas pourquoi ; ce n'était pas comme s'il y avait quelqu'un qui aurait pu les entendre.

— Je sais que tu n'es pas un soldat normal.

— Vraiment ? demanda-t-il avec un petit sourire.

— Oui. Je vis dans cette région depuis assez longtemps pour savoir que les déploiements typiques hors de la base durent six mois ou plus. On n'envoie pas une équipe de sept soldats d'infanterie réguliers au Venezuela pour sauver des otages retenus dans un avion de ligne.

— C'est vrai, ce n'est pas la procédure, dit simplement Walker.

Gillian hocha la tête. Il n'allait pas lui révéler exactement ce qu'il faisait, mais c'était bon.

— Ça m'est égal, Walker, dit-elle sérieusement. J'ai envie que tu sois en sécurité et que tu reviennes de ta mission en un seul morceau, mais même si tu étais le garde du corps personnel du président, cela n'affecterait pas ce que je ressens pour toi.

Walker ferma les yeux pendant une seconde et inspira profondément. Lorsqu'il les ouvrit à nouveau, Gillian vit que ses paupières s'étaient légèrement dilatées. Il se pencha contre elle et frotta le visage contre ses cheveux, près de son oreille.

— Le chèvrefeuille, murmura-t-il. Je ne pourrai plus jamais sentir cette odeur sans durcir.

Puis, comme s'il n'avait pas dit l'une des choses les plus charnelles qu'elle ait jamais entendues, il se recula pour la regarder de nouveau dans les yeux.

— J'ai bien dit que je voulais y aller lentement ? demanda-t-il. Je crois que je suis un idiot.

Gillian rit. Elle voyait bien qu'il n'avait pas changé d'avis, mais il était bon de savoir qu'elle lui faisait de l'effet.

— Je te demande simplement d'être extrêmement prudente jusqu'à ce que les autorités découvrent l'identité de ce septième terroriste, dit-il. Il est peu probable qu'il vienne à Austin pour tenter de te faire du mal, mais jusqu'à ce que l'on connaisse son identité, je ne veux courir aucun risque.

— D'accord.

Walker jeta un œil à sa montre.

— Tu te sens bien ? demanda-t-il.

Elle hocha la tête, mais précisa :

— Non. Je n'ai pas mal au cœur, mais je ne me sens pas si bien que ça.

Il sourit et fit courir une main sur ses cheveux.

— Pauvre Gilly. Qu'est-ce que tu vas faire aujourd'hui ?

— Rester assise ici sur le canapé, regarder des programmes télé qui feront baisser mon QI de dix points, et essayer de ne plus jamais songer à boire.

— Parfait. Je peux t'appeler plus tard ?

— Oui.

— On est jeudi. Tu as des projets pour ce week-end ?

— J'ai une fête de *quinceañera*[1] vendredi soir et une partie de golf samedi matin.

— Tu veux aller dîner samedi soir ?

— Oui.

Il sourit.

— Je passe te chercher vers seize heures ? Il y a un endroit génial à Killeen où je voudrais t'emmener. On peut aller manger, puis j'aimerais te faire faire le tour de Fort Hood et de l'endroit où je travaille.

— J'adorerai ça.

— Bien. Si tu es d'accord, je vais appeler un taxi pour retourner au bar et reconduire ta voiture ici avant de partir.

— Tu n'es pas obligé, lui dit-elle, choquée qu'il ait pensé à une telle chose. Je peux aller la chercher plus tard.

— Je sais que je ne suis pas obligé. Mais tu te sens mal, et ça ne me dérange pas d'aller la chercher.

Elle ne savait pas quoi lui répondre. Elle avait déjà prévu d'appeler une de ses amies pour venir la prendre ou bien de prendre un taxi jusqu'au Morse Branché plus tard pour aller récupérer sa voiture. Mais elle ne pouvait nier qu'elle aimait le fait que Walker lui ait proposé de le faire pour elle.

— Merci. J'apprécie.

— Bien. Alors je vais m'en occuper pour toi. Gillian ?

— Oui ?

— J'espère que tu sais à quoi tu t'engages avec moi.

— Oui, répondit-elle simplement.

Et c'était vrai. Elle avait longtemps attendu de rencontrer un homme comme Walker. Elle était assez forte pour être sa femme… s'il l'y autorisait.

CHAPITRE HUIT

Le samedi soir, Gillian était épuisée, mais elle avait également l'impression qu'elle avait ingéré bien trop de cafés. Dans quelques minutes seulement, Walker serait à son appartement pour venir la chercher pour leur rendez-vous.

Elle avait pris un léger coup de soleil durant son événement de golf de l'après-midi, mais elle savait que ses couleurs disparaîtraient dans un jour ou deux. Gillian avait demandé à Walker ce qu'elle devait porter, et il lui avait dit qu'un jean et un chemisier seraient parfaits. Il ne lui avait pas dit où ils allaient, mais elle lui faisait confiance.

C'était à environ quarante minutes de Killeen en voiture, et Gillian avait hâte de pouvoir tout simplement discuter davantage avec Walker pendant le trajet. Fidèle à sa parole, il l'avait appelée le jeudi soir. Finalement, ils avaient parlé pendant trois heures, ce qui avait surpris Gillian. Selon son expérience, la plupart des hommes n'aimaient pas vraiment parler au téléphone. Mais il n'y avait pas eu un seul silence dans leur conversation. Ils avaient parlé comme s'ils se connaissaient depuis leur naissance.

Lorsqu'elle avait dit à Walker qu'il était le premier que

cela ne dérangeait pas de discuter au téléphone pendant aussi longtemps, il lui avait dit qu'il n'était pas comme les hommes qu'elle avait connus par le passé, et que normalement, il n'était pas très bavard, mais en ce qui la concernait, il pouvait lui parler pendant des heures tous les soirs et être parfaitement heureux.

Il lui fournissait toujours des réponses appropriées, mais Gillian ne pensait pas qu'il se contentait de dire ce qu'il pensait qu'elle voulait entendre. Leur conversation était trop fluide, trop aisée pour être un mensonge.

Il avait envoyé des SMS le vendredi... plusieurs fois. Et chaque fois que son téléphone vibrait, elle en souriait d'anticipation. Puis il l'avait appelée brièvement dans la matinée pour voir comment c'était déroulée la *quinceañera* et pour lui dire qu'il espérait que son événement de golf s'était bien passé.

C'était une nouvelle expérience pour Gillian d'avoir quelqu'un d'aussi attentif à son emploi du temps. Walker se montrait enthousiaste et curieux envers son travail. Il semblait fasciné par son organisation sans faille et tous les différents types d'événements qu'elle avait organisés. Il lui avait dit de faire attention et ils finalisèrent leurs plans pour la soirée.

Puisque Walker avait dit qu'un jean conviendrait parfaitement, elle osa également enfiler sa paire préférée de bottes de cow-boy marron et turquoise. Elle portait une chemise turquoise assortie et avait coiffé ses cheveux en deux tresses longues qui pendaient sur sa poitrine. Elle les avait nouées avec des rubans qu'elle avait sortis d'un tiroir.

Elle trouvait qu'elle était mignonne... mais c'était peut-être un peu trop. C'est vrai qu'elle ressemblait à une touriste dans sa tenue de cow-girl, mais elle se sentait bien, alors elle décida de ne pas se changer.

Gillian venait à peine de sortir de sa chambre quand on sonna au parlophone, lui faisant savoir que quelqu'un se trouvait en bas à la porte. Elle appuya sur le bouton.

— Oui ?

— C'est moi, répondit Walker de sa voix basse distinctive.

Sans un mot, Gillian appuya sur le bouton pour ouvrir la porte et le laisser entrer. Elle savait qu'elle avait peut-être deux minutes avant qu'il frappe à sa porte. Elle inspira profondément une fois, puis deux. Elle était terriblement nerveuse, ce qui était fou, puisque Walker l'avait déjà vue dans son pire état... deux fois.

Elle voulait être jolie pour lui ce soir. Pour lui faire savoir qu'elle avait hâte de passer du temps avec lui. Il frappa à sa porte environ une minute avant qu'elle ne s'y attende. Souriante, heureuse de voir à quel point Walker semblait avoir hâte de la voir aussi, elle jeta un œil au judas, confirmant que c'était bien lui, avant d'ouvrir la porte avec un grand sourire.

— Bonjour, dit-elle joyeusement. Tu es monté rapidement.

Elle a à à peine eu le temps d'enregistrer ce que portait Walker avant de le faire entrer dans son appartement et de fermer la porte. Il la plaqua contre le mur à côté de sa porte d'entrée puis lui prit le visage dans la main pour lui faire lever les yeux. Gillian saisit ses biceps et le regarda d'un air surpris.

Il ne dit rien, ce qui commença à la faire flipper.

— Walker ?

— Hum, murmura-t-il.

— Tu vas bien ?

— Bien. Super, maintenant que je suis avec toi.

Elle afficha un sourire incertain.

— Merde, souffla-t-il. Je suis en train de merder. Puis il inspira profondément, grimaça et fit un pas loin d'elle.

L'absence de la chaleur de ses mains sur son visage la fit trembler.

— Que se passe-t-il ? lui demanda-t-elle en se mordant la lèvre.

Il leva une fois de plus la main pour libérer sa lèvre inférieure avant de la caresser du bout du doigt.

— Rien. C'est juste que... J'avais presque oublié pendant une seconde qu'on va y aller lentement. Te voir a failli me faire perdre le contrôle.

Gillian fronça les sourcils. Elle jeta un œil à son jean et ses bottes, puis le regarda à nouveau dans les yeux.

— Tu es magnifique, souffla Walker. Il s'empara d'une de ses tresses et joua avec pendant un moment. Chaque fois que je te vois, tu me surprends en étant plus toujours jolie.

— Est-ce que je... Est-ce acceptable pour l'endroit où on va dîner ce soir ? Je sais que c'est un peu beaucoup, mais j'aime mes bottes et j'ai pensé que si tu m'avais dit que c'était bon de porter un jean, ça irait probablement. Et ça fait longtemps que je n'avais pas porté ce chemisier. Et une fois que je me suis habillée, ça m'a semblé plus approprié de coiffer mes cheveux ainsi au lieu de les laisser lâchés. Gillian savait qu'elle parlait pour ne rien dire, mais la réaction de Walker l'avait déstabilisée.

— C'est absolument parfait, la rassura-t-il. Comme je l'ai dit, j'ai presque oublié mon vœu d'aller lentement quand je t'ai vue et j'ai fait quelque chose que je m'étais promis de ne pas faire.

— C'est-à-dire ?

— T'embrasser comme j'en ai rêvé. Mettre une main sous ton chemisier et l'autre dans ton pantalon. Te prendre contre le mur alors que j'enfonce mon nez dans tes cheveux pour mieux sentir ton odeur attirante.

Gillian se figea. *Seigneur Jésus.* Elle n'était encore jamais sortie avec quelqu'un d'aussi intense que Walker, mais cela lui plaisait. Non, elle *aimait* qu'il sache exactement ce qu'il voulait et n'avait pas peur de l'admettre.

— Merde, je t'ai fait flipper, n'est-ce pas ? demanda-t-il en faisant un autre pas vers elle.

— Non ! Je veux dire, peut-être un peu, mais pas d'une mauvaise manière. Je ne suis tout simplement pas habitué à quelqu'un d'aussi honnête, mais j'aime ça. Et... même que je ressens une connexion avec toi... Je... C'est un peu tôt pour ça. Mais... Elle hésita.

— Quoi ? demanda Walker. Tu peux tout me dire. Dites-moi de reculer, que j'agis trop vite, que je te surprends, que tu as besoin d'espace... et je le respecterai.

Elle secoua la tête.

— J'allais simplement dire que même si je ne suis pas prête pour tout ça tout de suite... on pourrait revoir ça plus tard ?

— Que je te prenne contre le mur ? demanda Walker avec un petit sourire.

— Oui, ça.

— Tu as bien compris, Di.

Ils se sourirent et Gillian se prit à avoir envie qu'il repose les mains sur elle. Elle aimait pouvoir le faire agir sans réfléchir. Elle avait la sensation que cela ne se produisait pas beaucoup avec lui. Elle lui prit la main et maria leurs doigts.

— Tu m'emmènes dîner ? demanda-t-elle doucement.

Il lui pressa la main et hocha la tête. Ensemble, ils entrèrent dans son salon pour qu'elle puisse récupérer son sac à main.

— Hier, j'ai acheté en ligne une de ces caméras, lui dit Gillian. Elle devrait arriver lundi.

— Bien.

— Et j'ai dit à mes deux voisins qu'un ancien client était en colère contre moi et que s'ils entendent quelque chose d'étrange en provenance de mon appartement, ils doivent appeler la police.

Elle regarda Walker et découvrit qu'il la contemplait avec un regard satisfait.

— Merci.

— De quoi ?

— D'avoir pris ça au sérieux. Je sais que penser constamment à ta sécurité est une contrainte et peut être également un peu effrayant. Mais savoir que tu prends ça au sérieux me rassure à l'idée d'être aussi loin de toi.

Gillian y avait également songé. Ils vivaient à au moins quarante minutes l'un de l'autre. Si quelqu'un pénétrait chez elle de force ou faisait quoi que ce soit pour la blesser, même si elle était en mesure de l'appeler, il ne pourrait rien faire à court terme.

— Je suis peut-être blonde, mais je ne suis pas une idiote, lui dit-elle. Je n'ai absolument pas envie de me refaire kidnapper. Ce n'était pas amusant la première fois et je n'ai pas envie de recommencer. Si tu penses que je cours un danger, je serais stupide de contester ton ressenti.

— Bien. Bon, tu as faim ?

— Oui, dit-elle.

— Tu peux tenir encore une heure ou bien tu as besoin d'un en-cas ?

Gillian pouffa.

— Je ne suis pas en train de mourir de faim, Walker. Je crois que je peux attendre jusqu'à ce qu'on arrive au restaurant.

Walker tira sur sa main jusqu'à ce qu'elle se retrouve collée contre lui avec un bruit sourd.

— Je *sais* que tu ne dénigres pas ton corps, n'est-ce pas ? demanda-t-il.

Gillian secoua la tête. Elle gardait encore une main dans celle de Walker, piégée derrière son dos là où il la tenait contre lui. Elle posa l'autre sur sa poitrine en levant les yeux vers lui.

— Non. Mais je sais ce que je suis et ce que je ne suis pas. Et ce que je ne suis pas, c'est une femme de la taille et avec la silhouette de celles que les hommes aiment regarder dans les défilés et dans les magazines. Ça ne me fait rien, parce que j'aime manger. J'aime les chips et la sauce piquante, et je ne vais pas abandonner mon chocolat.

Walker lui sourit.

— Tu es tellement rafraîchissante, dit-il doucement. Tu dis vraiment les choses telles qu'elles sont, n'est-ce pas ?

— Oui.

— Eh bien, je ne regarde pas ces programmes avec des gens qui portent des tenues ridicules, et je n'ai pas le temps de feuilleter des magazines comme *Maxim* et *Playboy*. Ce que j'*aime*, c'est te sentir dans mes bras. Contre moi. Il poussa plus fort sur ses reins jusqu'à ce qu'elle se retrouve collée contre sa poitrine. Gillian pouvait sentir son érection contre son ventre, et elle déglutit fort.

— Je vais m'assurer de garder du chocolat en réserve pour en avoir quand tu voudras manger un en-cas. Et les chips avec de la sauce piquante sont également un de mes plats préférés. Épicée ou douce ?

— Moyenne, murmura Gillian, en résistant à l'envie de se tortiller contre lui.

— J'aime quand c'est relevé, déclara Walker d'un ton suggestif.

Jetant la tête en arrière, Gillian ne put s'empêcher de rire. Quand elle se reprit, elle le regarda à nouveau dans les yeux.

— Pourquoi ne suis-je pas surprise ?

Walker lui adressa un large sourire.

— Parce que même après un si court laps de temps, tu me connais, me dit-il.

Ils restèrent comme ça pendant une longue minute. Sans parler, appréciant simplement d'être ensemble. Gillian pouvait sentir son cœur battre rapidement sous sa main et aimait le sentir affecté par leur proximité.

Walker inspira profondément, puis il dit :

— Et maintenant, il faudrait vraiment qu'on parte.

— Oui, je suis certaine que tu as fait des réservations, accepta-t-elle.

— Oui, aussi, confirma Walker.

Gillian ne put retenir le petit rire qui s'échappa d'elle. Elle aimait qu'il ne se gêne pas pour lui faire savoir à quel point il la désirait. Elle aussi avait envie de lui, mais elle n'était pas encore prête à coucher avec lui. Elle voulait apprendre à mieux le connaître. Son cœur disait qu'il était l'homme avec lequel elle pouvait passer le reste de sa vie, mais son cerveau lui disait de ralentir, d'être sûre.

Ils marchèrent vers sa porte ensemble et il la ferma derrière eux. Ils descendirent les escaliers main dans la main et se rendirent vers la Chevrolet Blazer de Walker. Encore une fois, il ouvrit la portière de Gillian et l'aida à enclencher sa ceinture de sécurité. Puis il ferma la portière et fit le tour de la voiture.

Gillian se sentait en sécurité avec lui. Quand il sortit du parking de son immeuble et se dirigea vers la route qui menait au nord de Killeen, elle se détendit. La soirée venait à peine de commencer et c'était déjà un des meilleurs rendez-vous qu'elle avait jamais eus.

* * *

Trigger s'assit en face de Gillian dans son restaurant à barbecue préféré de Killeen et se rendit compte qu'il ne parvenait pas à détacher les yeux d'elle. Lorsqu'il l'avait vue dans son appartement, il avait agi sans réfléchir. Il l'avait poussée à l'intérieur et contre le mur avant que son cerveau ne puisse réagir.

Elle avait l'air adorable. Ses tresses, les bottes, le jean serré... Ça lui donnait envie de la prendre tout de suite. Heureusement, il avait fini par reprendre ses sens. Il n'agissait jamais impulsivement. Ce genre de choses l'aurait tué lors d'une mission, et au fil des ans, le bon sens avait envahi tous les aspects de sa vie. Il était toujours méthodique et prudent... sauf quand cela concernait Gillian Romano, apparemment.

Il avait aimé lui parler tout au long de la semaine. Elle était drôle et divertissante. Elle ne monopolisait pas la conversation, elle lui posait des questions et avait volontiers répondu aux siennes. Il ne s'était même pas rendu compte qu'ils avaient parlé pendant des heures avant d'avoir regardé l'horloge et d'avoir été choqué devant l'heure.

Elle avait un peu de sauce sur le menton et, sans penser, Trigger tendit la main pour l'essuyer. Au lieu d'être gênée, elle se contenta de rire.

— Je m'en suis mis de partout ? demanda-t-elle avec un sourire en portant une serviette à son visage.

— Non, tu en as juste un peu sur le menton, lui répondit-il avec un sourire.

Le restaurant était bondé, car c'était un samedi soir et il

proposait certaines des meilleures viandes grillées de Killeen. La plupart des clients étaient des soldats de la base, mais il y avait aussi quelques familles. C'était un endroit décalé où emmener Gillian pour leur premier rendez-vous, mais il voulait qu'elle soit à l'aise. Et il n'y avait nulle part où l'on pouvait être plus à l'aise qu'ici.

— Parle-moi de ton équipe, demanda-t-elle alors qu'ils dévoraient leur poitrine fumée de bœuf et leur poulet. Je veux dire... je les ai tous vus au Venezuela, mais je n'ai pas vraiment eu l'occasion de les connaître.

— Ce sont les meilleurs hommes que j'ai jamais rencontrés, déclara Trigger avec sincérité. Ils sont travailleurs, courageux et loyaux, et ce sont aussi des trous du cul.

Gillian pouffa.

C'était une autre chose que Trigger aimait chez elle... elle semblait savoir quand il plaisantait avec elle et quand il était sérieux. Autrefois, il était sorti avec une femme qui s'offusquait de tout ce qu'il faisait lorsqu'il était sarcastique ou qu'il plaisantait.

— Mais sérieusement, ils sont peut-être un peu bruts de décoffrage, mais je crois qu'on l'est tous. On est tous célibataires, et nous l'avons été pendant la majeure partie de notre vie d'adulte. L'Armée a été notre maîtresse et il peut être difficile de changer notre état d'esprit sur ce point.

Gillian lui prêtait toute son attention.

— Depuis combien de temps y es-tu ? demanda-t-elle...

— J'ai trente-sept ans. J'ai rejoint l'Armée relativement tard par rapport à d'autres. J'ai obtenu un diplôme et j'ai commencé à bosser, puis réalisé que je détestais être enfermé dans un bureau toute la journée. Il y avait un poste de recrutement pile en face de mon travail et un jour, pendant ma pause déjeuner, je me suis retrouvé dans leur bureau, à leur demander comment m'engager. C'était il y a environ treize ans.

— Alors tu y es pour toute la vie. Ce n'était pas une question.

— Oui, je n'ai pas songé à la date de ma retraite, mais je ferai au moins vingt ans, déclara Trigger. J'ai rencontré mon équipe pendant l'entraînement.

Il devait faire attention à ne pas lui en dire trop, mais elle avait l'air d'avoir déjà deviné qu'il était dans les Forces Spéciales, alors il continua à parler.

— Lefty, Grover et moi étions dans la même classe de recrutement. On a rampé dans la boue, on a vomi, on s'est pris la pluie, on s'est fait tirer dessus avec des balles en caoutchouc, et on a failli se noyer ensemble. On a forgé un lien qui ne sera jamais rompu, quoi que nous fassions à l'avenir et, quel que soit l'endroit où l'on aille.

— Hum, ça a l'air... pas très amusant, déclara Gillian avec un sourire.

— C'est vrai, mais ça l'a pourtant été, sourit Trigger. Je savais que j'allais faire quelque chose qui ferait une différence dans le monde. Même si je ne pouvais en parler à personne, *je* le saurais.

— Comme sauver des otages dans un avion détourné au Venezuela, dit-elle à voix basse.

— Exactement, confirma Trigger, tendant le bras au-dessus de la table pour lui prendre la main.

Il caressa le dessus avec son pouce sans rompre le contact visuel avec elle.

— On a rencontré Brain, Oz, Doc et Lucky plus tard, lorsqu'on s'est retrouvés dans la même équipe. Parfois, j'ai l'impression que je les connais depuis toujours. On termine nos phrases et quand ils ont mal, moi aussi, et vice versa. C'est un lien que j'avais toujours souhaité avoir quand j'étais petit. Je suis fils unique et j'ai toujours voulu avoir un frère ou une sœur.

— Et maintenant, tu as six frères.

— Exactement.

Gillian sourit, puis elle s'humecta les lèvres et baissa les yeux.

— Quoi ? Qu'est-ce qui ne va pas ? demanda Trigger en lui prenant la main quand elle essaya de s'écarter de lui.

— C'est simplement que... Et s'ils ne m'apprécient pas ?

Trigger fut incapable de se retenir. Il éclata de rire.

Quand il reprit le contrôle et regarda à nouveau Gillian, elle le fusillait du regard. Elle essaya de lui retirer sa main, mais il s'accrocha.

— Je ne riais pas de *toi*, la rassura-t-il. Je ris parce que c'est plutôt à moi de m'inquiéter qu'ils te plaisent plus que moi. Ils vont t'apprécier. Et ils le font déjà, de toute façon.

Elle plissa le front.

— Je ne les ai même pas vraiment rencontrés.

— Oui, mais je leur ai parlé de toi. Beaucoup.

— Mais on s'est juste rencontrés il y a quelques jours.

Trigger secoua la tête.

— Non. On s'est rencontrés il y a plusieurs semaines. Et les garçons ont vu le genre de personne que tu étais *alors*. Et maintenant que ça fait quelques jours que je n'arrête pas de parler de toi, ils ont appris à te connaître encore mieux.

Gillian rougit et Trigger ne put s'empêcher de sourire. Il lui pressa la main.

— Tu n'as rien à craindre, Di, lui dit-il doucement. Je pense que c'est plus à moi de m'inquiéter. Mes meilleurs amis sont tous célibataires. Ils ont le feu aux fesses et vont probablement t'ennuyer terriblement. Ils sont un peu grossiers et impétueux. Tu vas peut-être les détester quand tu les rencontreras, et ça ne présagera rien de bon pour notre relation.

— Je ne vais pas les détester, lui assura-t-elle. Ce sont tes amis… comment pourrais-je les détester ?

Ils se sourirent, puis quelqu'un les interpella de l'autre bout du restaurant.

— Trigger !

Celui-ci se tourna et sourit en reconnaissant le couple qui s'approchait. Se redressant, il secoua la main de l'homme et sourit à la femme qui se tenait à ses côtés. Gillian s'était également levée, et Trigger fit les présentations.

— Gillian, voici mon ami Truck et son épouse, Mary. Voici Gillian, ma petite amie.

Marie parut immédiatement avoir un millier de questions, mais elle réussit à les garder pour elle alors qu'elle secouait la main de Gillian.

— Ravie de vous rencontrer, déclara Truck. On ne savait même pas que Trigger voyait quelqu'un.

L'intéressé sourit et passa le bras autour de la taille de Gillian.

— C'est le cas, dit-il fermement.

Puis il regarda Gillian.

— Truck fait partie d'un groupe de soldats avec lesquels on a travaillé par le passé. Son équipe et la mienne sont tous amis. Il me semble que c'était hier qu'on a assisté à son mariage avec Mary.

Puis il se retourna vers son ami et lui demanda :

— Vous avez hâte d'aller chercher vos enfants ?

— Absolument, déclara Truck avec un sourire. J'ai l'impression que ça fait une éternité qu'on attend que la paperasse soit en ordre pour pouvoir aller chercher Aarav et Deeba. On a envoyé des enregistrements de nos voix et beaucoup de photos, mais qui sait comment ils réagiront lorsqu'ils nous verront pour la première fois ?

— Ils adoptent deux jeunes enfants indiens, expliqua Trigger à Gillian.

— Félicitations, dit-elle avec un grand sourire.

— Merci, répondit Truck. On est prêts à les recevoir chez nous.

— Attendez, vous êtes Gillian *Romano* ? demanda soudainement Mary.

Elle avait souri et hoché la tête pendant que son mari parlait, mais il était évident que le nom de Gillian venait de cliquer dans son esprit.

Trigger se tendit. Il savait qu'il était possible qu'on reconnaisse Gillian. Son nom et sa photo avaient été diffusés dans tous les journaux du pays après le détournement. Elle n'avait pas donné beaucoup d'interviews, mais ça n'avait pas d'importance. Elle était une sorte de célébrité étrange.

Il la sentit se tendre à côté de lui, mais elle répondit avec politesse.

— C'est bien moi.

— Vous êtes incroyable ! dit immédiatement Mary. J'ai lu ce qui s'est passé dans cet avion, et ça a l'air d'avoir été vraiment horrible. Je veux dire, quand j'ai été retenue captive dans la banque où je travaillais, j'ai été terrifiée, mais ça n'a duré que vingt minutes. Je ne m'imagine pas me retrouver dans votre situation pendant plus de deux jours !

Trigger sentit alors Gillian se détendre contre lui.

— Ce n'était pas drôle, dit-elle à Mary.

— L'euphémisme du siècle, marmonna Trigger.

— On voit que vous êtes en train de manger, alors on va vous laisser tranquille, leur dit Truck. Gillian, j'ai été ravi de vous rencontrer.

— Pareillement, répondit-elle.

Trigger serra la main de Truck et dit :

— C'est toujours bon pour cet exercice de formation la semaine prochaine ? Ton équipe contre la mienne ?

— Comptes-y, répondit Truck en souriant. Que la meilleure équipe l'emporte.

— Ce sera la mienne, déclara Trigger. On ne va pas laisser un groupe de vieillards nous battre.

— On verra ça, déclara Truck. On verra, oui.

— Allez, viens, Musclor, le taquina Mary. J'ai faim, et si vous continuez tous les deux à rouler des mécaniques, je n'arriverai pas à me mettre quelque chose sous la dent.

Gillian pouffa, un son que Trigger apprécia. Les deux hommes se saluèrent du menton. Puis il attendit que Gillian soit assise avant de s'installer à nouveau.

— Vous avez l'air proches, fit-elle remarquer pendant qu'ils mangeaient.

— Effectivement, confirma Trigger.

— J'aime bien les cheveux de Marie.

— Et ne t'avise même pas de songer à mettre des stries de couleur dans les tiens, gronda Trigger.

Gillian le regarda avec des yeux surpris.

— Pourquoi ?

— Parce qu'ils sont parfaits comme ça. Leur couleur. Ça me rappelle les champs de blé qui poussent dans le Midwest.

Pendant une seconde, Trigger se dit qu'il était allé trop loin. Il ne parvenait pas à lire le visage de Gillian. Mais elle finit par sourire.

— Merci. Je ne pensais pas vraiment à colorer mes propres cheveux. J'admire juste celles qui arrivent à assumer.

Ils terminèrent leur repas sans autre interruption et Trigger fut soulagé quand ils quittèrent l'intérieur bruyant du restaurant et revinrent dans sa voiture. Quand ils furent tous les deux installés, il se tourna vers elle.

— Tu veux faire le tour de la base ?

— Bien sûr, dit-elle avec enthousiasme.

Alors pendant les deux heures suivantes, Trigger lui fit faire le tour de Fort Hood en voiture. Il lui montra où était son bureau et lui fit même faire le tour d'une des réserves de véhicules. Quand elle lui dit qu'elle n'avait jamais vu l'intérieur d'un tank, il s'arrangea pour qu'un mécanicien qui travaillait dessus la laisse jeter un œil à l'intérieur. Il prit des photos d'elle assise dedans, et il sut qu'il n'oublierait jamais à quel point elle avait l'air heureuse.

— C'était amusant, lui dit-elle alors qu'ils quittaient la base.

— Oui, en convint-il à voix basse.

— Qu'est-ce qui ne va pas ? demanda-t-elle en lisant facilement son humeur.

Trigger lui jeta un regard. Il ne pouvait voir des bribes de son visage que lorsqu'ils passaient sous les réverbères, car la nuit était tombée. Il avait fait tout son possible pour prolonger leur temps sur la base, mais il finit par ne plus rien avoir à lui montrer.

— Je ne suis pas encore prêt à te ramener à la maison, dit-il avant de grimacer. Il était censé aller lentement, et rester dehors toute la nuit n'était pas exactement cela.

— Je ne suis pas encore prête à *rentrer* à la maison, dit-elle, le surprenant. Tu as une idée ?

— Je suis sûr qu'il y a une dernière séance de cinéma, lui dit Trigger. Ou bien on peut aller traîner dans un bar quelque part. Ou bien…

Il laissa sa phrase en suspens.

— Ou bien quoi ?

Lui jetant un autre regard, Trigger ressentit un pincement familier dans son ventre. Elle était si jolie. Des mèches folles avaient commencé à s'échapper de ses tresses et elle paraissait un peu échevelée après son passage dans le tank dans la réserve à véhicules. Mais elle avait l'air complètement détendue, appuyée contre sa porte de voiture avec un genou plié et son pied calé sous sa cuisse.

— J'allais suggérer de retourner à mon appartement pour regarder un film ou quelque chose de ce genre. Ce serait plus calme, et on pourrait parler plus facilement... mais je ne suis pas certain que ce soit une bonne idée.

— Ça me semble bien, répondit Gillian. Honnêtement, avoir passé autant de temps au soleil aujourd'hui m'a donné un léger mal de tête.

Trigger menait une guerre intérieure. Il voulait ramener Gillian chez lui. Il voulait la voir sur son canapé détendue et heureuse. Mais il savait que s'ils y retournaient, il serait extrêmement difficile de ne pas la peloter et l'embrasser. Il n'avait encore jamais eu de problème pour se contrôler auprès de femmes, mais Gillian savait parfaitement comment le faire réagir.

— Tu es en sécurité avec moi, lui dit-il.

Elle eut l'air surprise, mais répondit :

— Je sais. Je n'aurais pas accepté que tu me conduises ici jusqu'à Killeen si je ne me pensais pas en sécurité.

— On va y aller lentement, ajouta-t-il, un peu plus rudement qu'il ne l'aurait voulu.

— Je le sais aussi, confirma-t-elle.

— T'emmener chez moi n'est pas un stratagème pour t'amener au lit. Trigger ne savait pas pourquoi il s'accrochait. Probablement parce qu'une partie de lui espérait qu'elle allait protester et lui dire que c'était bon. Qu'elle ne voulait plus y aller lentement.

Elle se déplaça sur son siège et tendit le bras pour poser la main sur son bras.

— Si tu as besoin de me ramener chez moi, c'est bien aussi, dit-elle doucement.

— Non ! dit-il rapidement.

Après une seconde, ils rirent tous les deux doucement.

— Je suis en train de merder, encore une fois, lui dit Trigger, content que ce soit lui qui conduise et qu'il n'ait pas à la regarder dans les yeux. J'ai apprécié d'être avec toi ce soir. Il y a quelque chose chez toi qui me rend heureux. Tu te ravis tellement des petites choses, et ça ne te fait rien d'avoir un peu de sauce barbecue sur le menton ou de rencontrer mes amis ou mes connaissances. Plus je passe de temps avec toi, plus j'ai *envie* de le faire.

— Je ressens la même chose. Je me sens à l'aise avec toi, Walker. Je ne me sens pas obligé de faire semblant d'être quelqu'un que je ne suis pas. Et tu ne sais pas à quel point c'est incroyable. Je ne veux pas encore rentrer, mais si ça te stresse de m'inviter chez toi, tu peux me ramener chez moi.

— Je te propose un truc, dit Trigger. On va chez moi regarder un film. Ça finira après minuit, puis je te ramènerai chez toi et on décidera de la date de notre prochain rendez-vous.

— C'est d'accord, répliqua immédiatement Gillian. Mais c'est moi qui choisis le film.

Trigger sourit.

— D'accord, mais tu devrais savoir que je ne possède aucune comédie romantique.

— Je suis sûre que tu as quelque chose que je vais aimer.

Trigger voulait rétorquer qu'il avait certainement quelque chose qu'elle aimerait, mais il s'abstint de tout commentaire.

Soulagé de ne pas encore avoir à lui dire au revoir,

Trigger parcourut le reste du chemin jusqu'à son appartement avec un énorme sourire sur son visage.

* * *

Deux heures et demie plus tard, Trigger se posa sur son canapé avec une Gillian comateuse entre ses bras. Elle s'était débarrassée de ses bottes et avait défait ses tresses. Sa chevelure était extrêmement ondulée et tombait follement sur ses épaules. Trigger aurait voulu passer ses mains dedans, mais il se retint.

Gillian avait choisi de regarder *Die Hard*, un film qu'il avait vu à d'innombrables reprises. Ils avaient débattu pour savoir si c'était un film de Noël et vingt minutes après que le premier coup de feu avait été tiré à l'écran, Gillian était profondément endormie.

Elle était assise à côté de lui sur le canapé et son cou était incliné à un angle douloureux ; Trigger savait que cela ne pouvait pas être confortable. Il l'avait donc collée contre lui et l'avait déplacée pour que sa tête repose sur l'accoudoir, et qu'elle se retrouve blottie entre lui et l'arrière du canapé.

Elle se tortilla un peu, puis s'installa. Elle avait posé la joue sur le cœur de Trigger, et elle passa un bras et une jambe au-dessus de son corps. Elle lui rendait son étreinte féroce.

Trigger était fatigué – la journée avait été longue et remplie de l'anticipation de la revoir –, mais il ne pouvait pas dormir. Il avait éteint le DVD et les seuls sons de l'appartement étaient les inspirations profondes de Gillian et les cris occasionnels ou les moteurs de voiture qui tournaient à l'extérieur.

Il savait qu'il aurait dû la réveiller et la ramener chez

elle, mais Trigger ne parvenait pas à bouger. Étreindre Gillian était bon. Cela l'apaisait d'une manière qu'il n'avait encore jamais connue. Il n'était pas excité, ne ressentait pas le besoin de baiser. Il se contentait de simplement l'étreindre pendant qu'elle dormait.

Changeant de position pour pouvoir poser la main à l'arrière de la tête de Gillian, Trigger inspira profondément. Le parfum du chèvrefeuille l'entourait comme s'il se tenait dans un champ de fleurs. Il ne serait plus jamais en mesure de le sentir sans penser à ce moment.

Décidant de fermer les yeux une seconde, puis de les réveiller tous les deux pour la ramener chez elle, Trigger s'enfonça encore plus dans les coussins.

Il sombra dans un sommeil si profond, si content et à l'aise avec cette femme dans ses bras, qu'il ne se réveilla que lorsque le soleil pointa.

CHAPITRE NEUF

Gillian se réveilla, se disant qu'elle ne s'était pas sentie aussi reposée depuis des lustres. Elle ne pensait pas avoir fait de mauvais rêves, et se sentait même très bien.

Mais quand elle changea de position, elle comprit immédiatement qu'elle n'était pas seule. Elle ouvrit brusquement les yeux et elle vit qu'elle était toujours sur le canapé de Walker. Était, en fait, endormie dans ses bras. Son dos était plaqué sur les coussins et son front était collé contre les côtes de Walker.

Quand elle leva la tête, elle plongea dans ses yeux gris. Les poils de barbe lui mangeaient le visage, un peu comme au Venezuela. Sauf qu'il avait baissé la garde et semblait quelque peu vulnérable.

— Bonjour, dit-il doucement.

— Je n'avais pas l'intention de m'endormir sur toi, dit-elle.

— Et je n'avais pas l'intention de m'endormir, point barre, répondit-il. Je voulais juste fermer les yeux pendant une seconde, puis te réveiller et te ramener chez toi.

Gillian lui adressa un petit sourire.

— Je suis contente que tu ne l'aies pas fait. J'ai mieux dormi la nuit dernière que durant tout le mois qui vient de s'écouler.

Il fronça les sourcils.

— Tu ne dors pas bien ?

Réalisant son faux pas, Gillian essaya d'ignorer le commentaire.

— Je voulais juste dire en général.

— Non, ne me fais pas ça. Tu ne dors pas bien ? répéta-t-il.

Gillian pinça les lèvres et secoua légèrement la tête.

— Des cauchemars ?

— Parfois.

— Des flashbacks ?

Elle hocha la tête.

— Tu as besoin qu'on garde la lumière allumée ?

Gillian acquiesça à nouveau.

— Comment le sais-tu ?

— Je suis passé par là, Gilly. Le SSPT n'est pas une partie de plaisir.

— Oh, ce n'est pas ça, protesta-t-elle. J'ai juste du mal à reprendre ma vie d'avant.

C'est exactement le SSPT, dit fermement Walker.

Puis il agit si rapidement que Gillian n'eut pas le temps de protester ni de faire quoi que ce soit d'autre que de pousser un glapissement. Avant qu'elle ne puisse réagir, il s'était rassis et l'avait installée à califourchon sur lui. Il lui écarta les cheveux du visage et la tint fermement. Elle aurait dû s'inquiéter de la facilité avec laquelle il la manœuvrait, à la façon dont il la tenait sans la lâcher... mais elle n'était pas inquiète.

— Il n'y a pas de honte à avoir. Ce que tu as traversé était horrible, Di. Tu es très forte, mais même si je t'ai surnommée Wonder Woman, tu n'es *pas* elle. Tu as besoin de parler à quelqu'un. Je vais te recommander un professionnel. Ça ne me dérange pas si tu as besoin de garder la lumière allumée ; certains des hommes les plus forts que je connais ont des veilleuses partout chez eux. Tu dois faire ce qui est nécessaire pour gérer. Point barre.

— Je n'ai pas rêvé la nuit dernière, lui dit-elle.

— Quoi ?

— Je n'ai pas rêvé. Et je n'ai même pas remarqué que les lumières étaient éteintes. Puisque tu me tenais dans tes bras, je savais que j'étais en sécurité.

— Merde, souffla Walker en fermant les yeux pendant une seconde avant de les rouvrir et de la considérer avec une chaleur dont elle n'aurait jamais voulu s'éloigner. Je vais t'embrasser, Gillian, la prévint-il.

— Ça me va, murmura-t-elle.

— Mais ce sera tout. Juste un baiser.

Gillian hocha la tête et s'humecta les lèvres, impatiente.

Il leva une main et la fit courir sur ses cheveux, les aplatissant. Puis il plaça les doigts sous son menton et fit doucement basculer sa tête vers le haut.

Gillian sentit son cœur battre dans sa poitrine. Elle lui saisit les bras et enfonça ses ongles dans sa peau. Elle voulait à la fois qu'il se dépêche et ralentisse. Elle aurait voulu que ce moment dure toujours, mais elle voulait aussi qu'il commence à l'embrasser.

Elle le regarda s'humecter les lèvres, puis elle baissa lentement la tête.

Gémissant légèrement, elle se pencha en avant et le rencontra à mi-chemin.

Au début, leur baiser était un peu hésitant. Leurs lèvres se touchèrent une fois. Puis deux. Puis il grogna et retira sa main de son menton pour lui saisir la nuque. Il plia les doigts et couvrit sa bouche de la sienne. Il ne la titilla pas, ne lui lécha pas les lèvres pour demander la permission d'entrer.

Il la conquit.

Et Gillian le laissa faire. Avec joie.

Elle écarta les lèvres davantage et sentit la langue de Trigger passer sur la sienne.

Elle ne savait pas combien de temps ils passèrent là à s'embrasser. Tout ce qu'elle savait, c'est qu'elle ne se sentait jamais aussi excitée et chérie que dans les bras de Walker. Il la tenait fermement contre lui. Il tira légèrement sur ses cheveux quand il voulait qu'elle bouge la tête, sans que ce soit douloureux. Non, les baisers de Walker Nelson ne lui faisaient pas le moindre mal.

Gillian lui suça la langue et ressentit plus qu'elle entendit le grognement qu'il laissa échapper. Peu de temps après, il se retira brusquement et força son front à reposer sur son épaule. Gillian pouvait sentir sa poitrine monter et retomber sous sa joue et elle ressentait une certaine satisfaction à l'idée qu'il respire aussi rapidement.

— Bon sang, murmura-t-il. Gillian ne put s'en empêcher. Elle pouffa.

Gardant sa main sur sa nuque, Walker la fit se redresser.

— Tu te moques de moi, femme ?

Elle essaya de s'arrêter, mais en fut incapable. Le temps qu'elle se reprenne et soit capable de regarder à nouveau Walker dans les yeux, elle fut surprise de la douceur avec laquelle il la regardait.

Embarrassée, elle porta une de ses mains à sa bouche et l'essuya.

— Quoi ? J'ai quelque chose sur la figure ?

Il écarta tendrement sa main et fit courir son pouce sur sa lèvre inférieure.

— Tes lèvres sont roses et gonflées, lui dit-elle. Ça me plaît de savoir que c'est grâce à moi.

Gillian lécha le pouce de Walker et elle vit ses pupilles se dilater.

— Arrête. Sans quoi je vais croire que tu essaies de me séduire. Je ne suis pas ce genre de mec, la taquina-t-il.

Consciente de sa position sur ses genoux, à califourchon sur lui, et sentant sa verge érigée contre elle, elle se tortilla et arqua un sourcil.

— Tu ne l'es pas ?

Soudain, Walker se redressa et Gillian remarqua à nouveau sa force et la facilité avec laquelle il pouvait déplacer son corps. Il la fit se redresser, mais la serra contre lui. Ils étaient collés ensemble des hanches à la poitrine et restèrent dans cette position durant un long moment, se dévorant du regard.

— Merci pour le meilleur baiser que j'ai jamais eu, lui dit-il.

— Avec plaisir, lui répondit-elle.

— Et merci de ne pas t'être inquiétée quand tu t'es réveillée sur mon canapé ce matin. Je te jure que j'avais de bonnes intentions. Je voulais t'emmener à la maison et t'embrasser sur le pas de la porte, puis partir comme un gentleman.

— J'ai préféré dormir dans tes bras, répondit-elle honnêtement.

— Tu as des projets pour aujourd'hui ? demanda-t-il.

Gillian secoua la tête.

— Pas vraiment. J'ai des trucs à voir pour planifier l'anniversaire d'une adolescente, mais sinon, je ne travaille pas le dimanche.

— Et si je te préparais du café ? Tu peux le boire pendant que je me doucherai. Ensuite, je te ramènerai chez toi pour que tu puisses te changer, et je t'amènerai prendre le petit-déjeuner quelque part. Et *enfin*, je te laisserai passer ta journée off tranquille.

— Ça me convient parfaitement, lui dit Gillian. Et effectivement. Elle n'aurait vu aucun inconvénient à passer la journée avec lui, mais elle avait également envie d'avoir un peu d'espace. Elle était en train de tomber très amoureuse de cet homme, et ça la terrifiait. Oui, elle avait pensé qu'il était parfait pour elle dès la première fois qu'elle avait entendu sa voix, mais maintenant qu'elle était en train d'apprendre à le connaître, le fait qu'il semble parfait la faisait légèrement flipper.

Walker se pencha en avant et l'embrassa doucement sur le front. Et quelque part, ce baiser était aussi intime que celui qu'ils venaient d'échanger.

— Il y a une petite salle de bains dans le couloir. Il y a un tas d'articles de toilette supplémentaires sous l'évier. Ma mère m'a ravitaillé la dernière fois qu'elle est venue. Apparemment, même si j'ai près de quarante ans, elle ressent encore le besoin de prendre soin de son fils.

Gillian sourit.

— Et tu aimes ça.

— Bien sûr. Je ne pense pas avoir acheté une seule brosse à dents de ma vie. Je m'en sers jusqu'à ce qu'elles soient toutes détruites, puis je suis bien content que ma maman ait eu la prévoyance de m'en placer une nouvelle à portée de main.

Éclatant de rire, Gillian comprit à ce moment-là qu'elle était vraiment tombée pour lui. Un rendez-vous, une nuit passée à dormir dans ses bras, l'entendre rire de lui-même et dire qu'il aimait que sa mère soit aux petits soins pour lui... et elle voilà qu'elle était amoureuse. Au lieu d'être effrayant, ça sonnait juste, tout simplement.

Comme s'il avait compris que quelque chose avait changé, Walker lui caressa la joue du revers de la main.

— Vas-y, Di. Avant que je ne fasse quelque chose de stupide, comme de te faire basculer sur mon épaule pour t'emmener dans mon repaire.

Sachant qu'il ne plaisantait qu'à moitié, Gillian s'éloigna lentement de lui. Sa chemise était froissée et il avait besoin de se raser, mais il était tellement beau, que ça lui donnait presque mal aux yeux.

Enfin, elle se tourna et se dirigea vers la salle de bains… en s'assurant d'onduler des hanches un chouia plus que d'habitude, sachant qu'il lui matait les fesses au passage.

* * *

— Je t'appelle plus tard ? dit Trigger en prenant Gillian dans ses bras juste devant sa porte. Il ne se souvenait pas d'avoir passé une meilleure matinée. Il avait pris une douche pendant qu'elle ingérait sa caféine, puis ils avaient ri et plaisanté sur le trajet jusqu'à Georgetown. Il avait dû invoquer toute sa volonté pour ne pas forcer la porte de sa salle de bains quand il l'avait entendue tourner le bouton de la douche.

Il n'avait pas pu penser à autre chose qu'à son corps nu alors que de l'eau glissait sur ses courbes. Heureusement, elle avait mis une vingtaine de minutes à se préparer, ce qui lui avait donné le temps de contrôler sa libido.

Elle l'avait mené vers un petit restaurant près de son immeuble et l'omelette qu'il avait mangée avait été mémorable. Maintenant, ils étaient de retour à son appartement, et ils se disaient au revoir. Il ne savait pas quand ils seraient en mesure de se revoir, mais il espérait que ce serait très vite.

— Ça va plus que bien, lui assura-t-elle.

Il regarda son sac à main quand il entendit la notification d'un énième texto. Elle avait reçu des SMS toute la matinée, et à part une réponse rapide à ses amies pour leur dire qu'elle était vivante et en bonne santé, elle les avait ignorées.

— Tu es populaire, fit-il remarquer.

— Je suis amicale, dit-elle en haussant les épaules. Et je connais beaucoup de gens. Tant sur le plan professionnel que personnel.

— Faites attention, lui dit Trigger. Je ne veux pas te perdre maintenant que je t'ai trouvée.

Le visage de Gillian se radoucit.

— Ne t'inquiète pas.

— J'ai passé un bon moment, lui dit-il en prolongeant les au revoir.

— Moi aussi.

— Bon... Je vais m'en aller avant d'être trop mièvre. Puis il se pencha en avant, ravi de la rapidité avec laquelle Gillian se hissa sur la pointe de ses orteils pour rencontrer sa bouche. Il l'embrassa, pas aussi fort ou aussi longtemps qu'il l'aurait voulu, mais assez pour que ses orteils se recourbent et sa verge durcisse.

— On se reparle bientôt.

— D'accord. À plus tard.

— Bye, Di.

Trigger recula, puis il se tourna et regagna les escaliers d'un pas vif. Il devait s'en aller avant d'oublier qu'il avait décidé d'aller lentement.

CHAPITRE DIX

Gillian raccrocha le téléphone en souriant. Elle venait de terminer la réservation de la salle de bal dans un hôtel voisin pour l'anniversaire des cinquante ans de mariage d'un couple vraiment merveilleux. Leur fille voulait donner une grande fête pour ses parents, et Gillian était ravie de l'aider à offrir au couple un événement extraordinaire.

Le mois qui venait de s'écouler avait été incroyable. Même si le détournement restait encore frais dans son esprit après seulement deux mois, elle n'avait jamais été aussi heureuse.

En tant que petit ami, Walker dépassait toutes ses attentes. Bien sûr, elle était déjà sortie avec des hommes par le passé, mais elle ne s'était jamais sentie aussi contente avec un autre homme qu'elle l'était avec Walker. Les jours où ils ne se voyaient pas, il lui envoyait des textos, lui écrivait des e-mails ou bien l'appelait. Elle avait plus communiqué avec lui au cours du dernier mois qu'elle ne l'avait fait avec son dernier petit ami pendant tous les mois qu'ils avaient soi-disant passés ensemble.

Elle savait que Walker était très proche de ses parents,

même s'ils vivaient dans le Maine. Ils appréciaient la soli-
tude et ne voyaient aucun inconvénient aux longs hivers
froids de l'État du nord-est où ils s'étaient implantés. C'était
drôle de voir à quel point ils avaient des parents différents,
puisque les siens avaient déménagé en Floride parce qu'ils
détestaient le froid. Barbara et Thomas Romano étaient
également très sociaux. Ils vivaient sur un terrain de golf, et
chaque jour, sa mère conduisait la voiturette pour son père
pendant qu'il faisait neuf trous. Bien sûr, ce n'était que pour
papoter avec les autres femmes qui conduisaient aussi leurs
maris.

Gillian avait passé tous ses week-ends avec Walker.
Depuis la première nuit où elle s'était endormie sur son
canapé, ils avaient convenu tacitement que quand il l'em-
menait quelque part, elle passerait la nuit chez lui. Il s'était
jusque-là comporté en parfait gentleman et n'avait pas
poussé leur relation physique plus loin que quelques
baisers très intenses. Elle se réveillait dans ses bras sur son
canapé et ne se souvenait pas d'avoir mieux dormi.

Le week-end précédent, Ann, Wendy et Clarissa avaient
affirmé qu'elles voulaient passer du temps avec Walker,
donc, elles étaient toutes allées dîner avec leurs compagnons. Gillian avait été ravie lorsque Walker s'était bien
entendu avec Tom, Wyatt et Johnathan. À la fin de la nuit,
les hommes avaient tous échangé leurs numéros, et Walker
était parvenu à obtenir que les autres acceptent tous de
garder un œil sur elle... juste au cas où.

Le septième pirate de l'air n'avait toujours pas été identifié, et le lendemain, elle avait un entretien avec un employé
de la brigade des stups et un membre du FBI pour discuter,
en détail, de ce dont elle se souvenait de chacun des passagers avec lesquels elle avait été retenue en otage.

Gillian redoutait cet entretien, mais Walker avait dit qu'il l'accompagnerait, ce qui lui avait permis de beaucoup mieux appréhender la situation. Une partie d'elle se sentait faible, comme si elle n'était plus cette femme d'affaires indépendante qu'elle avait passé la majeure partie de sa vie adulte à convaincre les gens qu'elle était... mais une autre partie d'elle ne s'en souciait pas.

Elle aimait être avec Walker. Et son entretien avec les deux agents la rendait terriblement nerveuse. Elle ne causait pas de problèmes. Elle n'avait même jamais commis d'excès de vitesse. Enfin, la première fois qu'elle avait reçu une contravention, elle avait failli avoir une crise de panique parce qu'elle avait l'impression d'avoir outrepassé une loi majeure.

Gillian réalisa qu'elle était restée assise dans son appartement à regarder dans le vide en pensant à Walker quand son téléphone vibra dans sa main. Baissant les yeux, elle vit un texto d'Andréa.

Au cours des dernières semaines, l'autre femme s'était mise à envoyer des messages plus fréquemment, et Gillian était soulagée de voir qu'elle commençait à guérir de cette épreuve. Gillian savait qu'elle s'en était tirée bien mieux que son amie. Luis avait pris goût à elle et l'avait violentée. Gillian avait déjà du mal à accepter ce qu'il s'était passé... mais au moins, elle ne devait pas en plus de tout le reste gérer les séquelles d'un abus sexuel.

Andréa : Hé. Comment s'est passée ta journée ? Tu as réussi à réserver l'hôtel pour cette fête ?

Gillian : Oui. Le Marriott s'est avéré trop cher, mais le Driskill est parfait.

Andréa : Cool !

Gillian : Tu veux qu'on se retrouve pour prendre un café ou quelque chose ?

Gillian voulait vraiment revoir Andréa en personne. Jusqu'à présent, chaque fois qu'elle avait suggéré de se retrouver, la jeune femme avait refusé, prétextant qu'elle n'était tout simplement pas prête. Que les choses étaient encore fraîches dans son esprit et qu'elle craignait que voir une des autres otages ne réveille trop de souvenirs indésirables. Même si Gillian n'aimait pas savoir que sa présence pourrait déboussoler Andréa d'une quelconque façon, elle comprenait parfaitement.

Andréa : Bientôt.

Gillian : Bien. J'ai un entretien avec les stups et le FBI demain. J'y vais à reculons.

Andréa : Je ne peux pas te le reprocher. Ça m'intimiderait vraiment.

Gillian : Exactement !

Andréa : Qu'est-ce qu'ils veulent savoir ?

Gillian : Je suppose qu'ils essaient toujours d'identifier le septième pirate de l'air et qu'ils veulent que je leur dise tout ce dont je me souviens sur tout le monde.

Andréa : En bref, ils ne veulent pas la lune, quoi ?

Gillian : Bien dit. Je continue à leur dire que je n'ai pas passé beaucoup de temps avec les hommes puisqu'ils nous ont séparés, alors je ne sais absolument pas qui est l'autre terroriste. Honnêtement, j'essaie de tourner la page, mais quand le FBI te demande de les rencontrer, c'est un peu difficile de dire non.

Andréa : C'est vrai. Quoi qu'il en soit, je suis contente que tu aies organisé cette fête. Quand est-ce, déjà ?

Gillian : Dans moins de deux mois.

Andréa : Ce n'est pas un peu tard pour réserver la salle de bal ?

Gillian : LOL. Oui ! La fille a eu du mal à décider d'un lieu. Elle a eu de la chance que le Driskill ait eu une annulation. Sans quoi, on aurait peut-être dû déplacer la fête au motel Super 8 ou quelque chose comme ça.

Andréa : Je suis sûre que si ça s'était produit, tu aurais rattrapé le coup.

Gillian : Merci.

Andréa : Je te contacte plus tard pour qu'on se revoie.

Gillian : Ça me plairait. Prends soin de toi et ne te fais pas de reproches, Andréa. Ce qui s'est passé n'était pas ta faute et tu n'aurais pas pu agir différemment sans courir un grave danger.

Andréa : J'essaierai. À plus tard.

Gillian : Au revoir.

Gillian soupira et posa son téléphone. Tout ce qu'elle avait dit à Andréa était la vérité. Elle n'aurait pas pu agir autrement. Si elle avait lutté contre Luis et refusé de faire ce qu'il voulait, il l'aurait tuée. Il avait déjà prouvé qu'il n'avait aucun scrupule à utiliser et à blesser les gens pour obtenir ce qu'il voulait.

Elle pensa à Janet et à sa fille. Luis avait menacé plusieurs fois de faire du mal à la petite fille si Gillian ne faisait pas ce qu'il voulait, et elle savait sans l'ombre d'un doute qu'il serait passé à l'acte. Il avait même laissé un de ses amis se servir de la petite Renée comme d'un bouclier lorsqu'ils avaient filé vers le biplan. Utiliser des femmes et des enfants pour s'échapper était nul. Vraiment nul. Mais Gillian n'était pas surprise. Après tout, c'étaient des terroristes et des trafiquants de drogue.

Essayant de se délester de sa mauvaise humeur

soudaine, Gillian se rendit dans la cuisine pour trouver quelque chose à préparer pour le dîner. Elle n'avait plus vraiment faim, mais elle savait qu'elle devait manger quelque chose, sinon elle se sentirait malade le lendemain quand elle devrait parler de l'enfer qu'elle avait vécu deux mois auparavant.

Elle regardait sans le voir son garde-manger en essayant de décider d'un menu lorsqu'on sonna au parlophone. Plissant le front parce qu'elle n'attendait personne, Gillian se dirigea vers le mur et appuya sur le bouton pour voir qui c'était.

— Oui ?

— Hé, c'est moi.

L'humeur de Gillian changea immédiatement.

— Walker ! Que fais-tu ici ?

Il ricana.

— Laisse-moi monter et je te le dirai.

Gillian pressa immédiatement le bouton pour ouvrir la porte de l'immeuble. Elle fit courir une main dans ses cheveux, se demandant à quoi elle ressemblait. Walker avait parfaitement clarifié qu'il l'aimait telle qu'elle était – avec ses cheveux ébouriffés le matin, ou bien apprêtée pour un de leurs rendez-vous –, mais elle ne parvenait toujours pas à s'empêcher de vouloir se mettre sur son trente-et-un pour lui.

Elle n'avait jamais vu Walker autrement qu'absolument parfait. Même au Venezuela. Il avait été sale et sueur, mais elle avait quand même trouvé qu'il avait l'air intimidant et *hot* dans sa tenue de soldat noire. Et en plus, il exsudait en permanence l'assurance et la masculinité.

Gillian avait ouvert la porte et l'attendait impatiemment quand elle le vit émerger de la cage d'escalier et se diriger vers elle. Il tenait un grand bouquet de fleurs, et elle se sentit fondre à l'intérieur d'elle. Le fait de voir un homme aussi grand et masculin avec un bouquet de fleurs délicates à la main le rendait encore plus magnifique.

Le sourire qu'il affichait alors qu'il s'approchait d'elle fit s'emballer son rythme cardiaque, et elle dut lever le menton plus haut alors qu'il arriva près d'elle. La sensation de ses lèvres sur les siennes lui fit naître une décharge électrique dans tout le corps. Comme d'habitude, cependant, il n'approfondit pas le baiser, mais il posa la main sur sa taille et l'encouragea à rentrer dans son appartement.

Lorsque la porte se referma derrière eux et qu'il l'eut verrouillée, elle demanda :

— Qu'est-ce que tu fais ici ?

— Puis-je venir rendre visite à ma princesse ?

— Bien sûr, lui répondit-elle avec un sourire. Mais c'est mercredi.

— Je ne peux pas venir te voir au milieu de la semaine ? demanda-t-il.

— Si, mais tu bosses demain. Tu as l'entraînement tôt. Et cela ne te ressemble pas de te pointer un mercredi, comme ça.

Le petit sourire qu'il avait affiché disparut et il posa les fleurs sur le comptoir de la cuisine. Puis il se pencha et lui prit le visage entre les mains.

Gillian adorait quand il faisait cela. Elle le regarda pendant qu'il parlait.

— Demain va être une dure journée pour toi. Il n'est pas pensable que je ne vienne pas te soutenir. *Tu* n'as pas besoin que je sois là, mais j'ai *besoin* d'être là.

Gillian ne pouvait pas se souvenir d'une époque où les paroles d'un homme lui avaient donné autant de plaisir.

— Et l'entraînement ? demanda-t-elle.

— Les garçons savent que je ne serai pas là.

— Ça fait deux fois, lui dit-elle.

— Quoi donc ?

— Deux fois que tu manques l'entraînement à cause de moi.

Il lui sourit tendrement.

— Et j'en manquerais une centaine d'autres si tu avais besoin de moi.

— Walker, soupira-t-elle.

— Viens ici, dit-il en l'attirant contre lui.

Gillian céda volontiers. Sans ses chaussures, elle était un peu plus petite que lui, et elle pouvait facilement enfouir son nez au creux de son cou et de son épaule. Elle inhala profondément, aimant la façon dont son parfum boisé lui donnait l'impression d'être en sécurité et protégée.

Ils restèrent ainsi pendant plusieurs minutes avant qu'il ne se retire.

— Ton rendez-vous est à neuf heures, n'est-ce pas ?

Elle hocha la tête contre lui.

— La circulation à Austin est horrible, donc on partira à sept heures trente et si on arrive tôt, on pourra s'arrêter et t'acheter des donuts au chocolat.

En souriant, Gillian leva la tête.

— Qu'ai-je fait pour avoir la chance de te rencontrer ?

Walker ne répondit pas, mais son sourire parlait pour lui.

— Comment s'est passé ton appel pour l'anniversaire des Howard ? Tu as trouvé un lieu ?

— Oui, l'hôtel Driskill a accepté mes conditions. La fête est dans moins de deux mois.

— C'est bien qu'ils aient accepté, lui dit-il.

— Le week-end prochain, j'organise un événement d'entreprise. Ce sera une fête familiale décontractée que donne le directeur pour montrer sa reconnaissance à ses employés.

Il a loué le zoo d'Austin pendant quatre heures, et j'ai quatre camions-restaurants à proximité où tout le monde pourra avoir à déjeuner et à boire gratuitement... Tu veux venir avec moi ?

— Tu en as envie ?

— Eh bien... oui. Je ne te l'aurais pas demandé si ce n'était pas le cas.

— Je ne vais pas être dans tes pattes ?

Gillian pouffa.

— Eh bien, si tu insistes pour me suivre si étroitement que je vais te rentrer dedans chaque fois que je me retourne, et si tu ne me laisses pas faire mes trucs, c'est-à-dire m'assurer que tout soit bien préparé, alors oui, tu vas l'être... Mais je crois que je te connais assez bien pour savoir que tu vas rester à l'écart et me regarder de loin, alors non, tu ne seras pas dans des pattes.

Il sourit.

— Alors, j'aimerais bien venir te regarder travailler.

— Es-tu déjà allé au zoo ?

— Di, est-ce que je ressemble à un homme qui passe son temps dans des zoos ?

— Non.

— Ouais.

— Alors tu n'y es jamais allé ?

Il lui répondit d'un large sourire.

— Non, Gilly, je ne suis jamais allé au zoo.

— Ça va te plaire.

— Sans vouloir te vexer, je n'aime pas les zoos. Ni les cirques. Je n'aime pas voir des animaux mis en cage pour l'amusement des humains. Cela étant, j'ai vraiment hâte d'aller au zoo le week-end prochain, simplement parce que ça veut dire que je pourrai passer du temps avec toi et te voir faire des étincelles à ton travail. J'ai hâte de voir ça. Et une fois que tu auras rassemblé les camions de nourriture et que tu te seras assurée que chaque homme, femme et enfant auront passé un bon moment, je vais me promener avec toi, main dans la main, fier et honoré que tu m'aies choisi *moi*, et aucun des autres hommes qui meurent d'envie d'être avec toi.

Gillian leva les yeux au ciel.

— Personne n'est jamais mort de l'envie de sortir avec moi, Walker. Je crois que tu te fais une fausse idée de mon pouvoir de séduction.

Walker se pencha. Il passa un bras autour de la taille de Gillian, la plaquant contre lui, tandis que l'autre remonta derrière sa tête pour lui saisir la nuque.

— Non, absolument pas. Tu n'en as pas la moindre idée. Tu ne vois pas la façon dont les employés de rayon te matent le cul au supermarché. Tu ignores les gars de cet immeuble qui ont pratiquement la bave aux lèvres quand tu passes devant eux, et tu n'as absolument pas remarqué les dizaines de soldats sur la base qui ne sont pas arrivés à détourner les yeux de toi. Peu m'importe qu'ils te regardent, mais tant que tu es avec moi, je m'assurerai qu'il sache que tu es hors limite.

— Walker, murmura Gillian, submergée par des sentiments qu'elle ne savait absolument pas comment gérer. Elle pensait toujours qu'il voyait des choses qui n'existaient pas. Elle n'avait pas été populaire au lycée. On ne l'avait pas invitée souvent à l'université. Et depuis l'obtention de son diplôme, elle avait du mal à trouver des hommes qui l'attiraient. Mais le fait que Walker pense qu'elle était le genre de femme que les hommes ne pouvaient s'empêcher de regarder la faisait se sentir vraiment bien.

Il colla son front contre le sien alors qu'il la serrait contre lui, et Gillian souleva légèrement sa chemise pour poser ses mains sur la peau nue de sa taille. Elle le sentit trembler, mais il ne bougea pas pendant plusieurs minutes.

Elle devina le moment précis où il allait se reculer, et elle résista pendant un moment. Elle n'avait vu aucun inconvénient à y aller lentement. Elle l'avait encouragé, en fait. Mais plus Gillian passait de temps avec Walker, plus elle voulait qu'il aille un peu plus vite.

Elle voulait ses mains sur elle. Voulait savoir ce que toute l'intensité qu'elle ressentait dans son regard et ses courts baisers lui feraient ressentir quand il s'abandonnerait enfin.

Elle savait que ce serait quelque peu brut et extraordinaire, mais c'était ce qu'elle *voulait*. Pour une fois dans sa vie, elle voulait s'abandonner à la passion. Chaque fois qu'elle avait été avec un homme, elle n'avait pas arrêté de penser à l'endroit où elle aurait dû poser ses mains. Ou bien si les sons qu'elle faisait étaient bizarres ou pas. Mais Gillian avait le sentiment que lorsque Walker perdrait enfin sa retenue, elle ne penserait qu'à ce qu'il lui faisait ressentir.

Lui lâchant le cou et la taille, Walker fit effectivement marche arrière.

— Tu as déjà dîné ?

Gillian secoua la tête.

— Qu'est-ce que tu as envie de manger ?

— Je ne sais pas. Je n'ai pas vraiment faim, pour être honnête.

— Tu dois manger quelque chose, dit-il.

— Je sais.

— Et si on se commandait un Uber Eats ?

— Attends un peu, on peut utiliser Uber pour se faire livrer le dîner, mais pas pour se déplacer ?

— Absolument, dit-il avec un sourire.

— Mais ils pourraient cracher dans ma nourriture. Ou le

contaminer avec de la mort-aux-rats. Ou mettre de la drogue dedans.

Elle pouvait voir Walker digérer ses paroles. Puis il dit :

— Tu as raison. Si tu veux quelque chose, on appellera pour commander et j'irai le chercher.

— Je plaisantais.

— Non, tu as parfaitement raison.

— Je ne veux rien commander, lui dit Gillian, plus parce qu'elle ne voulait pas vraiment qu'il parte maintenant qu'il était là, même si c'était juste pour vingt ou trente minutes pour aller chercher le dîner. Je suis sûre qu'on peut préparer quelque chose ici. Il y a du poulet dans le réfrigérateur que j'ai probablement besoin de préparer de toute façon. On peut le faire cuire au four, si ça te convient.

— Ça me semble parfait. Je vais t'aider, déclara Walker.

Il ne leur fallut qu'une quinzaine de minutes pour faire chauffer le four et préparer le poulet. Ils regardèrent un programme de cuisine à la télévision jusqu'à ce que le poulet soit prêt, puis ils s'assirent à table et mangèrent ensemble.

Gillian vivait seule depuis près d'une décennie, et elle s'était habituée à manger seule, à regarder ses programmes favoris à la télévision, et à faire à peu près tout ce qu'elle voulait. Mais elle avait été seule. Voir Walker pendant les week-ends l'avait gâtée. Elle pensa à lui toute la semaine et compta les jours jusqu'à ce qu'elle puisse le revoir.

Certes, elle était occupée par son travail, mais cela ne voulait pas dire qu'elle n'aimait pas lui parler et passer du temps avec lui. Le voir se pointer un mercredi était une surprise. Une heureuse surprise. Et Gillian sentait bien qu'elle était bien plus heureuse de l'avoir à proximité.

— Tu... Tu vas passer la nuit, alors ? demanda-t-elle une fois qu'ils eurent fini de manger et rangé les assiettes.

— C'est ce que j'avais prévu... à moins que tu ne veuilles pas, répondit-il.

— Non ! Si. Mais tu n'as pas apporté de sac ou quoi que ce soit.

— Il est dans la voiture. Je ne voulais pas m'imposer.

Gillian décida de tenter le coup. Elle se laissa glisser jusqu'à ce que sa cuisse touche celle de Walker et plaça sa main sur son genou.

— Walker, je ne pense pas que ce soit un secret que tu me plais. Je vis pour les week-ends. Tu es drôle et gentil, et plus je te connais, plus j'aime passer du temps avec toi. J'ai hâte de rencontrer officiellement tes amis, et j'espère vraiment qu'ils m'apprécieront. Je sais que *mes* amis t'ont approuvé de tout leur cœur, et j'aimerais penser qu'on avance dans notre relation. Ce n'est pas présomptueux de penser que tu passeras la nuit ici. Je serais probablement offensée, ou du moins vraiment confuse, si tu ne le faisais pas. Bon sang, on ne discute même plus du fait que je passe la nuit chez toi le week-end. Tu trouves *ça* présomptueux ? Devrais-je être gênée de trouver naturel de prendre un sac de nuit quand tu viens me chercher le vendredi ?

— Non, grogna-t-il en se penchant si brusquement vers Gillian qu'elle bascula sur le dos sur le canapé.

Il se positionna au-dessus d'elle, s'appuyant sur ses mains.

— Mes amis vont t'adorer. En fait, ce week-end, on va assister à un événement à la base avec eux. C'est un événement pour les enfants, et une des fillettes de nos amis participe à la compétition. Tout le monde sera là, on va l'applaudir et tu pourras apprendre à connaître les mecs. J'essaie vraiment très fort de ne pas aller trop vite, Gillian, mais c'est dur. Je pense que la seule chose qui m'a empêché d'aller trop vite est le fait que tu vives à cinquante kilomètres. Je ne suis pas très branché texto ou conversations par téléphone. Mais avec toi, je me prends à avoir hâte de te faire partager tout ce qui m'a amusé pendant la journée. J'ai dû appeler ma compagnie de téléphone et souscrire à un pack SMS illimité pour la première fois de ma vie, juste pour ne pas payer huit cents dollars en frais de dépassement. J'ai simplement l'impression que c'est différent que tu restes avec moi... comme si c'était juste un acquis. Cependant, je ne voudrais pas m'imposer ou faire quelque chose qui te mette mal à l'aise... comme de m'inviter à rester sans ta permission.

— Permission accordée, lui dit Gillian en glissant les mains sous son tee-shirt jusqu'à sa poitrine. Il ne pouvait pas saisir ses mains et l'arrêter puisqu'il se calait sur ses bras.

Elle sentit ses mamelons se durcir immédiatement à son contact, mais avant qu'elle n'ait le temps apprécier le fait d'être capable de l'exciter, il était déjà debout près du canapé.

— Je vais aller chercher mon sac. Verrouille la porte derrière moi.

Puis il s'éclipsa avant que Gillian ne puisse dire quelque chose.

Il n'y avait aucun doute que Walker était intense et entièrement masculin. Mais il se retenait beaucoup, et cela commençait à l'inquiéter.

Inspirant profondément, elle essaya de reprendre le dessus sur ses hormones déjantées. Son entrejambe était humide, comme la plupart du temps quand Walker se comportait avec elle comme un mâle alpha. Tout comme elle désirait ses mains sur elle, elle avait l'impression que si elle pouvait juste attendre qu'*il* soit prêt, cela en vaudrait largement la peine.

CHAPITRE ONZE

Tout comme Trigger avait apprécié de se réveiller avec Gillian dans ses bras – elle avait refusé de regagner son lit, choisissant de rester dormir avec lui sur le canapé –, il savait qu'ils avaient du pain sur la planche. Il devait la réveiller, lui faire boire un café et l'emmener au palais de justice du centre-ville pour rencontrer le département de la répression des drogues et le FBI.

Ils en avaient un peu discuté la veille, et il savait que Gillian ignorait toujours complètement l'identité du septième pirate de l'air. Elle penchait pour Leyton, dont les actes pouvaient cependant être expliqués par le choc provoqué par la situation. Elle était nerveuse à cause de l'interrogatoire auquel elle s'attendait, même si Trigger avait essayé de lui dire que ce n'était qu'un entretien, pas un interrogatoire.

Il ne serait pas autorisé à rester dans la pièce, même avec son niveau d'habilitation de sécurité ; ce n'était pas son enquête. C'était frustrant, mais il ne s'était pas attendu à autre chose. La seule chose qu'il pouvait faire était d'essayer d'absorber autant du stress de Gillian que possible.

Elle était calme ce matin-là, et ce n'était pas normal. Il avait passé assez de matins avec elle pour savoir qu'elle était naturellement bavarde et qu'elle n'hésitait pas à lui dire ce qui lui passait par la tête dès son réveil. Mais ce matin, elle n'était pas aussi animée qu'à l'ordinaire.

Détestant la voir anxieuse avec cet entretien, mais ne pouvant pas y faire grand-chose, Trigger se contenta de lui tenir la main alors qu'il les conduisait dans le centre-ville d'Austin. La circulation était une horreur, comme d'habitude, mais puisqu'ils étaient partis largement en avance, ils étaient tous les deux confiants sur ce point.

Une fois qu'ils furent garés dans un parking près du palais de justice, il se tourna vers Gillian.

— Tu tiens le coup ?

Elle inspira profondément.

— Oui. C'est juste que... je n'arrête pas de me demander qui aurait pu être complice. Et il me semble impossible que *quiconque* ait pu être de mise avec ces tueurs. Tous ceux que j'ai vus pleuraient ou bien agissaient comme des zombies à cause du choc. Même les hommes. Bon, d'accord, ils ne pleuraient pas, mais c'était évident qu'ils n'appréciaient pas la situation. C'est eux qui ont dû jeter les corps des passagers de première classe par la trappe quand on a atterri au Venezuela, et c'était tout simplement horrible. C'est difficile de croire que quiconque soit aussi bon acteur. Peut-être que Brain et les autres ont mal traduit la conversation entre les autres pirates de l'air ? Peut-être que personne d'autre n'est impliqué ?

Trigger aurait voulu être d'accord avec elle, mais c'était impossible. Il secoua tristement la tête.

— On ne peut pas se méprendre sur ce qu'ils ont dit, Gilly.

— Je déteste ça, murmura-t-elle.

Sans un mot, Trigger lui lâcha la main et sortit de la voiture. Il fit rapidement le tour vers sa portière, l'ouvrit, et, au lieu de l'aider à sortir, passa les bras autour d'elle et la serra contre lui. Elle se sentit fondre contre sa poitrine, s'accrochant à lui avec plus de désespoir qu'il n'avait ressenti en elle depuis qu'il l'avait prise dans ses bras sur le tarmac, au Venezuela.

— Ça va aller, murmura-t-il.

— Je sais, répondit-elle.

Trigger lui accorda quelques instants supplémentaires, puis il se recula et mit ses mains sur ses épaules.

— Ton travail n'est pas de déterminer qui est le méchant. Tu dois simplement dire aux enquêteurs tout ce dont tu es en mesure de te souvenir. N'analyse pas les actions de quiconque. Ils vont noter tes infos et les comparer aux données qu'ils ont glanées durant les entretiens avec les autres otages et, espérons-le, ils parviendront à une conclusion. Ce n'est *pas* ta responsabilité de leur dire qui, selon toi, est le septième pirate de l'air. Ce sont eux les experts, pas toi. C'est compris ?

Gillian inspira profondément, puis hocha la tête.

— Merci. J'avais besoin de l'entendre.

Trigger se pencha en avant et l'embrassa doucement, puis il dit :

— De rien. Tu es prête ?

— Prête, dit-elle d'une voix plus forte.

Il était très fier d'elle. Elle sauta de sa voiture et il la verrouilla alors qu'ils se dirigeaient main dans la main hors du parking, en route vers le palais de justice.

* * *

Gillian s'assit sur la chaise que l'enquêteur de la brigade des stups lui désigna et essuya ses paumes moites sur son pantalon large kaki. Elle essayait de ne jamais se laisser intimider par personne ; elle rencontrait sans cesse des PDG, des présidents, des directeurs de certains des hôtels les mieux classés au monde et des politiciens sans ressentir la moindre gêne.

Mais pour une raison quelconque, se retrouver en présence de l'agent spécial du FBI Tucker et de Calum, l'enquêteur des stups, la faisait flipper.

— Merci d'être venue nous parler aujourd'hui, déclara Gary Tucker. C'était un homme d'âge moyen avec une calvitie naissante et une petite bedaine. Il portait la tenue typique d'un agent du FBI... Un pantalon noir, une chemise sombre et une cravate bleue pas assortie à son pantalon.

— Oui. Nous sommes tous les deux très heureux que vous soyez saine et sauve, ajouta Calum. Il était un peu plus jeune que Gary, et portait un jean, des bottes de cow-boy et une chemise boutonnée grise à manches longues. Il y avait même un chapeau de cow-boy posé à côté de lui sur la table. Mais au lieu de ressembler à un cow-boy texan, il faisait songer à un touriste qui faisait de son mieux pour imiter un ranchero du coin.

— Alors on est trois, dit Gillian avec nervosité.

Elle aurait voulu que Walker soit avec elle, mais elle comprenait pourquoi il ne pouvait pas venir. Il était assis juste à l'extérieur de la petite salle de conférence, semblant bien trop grand pour le petit fauteuil de bureau inconfortable dans laquelle il s'était installé. Il avait promis qu'il ne bougerait pas et qu'il serait là quand elle aurait fini, quelle que soit la durée de l'entretien.

— Si ça vous convient, je pense qu'on devrait commencer, déclara Gary. Et si vous nous disiez ce qui s'est passé depuis le moment où vous vous êtes rendu compte qu'il y avait un problème jusqu'à ce que vous soyez secourue.

Gillian aurait voulu éclater de rire. Ils ne plaisantaient pas. Elle inspira profondément et leur dit tout ce dont elle se souvenait. Sa peur lorsqu'elle s'était rendu compte de ce qui se passait et que les pirates de l'air avaient bel et bien tué certains passagers. Sa terreur lorsque Luis lui avait dit que c'était elle qui allait parler au négociateur. Elle raconta même aux deux hommes qu'elle avait vraiment détesté le premier négociateur, qu'il n'avait pas écouté et qu'elle pensait que c'était sa faute si un autre passager avait été tué.

Elle fit l'éloge de Walker et dit qu'il s'était vraiment bien débrouillé pour lui faire garder son calme, avait décodé ses indices chelous et s'était assuré qu'ils reçoivent de la nourriture et de l'eau. Il n'était également pas responsable de l'assassinat d'une autre personne, ce qui représentait un énorme avantage dans l'esprit de Gillian.

Elle avait cru narrer son ressenti de façon relativement neutre, mais visiblement, les deux hommes avaient perçu ses sentiments pour Walker.

— M. Nelson et vous ? Vous connaissiez-vous avant le détournement ? demanda Calum.

Scandalisée, Gillian secoua la tête.

— Non ! Je ne l'avais jamais rencontré avant. On ne fréquente pas vraiment les mêmes cercles.

— Que voulez-vous dire par là ? demanda Gary.

— Exactement ce que je viens de dire. Il est dans l'armée. Il vit à cinquante kilomètres de moi. J'ai une vie et un travail très prenants, tout comme lui. Il était au Venezuela, en mission, et j'étais là aussi… euh, retenue en captivité.

— Mais vous sortez ensemble à présent, insista Gary.

— Oui, répondit fermement Gillian.

Elle n'avait pas honte de Walker.

— Vous ne trouvez pas ça bizarre ? insista Calum.

Elle plissa le front.

— Qu'est-ce qui est étrange ?

— Que comme par hasard, vous soyez presque voisins et que c'est lui qui a été envoyé pour libérer les otages de cet avion ?

Gillian dévisagea l'agent des stups avec incrédulité.

— Insinuez-vous que j'aurais tout organisé pour qu'on se rencontre ? Qu'on a planifié toute cette histoire ?

— Non, dit Calum, faisant légèrement marche arrière. Mais il faut admettre que c'est un peu trop fortuit.

— Non, absolument pas, lui répliqua-t-elle. Ce n'est pas plus une coïncidence que pour les autres passagers à destination du Texas. La plupart d'entre eux vivent ici, comme moi. Et, je n'arrive pas à croire que vous êtes en train de m'accuser de... de quoi m'accusez-vous exactement ?

Calum leva les mains d'un geste conciliant, mais Gillian voyait bien que c'était un peu condescendant.

— Je ne vous accuse de rien. Je réfléchissais simplement à haute voix.

— Alors, vous pouvez arrêter, parce que ça me dérange.

Elle crut entendre un ricanement en provenance de Gary, qui le dissimula habilement par une toux.

— On ne fait que notre travail, Madame, lui dit-il. Je sais que c'est difficile, mais mettez-vous à notre place. On ne peut pas passer à côté du moindre détail qui pourrait nous conduire au septième pirate de l'air. Voulez-vous que cette personne continue d'errer en liberté ? Participe à d'autres activités terroristes qui la prochaine fois, pourraient entraîner la mort d'encore plus de gens ?

— Bien sûr que non, déclara Gillian. Mais...

— Bien, on est parfois obligés de poser des questions inconfortables, poursuivit Gary sans détour. On ne pense pas que *vous* soyez ce pirate inconnu... Mais vous pourriez l'être. Je veux dire, ce serait futé de la part de Luis de mettre quelqu'un avec qui il est de pair au téléphone pour discuter avec les négociateurs.

Gillian, ébahie, ne put que le regarder d'un air surpris.

— Je ne suis pas une terroriste, insista-t-elle.

— N'est-ce pas ce que dirait le septième pirate de l'air ? demanda Gary d'une voix raisonnable.

Une migraine commençait à se former derrière les yeux de Gillian.

— Entendons-nous, nous ne pensons pas que vous êtes celle que nous recherchons, déclara Gary, s'attendant évidemment à ce qu'elle passe outre le fait qu'il l'avait pratiquement accusée de frayer avec des meurtriers. Mais je suis certain que vous comprenez notre point de vue.

— On doit repasser la liste des passagers, un par un. On aimerait que vous nous disiez tout ce dont vous pouvez vous souvenir sur chaque personne. Ce qu'ils portaient, les conversations que vous avez pu avoir avec eux, et vos opinions à leur sujet. Même le souvenir le plus insignifiant nous permettra peut-être de mettre cette personne sous les verrous. C'est compris ?

Oui, Gillian comprenait. Elle comprenait que ça allait être une très longue journée. Beaucoup plus longue qu'elle l'avait prévu. Elle eut une brève pensée pour Walker assis devant la porte sur ce petit siège inconfortable, et elle se sentit mal. Puis elle n'eut pas le temps de penser à autre chose qu'aux autres otages.

Gary et Calum commencèrent par lui montrer des photos des passagers de première classe. Ils voulaient savoir ce qu'elle se rappelait d'eux pendant la première partie du vol. Ont-ils demandé beaucoup de boissons ? Se sont-ils levés pour aller aux toilettes ?

Gillian tenta de dire aux enquêteurs qu'elle n'avait prêté aucune attention à quiconque au-delà de sa rangée, mais ils continuèrent à faire pression. Ils voulaient en savoir plus sur les agents de bord ; l'un d'eux avait-il l'air suspect, avait-elle remarqué quelque chose d'étrange chez eux, étaient-ils particulièrement sympas avec l'un des passagers ?

Les questions s'enchaînèrent, et pour la plupart, Gillian répondit « je ne sais pas » ou bien « je n'ai pas remarqué quoi que ce soit ».

Puis l'entretien devint plus difficile.

Ils lui montrèrent des photos de chacun des occupants de sa cabine et voulurent connaître ses pensées sur chaque personne. Ils voulaient qu'elle leur parle de leur personnalité, de la façon dont ils avaient subi leur captivité, et de tout ce qu'ils avaient pu dire. En détail.

— Et Janet Cagle ? demanda Gary en montrant à Gillian une photo de la jeune mère.

— Elle était terrifiée, leur répondit Gillian. Les pirates de l'air n'arrêtaient pas de la menacer elle et Renée, sa fille. Elles ont passé la majeure partie du temps assise entre les sièges, essayant de se rendre invisibles.

— Parmi les pirates de l'air, lequel a utilisé la fillette comme bouclier lorsqu'ils ont essayé de s'échapper vers le biplan ? demanda Calum.

— Je n'en suis pas certaine... Isaac ? Carlos ? C'était tellement chaotique que je n'ai pas fait attention. Ils ont poussé des binômes d'hommes et de femmes sur le toboggan et jusqu'à ce qu'Alberto m'attrape, je ne me suis pas rendu compte de ce qu'ils étaient en train de faire.

— *Qu'est-ce* qu'ils étaient en train de faire ? demanda Gary.

Gillian soupira. Elle avait le sentiment qu'il connaissait

la réponse à sa propre question, mais voulait entendre ce qu'elle allait dire.

— Ils essayaient de dérouter nos sauveteurs. En mettant une femme et un homme deux par deux, et en faisant courir le groupe vers le petit avion, ils auraient rendu difficile à première vue de savoir qui était un pirate de l'air et qui était un otage.

Les deux hommes hochèrent la tête.

— Qu'avez-vous à nous dire sur Maria Gomez ? Gary plaça une autre photo devant elle.

Et cela se poursuivit. Ils présentèrent des photos, les unes après les autres. Camile Millan, Rebecca Crawford, Reed Stonegate, Charles Wayman. Leurs visages envahirent son esprit alors que Gillian faisait de son mieux pour se souvenir du moindre détail sur chaque personne. C'était difficile parce qu'elle avait simplement vu la plupart des hommes de loin et n'avait pas eu de véritable contact avec eux. Mais, bien sûr, Gary et Calum ne s'en contentèrent pas. Ils la pressèrent davantage.

— Leyton Morales, déclara Gary en plaçant une autre photo devant elle.

Gillian but une gorgée d'eau puis cala complètement. Elle ne voulait pas dire de mal sur qui que ce soit. Ne voulait pas accuser quiconque d'être le pirate de l'air s'il ne l'était pas. Ce serait horrible si une personne se retrouvait accusée à tort.

— Il... Euh... Je l'ai trouvé un peu étrange, déclara-t-elle enfin.

— Comment ça ? demanda Calum.

— Juste... étrange. Il regardait fixement les femmes. Il a également prêté beaucoup d'attention aux pirates de l'air. Mais il était peut-être en état de choc. Je sais que j'ai personnellement eu du mal à gérer tout ce qui se passait. Il ne *semblait* pas aussi effrayé que le reste d'entre nous. Je veux dire... je ne le connais pas du tout, alors peut-être qu'il a eu une vie horrible et qu'être retenu et menacé avec une arme n'était pas si terrible pour lui, et c'est pourquoi il n'avait pas vraiment peur.

Gillian savait qu'elle parlait très vite et qu'elle trouvait des excuses à Leyton, mais elle ne pouvait pas s'en empêcher.

— Donnez-nous un exemple, lui ordonna Gary.

En soupirant, Gillian hocha la tête.

— Lorsque les pirates de l'air ont gonflé le toboggan et ont commencé à pousser les gens vers l'extérieur, il a juste regardé la scène. Quand Alberto m'a attrapée, Leyton lui a dit qu'*il* allait descendre avec moi. Mais pour être honnête, Wade s'est également porté volontaire. Je pense qu'ils essayaient tous les deux de m'éloigner d'Alberto, ce qui était vraiment courageux de leur part. Alberto a refusé, puis Leyton m'a carrément attrapée par l'autre bras. Lui et Alberto m'ont tiraillée entre eux pendant une seconde. Finalement, Alberto l'a éloigné de moi en le poussant, mais Leyton n'a pas beaucoup reculé. Il a juste continué à nous regarder. Puis, j'ai remarqué que lorsque je me débattais pour ne pas me faire emmener à l'intérieur du plus petit avion, Leyton se tenait encore une fois à proximité, juste à me regarder. Ou peut-être est-ce qu'il regardait juste dans le vide ?

— Avez-vous vu Wade ? demanda Gary.

— Non.

— Hum, fit Gary.

Il ne dit rien de plus. Seulement *Hum*. C'était enrageant.

— Et Andréa Vilmer ? On nous a fait entendre qu'elle a passé un mauvais quart d'heure dans l'avion.

C'était l'euphémisme du siècle. Gillian hocha la tête.

— Que pouvez-vous nous dire à ce sujet ?

— Qu'est-ce que vous voulez savoir ?

— Tout ce dont vous pouvez vous souvenir, déclara Gary sans la moindre émotion.

Elle ressentit une nouvelle bouffée de frustration.

— Vous voulez que je vous raconte son expression de révulsion quand Luis lui a léché le cou de façon obscène ? À quel point elle avait peur lorsqu'il a décidé de la violenter ? Comment elle a gémi de terreur lorsqu'il l'a traînée dans l'allée de l'avion ? Vous voulez peut-être savoir combien de temps il a pris pour jouir quand il l'a forcée à lui sucer la queue dans l'allée d'évacuation ? Que voulez-vous savoir *exactement* ?

Une fois son discours effectué, elle respirait rapidement, mais elle inspira profondément et reprit d'un ton plus uniforme.

— Je ne sais pas pourquoi Luis a décidé de la choisir elle. Probablement parce qu'elle est jolie. J'ai honte d'admettre que sur le moment, j'étais simplement soulagée que ce ne soit pas moi... mais ça ne signifiait pas que je n'étais pas horrifiée pour elle. Personne n'aurait rien pu y faire, et on le savait. Si on avait essayé d'interférer, il nous aurait tués sans hésiter. Il était impitoyable. Je pense que Luis a été le premier à dire qu'il l'emportait avec lui, et c'est probablement pour cela qu'Alberto a essayé de m'emmener aussi dans cet avion.

— Vous avez été en contact avec Andréa, déclara Gary. Ce n'était pas une question.

— Oui. On s'échange des textos. Elle ne gère pas très bien ce qu'il s'est passé. Elle a entamé une thérapie, mais je ne suis pas certaine que ça lui soit déjà utile.

— Vous avez aussi parlé à d'autres personnes, n'est-ce pas ? demanda Calum.

Gillian acquiesça à nouveau.

— Oui, certains d'entre nous échangent régulièrement des textos et des e-mails. On se sent solidaires. On a traversé un enfer et on s'en est sortis.

— À quelle fréquence leur parlez-vous ?

Gillian haussa les épaules.

— Je ne sais pas. Je communique avec certains plus qu'à d'autres. Je textote Andréa relativement souvent. Et Janet m'envoie des SMS et des photos de Renée. On discute de la meilleure façon de gérer ce sentiment de colère qu'on paraît toutes conserver. Sur l'injustice de ce qui *nous* est arrivé.

— Et Alice Hicks et son mari Wade ? demanda Calum. Vous étiez assise à côté d'eux avant que l'avion ne soit détourné. C'est vrai ?

— Oui.

— Vous leur parlez ?

— J'ai reçu un ou deux e-mails. La situation était vraiment difficile pour Alice. Elle et Wade sont jeunes mariés. Ils dormaient quand tout a commencé et ils ont été séparés. Alice est apparemment le genre de femme qui ne gère pas bien les situations stressantes. Elle pleurait beaucoup et j'ai vu Wade faire de son mieux pour garder un contact visuel avec elle tout au long de cette épreuve.

— Et Muhammad Nassar ? Il est musulman. L'avez-vous vu avoir un contact direct avec les pirates de l'air ?

Non, leur répondit Gillian.

— Comme je vous l'ai répété, je n'ai pas eu beaucoup de contact avec les hommes. Pour la plupart, je ne les ai même pas vus. Je ne peux pas vous dire ce qu'a fait Muhammad, bien que je ne pense pas qu'il soit juste de penser qu'il pourrait être le septième pirate de l'air simplement en raison de ses croyances religieuses.

— Nous ne l'accusons de rien, répondit Calum sans se

froisser. Nous essayons simplement de rassembler le plus d'informations possible sur tout le monde.

Et l'interrogatoire se poursuivit. Alejandro Chavez, Mateo Herrera ... Ils passèrent en revue chaque personne, y compris les passagers du Canada, du Japon, de la Colombie, du Panama, de l'Inde, du Nicaragua...

À la fin, Gillian était assommée.

Elle avait l'impression d'avoir passé l'examen le plus difficile du monde... et d'avoir échoué. Elle ne pensait pas leur avoir fourni quelque chose d'utile. Si elle avait des doutes quant à l'identité du loup dans la bergerie, elle en aurait déjà parlé à quelqu'un. Tout cet entretien semblait tellement inutile. Se souciaient-ils vraiment de savoir qui avait eu des problèmes d'estomac en raison du manque de nourriture et d'eau, et qui allait bien ?

— S'il vous revient quelque chose que vous ne nous avez pas dit aujourd'hui, veuillez nous contacter dès que possible, lui dit Gary. Le moindre détail, aussi insignifiant soit-il, pourrait nous permettre de neutraliser un terroriste de plus et ne plus le laisser continuer à détruire des vies à l'avenir.

Génial, ça ne me met absolument pas la pression, songea Gillian. Elle hocha la tête.

— Et vous devez être extrêmement prudente, ajouta Calum. Pour une raison quelconque, vous avez été choisie par Luis comme porte-parole. Il est possible que le septième pirate de l'air soit en réalité celui qui décide, et c'est *lui* qui vous a choisie. Tant que cette personne ne sera pas derrière les barreaux, votre vie pourrait être en danger.

Gillian frissonna. C'est rassurant, non ?

— Pensez-vous vraiment que cette personne s'en prendra à moi ?

— C'est ce que nous ignorons, lui dit Gary. Mais vous

tuer pourrait être un moyen de se venger du fait que six de ses amis n'aient pas survécu à leur mission.

— Ils devaient savoir qu'il existait de très grandes chances pour qu'ils n'en réchappent pas, insista Gillian.

Les deux enquêteurs haussèrent les épaules.

Génial. Tout simplement.

— Je peux y aller ? demanda-t-elle, détestant son petit filet de voix.

Gary et Calum se redressèrent, leurs chaises émettant des crissements dérangeants et suraigus quand ils les repoussèrent.

Se déplaçant de manière rigide, Gillian les salua du menton, ne prenant pas la peine de leur serrer la main puis, elle se dirigea vers la porte. Elle savait que les hommes ne faisaient que leur travail, mais elle avait besoin de sortir de cette pièce.

À la seconde où elle ouvrit la porte, Walker était là. Il se tenait devant elle et lui disait quelque chose, mais elle ne l'entendit pas. Elle marcha jusqu'à lui, puis appuya la tête contre sa poitrine. Il la prit dans ses bras et la serra contre lui.

Gillian n'avait même pas l'énergie de passer ses propres bras autour de lui. Elle se contenta de rester dans son étreinte, les bras pendant mollement le long de son corps, et elle ferma les yeux.

Walker la protègerait. Il veillerait à ce qu'elle rentre chez elle. Elle n'avait pas à penser à quoi que ce soit, excepté comme il sentait bon et qu'elle était reconnaissante qu'il soit là.

* * *

Trigger aurait vraiment voulu savoir ce qui s'était produit derrière la porte fermée de cette salle de conférence. Sa femme était au bout du rouleau et pratiquement catatonique. Il aurait dû insister davantage pour avoir le droit de l'accompagner. Il aurait fait en sorte que les deux enquêteurs ne la poussent pas trop fort.

— Qu'est-ce que vous avez fait ? grogna-t-il alors que Gary et Calum sortaient de la salle.

Ils semblèrent tous les deux surpris par le venin de sa voix. Ils détournèrent les yeux de lui un instant pour regarder Gillian.

— Elle s'est bien débrouillée, déclara Gary à voix basse. Beaucoup mieux que ce à quoi on se serait attendus.

— On a peut-être passé un peu plus de temps avec elle qu'avec les autres, mais elle avait beaucoup d'informations vraiment utiles, lui dit Calum.

Une fois de plus, Trigger se fit le reproche de ne pas les avoir forcés à faire une pause. Gillian était restée avec eux pendant plus de cinq heures. Elle avait sauté le déjeuner et avait évidemment été poussée trop loin.

Voulant prendre les enquêteurs à partie, mais sachant que cela retarderait le retour de Gillian à la maison, il tourna le dos aux deux hommes et se pencha vers la femme épuisée dans ses bras. Elle était vraiment forte, mais même les superhéros arrivaient parfois à bout.

— Prête à rentrer à la maison ? demanda-t-il doucement.

Elle hocha la tête contre sa poitrine.

— Tu veux que je te porte ?

Elle secoua la tête, mais ne bougea pas.

Trigger ne put s'empêcher de sourire. Il ne la précipita pas, attendant simplement qu'elle se reprenne suffisamment pour sortir du bâtiment par ses côtés. En moins d'une minute, il la sentit inspirer profondément et s'écarter de lui.

Il ne la laissa pas aller bien loin, gardant son bras autour de sa taille. Elle s'appuya lourdement contre lui et il sentit son doigt s'accrocher dans une des boucles de ceinture de son jean. Il voulait lui demander ce qui s'est passé, ce qu'on lui avait dit, mais il savait que ce serait de trop. Pour le moment, elle avait besoin de nourriture et de se sentir en sécurité.

Gillian ne nécessitait pas sa protection parce qu'elle était faible. Loin de là. Mais il avait besoin de la lui donner parce qu'elle était importante pour lui. Au cours du mois précédent, il s'était pris à penser à elle chaque minute de la journée. Elle était rapidement devenue une des personnes les plus importantes de sa vie. Et, il refusait de faire quoi que ce soit qui puisse lui faire du mal.

Il la ramena à sa voiture et l'aida à s'installer. Elle ferma les yeux et posa la tête sur le dossier, son langage corporel exprimant un épuisement immanquable.

Avant de démarrer, Trigger prit le temps de leur acheter à manger dans un restaurant près de son appartement. Il s'arrêta pour récupérer sa commande avant de se rendre chez Gillian. Elle était si fatiguée qu'elle ne demanda même pas ce qu'il avait choisi ou ce qu'il faisait.

À la seconde où ils entrèrent dans son appartement, elle se tourna vers lui.

— Je vais m'allonger... c'est bon ?

Il détestait la voir comme ça.

— Tu n'as pas à demander ma permission pour t'allonger dans ton propre appartement, Gilly. Vas-y. Je reviens bientôt avec un déjeuner.

— Je n'ai pas faim.

— Je sais, mais tu dois manger.

Pendant une seconde, elle parut vouloir protester, mais finalement, elle se contenta d'acquiescer et descendit le couloir. Il détestait la voir courber le dos et avoir l'air d'avoir traversé une dizaine de rounds sur un ring de boxe.

Il lui donna vingt minutes – les vingt minutes les plus longues de sa vie – avant de la suivre. Il portait un bol de sa soupe au poulet fajita préférée et deux des gressins dont elle parlait constamment. Ils étaient moelleux et pleins de beurre, et lui donneraient l'énergie dont elle avait besoin.

Elle était étendue sur le lit sur le flanc, tournant le dos à la porte. Trigger posa la nourriture et s'assit sur le bord du matelas. Il mit une main sur sa cuisse et attendit qu'elle réagisse. Il savait qu'elle était éveillée, car, lorsqu'il s'assit, elle se raidit pour s'empêcher de rouler contre lui.

Avec la patience qu'il avait acquise durant sa formation de Delta, Trigger attendit. Enfin, elle roula sur le côté et leva les yeux vers lui.

— Ça va ? demanda-t-il doucement.

Elle hocha la tête.

— Oui. C'est juste que… c'était beaucoup.

— Je suis désolé, Di. J'aurais dû t'accompagner.

— Tu n'avais pas le droit. C'est bon.

Trigger secoua la tête.

— Non, ce n'est pas bon. Si j'avais été là, j'aurais pu les forcer à te laisser faire quelques pauses. Les avertir qu'ils te faisaient subir trop de pression. Et n'essaie pas de le dénier. Ils t'ont vraiment poussée *fort*.

Elle lui adressa un petit signe du menton.

— Mais ils avaient besoin de le faire. S'ils veulent attraper ce type, ils ont besoin de savoir…

— Oui, dit-il en secouant la tête. Sils veulent l'arrêter, ils doivent mener une enquête… pas pousser des femmes innocentes au-delà de leurs limites pour obtenir des informations qui ne feront aucune différence.

Gillian le regarda.

— Alors tu penses que ce que je leur ai dit était inutile ?

— Non, pas du tout, déclara fermement Trigger. Je sais que votre entretien leur a donné une idée plus complète de chaque passager. Tu es attentive et intelligente ; tout ce que tu leur as dit était absolument utile. Mais ils n'avaient aucune raison de te pousser jusqu'à ce que tu tombes presque de fatigue. Je suis sûr qu'ils ont déjà leurs soupçons quant à l'identité du septième pirate de l'air. Ils ont simplement utilisé des petits secrets d'interrogateurs pour voir ce qu'ils pouvaient obtenir de toi.

Gillian ferma les yeux.

— J'aurais aimé que tu sois là aussi, dit-elle avant d'ouvrir les paupières. Mais c'est derrière nous, maintenant.

— Si tu veux en parler, je suis là, lui dit Trigger.

— Merci, murmura-t-elle. Je veux dire, je t'ai déjà raconté la majeure partie des choses que je leur ai dites. Je n'aime pas penser que quelqu'un avec qui j'ai cru partager cette expérience terrible puisse être dans le coup. Ça me rend malade.

— Allez. Assieds-toi et mange quelque chose. Tu te sentiras mieux. Ensuite, on pourra regarder la télévision ensemble le reste de l'après-midi. Ce soir, je te ferai couler un bain et demain matin, il n'y paraîtra plus.

Gillian lui sourit et remonta jusqu'à ce qu'elle se retrouve adossée à la tête de lit. Pendant qu'elle entamait son déjeuner, Trigger retourna à l'autre chambre pour prendre le cadeau qu'il avait dégoté pour elle cette semaine-là.

Il s'assit en lui tendant la petite boîte.

— Qu'est-ce que c'est ?

— Ouvre et regarde, dit-il. Je l'ai vu et j'ai pensé à toi.

Trigger aima voir une étincelle de vie dans ses yeux. Il détestait la voir si abattue, et si un petit cadeau était suffisant pour la faire sourire, il lui aurait acheté des millions de babioles pour rendre ce sourire permanent.

Elle ouvrit la boîte et sortit la tasse qui se trouvait à l'intérieur.

— Ça me plaît, dit-elle en souriant.

— Je t'avais dit que ça m'avait fait penser à toi, déclara Trigger. Le mug bleu était couvert de dessins de Wonder Woman. Elle bondissait, courait, se servait de ses bracelets pour détourner des balles et se comportait en bref comme une héroïne.

— Je ne me sens pas très Wonder Woman pour le moment, admit-elle.

— Ça va revenir, déclara Trigger sans hésitation. Tu es humaine. Tu as le droit de te sentir mal. Tu restes quand même une des personnes les plus fortes que je connais.

— Merci.

— Je t'en prie. Maintenant, dépêche-toi et termine pour qu'on puisse aller regarder *Luther*.

— Tu es accro à cette série, dit-elle en ricanant.

— Et pas toi ? demanda-t-il.

Elle se contenta de sourire.

Quelques heures plus tard, Gillian se sentait déjà redevenue elle-même. Le déjeuner lui avait vraiment éclairci les idées, et paresser sur le canapé avec Walker pour le reste de la journée acheva le travail. Certes, la matinée avait été difficile, mentalement, mais c'était fini et bien fini, alors elle devait se sortir la tête du cul et poursuivre sa vie.

C'était jeudi, Walker venait passer la nuit et Gillian était déterminée à le faire dormir dans le lit avec elle. Toutes les nuits où qu'ils avaient passées ensemble – ils dormaient, rien de plus –, c'était toujours sur le canapé, le sien ou celui de Walker. Il ne les avait jamais emmenés dans la chambre à coucher. Et même si Gillian aimait se réveiller dans ses bras, elle aurait voulu le faire dans son lit.

Après avoir préparé des spaghettis pour le dîner, en riant durant tout le processus, et avant de regarder d'autres épisodes de *Luther*, elle enfila un short et un haut de pyjama. C'était la première fois qu'elle avait enfilé un pyjama avant de se blottir avec Walker sur le canapé. Certes, elle avait porté des leggings et un tee-shirt sans soutien-gorge, mais c'était différent. Ses shorts de nuit étaient *courts*, et le haut était sans manches. Elle se sentait sexy dans cette tenue et aurait vraiment envie de pousser Walker à lui donner quelques baisers et la serrer contre lui toute la nuit.

Quand elle était revenue dans le salon après s'être changée, il avait pris un air pincé, ce qui n'était pas vraiment encourageant. Et lorsqu'il ne l'avait pas immédiatement prise contre lui quand elle s'était assise, Gillian commença à s'inquiéter d'avoir fait une boulette. Puisqu'il s'était montré si attentif et inquiet plus tôt, elle avait pensé que c'était le moment idéal pour faire avancer leur relation.

Mais voilà que Walker était assis d'un air rigide à l'autre bout du canapé, les yeux braqués sur l'écran de télévision comme si c'était la chose la plus fascinante au monde. C'était décourageant.

Voulant être la femme courageuse et forte dont il lui avait donné le surnom, Gillian décida de passer à l'acte.

— Walker ?

— Hum ? répondit-il en évitant son regard.

— Ça va ?

— Oui, pourquoi ?

Enfin, il se tourna pour la regarder.

— Parce que depuis que je me suis changée, tu as évité

de me regarder comme si j'allais te filer la peste si tu jetais un seul coup d'œil de mon côté.

Il soupira.

— Ce n'est pas toi.

Oh, merde, elle n'aimait pas le tour que prenait la conversation.

— Que veux-tu dire ?

— Tu as eu une rude journée… tu devrais peut-être aller te coucher tôt.

Elle le dévisagea d'un air incrédule. Elle ne parvenait pas à croire qu'il lui avait dit une telle chose.

Mais c'était pourtant vrai.

Et elle qui s'était sentie bien et en confiance dans la relation qu'ils avaient établie…

Elle ne s'était jamais sentie aussi confuse. Walker l'avait dorlotée et l'avait traitée comme si elle était la chose la plus précieuse de sa vie pendant toute la journée. Et à la seconde où elle avait enfilé quelque chose d'un peu plus révélateur – et ce n'était pas comme si elle avait passé un body sexy ; elle portait un short et un débardeur –, il s'était figé et essayait désespérément de prétendre qu'elle n'était même pas là.

Ils n'ajoutèrent plus rien… Qu'allait-elle dire de toute façon ? Le prier de la regarder ? Lui demander pourquoi il s'était soudainement transformé en glaçon ? Gillian quitta le canapé et se dirigea vers sa chambre. Elle retira son joli petit ensemble de nuit et enfila une paire de leggings et un haut à manches longues. Elle avait envie de se couvrir complètement avant d'aller se coucher.

Se glissant sous les couvertures, elle fit de son mieux pour ne pas pleurer… mais c'était peine perdue. Ses larmes s'échappèrent, et elle essaya de sangloter aussi silencieusement que possible, se demandant ce qui n'allait pas chez elle.

* * *

Trigger serra les poings et dut se forcer pour rester où il était. Il pouvait entendre Gillian pleurer, et cela le déchirait. Quand elle était sortie de sa chambre vêtue de cet ensemble particulièrement sexy, il s'était immédiatement mis à durcir.

Il respectait terriblement Gillian, et il avait fait tout son possible pour y aller lentement. À cet effet, il n'avait pas d'autre moyen que de garder sa queue dans son pantalon. Les femmes n'aimaient pas être utilisées pour le sexe, et même s'il n'allait absolument pas faire cela s'il couchait avec elle, il ne voulait pas qu'elle ait une mauvaise impression.

Il voulait Gillian. De façon permanente. Pourtant, il ne voulait rien faire qui puisse lui faire croire qu'il s'agisse d'une relation à court terme. Ayant vu sa peau soyeuse dénudée et sachant que ce short lui donnerait un accès facile à la partie d'elle qu'il avait désespérément envie de toucher, de goûter, l'avait poussé à prendre ses distances.

Il était faible. S'il l'avait prise dans ses bras, il n'aurait pas été en mesure de se retenir de la peloter. Après la journée qu'elle avait passée, il aurait vraiment voulu lui montrer à quel point il était fier d'elle. Pour l'adorer tout entière, du sommet du crâne jusqu'au bout de ses orteils. Mais il trouvait que c'était encore trop tôt. Ils n'étaient ensemble que depuis un mois. Il n'avait aucune idée des règles du sexe dans le monde contemporain, mais il respectait trop Gillian pour la pousser dans une relation physique avant qu'elle ne soit prête. Elle était vulnérable, et il se maudirait s'il faisait quoi que ce soit pour en tirer profit.

Mais voilà qu'elle pleurait dans sa chambre. Et c'était à cause de *lui*.

Il avait merdé. Au lieu de la respecter, elle pensait qu'il la rejetait.

Avant d'enregistrer ce qu'il faisait, Trigger se redressa et se dirigea vers sa chambre. Il était évident qu'elle essayait d'être discrète, mais il pouvait quand même l'entendre sangloter à travers la porte fermée. Il ouvrit la porte et entra sans frapper.

Toute la chambre sentait le chèvrefeuille, ce qui le refit bander. Il ignora son corps et marcha jusqu'à l'endroit où elle était blottie sur le lit, sous ses couvertures. Il grimaça quand il vit qu'elle portait à présent un haut à manches longues. Voyant le pyjama sexy jeté sur le sol près de la salle de bains, il comprit qu'elle avait probablement enfilé aussi une paire de leggings.

Il n'hésita pas à grimper sur son lit deux places et à se blottir derrière elle. Enroulant un bras autour de sa taille, il poussa l'autre bras sous sa tête, pour qu'elle s'en serve à présent comme d'un oreiller.

— Va-t'en, Walker, dit-elle doucement.

— Non.

— J'ai compris. Tu n'es pas prêt pour une relation. C'est très bien. J'ai juste besoin que tu me donnes de l'espace.

— Absolument pas, répliqua fermement Trigger. J'ai besoin que tu m'écoutes.

— Je ne peux pas, dit-elle en secouant la tête. Tu ne comprends pas ? Tu en as déjà dit assez ce soir.

— Quand tu as quitté cette pièce plus tôt, j'ai vraiment dû me retenir pour ne pas te jeter à terre, te déshabiller et te prendre jusqu'à ce qu'on soit tous les deux incapables de marcher.

Les mots sortirent naturellement. Ils étaient purs, une émotion à vif.

Gillian se glaça dans ses bras. Elle ne l'avait pas repoussé, dégoûté, aussi Trigger poursuivit-il.

— Ça ne fait qu'un mois qu'on est ensemble. Je ne veux

pas te précipiter dans une relation physique avec moi. J'essaie d'être un gentleman. Tu as eu une journée difficile, et je ne voulais pas en profiter. Je savais que si je te touchais alors que tu portais ce petit pyjama, je n'aurais pas été capable de me restreindre à quelques caresses seulement.

— Et si je ne voulais pas que tu t'arrêtes ? demanda-t-elle.

Sachant qu'elle ne pouvait pas manquer l'érection contre ses fesses, puisqu'elle plaquait le dos contre lui, Trigger ne prit même pas la peine de la lui dissimuler.

— J'ai besoin d'attendre, dit-il simplement. Je ne sais pas exactement pourquoi. Je ressens juste le besoin de te traiter avec respect, comme la femme incroyable que tu es. Ne pas précipiter le sexe juste parce que j'ai terriblement envie de toi. Je veux que cette relation entre nous dure. Pour toujours, espérons-le... Et une partie de moi trouve que je déprécierai mes sentiments pour toi si je nous presse à coucher ensemble.

Trigger se sentait stupide d'énoncer ses pensées à voix haute, mais il n'allait pas les garder pour lui si son silence blessait Gillian. Il ne voulait pas de malentendus entre eux.

— Ne te méprends pas. J'ai envie de toi, Gilly. Mais je veux faire les choses correctement. Je n'ai vraiment pas envie que tu croies que je t'utilise de quelque façon que ce soit. J'ai une bonne maîtrise de moi-même, mais tu me donnes l'impression d'être revenu à l'âge de quinze ans, quand j'essayais de cacher mon érection dans la classe de Mlle Noonbreaker.

Il la sentit pouffer contre lui et se détendit légèrement.

— Je pensais que tu n'avais pas envie de moi.

— J'ai envie de toi, répondit-il immédiatement. N'en doute jamais.

— Tu vas rester toute la nuit avec moi ? Ici ?

Trigger grimaça.

— Je ne peux pas, murmura-t-il.

Gillian se retourna dans son étreinte, et quand Trigger aperçut ses yeux bouffis et rougis, et il eut envie de se flageller à nouveau pour lui avoir fait du mal.

— Je te fais confiance, murmura-t-elle.

— J'apprécie, tu n'as pas idée, mais je ne peux pas, dit-il, espérant qu'elle l'entende et n'insiste pas.

— Pourquoi ? demanda-t-elle.

Fermant les yeux, Trigger avait su qu'elle aurait voulu savoir pourquoi. Il ouvrit les yeux et se plongea dans son regard.

— Parce que c'est trop bon de t'avoir dans mes bras. Être dans ton lit se rapproche trop de ce dont j'ai envie pour le reste de ma vie. Tout ici sent le chèvrefeuille, et je ne parviendrai pas à fermer l'œil. Je sais que ça n'a aucun sens... Je peux te tenir dans mes bras sur le canapé et dormir toute la nuit parce qu'une partie de moi sait qu'on n'est pas dans un lit. La première fois qu'on fera l'amour, ça ne sera pas sur un putain de canapé. Pour que je puisse me contrôler. Mais si je m'endors dans un lit avec toi, je ne pense pas être capable de ne pas te toucher. Prendre ce que je considère inconsciemment comme à moi.

Elle le regarda pendant un long moment avant de hocher la tête.

— D'accord.

— D'accord ? demanda Trigger. Tu dis ça parce que tu penses que c'est ce que je veux entendre, ou bien parce que tu comprends ?

— Je comprends. Moi aussi, j'ai envie de toi, Walker. J'ai pensé que tu étais à moi dès le début. Du moins, je voulais que tu le sois. Je peux attendre que tu sois prêt.

Trigger ricana, mais c'était sans amusement.

— Comment puis-je être celle qui ne me sens pas sûre dans notre relation ? Je trouve ça mignon. Frustrant, mais mignon, lui dit Gillian avant de redevenir sérieuse. Je suis flattée que tu veuilles me respecter. Je n'ai jamais eu un homme qui m'a traitée comme tu le fais. Ils ne pensaient qu'à eux et à ce qu'ils voulaient de moi.

— Je te ferai toujours passer en premier, Gillian. Même quand ça va à l'encontre de ce que je désire. Tu comprends ?

— Je commence, oui.

— Dis-moi que tu comprends pourquoi je ne peux pas dormir dans ce lit avec toi. Et je le pense vraiment.

— Je comprends. Ça ne te dérange pas si je viens dans le salon et que je dors avec toi sur le canapé ?

Trigger la regarda. Il se servit de son pouce pour essuyer les larmes qui s'attardaient sur ses joues.

— Je suis désolé de t'avoir fait pleurer.

Gillian haussa les épaules.

— J'ai surréagi.

— Non, ce n'est pas ta faute. Je me suis comporté comme un crétin et je ne me suis pas expliqué. Je vais faire que ça ne se reproduise plus, mais... je suis un homme, donc ça se reproduira probablement. Mais à l'avenir, ne m'autorise pas à me refermer comme une huître. Prends moi entre quatre yeux et force-moi à te parler. Ne va pas pleurer dans un coin parce que je t'ai fait te sentir mal, d'accord ?

— Je... je vais essayer.

— D'accord. Et oui, si tu es à l'aise avec ça, j'aimerais que tu dormes dans mes bras, sur le canapé.

— Je suis à l'aise où que tu sois, le rassura-t-elle.

Lui caressant doucement les cheveux, il ne pouvait pas s'empêcher de se demander comment il avait eu autant de chance. Partir au Venezuela aurait dû être une mission comme les autres. Juste une autre occasion de liquider quelques-uns des monstres de ce bas monde. Au lieu de cela, l'aventure avait changé sa vie pour toujours. Il avait rencontré Gillian.

Il sortit de son étreinte et l'aida à se redresser, la culpabilité le rongeant à nouveau quand elle vit qu'elle portait effectivement des leggings. Qu'elle s'était couverte de la tête au pied. Regrettant de ne pas être assez fort pour lui dire de remettre son short et son débardeur, Trigger la fit sortir de sa chambre pour les diriger vers le canapé, sur lequel ils passeraient la nuit.

Il s'assit et l'attira immédiatement dans ses bras. Il fit basculer ses pieds sur le cuir souple et s'allongea, la tenant contre lui. Ils étaient à l'étroit et le canapé n'était pas très confortable, mais c'était ce dont Trigger avait besoin pour garder le contrôle. Il se sentait mal de faire passer ses propres besoins au-dessus de ceux de Gillian, mais il n'avait pas changé d'avis sur leurs aménagements pour dormir.

— Je suis désolé que tu aies eu une dure journée, dit-il doucement.

— Elle est meilleure grâce à toi, lui répondit-elle.

Trigger déposa un baiser à l'arrière de sa tête et inhala son parfum sucré, remplissant chaque cellule de son corps de l'odeur du chèvrefeuille.

— Dors bien.

— Je vais le faire maintenant que tu es ici, dit-elle d'un ton ensommeillé.

Trigger resta éveillé longtemps, reconnaissant de ne pas avoir tout gâché entre eux au point qu'elle le fiche dehors. Gillian était toujours si compétente, si volontaire et pleine d'assurance, qu'il devait faire très attention à ne pas dire ou faire quoi que ce soit qui fissure son armure. Il l'aimait comme elle l'était.

CHAPITRE DOUZE

Le vendredi, Gillian dut travailler, et à sa grande surprise, Walker n'eut aucun problème à se contenter de rester dans son appartement. Il travailla un peu sur son ordinateur portable, sans quoi il ne cessa de la gâter. Il lui apporta son café dans sa nouvelle tasse Wonder Woman et lui prépara un petit-déjeuner incroyable à base d'œufs et de bacon, avec en plus des biscuits faits maison pour couronner le tout. Pour le déjeuner, il alla leur acheter des sushis. Après avoir appelé quelques nouveaux clients et fait des recherches sur les événements qu'ils voulaient qu'elle planifie, Walker et elle discutèrent plus en détail de l'endroit où il devait l'emmener le lendemain.

Apparemment, la fille d'un de ses amis de l'Armée était un garçon manqué et aimait participer à la course d'obstacles que la base organisait pour les enfants. Elle avait douze ans et, selon Walker, c'était une des petites les plus mignonnes qu'il avait jamais rencontrées.

Gillian fréquentait rarement des enfants, mais elle avait hâte de rencontrer Annie et de passer du temps avec les membres de l'équipe de Walker. Elle les avait bien sûr rencontrés au Venezuela, mais n'avait pas passé de bon temps avec eux. Elle était nerveuse, mais avait hâte de rencontrer tout le monde.

Pour le dîner, Walker avait grillé des steaks sur son grill extérieur bon marché, se plaignant durant tout le processus qu'il était merdique et qu'il allait devoir lui en acheter un nouveau puisqu'il allait passer beaucoup de temps chez elle.

Cette perspective plaisait à Gillian.

Cette nuit-là, ils s'endormirent une fois de plus sur son canapé, mais cette fois, Gillian n'y pensa pas trop. Elle avait envie de faire avancer sa relation avec Walker, mais elle voulait *qu'il* le veuille aussi. Cela lui semblait un peu étrange d'être celle qui en voulait davantage, mais même cela rendait Walker plus attirant à ses yeux.

Samedi matin, ils se réveillèrent tôt et, tandis que Gillian prenait sa douche, Walker lui prépara à nouveau son café et son petit-déjeuner.

— Tu me gâtes vraiment, se plaignit-elle en sortant de sa chambre habillée et prête à se rendre à Fort Hood.

— C'était mon intention, dit-il avec un sourire. Je te brosse dans le sens du poil pour que tu trouves plus facile de me pardonner quand je ferai une connerie.

Gillian savait qu'il plaisantait, mais elle ne put s'empêcher de plisser le front.

— Walker, je ne m'attends pas à ce que tu sois parfait tout le temps. Tu vas commettre des erreurs, tout comme moi. J'ai envie de croire que, même si je me mets en colère, je serais capable de passer outre. Je t'apprécie pour ce que tu es.

— Bien, dit-il en l'étreignant. Parce que tu me plais exactement comme tu es. Et si tu me fais tourner en bourrique en laissant traîner tes vêtements sales par terre, je passerai outre aussi.

Elle chuchota et lui donna une claque sur le bras pour plaisanter.

— Je devine que c'est ta façon de m'informer que tu es maniaque ?

— Oui, sourit-il. L'armée m'a bien formé.

— Tant que tu ne me laisses pas de poils de barbe dans le lavabo, ça me va.

Il prit un air horrifié.

— Je ne fais pas ce genre de choses.

— Bien. Je peux utiliser ton rasoir sous la douche ?

— Non. Je dois poser une limite quelque part, dit-il avec un sourire. Je t'achèterai tes propres rasoirs.

— C'est d'accord.

Gillian poussa un soupir de contentement. Elle aimait passer du temps avec Walker. Elle savait aussi que la semaine suivante, il reprendrait le travail et qu'elle serait prise par ses propres affaires, mais elle détestait le fait de ne pas pouvoir se réveiller avec lui et plaisanter comme ils le faisaient présentement.

— Pourquoi tu me regardes comme ça ? demanda-t-il avec une inclinaison de la tête.

— J'aime ça, dit-elle.

— Quoi ?

— Ça. Qu'on se taquine. Qu'on discute. Que tu me prépares mon café et qu'on prenne le petit-déjeuner ensemble. Je pensais juste que ça allait me manquer... toi... la semaine prochaine, quand on reprendra notre vie ordinaire. Cinquante kilomètres ne sont pas si loin, mais quand je me réveille seul le lundi matin, j'ai le sentiment que c'est à mille lieues.

— Je sais, Di. Je ressens la même chose. Alors, tirons le meilleur parti du temps qu'on passe ensemble, déclara Walker à voix basse.

Elle hocha la tête.

— Je suis très enthousiaste aujourd'hui.

— Moi aussi. Allez, ça suffit avec la mélancolie. Prenons les choses au jour le jour.

— D'accord.

Une heure plus tard, ils étaient en route pour la base militaire et Gillian avait hâte. Ils arrivèrent à la base et, après avoir présenté leurs pièces d'identité, ils allèrent sur le parking pour voir la compétition. Il était plein et Walker eut du mal à trouver un endroit où se garer, ce qui surprit Gillian. Elle n'avait pas cru qu'il y aurait autant de monde.

La prenant par la main, Walker fit le tour d'un bâtiment jusqu'au terrain où se trouvait le parcours d'obstacles. Gillian eut du mal à croire que des *enfants* allaient surmonter les épreuves qui s'étendait sous ses yeux.

Il y avait des pneus et des cordes, mais également des planches de bois empilées si haut qu'elle ne pensait pas qu'un enfant soit capable de les franchir.

— La vache, souffla-t-elle.

— C'est impressionnant, n'est-ce pas ? dit Walker avec un petit rire.

— Oui.

— La première fois que j'ai assisté à une course, je pensais qu'il était impossible qu'un enfant puisse la terminer, mais je me suis rapidement ravisé. Là-bas, dit-il en désignant le côté du terrain, il y a le parcours d'obstacles pour les enfants de moins de six ans, mais les autres qui ont sept ans et plus vont utiliser le terrain principal.

— J'ai du mal à imaginer que quelqu'un est capable d'accomplir ça... Surtout pas un enfant.

— Attends de voir. Ils sont vraiment impressionnants.

— Je suis *déjà* impressionnée, et je n'ai même pas encore vu quelqu'un faire les épreuves, lui dit Gillian.

Comme s'il savait exactement où seraient ses amis, Walker se dirigea dans les gradins vers une section en haut à droite. Ils rejoignirent six hommes qui y étaient déjà assis.

— Hé, dit Walker au groupe.

Certains des hommes lui adressèrent un signe du menton tandis que les autres leur dirent bonjour.

— Il était temps que vous arriviez, plaisanta l'un des hommes.

— Arrête, dit Walker. On est pile à l'heure. Les gars, je sais que vous l'avez déjà rencontrée, mais voici Gillian Romano. Gillian, voici Lefty, Grover, Brain, Oz, Doc et Lucky.

Elle leur secoua la main à chacun alors qu'ils se présentaient, et elle ne put s'empêcher de dire :

— J'ai hâte d'apprendre ce que signifient vos surnoms.

Cela fit rire tout le monde.

— Je crois que ça devra attendre un autre jour, répliqua Walker en lui adressant un clin d'œil et en lui désignant un siège. Je ne voudrais pas que tu penses qu'on est tous complètement fous.

— C'est bon de te voir aussi bien après tout ce qui s'est passé, dit Doc à Gillian.

— Merci, sourit-elle. Je vais mieux de jour en jour. Mes nuits sont parfois encore un peu troublées, mais sinon, ça va.

— Les rêves risquent de mettre un certain temps avant de disparaître, expliqua Oz avec bienveillance.

— Comment s'est passé l'entretien jeudi ? demanda Lefty.

Gillian haussa les épaules.

— Normal, je pense. Je leur ai répété tout ce dont je me souvenais. Ils m'ont avertie que le septième pirate de l'air pouvait encore s'en prendre à moi et que je devrais faire attention, et c'est tout.

Walker jeta un regard noir à son coéquipier, mais Gillian posa une main sur son genou.

— Ça va, Walker. Ça ne me dérange pas d'en parler.

— Ça *me* dérange, répliqua-t-il en se tournant vers Lefty. On pourrait éviter d'en parler aujourd'hui ?

— Désolé, répondit l'intéressé.

— Ça va, déclara fermement Gillian. Walker, je ne veux pas que tes amis prennent des pincettes avec moi. Je veux qu'ils se sentent libres de dire ce qu'ils veulent. Ce qui s'est passé n'est pas un secret. Vous étiez là. C'est vraiment gentil qu'ils s'inquiètent. Alors, détends-toi, d'accord ?

Brain afficha un sourire en coin.

— Elle me plaît, déclara-t-il.

— À moi aussi, dit Grover. Si tu décides de larguer ce trouduc, je te donnerai mon numéro.

— Ferme-la, marmonna Walker en donnant un coup de pied à la jambe de Grover. Elle ne va pas me jeter et même si elle le fait, elle ne t'appellerait pas.

Gillian pouffa. C'était drôle de voir Walker aussi mécontent.

— J'apprécie, répondit-elle à Grover. Cela dit, je suis plutôt satisfaite de Walker. Mais sérieusement, oui, l'entretien n'était pas vraiment amusant. J'ai dû regarder la photo de chaque passager et raconter aux enquêteurs ce que je savais d'eux. Dans la plupart des cas, ce n'était pas grand-chose. Alors ils étaient frustrés et ça m'a stressée. Mais je leur ai dit ce que je pouvais et voilà tout. J'ai acheté plusieurs de ces caméras de surveillance et je fais aussi attention que possible. Il n'y a aucune raison pour que je sois visée, et je ne peux pas passer ma vie enfermée dans mon appartement.

— Apparemment, tu prends ça au sérieux, ce qui est bien, lui dit Lucky. On a vu trop de gens jouer avec leur sécurité ou leur santé.

— Je sais, oui, marmonna Lefty. Parfois, on est chargés d'assurer la sécurité de dignitaires et d'autres notables. Une fois, on avait la responsabilité de ce mec qui n'a rien écouté de ce qu'on lui avait dit. Ce n'est qu'après s'être retrouvé du mauvais côté d'une ligne de piquetage, avoir été pris dans une attaque au gaz lacrymogène et s'être pratiquement fait piétiner à mort qu'il a décidé de faire ce qu'on lui avait dit.

— Lefty, le mit en garde Walker.

Gillian était fascinée. Walker ne lui avait pas parlé de ce que lui et son équipe faisaient, mais elle savait qu'il n'était pas un soldat ordinaire. Elle posa une main sur son genou et pressa.

— La dernière chose que je veux est de devenir une statistique. Les enquêteurs m'ont dit qu'ils pensaient que le risque était minime, mais ils ne pouvaient pas garantir que je ne coure aucun danger. Donc, je fais profil bas et vis ma vie... avec prudence.

— C'est bien, dit Lefty en hochant la tête. Si un jour, tu te sens mal à l'aise pour une raison quelconque, retire-toi de la situation, même au risque de paraître impolie. C'est mieux d'être en vie plutôt que de te faire blesser ou tuer parce que tu essayais d'être sympa.

— Ça t'est déjà arrivé ? Je veux dire... À quelqu'un que tu essayais de protéger ? demanda Gillian.

Elle lit une émotion extrême dans les yeux de Lefty avant qu'il ne se reprenne.

— On peut dire ça, répondit-il avec un haussement d'épaules. Elle était l'assistante du notable que je viens de mentionner. Elle a fait tout ce qui était en son pouvoir pour amener son employeur à nous écouter, mais bien sûr, quand il ne l'a pas fait, elle a couru un danger tout comme lui. C'était horrible de réaliser qu'elle mettait sa vie en péril, mais qu'elle ne pouvait rien y faire parce qu'elle devait faire ce que son employeur voulait... ou bien finir sans emploi.

— C'est nul, oui, en convint Gillian. Elle a démissionné après ça ? Elle a trouvé un poste d'assistante auprès de quelqu'un d'autre ?

— Non, dit catégoriquement Lefty. Pas que j'en sache.

Gillian ne sut pas quoi répondre. Apparemment, Lefty était lié émotionnellement à cette assistante, quelle qu'elle soit, et elle était un peu triste pour cette femme *et* pour Lefty.

— Quoi qu'il en soit, dit Grover pour essayer de détendre l'atmosphère. Je sais d'autorité que si vous voulez essayer la course à l'obstacle après la compétition, vous êtes les bienvenus.

— Ha. Sérieusement ? demanda Gillian. Ça n'arrivera pas. Mais si tu veux, je t'en prie. Vous êtes évidemment tous en forme. Alors ça ne me ferait rien de me rincer l'œil si vous vouliez vous mettre en short et essayer.

Walker grogna à côté d'elle, et Gillian ne put se retenir de rire.

— Si tu veux te rincer l'œil, tu ne regarderas que *moi*, femme, lui dit-il alors que ses amis ricanaient autour d'eux.

La voix d'un homme se fit alors entendre dans un haut-parleur, ce qui épargna à Gillian d'avoir à répondre à son petit ami jaloux.

— Bienvenue à une autre journée de plaisir sur le terrain ! Notre premier groupe sera les sept à dix ans. Si le groupe veut bien se mettre en rang sur la ligne de départ, nous allons bientôt commencer !

Elle regarda avec impatience six enfants, garçons et filles, alignés en face d'eux à l'extrême gauche du terrain.

— Oh, c'est incroyable d'être aussi nerveuse pour eux, déclara Gillian avec un petit rire. Je ne les connais même pas et j'ai les paumes en sueur.

Walker saisit une de ses mains et la caressa.

— Absolument pas, dit-il en souriant.

Gillian leva les yeux au ciel et se concentra sur le terrain.

Quelques minutes plus tard, la première vague des concurrents se mettait en marche.

Gillian regarda avec émerveillement les enfants se précipiter vers une série de pneus. Ils devaient les traverser en fourrant le pied au milieu de chacun d'eux et parcourir toute la rangée sans trébucher. Puis ils coururent vers des cordes placées au ras du sol, se mirent à plat ventre et rampèrent en dessous. L'obstacle suivant était une série de souches de hauteurs différentes. Ils devaient sauter de l'une à l'autre, et s'ils tombaient, ils devaient revenir en arrière et repartir du début.

Les obstacles se succédaient et elle avait l'impression que le parcours devenait de plus en plus difficile.

Au moment où les enfants arrivèrent à la fin, ils durent grimper à la corde sur environ quatre mètres cinquante jusqu'à une plate-forme d'où ils en gagnèrent alors une deuxième en se balançant d'anneau en anneau. Là, ils devaient sauter pour accéder à une poignée et se servir de la force du haut de leur corps pour se hisser et franchir un mur de deux mètres et demi. Pour descendre, ils traversèrent une toile d'araignée de cordes jusqu'au sol, puis sautèrent par-dessus trois obstacles avant de se mettre une fois de plus à plat ventre et de ramper sous un alignement de troncs d'arbre, avant de piquer enfin un sprint jusqu'à la ligne d'arrivée.

Gillian était épuisée rien que de les regarder, mais tous les enfants du premier niveau avaient fini... avec en prime un grand sourire sur le visage.

— Ils adorent ça, n'est-ce pas ? demanda Gillian à Walker.

Mais c'est Brain qui répondit.

— Oui. Beaucoup d'enfants s'entraînent pendant des mois pour ce genre de compétitions.

— Qu'est-ce qu'ils remportent s'ils gagnent ? demanda Gillian.

— Eh bien, tous ceux qui participent reçoivent une petite médaille, déclara Brain. Habituellement, je suis contre tout type de trophée de participation, mais dans ce cas, c'est tout à fait justifié. Ce n'est pas un sport de club d'été où ils reçoivent une récompense pour paresser sur un terrain vide pendant plusieurs semaines. Ils bossent comme des malades. Mais le gagnant de chacun des six niveaux accède au dernier round, et le gagnant de *cette* course-là reçoit un bon d'achat de cent dollars à la boutique militaire, où ils peuvent acheter tout ce qu'ils veulent.

— Cool, souffla Gillian. À quel niveau est la fille de ton ami ?

— Trois, déclara Oz. Annie a été la gagnante l'année dernière. Elle a battu les records d'un groupe de gamins de quinze ans, alors qu'elle n'en avait que onze. Elle n'était pas dans leur groupe de compétition, sans quoi elle les aurait décimés. Je suis sûr qu'elle va gagner cette année aussi.

— Et son père est d'accord pour qu'elle fasse ça ?

— Fetch ? Oh, oui, absolument, répondit Walker. Il emmène Annie quand ses potes et lui vont s'entraîner au parcours d'obstacles pour adultes. Je l'ai entendue dire plus d'une fois que celui des enfants est trop facile.

— Bon sang, elle doit être folle, murmura Gillian.

— Non, dit Walker. Seulement folle à l'idée d'être comme son père. Sa mère a vite appris que la meilleure manière de la discipliner est de menacer de lui retirer ses privilèges de course d'obstacles si elle désobéit. Ça marche super bien.

— Tu es proche d'Annie ? demanda Gillian.

— Pas autant que je le voudrais. Fetch et son équipe sont en activité depuis un peu plus longtemps que nous, et ils ont réduit leurs missions au cours des dernières années. Mais fais-moi confiance, cette gamine va devenir quelqu'un de spécial. Je ne sais pas ce qu'elle va faire, mais ça va être quelque chose d'étonnant.

— J'aimerais la rencontrer, dit Gillian.

— Je m'assurerais que ça arrive, lui dit Walker.

Puis ils braquèrent leur attention vers le terrain alors qu'ils regardaient la deuxième vague d'enfants courir à travers le parcours d'obstacle. C'était tout aussi impression-nant que la première fois.

— Allez, Annie ! hurla Lefty alors que le troisième niveau s'alignait derrière la ligne de départ.

— C'est dans la poche ! cria Oz.

Debout plus près du terrain, Gillian aperçut un autre groupe d'hommes qui encourageaient également Annie.

— C'est son père et son équipe, lui dit Walker à l'oreille.

Incapable de tolérer le suspense, Gillian se redressa, comme le reste des hommes autour d'elle. Puisqu'ils étaient au bout des gradins, ils ne bloquaient la vue de personne.

— Je ne la connais même pas et je suis tellement nerveuse que j'ai envie de vomir, marmonna Gillian.

— Elle va tout déchirer. Ne t'inquiète pas, déclara Walker.

Le commentateur compta alors jusqu'à trois et les enfants se mirent en mouvement.

Non seulement Annie était rapide, mais elle était aussi extrêmement agile. Elle fut la première à parcourir les pneus et elle se jeta pratiquement sur le sol avant d'utiliser ses bras et ses jambes comme des pistons pour la propulser sous les cordes. Elle bondit au-dessus des souches comme si elle volait dans les airs. Ses longs cheveux étaient coiffés en tresses pour qu'ils ne lui rentrent pas dans les yeux, et elles battaient l'air au gré de ses mouvements.

De temps en temps, elle se tournait pour regarder les autres enfants dans son sillage. Gillian comprit qu'elle vérifiait si quelqu'un d'autre la rattrapait.

Certains des autres enfants faillirent la rattraper alors qu'elle parcourait les obstacles, et quand elle arriva vers la fin, où ils devaient grimper jusqu'à la première plate-forme, elle ondula sur la corde comme si elle était un petit singe qui faisait cela tous les jours de sa vie.

— Elle va gagner sans problèmes, marmonna Doc.

Gillian le pensait aussi, mais la petite fille fit alors quelque chose de surprenant.

Elle était sur le point de commencer les anneaux quand elle regarda une nouvelle fois derrière elle. Il y avait un garçon dans son groupe qui avait manifestement du mal à monter la corde. Il se retrouvait derrière les enfants plus âgés pendant tout le parcours, mais il s'accrochait toujours.

Pourtant malgré tous ses efforts, il ne parvenait pas à atteindre le sommet de la corde. Il arrivait à moitié puis glissait à terre.

Au lieu de continuer le parcours, de gagner et d'accéder au dernier round, Annie lâcha le premier anneau et tomba à ses genoux au sommet de la plate-forme au-dessus des cordes.

Gillian était trop loin pour entendre ce qu'elle disait, mais il était évident qu'elle encourageait le garçon. Elle ignorait le fait que les autres enfants de son niveau l'avaient dépassée et avaient déjà parcouru un bout de chemin sur les anneaux. Toute l'attention d'Annie était braquée sur le garçon qui essayait de monter à la corde.

À un moment donné, le garçon s'arrêta une fois de plus à mi-chemin et Annie lui cria quelque chose, se baissa pour saisir la corde elle-même, puis commença à la tirer vers le haut. Le garçon s'accrochait de toutes ses forces et Annie le hissait jusqu'à la plate-forme. Elle se tourna et enroula la corde autour d'un des poteaux de sécurité positionnés au sommet, ce qui lui donna un point d'appui plus robuste et lui permit de tirer plus rapidement.

Gillian se tourna vers Walker.

— C'est autorisé ?

Walker et les autres hommes étaient tout sourire. Des sourires immenses et lumineux qui allaient d'une oreille à l'autre.

— Aucune idée. Mais ce n'est pas comme si elle allait remporter la course, alors qu'est ce que ça peut faire ?

Ça ne comptait pas. Pas vraiment. Gillian regardait avec fierté une fillette qu'elle ne connaissait même pas faire tout son possible pour aider un autre concurrent. Elle saisit la main du garçon une fois qu'elle eut tiré la corde assez haut pour qu'elle puisse l'atteindre, puis passa son bras autour de ses épaules quand ils se retrouvèrent debout côte à côte sur la plate-forme.

Ils avaient tous les deux des obstacles plutôt conséquents à franchir et Gillian n'était pas certaine que le garçon y parviendrait. Cela étant, après un bref repos, elle le vit hocher la tête, et lui et la petite Annie passèrent aux anneaux. Annie n'eut aucun mal à rejoindre l'autre plate-forme, mais Gillian retint son souffle pendant que le garçon peina à le faire. Enfin, il y parvint aussi et rejoignit de l'autre côté Annie, qui l'applaudissait.

Annie sauta et saisit la poignée, se hissant au sommet du mur. Puis elle reprit l'équilibre et se pencha, étendant un bras vers le bas. Le garçon réussit à sauter et saisir la poignée, mais c'est Annie qui lui avait permis de monter sur la plate-forme.

Gillian comprit que le gamin devait avoir les bras en confiture, mais il se jeta joyeusement sur la toile d'araignée en cordes, Annie juste à ses côtés. Ils coururent ensemble jusqu'à la fosse de boue, et Gillian voyait clairement le blanc des dents d'Annie qui brillait quand elle éclata de rire et sourit au garçon alors qu'ils serpentaient sous le dernier obstacle.

Puis Annie saisit la main du garçon et ils coururent ensemble jusqu'à la ligne d'arrivée, main dans la main. Ils étaient les derniers de leur groupe.

Mais ni l'un ni l'autre ne semblait pour le moins contrarié.

Un homme avait traversé le terrain en courant pour aller rejoindre Annie et le garçon, et il la serra contre lui malgré la boue qui la recouvrait.

— C'est son père, lui dit Walker. Il doit être le mec le plus fier du monde.

— C'était incroyable, déclara Gillian avec émerveillement. Il est évident que Annie est compétitive, mais elle n'a même pas hésité à arrêter et à aider cet autre enfant.

— Je te l'avais dit ; elle va faire une différence dans ce monde, déclara Walker avec fierté.

À présent, il y avait tout un groupe d'adultes autour de la

petite Annie. Ils se déplacèrent alors sur le côté du terrain pour que le niveau suivant puisse partir.

— Viens, dit Walker alors que les autres commençaient à descendre les gradins. Allons la féliciter.

Gillian suivit Walker et ses amis sur le terrain, et elle trouvait étrange d'être aussi enthousiaste à l'idée de rencontrer une fillette de douze ans. Cela faisait longtemps que quelqu'un ne l'avait pas impressionnée autant qu'Annie venait de le faire. Elle avait l'impression que Walker avait raison. Cette fille était vraiment spéciale. Et peu importe ce qu'elle déciderait de faire de sa vie, elle allait faire une différence dans ce monde.

Ils se joignirent au groupe d'hommes et de femmes qui entouraient Annie.

— C'était impressionnant, Fetch, dit Walker à l'un des hommes en lui donnant une claque dans le dos.

— Merci. On le pense aussi, déclara le père d'Annie.

Il passait le bras autour d'une femme, et ils débordaient tous les deux de fierté.

Gillian et Walker attendirent patiemment que les fans d'Annie la félicitent, puis ce fut leur tour.

— Hé, Annie. Tu étais impressionnante ! lui dit Walker.

— Merci, Trigger, dit joyeusement Annie.

Si elle était contrariée de ne pas avoir remporté la course et n'être pas parvenue en finale, elle n'en laissait rien paraître.

— Vous avez vu Rob ? C'était la première fois qu'il terminait le parcours d'obstacles ! Il était vraiment nerveux avant de commencer, mais je lui ai dit que je l'aiderais s'il en avait besoin. Mais il n'a pas *vraiment* eu besoin de moi. Juste un petit coup de main pour les cordes.

— J'ai vu, dit Walker.

— Et c'est comme le dit toujours Papa... Quand on aide

quelqu'un à s'élever, on s'élève soi-même plus haut. J'ai imaginé que j'étais dans l'armée et qu'on était en mission. On ne laisse personne en rade.

— C'est particulièrement vrai. Tu es contrariée de ne pas pouvoir participer à la finale ? demanda Walker.

Annie renifla d'un air moqueur.

— Non. Il y aura toujours une prochaine fois. En plus, c'était mieux de voir le sourire de Rob quand il a franchi la ligne d'arrivée.

— Annie, voici mon amie, Gillian. Elle est venue aujourd'hui juste pour te voir courir.

— Bonjour ! dit Annie. Vous êtes vraiment jolie. Vous êtes la petite amie de Trigger ? Il en a besoin. Il ne sourit pas assez.

Gillian fit de son mieux pour ne pas éclater de rire, mais c'était trop pour elle.

— Oui, et je fais de mon mieux pour qu'il ne soit pas si sérieux tout le temps.

— Super.

Puis Annie se tourna vers son père.

— Papa, tu as filmé, pour que je puisse envoyer la vidéo à Frankie ?

— Bien sûr, ma puce.

— Tu l'as déjà envoyée ?

— Non ! Ça ne fait même pas deux secondes que tu as fini.

— Je sais, mais il était aussi enthousiaste que moi pour cette course.

— Frankie est son petit copain, dit Walker en se penchant pour le lui expliquer. Il a son âge et vit en Californie. Il est sourd et Annie a appris la langue des signes juste pour pouvoir lui parler. Ils se sont rencontrés il y a plusieurs années et ils ont tous les deux décidé qu'ils allaient se marier un jour.

— Je comprends parfaitement, déclara Gillian avec un sourire.

— J'ai été heureuse de vous rencontrer, dit machinalement Annie à Gillian.

Il était évident qu'elle voulait téléphoner à son ami Frankie et lui faire voir la course.

— Si vous avez besoin d'une bouquetière pour votre mariage avec Trigger, je suis disponible. J'ai déjà beaucoup d'entraînement, donc vous n'aurez pas à m'apprendre comment le faire, expliqua Annie.

Gillian faillit s'étrangler.

— Euh... je tâcherai de m'en souvenir.

— Annie Elizabeth ! la gronda sa mère.

— Quoi ? demanda l'intéressée en allant rejoindre ses parents.

— Que les gens sortent ensemble ne signifie pas qu'ils vont se marier.

— Mais tu es sortie avec Papa et vous vous êtes mariés, déclara judicieusement Annie. Et je sors avec Frankie et je vais l'épouser. Et Mary sortait avec Truck et *ils* se sont mariés.

La femme de Fetch leva les yeux au ciel et secoua la tête.

— Crois-moi sur parole. Un homme et une femme peuvent sortir ensemble et ne pas se marier.

— Alors ça sert à quoi ? grommela Annie, avant que Lefty la prenne dans ses bras.

Elle oublia alors manifestement de s'irriter des paroles de sa mère.

Gillian n'avait jamais vu Walker en présence de ses amis et fut ainsi agréablement surprise lorsqu'il la serra contre sa poitrine et mit son bras en diagonale sur son corps. Il se pencha et lui parla directement à l'oreille, de sorte qu'elle seule puisse l'entendre.

— Sans vouloir vexer Annie, j'ai entendu des histoires sur le mariage de sa mère et de son père. Disons seulement qu'il a impliqué des braqueurs armés et des prothèses qu'on a utilisées comme moyen de défense. C'est sans doute plus sûr pour nous de nous enfuir pour aller nous marier.

Le cœur de Gillian battait la chamade. Elle aimait songer à partir avec Walker dans le soleil couchant, mais elle conserva un ton léger quand elle tourna le cou pour lever les yeux vers lui.

— Avec mes parents qui haïssent le froid et les tiens qui haïssent la chaleur, oui, il est probablement préférable qu'on les informe seulement après coup.

Le sourire sur le visage de Walker était quelque chose que Gillian aurait voulu préserver toute sa vie.

Elle entendit un clic, et quand elle se tourna, elle vit la mère d'Annie sourire à son téléphone.

— Parfait. Je te l'enverrai par texto, Trigger, dit-elle à Walker.

— Merci, Emily, lui dit Walker.

Puis il fit tourner Gillian pour qu'elle se retrouve à ses côtés et ils se dirigèrent vers le côté du terrain.

— On va partir, informa-t-il Doc sans la moindre hésitation.

— Vous ne restez pas pour la finale ? demanda celui-ci.

Trigger haussa les épaules.

— Puisque Annie n'y participe pas… non. On se revoit lundi matin pour l'entraînement.

Doc se contenta de hocher la tête en souriant.

— C'était un peu impoli, dit Gillian à Walker alors qu'ils se dirigeaient vers le parking.

— Tu avais envie de rester ? demanda-t-il sans ralentir.

— Et si je réponds oui ? demanda Gillian, curieuse.

Walker s'arrêta et la regarda.

— Alors on reviendra.

— Comme ça ? demanda-t-elle.

— Oui, comme ça, dit Walker sans la moindre trace d'ennui.

— Que *veux-tu* faire ?

— J'ai envie de te ramener à mon appartement et passer du temps ensemble. Parler de la semaine à venir, de ce que tu as prévu. Je veux t'embrasser, mais seulement quand on est debout et entièrement habillés tous les deux. Je veux en savoir plus sur ton événement au zoo week-end prochain, et je veux qu'on passe chaque minute de notre temps ensemble avant de te ramener à Georgetown. J'aime mes amis, mais je les vois tout le temps. Je les connais déjà. Je suis égoïste, mais je veux passer du temps avec *toi*, pas avec eux. Mais si tu veux rester et regarder d'autres groupes, ça me convient parfaitement parce que je serai quand même à tes côtés.

Walker ne s'éloigna pas d'elle pendant qu'il parlait, et Gillian ne put s'empêcher de tomber encore plus amoureuse de lui.

— Ça ne me fait rien que tu laisses des poils de barbe dans le lavabo, l'informa-t-elle. Tu peux être aussi clean que tu veux et ça ne me fera pas flipper. J'aurai probablement peur que tu en fasses *trop* pour moi, que tu ne fasses pas ce que *tu* veux, donc tu vas devoir t'assurer de ne pas trop exagérer pour me gâter, d'accord ?

— Non. Maintenant, tu veux rester ou bien retourner à mon appartement ?

— Ton appartement, répondit immédiatement Gillian.

Ce n'était pas une décision difficile.

Walker recommença à marcher, la prenant avec lui.

Durant tout le trajet jusqu'à son appartement, Gillian essaya de comprendre ce qu'elle avait fait pour avoir la chance d'avoir cet homme à ses côtés. Elle ne trouva pas une seule justification sur le trajet, alors elle décida de simplement suivre le mouvement. Si la façon dont ils avaient cliqué ne faisait pas peur à Walker, alors pourquoi s'y attarder ?

CHAPITRE TREIZE

La semaine suivante s'écoula bien trop lentement au goût de Trigger. Depuis qu'il avait rejoint une unité Delta, il s'était concentré exclusivement sur son travail. Il n'était jamais distrait, et tous les jours, il avait hâte d'aller s'entraîner et d'être appelé en mission.

Mais depuis sa rencontre avec Gillian, il ne vivait plus que pour les Delta. Il pouvait encore se concentrer quand il en avait besoin, mais à présent, pendant son temps libre, il pensait à *elle*. Elle se demandait comment elle allait et si elle avait passé une bonne journée. Il était constamment au téléphone, à lui envoyer des SMS juste pour prendre contact.

C'était vendredi après-midi, et lui et le reste de son équipe faisaient une pause pendant l'intense réunion d'information qu'ils tenaient depuis neuf heures ce matin-là. Il semblait qu'une mission allait bientôt se présenter, si les infos qu'ils avaient reçues étaient vraies.

— Apparemment, ça roule avec Gillian, déclara Lefty avec un peu trop de nonchalance alors que Trigger et lui se retrouvaient seuls dans la chaleur texane, essayant de se dégeler après être restés confinés toute la journée dans une pièce à l'air conditionné glacial.

— Effectivement, confirma Trigger.

— Elle a eu l'air de bien s'amuser le week-end dernier.

Trigger se tourna vers son ami.

— Quoi ?

— Quoi, quoi ?

— Dis-moi juste ce que tu penses avant d'exploser, lui ordonna Trigger d'un air exaspéré.

— Je l'aime bien, dit Lefty à son ami. Donc, avant de prendre la mouche à cause de ce que je vais dire, je voulais que tu le saches d'entrée de jeu.

Trigger hocha la tête, pas moins anxieux d'entendre ce que son ami voulait lui dire.

— Je veux juste m'assurer que tu ne vas pas trop vite avec elle, poursuivit Lefty. Je veux dire que tu l'as rencontrée pendant une opération... cela risque de vous avoir affecté tous les deux.

Trigger attendit, sachant que Lefty n'avait pas fini. Il avait raison.

— Gillian est jolie, alors je ne peux pas te le reprocher. Elle a un bon travail, elle est amusante, et on l'apprécie tous. Elle a gardé la tête froide au Venezuela et semble particuliè-rement mûre. Mais elle me donne également l'impression d'être une fille qui veut une relation qui dure. Si tu la vois simplement pour le cul, tu vas lui faire du mal. Vraiment. Fais attention, c'est tout ce que je te dis.

— Tu n'as jamais empiété sur ma vie personnelle avant. Pourquoi maintenant ? demanda Trigger avec une curiosité sincère.

— Parce que c'est plus qu'évident qu'elle est amoureuse de toi. Ou du moins, elle est convaincue de l'être. C'est évident à la façon dont elle te regarde.

Un refuge pour Gillian

Trigger ne put que sourire aux paroles de son ami.

— Et tu aimes ça, ajouta Lefty.

Trigger haussa les épaules. Il ne pouvait pas le nier.

— Je n'ai pas couché avec elle, déclara-t-il.

Lefty en resta bouche bée.

— Quoi ?

— Je veux dire que j'ai dormi en la tenant dans mes bras, mais on n'a pas eu de relations sexuelles, clarifia Trigger. J'ai déjà parfaitement conscience que nous nous sommes rencontrés lors d'une opération et que ça pourrait m'influencer. Je suis extrêmement protecteur envers elle. J'ai peur de ce septième pirate de l'air et du fait que personne ne soit encore arrivé à déterminer de quel passager il s'agissait. Alors, je reste prudent. Mais, Lefty, je n'ai jamais ressenti une telle chose pour une femme auparavant, et tu sais que j'ai sauvé mon lot de demoiselles en détresse au fil des ans.

Lefty hocha la tête.

— C'est pour ça que je ne comprends pas pourquoi tu es tellement obsédé par Gillian.

Trigger ne pouvait même pas nier qu'il l'était. Il l'était.

— Je ne sais pas ce qu'elle a, tout ce que je sais, c'est qu'elle s'est imposée en moi... et ça me convient parfaitement.

— J'espère que tu n'es pas contrarié que j'aie dit quelque chose, dit Lefty.

— Bien sûr que non. Ça m'aurait plutôt contrarié que tu ne le fasses pas. C'est toi qu'on a désigné à la courte paille pour venir me parler ? demanda Trigger avec un sourire.

— Quelque chose comme ça, admit Lefty. Mais sérieusement, elle est cool. On l'apprécie tous. Mais tu ne l'as *vraiment* pas sautée ?

Trigger avait bien pris les questions de Lefty, et il avait

conscience que c'était lui-même qui avait mentionné le fait qu'ils n'avaient pas encore couché ensemble, mais utiliser le mot « sauter » donnait une tournure peu délectable à la question.

— Attention, le prévint Trigger. Ça ne me fait rien que tu m'interroges sur mes intentions parce que tu es mon ami, mais je ne veux pas que tu manques de respect à Gillian par la même occasion.

Lefty sourit, absolument pas intimidé par Trigger.

— Désolé.

— Et non, je n'ai pas encore fait l'amour avec elle. Et c'est la chose la plus difficile que j'ai jamais faite de toute ma vie.

— Je parie que c'est dur, déclara Lefty avec un sourire malicieux.

Trigger ne put s'empêcher d'éclater de rire.

— Tais-toi, Ducon.

— Je suis content pour toi, dit Lefty en redevenant sérieux. Sérieusement. Depuis que Ghost et toute son équipe se sont casés, je crois qu'on se sent tous un peu seuls. J'avais juste peur que tu sois allé trop loin et que tu aies trouvé quelqu'un, toi aussi.

— Je ne vais pas me caser, lui dit Trigger. C'est dans tes rêves.

— Bien.

— Tu as eu des nouvelles de Kinley ? demanda Trigger.

Lefty fronça les sourcils et secoua la tête.

— Non. Elle n'a répondu à aucun de mes e-mails ou textos, donc j'ai arrêté d'en envoyer. J'ai essayé de traquer le secrétaire adjoint aux Affaires insulaires et internationales, pour voir où il entraînait ses pauvres assistantes, mais je me suis arrêté après avoir vu qu'il s'était rendu en Afghanistan pour y discuter de relations internationales.

Trigger secoua la tête.

— Il n'a aucune idée du danger dans lequel il s'est fourré, lui et tous ceux qui bossent pour lui, n'est-ce pas ?

— Exactement, confirma Lefty avec un regard noir. Et même si c'était le cas, je ne pense pas qu'il s'en soucie. J'ai dit à Kinley quand je l'ai sortie de cette situation difficile en Afrique qu'elle avait besoin de trouver un nouvel emploi, mais elle m'a répondu que c'était bon, qu'*elle* allait bien. C'est exaspérant.

— Vous aviez cliqué, dit Trigger à son ami.

Il n'aima pas la frustration et la tristesse qu'il décela une seconde sur son visage.

— On n'était pas faits pour être ensemble, dit-il en haussant les épaules. Vous allez à Georgetown ce soir, n'est-ce pas ?

Désireux de l'interroger sur Kinley, la première femme à laquelle son ami semblait réellement s'intéresser depuis leur rencontre, Trigger changea de sujet à contrecœur.

— Oui. Elle a planifié un événement professionnel au zoo d'Austin et m'a invité à y aller. Je suis impatient de voir Gillian en action. Elle est très organisée et j'ai l'impression qu'elle planifie ces événements comme un sergent-major.

— Dis-lui bonjour de notre part.

— Pas de soucis.

Ils virent tous les deux Doc leur faire un geste depuis la porte.

— Il semble que le temps de pause soit écoulé, déclara Lefty.

Les deux hommes revinrent vers le bâtiment et Trigger sortit son téléphone pour envoyer un bref texto à Gillian.

· · ·

Trigger : J'avais simplement envie de te dire bonjour et de t'informer que j'arriverai peut-être un peu tard chez toi.

Elle répondit immédiatement, ce qu'elle faisait généralement. C'était autre chose qu'elle aimait à son sujet.

Gillian : Bonjour :) Et pas de problème. Prends ton temps et sois prudent sur la route. J'ai dû régler pas mal de problèmes toute la journée pour l'événement de demain. Un des camions-restaurants a été annulé à la dernière minute et j'ai essayé d'en trouver un autre. J'ai vraiment hâte de te voir.

Trigger : Je suis sûr que tu trouveras un camion encore meilleur pour le remplacer. Tu me manques aussi. Je dois y aller.

Gillian : Dis-moi quand tu partiras pour que je ne m'inquiète pas.

Trigger : Bien sûr. À plus tard.

Gillian : À plus tard.

Gillian ne s'en rendait peut-être pas compte, mais Trigger trouvait vraiment la façon dont elle s'inquiétait toujours pour lui vraiment spéciale. La plupart des femmes avec lesquelles il était sorti semblaient penser que puisqu'il était un soldat alpha, il était invincible. Mais Gillian lui disait toujours d'être prudent et l'avertissait d'éventuels accidents sur la route. Elle lui avait même parlé d'un restaurant dans la région de Killeen qui avait été fermé pour des raisons sanitaires, et elle voulait s'assurer qu'il n'y avait pas mangé récemment.

Oui, il aimait vraiment qu'elle s'inquiète pour lui. C'était mignon, et il ne pouvait pas nier que c'était très agréable.

Inspirant profondément tout en remettant son téléphone dans sa poche, Trigger fit de son mieux pour se reconcentrer sur les renseignements top-secret qu'ils avaient analysés avant la pause. Il pourrait penser à Gillian le reste de la journée, mais pour l'instant, il devait être concentré à cent pour cent parce qu'ils allaient probablement partir en mission très bientôt.

Plus tard dans la nuit, après avoir conduit jusqu'à Georgetown, embrassé Gillian lorsqu'elle lui avait ouvert la porte, mangé le dîner qu'elle lui avait préparé en prévision de son arrivée, s'être blottis sur son canapé en regardant un programme lambda à la télévision et une fois qu'elle était endormie dans ses bras, Trigger prit le temps d'analyser en profondeur sa relation avec la femme qui ronflait doucement à quelques centimètres de son visage.

Il essayait d'être objectif, de vraiment réfléchir aux inquiétudes de Lefty (et donc de son équipe). Mais il ne lui fallut guère de temps pour être certain que ce qu'il ressentait pour Gillian n'était pas seulement dû au sauvetage. Cela ne découlait pas du fait qu'il l'avait sauvée au Venezuela. Dès la première fois qu'il avait entendu sa voix au téléphone, il avait été accro.

Trigger n'était pas un homme particulièrement religieux. Mais une fois, il avait lu un livre sur la réincarnation, et cela avait résonné en lui.

L'auteur avait expliqué que les âmes se réincarnaient généralement ensemble. Ainsi, ceux que vous connaissiez dans une vie réapparaîtraient à vos côtés dans une autre. Ton frère dans une vie peut être ta mère dans une autre. Ou ta femme dans une vie pourrait bien devenir ton meilleur ami dans la prochaine. L'auteur avait également suggéré que dans chaque vie, les gens avaient quelque chose à apprendre. Comme l'amour, l'amitié, l'humilité. Et si la leçon était apprise, alors l'âme allait continuer et apprendre quelque chose d'autre dans sa prochaine vie.

Tout cela attirait Trigger. Cela l'aidait à comprendre pourquoi lui et son équipe étaient si proches. Et cela expliquait également sa connexion instantanée avec Gillian.

Il savait que certains pensaient qu'il était fou, que toutes ces histoires d'âme étaient une fumisterie, mais Trigger ne pouvait pas rejeter cette théorie avec tout ce qu'il avait vécu et vu dans cette vie.

Gillian soupira, et le bras autour du ventre de Trigger se serra alors qu'elle frotta un peu plus sa poitrine du bout du nez avant de s'immobiliser à nouveau. Il savait qu'elle stressait pour le lendemain parce qu'elle voulait que tout se passe bien. Elle avait bu un verre de vin et s'était endormie presque à la seconde où il l'avait installée contre lui.

Tournant la tête, Trigger lui déposa un léger baiser sur le front et leva à nouveau les yeux au plafond. Il ne savait pas exactement ce qu'il avait besoin d'apprendre dans cette vie, mais il espérait qu'il s'agisse d'aimer sans condition et pas d'apprendre à gérer le deuil ou quelque chose d'aussi déprimant.

Sa dernière pensée avant de s'endormir était l'espoir que Gillian soit aussi forte qu'elle paraissait l'être. Inévitablement, lui et son équipe seraient de nouveau déployés. Très bientôt. Dans le passé, les femmes n'étaient pas parvenues à gérer le fait de ne pas savoir où il allait ou combien de temps il serait parti, et leur relation avait donc pris fin. Il ne voulait pas que cela se reproduise avec Gillian.

* * *

Gillian avait l'impression qu'on la tiraillait dans mille directions à la fois... mais elle aimait la poussée d'adrénaline que lui provoquait le fait de voir son travail acharné porter ses fruits. Elle s'était réveillée ce matin-là dans les bras de Walker et la journée était allée de mieux en mieux.

Voir son homme porter un jean et un tee-shirt lui donnait des papillons dans le ventre. Il était beau quoiqu'il porte, mais le voir habillé d'une manière aussi décontractée était terriblement excitant. Il paraissait le savoir, d'ailleurs ; elle avait l'impression qu'il l'avait touchée bien plus souvent ce matin-là. Une caresse du bout des doigts contre sa taille lorsqu'il passait dans la cuisine, un léger baiser avant qu'elle ne se prépare, son bras posé sur le sien alors qu'ils se rendaient à Austin. Il la rendait folle, mais elle aimait cette anticipation.

— Mademoiselle Romano, l'interpella un homme en se précipitant vers elle.

Elle s'arrêta d'admirer Walker debout près d'un groupe d'hommes, de femmes et d'enfants qui attendaient que le zoo ouvre ses portes, et se tourna vers celui qui venait vers elle.

— On doit changer l'heure d'arrivée des camions de nourriture parce que je viens d'être informé que le spectacle des singes commencera à onze heures.

— C'est bon, répondit Gillian à l'homme stressé qui était là pour l'aider.

Elle pensait que c'était l'assistant du président de la société, mais elle n'en était pas certaine.

— Tout le monde ne voudra pas voir les singes, et il y aura largement assez de nourriture pour ceux qui le feront.

— Si vous êtes sûre..., dit l'homme d'un ton qui indiquait qu'elle avait tort.

— Je suis sûre, dit fermement Gillian. Si vous pouviez aller dire aux employés du guichet que nous sommes tous prêts et qu'il est déjà plus de neuf heures. Il est temps d'ouvrir les portes.

— Oui, Mademoiselle, lui dit son interlocuteur en se précipitant vers la porte principale.

Inspirant profondément, Gillian essaya de se dire qu'elle avait fait tout son possible pour s'assurer que tout se passe sans problème.

Elle sentit un bras s'enrouler autour de sa taille, et avec une inspiration rapide, elle sut que c'était Walker.

— Respire, Di. Ce sera parfait.

— Tu dis ça simplement pour me calmer, dit-elle avec un petit rire.

— Non. Tu as bossé pendant des semaines. Il est possible que quelques petites choses tournent mal, mais personne ne va s'en soucier. Ils sont enthousiastes à l'idée de voir les animaux et de passer un bon moment. Ils ne remarqueront pas les petits cafouillages.

— Merci, dit Gillian en se collant à lui un bref instant.

Elle avait l'habitude d'être seule pendant ces événements. Elle avait parfois des assistants et des gens qui l'aidaient, mais finalement, tout retombait sur ses propres épaules, ce qui était normal, puisque c'était elle la patronne. Cela étant, le fait que Walker soit présent pour la soutenir lui donnait l'impression que tout était beaucoup plus facile.

Alors que la journée progressait et que Gillian s'occupait de gérer des petits problèmes qui ne cessaient d'arriver, elle savait que, quel que soit l'endroit où elle se trouvait, si elle regardait autour d'elle, elle pourrait voir Walker. Il lui donnait de l'espace pour travailler, mais restait à proximité. Il lui avait apporté de l'eau plusieurs fois et vers midi et demi, il lui avait fait prendre une courte pause de dix minutes pour engloutir un des tacos qu'il était allé acheter à un camion de nourriture. Généralement, Gillian évitait de manger pendant ce genre d'événements, mais elle ne pouvait pas dénier qu'elle se sentait beaucoup mieux après avoir avalé quelques calories.

Vers deux heures, alors qu'elle se tenait à l'arrière d'un des auditoriums et regardait le PDG adresser un bref discours à ses employés sur la gratitude et la fierté qu'il ressentait pour ses employés et ses collègues, Walker s'approcha et se pencha pour lui murmurer à l'oreille.

— On peut se parler une seconde ?

Elle lui lança un regard surpris. Il avait l'air sombre et sérieux, et elle comprit immédiatement que quelque chose n'allait pas. Hochant la tête, elle laissa la guider hors de l'auditorium vers un endroit proche relativement calme.

— Qu'est-ce qui ne va pas ? demanda-t-elle d'un ton anxieux.

— Je dois partir, déclara-t-il.

— Maintenant ?

— Malheureusement, oui.

— Tout va bien ? Tes amis ? Ils vont bien ?

— Ils vont bien. C'est une mission. Il faut que je parte.

Une mission. Ils n'avaient pas beaucoup parlé de son travail, généralement parce que Gillian ne savait pas ce qu'elle était en droit de lui demander et ce qu'il avait le droit de lui révéler, mais à présent, elle s'en faisait le reproche.

— D'accord. Quand vas-tu revenir ?

Une expression peinée passa sur son visage.

— Je ne sais pas.

— Je peux te demander où tu vas ?

Walker pinça les lèvres et secoua sa tête.

Et merde. Elle avait su que ce moment allait venir, et Gillian fit de son mieux pour que son visage n'exprime pas ce qu'elle ressentait. Elle allait devoir être forte. Ce n'était pas comme si elle ignorait que Walker et ses coéquipiers faisaient un boulot dangereux... Vu comment elle l'avait rencontré... Et elle avait su depuis le début qu'il ne serait probablement pas en mesure de lui dire où ils allaient. Il faudrait simplement qu'elle l'accepte.

Gillian se donna du temps, se hissa sur la pointe des orteils et l'embrassa, cachant son visage contre son épaule.

Il la prit dans ses bras, elle trouva qu'il la serra un peu plus fort qu'à l'ordinaire.

Elle se força à détendre les bras, mais elle s'accrochait toujours aux côtés de sa chemise.

— Fais attention, murmura-t-elle.

Walker la regarda pendant longtemps d'un air impénétrable.

— Quoi ? demanda-t-elle. Dis quelque chose.

— Tu ne veux pas me demander autre chose ?

— J'ai envie de te poser un million de questions, admit Gillian. Mais le moment est mal venu et tu ne peux probablement pas y répondre de toute façon. S'il te plaît... reviens-moi. Je ne veux pas t'avoir enfin rencontré pour te perdre maintenant.

— Tu ne veux pas me perdre, dit Walker d'un ton assuré. J'aimerais pouvoir tout te dire sur ce que je vais faire et l'endroit où je me rends, mais je ne peux pas. Je ne pourrai *jamais* te le dire. Même à mon retour. Tu comprends ça, n'est-ce pas ?

Elle pensait que c'était le cas, mais à présent qu'ils étaient confrontés à sa première mission depuis qu'ils avaient commencé à sortir ensemble, elle comprenait à quel point la vie professionnelle de Walker était réellement secrète. Elle hocha la tête.

— J'admets que ce n'est pas facile pour moi, mais il y a des personnes qui sont davantage dans le besoin que moi. Quelqu'un qui a besoin d'un champion. Et peut-être que l'endroit où tu vas n'est pas un sauvetage. Tu dois peut-être partir pour abattre un terroriste ou quelque chose de ce genre, mais tu finiras bien par te rendre dans un pays étranger pour sauver une femme qui pense qu'elle va mourir. Et puis toi et tes coéquipiers serez là, pour lui donner une autre chance de s'en sortir. Je peux gérer le fait de ne pas savoir parce que je sais que ce que vous faites est important. Peut-être pas pour moi, mais pour quelqu'un qui pourrait ressentir ce que j'ai ressenti au Venezuela.

— Bon sang, murmura Walker avant de se pencher pour l'embrasser comme si sa vie en dépendait.

Gillian s'accrochait à sa chemise et le laissa prendre ce dont il avait besoin. Elle aurait donné n'importe quoi à cet homme ; il pouvait prendre d'elle tout ce dont il avait besoin. Sans poser de questions.

Le baiser s'adoucit et Gillian ne put retenir le petit gémissement qui s'échappa d'elle quand il lui mordilla la lèvre inférieure avant de s'écarter.

— Donne-moi ton téléphone, lui ordonna-t-il à voix basse.

Se sentant désorientée par son baiser et son départ imminent, Gillian fit ce qu'il lui demanda, le déverrouillant avec l'empreinte de son pouce avant de le lui remettre.

Il pianota sur les touches pendant un court moment avant de le lui remettre.

— Je t'ai mis le numéro de Fletch. C'est le père d'Annie. Il ne te dira pas où je suis ni quand je serai de retour, mais il pourra te rassurer si tu en as besoin. S'il s'écoule trop de temps et que tu paniques, appelle-le. Il se renseignera et te communiquera ce qu'il est en droit de te dire. D'accord ?

Elle comprenait ce qu'il disait. Ils n'étaient pas mariés. L'Armée ne savait rien d'elle. Si Walker était blessé ou tué au cours de sa mission, elle ne le saurait jamais. Mais son ami Fetch le lui dirait.

Reconnaissante qu'il lui ait offert l'occasion de prendre de ses nouvelles, Gillian ne put que hocher la tête. La boule dans sa gorge l'étranglait et l'empêchait de répondre.

Walker prit sa tête dans ses mains et l'inclina doucement afin qu'elle n'ait pas d'autre choix que de le regarder. Elle aimait qu'il le fasse tout le temps. Et encore plus parce qu'il était probable que ce soit la dernière fois qu'elle en ferait l'expérience. Elle était bien placée pour savoir à quel point son travail pouvait être dangereux.

— Je n'ai jamais rien regretté davantage dans ma vie que de ne pas savoir ce que c'est que d'être en toi.

Gillian émit un petit ricanement.

— Alors je crois que tu ferais mieux de revenir en un seul morceau pour qu'on puisse sauter le pas, d'accord ?

Il sourit et les genoux de Gillian faiblirent.

— Oui, je suppose. Je vais revenir, Gilly, dit-il sérieusement. J'ai besoin que tu le croies.

— Je le crois.

Il la regarda pendant un long moment avant de hocher la tête.

— D'accord. Je suis fier de toi, tu sais. T'avoir vue aujourd'hui m'a donné une nouvelle appréciation pour ce que tu fais. Tu es polyvalente et tu as géré facilement toutes les crises qui te sont arrivées. Tu as mis au point des solutions créatives à des problèmes qui auraient brisé d'autres personnes si elles s'étaient retrouvées confrontées à la même chose. Tu es capable de pivoter quand tu en as besoin, et tu le fais en gardant le sourire. Je suis vraiment impressionné, Di. Tu *es* Wonder Woman.

— Merci, murmura-t-elle.

Walker se pencha et pressa à nouveau les lèvres contre

les siennes. C'était un baiser chaste, bouche fermée, mais c'était aussi intime que s'il l'avait à nouveau conquise.

— Fais attention à toi, la prévint-il. Le septième pirate de l'air est toujours dans la nature. Ça ne me ravit pas qu'ils n'aient pas encore compris qui c'est ou ce qu'il prévoit de faire. Pendant mon absence, applique les mêmes règles que lorsque je suis là. Ne sors seule que si c'est nécessaire, ne prends pas d'Uber et dis à tes amies où tu vas si tu quittes la maison.

— Et ne va pas faire tes courses après onze heures du soir, c'est ça ? le taquina-t-elle.

— Exactement. C'est une heure qui ne présage rien de bon, et si tu as besoin d'une salade, tu peux attendre que le jour soit levé.

Gillian lui sourit et parvint à retenir les larmes qu'elle sentait monter.

— C'est compris. Je vais faire attention.

— Je dois y aller, lui dit Walker.

Elle acquiesça, et il lui donna une dernière longue étreinte.

— Mademoiselle Romano ? demanda quelqu'un pas très loin.

Elle reconnut la voix du jeune homme qui lui avait signalé des problèmes toute la journée.

— Fais attention, murmura-t-elle à Walker.

— Je te contacterai à la seconde où je serai de retour, dit-il en hochant la tête.

Se forçant à lâcher prise et à reculer, elle lui adressa un sourire bancal et lui fit signe de partir.

— Vas-y. Idiot. Avant que je t'agrippe la cheville et que tu sois obligé de me traîner le long du trottoir pour essayer de partir.

Il lui adressa un sourire légèrement figé.

— Ça n'a jamais été aussi difficile de partir, admit-il.

— C'est quoi le proverbe, déjà ? Plus vite tu pars, plus vite tu reviens ? Va botter le cul à des méchants, mon chéri.

— Ma chérie, dit-il doucement. Ça me plaît.

Gillian leva les yeux au ciel. Elle aurait voulu lui dire qu'elle l'aimait, mais elle se sentait maladroite, alors elle garda le silence.

Walker s'éloigna d'elle, ne détournant les yeux d'elle qu'à la dernière seconde avant de devoir tourner à l'angle d'un bâtiment. Une seconde plus tard, il avait disparu.

Gillian avait envie de s'écrouler, mais l'homme qui l'avait aidée toute la journée avait un autre problème à lui soumettre.

— On a une ado qui meurt de trouille dans la salle de bains parce qu'elle vient d'avoir ses règles et elle pense qu'elle est en train de mourir. La maman ne gère pas bien, et... euh... vous pensez que...

— J'arrive, dit Gillian, reconnaissante de cette distraction.

Plus tard, elle aurait le temps de se lamenter sur le départ de Walker. Pour l'instant, elle devait renfiler sa casquette de planificatrice d'événements et s'assurer que le reste de la journée se déroule sans problème.

CHAPITRE QUATORZE

Dix jours.

Dix des plus longues journées de sa vie.

Cela faisait trop longtemps que Walker était parti.

Gillian avait assez bien géré la première semaine, mais la nuit précédente, elle avait fait le cauchemar horrible que Walker avait été tué et que personne ne voulait le lui dire. Alors elle avait cédé et appelé son ami, Fetch, qui l'avait rassurée en lui disant qu'il était toujours en mission et qu'il n'était pas en train de mourir quelque part dans un pays étranger.

Son déploiement n'était pas facile à encaisser, mais comme elle le lui avait déjà dit, elle menait une vie occupée qui n'allait pas s'arrêter simplement parce qu'il était parti. Elle continua de signer des clients pour des événements, occupa son temps à appeler des hôtels et réserver des espaces de réunion, et mit au point d'autres détails pour les divers événements dont elle avait la charge.

Elle recevait des nouvelles des autres otages au moins une fois par jour. À présent, ils avaient tous appris qu'il existait un septième pirate de l'air, et son téléphone n'avait cessé de recevoir des SMS et des e-mails de tous ceux dont elle s'était rapprochée. Tout le monde spéculait sur l'identité de cette personne et ce qu'elle avait prévu de faire.

Cependant, depuis son entretien avec le FBI et la brigade des stups, Gillian avait commencé à mettre un peu de distance entre elle et les autres. Elle se sentait terriblement coupable, mais elle ne pouvait pas s'empêcher de se demander si l'une de ses amies pouvait être une tueuse insensible. Cela semblait peu probable, mais si quelqu'un comme Janet, qui semblait avoir eu si peur pour sa fille, était en réalité une terroriste, Gillian ne ferait plus jamais confiance à qui que ce soit.

Elle avait donc passé la plupart de son temps avec ses amies proches au lieu de se rapprocher des femmes qui s'étaient trouvées dans l'avion avec elle. Un jour, elle était allée déjeuner avec Ann, puis un autre soir, elle avait retrouvé Wendy pour une soirée cinéma chez Clarissa. Elle avait versé quelques larmes et bu bien trop de vin, mais dans l'ensemble, elle était plutôt fière de la façon dont elle tenait le coup.

Sa plus grande épreuve était de voir à quel point Walker lui manquait. Ses textos pour lui faire savoir qu'il pensait à elle lui manquaient. Son rire lui manquait. Cela lui manquait de s'endormir avec lui sur son canapé... ou bien celui de Walker. C'était comme si une partie d'elle manquait à l'appel.

Mais d'un autre côté, elle était fière de lui. Elle n'avait aucune idée de ce qu'il faisait ni de l'endroit où il se trouvait actuellement, mais elle s'était tournée vers Internet pour effectuer des recherches plus poussées sur les Forces Delta. C'était une des unités les plus secrètes parmi les Forces Spéciales. Walker ne plaisantait pas quand il avait dit qu'il ne serait jamais en mesure de lui révéler ce qu'il avait fait en déploiement. Elle eut beau chercher dans tous types de journaux, elle ne put même pas trouver la confirmation de la présence de Deltas lors de n'importe quel événement tout autour du globe. Il était presque inquiétant de voir qu'aux yeux de la presse, ils ne semblaient tout simplement pas exister aux yeux.

Elle marina pendant un jour ou deux, mais Gillian finit par se rendre compte que le secret ne la dérangeait pas. Tant que Walker lui revenait sain et sauf, c'était tout ce qui importait. Il avait probablement vu des choses horribles dans sa vie, et elle avait vraiment envie de lui donner du bonheur quand il était à la maison. Il avait besoin de normalité. Pas d'une compagne qui devenait hystérique quand il partait ou de quelqu'un qui ferait plein d'histoires sans raison. Elle voulait être cette personne-là pour lui.

Il était tard un jeudi soir, onze jours après son départ, quand le téléphone de Gillian sonna. Inquiète, parce qu'un appel téléphonique après dix heures du soir ne présageait jamais rien de bon – du moins pas dans son monde – et parce qu'elle ne reconnaissait pas le numéro, Gillian répondit au bout deux sonneries.

— Oui ?

— C'est moi.

Deux mots... mais il n'en fallait pas plus pour que tout le corps de Gillian se détende, soulagé.

— Walker, murmura-t-elle.

— Je suis de retour, mais malheureusement, j'ai environ six heures de réunions de débriefing avant de pouvoir rentrer à la maison. Et puis, même si j'ai vraiment envie de te voir, j'ai besoin de dormir. Je n'ai pas dormi depuis trente-six heures.

— C'est bon. Je suis contente que tu sois rentré. Tout le monde va bien ?

— Oui, dit-il doucement. Je voulais juste t'appeler le plus vite possible pour te faire savoir que je vais bien.

— Merci. Tu m'as manqué. Tu ne t'imagines même pas.

— C'est à moi de dire ça, répliqua Walker. Tu vas bien ? Il ne s'est rien passé d'étrange depuis mon départ ?

— À part que j'ai adopté une famille de six personnes et que je les ai accueillies dans mon appartement parce qu'ils n'avaient nulle part où aller ? Non.

— Gillian, la gronda Walker d'un ton faussement menaçant.

Elle pouffa.

— Non, il ne s'est rien produit d'étrange. J'ai travaillé, j'ai vu mes amies et je me suis enfermée dans mon appartement à neuf heures tous les soirs.

— Bien. Tu as reçu des messages ou des e-mails suspects des autres passagers ?

Gillian songea à un récent texto d'Andréa, qui lui disait qu'elle avait cessé de suivre un traitement qui ne semblait pas l'aider, et elle était toujours en colère d'avoir été celle que Luis avait choisie. Et l'e-mail d'Alice, indiquant à Gillian qu'elle avait entendu dire que Leyton s'était fait arrêter par la police des frontières lorsqu'il avait tenté de gagner le Mexique sans passeport.

Mais ce n'était pas le moment de faire remonter tout cela. Pas alors que Walker venait de rentrer chez lui et était épuisé.

— Tout va bien, le rassura-t-elle. Vas-y. Fais ton truc. Je pourrai venir demain soir pour passer le week-end ? demanda-t-elle d'un ton hésitant.

— Oui, dit Walker sans hésitation. Si tu peux passer dans l'après-midi, ce sera parfait.

— D'accord. Walker ?

— Oui, Gilly ?

— Je suis contente que tu sois rentré.

— Moi aussi. On se voit demain. Je t'envoie un texto plus tard quand je serai rentré chez moi, avant de m'endormir. D'accord ?

— D'accord. Conduis prudemment. Je ne serais pas contente si tu avais survécu à ce que tu as fait dans le pays où tu t'es rendu, juste pour te choper un accident de voiture le premier jour de ton retour.

— J'entends bien, dit-il avec un petit rire. On se parle plus tard.

— Au revoir.

Gillian raccrocha, mais ne parvint pas à faire sortir Walker de son esprit. Allait-il vraiment bien ? Et Lefty et les autres aussi ? Il avait dit qu'il n'avait pas dormi depuis près de deux jours, donc il n'avait probablement pas très bien mangé non plus. Les soldats ne mangeaient-ils pas des rations lorsqu'ils étaient en déploiement ?

Gillian se dirigea vers la cuisine, un plan prenant naissance dans son esprit. Elle savait que Walker devait assister à des réunions. Puis il devait dormir. Mais il devait aussi manger. Quelque chose de bon, et pas un plat à emporter gras ou bien ce qu'il restait dans son appartement depuis avant son départ.

Elle ouvrit son garde-manger et songea à ce qu'elle pouvait préparer qui se garderait jusqu'à ce que ses réunions soient terminées. La dernière chose qu'elle aurait voulue était de s'imposer à lui, surtout alors qu'il venait de lui dire qu'il devait dormir. Mais elle ne pouvait pas rester assise chez elle à ne rien faire. Elle avait besoin de faire *quelque chose* pour lui.

Tirant quelques ingrédients hors du garde-manger, elle hocha la tête d'un geste déterminé. Elle lui préparerait un ragoût qu'il pourrait réchauffer facilement quand il arriverait à la maison avant d'aller se coucher. Un ragoût tout simple avait toujours été son plat favori. C'était rapide et facile à préparer. Elle préparerait rapidement un repas à base de nouilles et de viande et irait le lui déposer.

Sans s'inquiéter du fait qu'il était déjà dix heures du soir, que Walker habitait à cinquante kilomètres de là et que ce serait pratiquement deux heures du matin quand elle reviendrait à Georgetown, elle se mit au travail.

* * *

Trigger était plus qu'épuisé. Son équipe et lui avaient terminé leur boulot et rentraient à la maison sans rattraper le sommeil qu'ils avaient perdu au cours de la semaine et demie qui venait de s'écouler... Parce qu'ils n'avaient pas réussi à tuer leur cible principale, mais qu'ils avaient au contraire liquidé une demi-douzaine de ses compères, ils avaient dû retrouver le général de la base et faire un bilan. Ils se prendraient peut-être un retour de flamme en raison de leur incapacité à tuer le chef des méchants, comme l'aurait dit Gillian, mais ils étaient tous satisfaits d'avoir réussi à mettre ces terroristes hors d'état de nuire.

Toutes les missions n'étaient pas aussi simples que celles durant laquelle il avait rencontré Gillian, ce qui était frustrant, mais Trigger avait appris à cloisonner.

Il avait emprunté un téléphone à l'un des pilotes de l'Armée de Terre parce que lui et ses coéquipiers laissaient toujours leurs portables personnels chez eux quand ils partaient en mission. Puis il avait appelé Gillian à la seconde où ils étaient descendus suffisamment bas pour pouvoir capter le signal de l'une des nombreuses tours cellulaires qu'ils survolaient.

Il aurait peut-être été gêné par le plaisir qu'il avait eu

d'entendre sa voix si elle n'avait pas eu l'air tout aussi soulagée d'avoir de ses nouvelles.

Leur débriefing n'avait pris que quatre heures au lieu de six, ce dont Trigger était reconnaissant. Lui et le reste de son équipe étaient de vrais zombies. Il savait qu'ils avaient besoin de se retrouver après avoir dormi et s'être rempli la panse, mais pour l'instant, ils avaient vraiment envie de rentrer chez eux pour se reposer.

Trigger aurait aimé pouvoir voir Gillian lorsqu'il rentrerait dans son appartement, mais il puait comme un chacal et parvenait à peine à garder les yeux ouverts. Il voulait être au moins semi-fonctionnel quand il la reverrait.

Ouvrant le verrou de la porte de son appartement, il se glaça.

Quelque chose n'allait pas.

Cela sentait... comme un foyer.

Il était parti depuis onze jours. L'atmosphère aurait dû sentir le renfermé, mais au lieu de cela, il planait une odeur de nourriture qui fit rugir son estomac.

Il était trois heures trente du matin. Que se passait-il ?

Tirant le couteau de combat qu'il gardait sur sa personne à tout instant quand il était en mission, Trigger ferma doucement la porte et posa son sac de voyage. Il se glissa dans son appartement et remarqua une lumière dans la cuisine. Il n'avait certainement pas laissé de lumière allumée lorsqu'il avait quitté le pays douze jours auparavant. Pendant un moment, il fut un peu frustré, se disant que Gillian avait peut-être décidé de venir chez lui, même s'il avait dit qu'il avait besoin de dormir. C'était une pensée horrible, mais il était épuisé et ne voulait parler à personne. Pas même Gillian.

Mais la cuisine était vide. Trigger vit un bout de papier sur le comptoir, mais l'ignora sur le moment. Il devait vérifier le reste de son appartement, s'assurer que personne ne se tapissait dans l'ombre ou que Gillian n'était pas endormie quelque part. Aussi irrité qu'il l'était à l'idée qu'elle ait pu ignorer sa demande de ne passer que l'après-midi suivant – une fois qu'il aurait eu le temps de se remettre de sa mission intense –, il ne voulait pas la terroriser en sortant un couteau si elle avait décidé de le surprendre.

Mais après une recherche rapide, Trigger trouva son appartement vide.

Rangeant sa lame, il revint dans la cuisine. Quand il ouvrit sa cuisinière, il y trouva un plat en verre recouvert de papier aluminium. Il le toucha et se rendit compte qu'il était encore chaud.

Il était encore plus dérouté. Quelqu'un était entré par effraction pour lui préparer un repas ? Bien sûr que non. C'était juste stupide. Il prit le bout de papier et le déplia. Regardant la signature, il vit que c'était un mot de Gillian. Il le parcourut rapidement.

Bienvenue à la maison !

Je sais que tu es fatigué et je ne voulais pas te déranger. Ce n'est absolument pas pareil, mais je sais que parfois, après un événement majeur que j'ai passé des semaines à planifier, je ne veux parler à personne. J'ai besoin de rentrer à la maison et de décompresser sans avoir à penser à qui ou quoi que ce soit d'autre pendant un moment.

Quoi qu'il en soit, je me suis dit que si tu étais fatigué, tu avais probablement faim. Je suis certaine que tu n'avais pas notre resto préféré là où tu étais.

Je t'ai donc préparé une cocotte. Ce n'est rien d'extraordinaire, juste des nouilles, de la viande, de la crème de champignons, de la crème aigre et du fromage. Mais j'ai pensé que ça ferait peut-être l'affaire. Je ne voulais pas laisser ton four allumé, parce que je ne savais pas quand tu reviendrais, alors ça risque d'être froid. Mais tu peux toujours le réchauffer au micro-ondes.

Je suis contente que tu sois de retour. J'ai beaucoup pensé à ton travail depuis que tu es parti, et juste pour te le faire savoir... je peux gérer. Je n'aime pas ne pas savoir où tu es ou si tu vas bien, mais je suis certaine à cent pour cent que, où que tu sois, tu protèges notre pays contre des hommes et des femmes qui veulent lui faire du mal, ou bien tu aides quelqu'un comme moi... une personne normale qui, soudainement, s'est retrouvée entraînée dans une situation qu'elle n'aurait jamais pu imaginer.

Avant de te rencontrer, je n'avais jamais vraiment songé à des hommes comme toi et tes coéquipiers, mais maintenant que j'ai vécu une situation où j'ai eu besoin de votre aide, je ne pourrais pas être plus fière de toi.

Mange un peu. Dors bien. On se voit bientôt.

Je t'embrasse, Gillian

PS : Je ne suis pas entrée par effraction dans ton appartement. J'ai frappé à la porte du gérant. Je ne crois pas qu'il ait été particulièrement ravi de se faire réveiller à une heure du matin, mais quand je lui ai dit ce que je voulais faire et que tu étais vraiment incroyable, il a accepté à contrecœur de me laisser entrer dans ton appartement. Il m'a fusillée du regard tout le temps, et je crois qu'il a cru que je voulais te voler quelque chose, mais je ne suis restée là que pendant dix secondes, le temps de mettre la casserole dans le four, d'allumer une lumière pour que tu ne rentres pas dans un appartement sombre, d'écrire ce mot et de partir.

. . .

Trigger resta un bon moment dans sa cuisine, à lire et relire le mot de Gillian. Durant toute sa vie d'adulte, jamais personne ne lui avait fait ce qu'elle venait de faire.

Lorsqu'il avait appelée, c'était après dix heures. Elle avait préparé ce repas pour lui, conduit jusqu'à son appartement, réveillé le gérant de l'immeuble pour entrer chez lui, puis était retournée chez elle.

Elle avait compris qu'il avait besoin de décompresser. Elle l'avait *entendu* quand il lui avait dit qu'il avait besoin de dormir. Mais elle était allée encore plus loin, sachant qu'il n'avait probablement pas avalé un bon repas depuis longtemps.

Il n'était pas ravi qu'elle ait pris le volant aussi tard dans la nuit, mais il aimait le fait qu'elle ait pensé à lui.

Enfin, il se tourna et sortit la cocotte du four. Il remplit une assiette et la mangea debout dans sa cuisine.

Le repas était délicieux. C'était tiède, mais il était trop fatigué et impatient pour attendre que cela se réchauffe, même si cela n'avait pris qu'une ou deux minutes au micro-ondes. Il se goinfra, son estomac protestant après les modestes rations qu'il avait mangées au cours de la semaine et demie qui venait de s'écouler, mais Trigger ne s'en soucia pas. Ce repas avait été préparé avec amour, pour lui, et il n'aurait pas pu expliquer son appréciation.

Il mit les restes au réfrigérateur et se dirigea vers la chambre. Il prit une douche de dix minutes pour nettoyer son corps de la poussière et de la crasse qui s'y attardait après sa mission, puis il se laissa tomber sur le lit. Juste avant de sombrer dans un profond sommeil, il prit son téléphone et composa un bref texto.

. . .

Trigger : Je ne suis pas content que tu sois venue ici au milieu de la nuit, parce que ce n'est pas sûr, mais ce ragoût est littéralement la meilleure chose que j'ai mangée de toute ma vie. Merci, Di. Tu es vraiment Wonder Woman. MA Wonder Woman. Prépare-toi, on va dormir tous les deux dans mon lit ce week-end. J'en ai assez d'attendre. Tu es à moi, et j'ai l'intention de te montrer ce que tu signifies pour moi encore et encore, jusqu'à ce qu'on soit tous les deux si épuisés qu'on soit incapables de bouger.

Sachant que Gillian dormait, il n'attendit pas de réponse. Il plaça son téléphone à l'envers sur sa table de chevet et, épuisé, sombra dans le sommeil.

CHAPITRE QUINZE

C'était incroyable de voir à quel point Gillian était nerveuse. C'était ridicule, parce que cela faisait plusieurs semaines qu'elle se sentait prête à faire l'amour avec Walker, mais à la lecture du texto qu'il lui avait envoyé la nuit dernière, elle avait été surprise.

Elle était ravie qu'il ne soit pas vraiment en colère qu'elle ait presque pénétrée de force dans son appartement, mais elle était quelque peu surprise par son changement d'attitude quant au fait de faire progresser leur relation physique.

Il avait été intransigeant sur la condition qu'ils aillent lentement, s'assurant qu'ils soient tous les deux sur la même longueur d'onde. Cependant, le texto qu'elle avait reçu montrait qu'il n'hésitait plus à faire avancer leur relation. Elle savait exactement ce que voulait dire Trigger en parlant de l'avoir dans son lit.

Et même si Gillian avait été impatiente de faire évoluer leur relation au niveau physique, elle était en train de flipper.

Elle se tenait devant le miroir dans sa salle de bains et

essayait de s'évaluer objectivement. Elle avait enfilé un soutien-gorge et une culotte assortie qui la faisaient se sentir bien. Mais à présent qu'elle s'observait, elle n'en était plus aussi sûre. Walker était l'épitome de la beauté masculine. Il était tout en muscles, et même si elle n'avait pas vu son ventre, elle l'avait senti. Elle devinait qu'il avait au moins une tablette de chocolat, et probablement ces muscles en V qui pointaient vers son aine.

Côté physique, Gillian était largement en rade. Elle avait une jolie paire de seins, mais son estomac était un peu trop rebondi et ses cuisses se touchaient quand elle marchait. Elle prenait des coups de soleil un peu trop facilement et n'avait jamais trouvé plaisant de s'allonger pour se faire cuire au soleil, aussi était-elle très pâle.

Elle fit bouffer ses cheveux et dut admettre que c'était un de ses meilleurs traits. Elle aimait aussi ses yeux verts.

Poussant un soupir, elle se détourna du miroir. Elle était qui elle était. Ce n'est pas parce qu'elle était un peu plus ronde que la moyenne qu'elle n'était pas attirante. Apparemment, Walker ne voyait pas la même chose qu'elle lorsqu'il la regardait.

Elle enfila un jean et un joli chemisier rose à volants. Elle eut la main un peu lourde sur le maquillage, simplement parce qu'elle n'avait pas vu Walker depuis presque deux semaines et qu'elle voulait être au top pour lui. Il l'avait assurément vue dans un état terrible au Venezuela, ainsi que dans la tenue qu'elle enfilait pour paresser toute seule à la maison.

Toujours nerveuse, elle prépara un sac de nuit et s'apprêta à quitter son appartement. Elle avait passé la matinée à travailler à la fête d'anniversaire des Howard. Elle avait parlé au personnel du Driskill et avait finalisé quelques petits détails sur la nourriture qui allait être servie et la façon d'arranger la salle de bal. Rester occupée lui avait heureusement permis de ne pas penser à Walker... Enfin, presque pas.

Pour une raison quelconque, alors qu'elle quittait son appartement, Gillian eut la pensée fantastique que quand elle y reviendrait, sa vie aurait pris un autre tournant. Ce qui était fou. Coucher avec un homme n'était pas exactement un bouleversement. Les femmes le faisaient tout le temps. Mais elle avait le sentiment que le sexe avec Walker ne serait certainement pas banal.

Le trajet jusqu'à son appartement lui parut durer une éternité, d'autant plus qu'un accident de la route avait ralenti la circulation. Elle l'appela quand elle arriva en ville.

— Hé, Gilly. Tu es presque là ?

— Oui. Enfin ! Il y a eu un accident et j'ai mis une éternité à passer à travers.

— C'est bon. Je suis content que tu sois presque arrivée.

— Moi aussi, lui dit Gillian qui se sentait timide.

— Conduis prudemment et on se voit bientôt.

— Bien compris. À plus.

Walker raccrocha sans rien rajouter et Gillian ne put s'empêcher de sentir à nouveau monter la nervosité. C'était fou. Elle allait juste voir Walker. Il était le même homme qu'il y a deux semaines lorsqu'elle l'avait vu pour la dernière fois.

Mais l'était-il ? Le texto qu'il lui avait envoyé la veille donnait à Gillian l'impression qu'il était différent, et elle ne savait pas quoi attendre de lui.

Elle s'engagea sur le parking et prit son sac avant de se diriger vers son appartement. À sa grande surprise, il l'attendait debout devant la porte. Sans y penser, Gillian commença à courir vers lui. Lui parler et lui envoyer des SMS n'était pas la même chose que le voir en personne.

Il avait l'air bien, comme avant son départ. Pas de bandages, pas d'yeux au beurre noir, aucun signe de blessure. Une partie de Gillian s'était demandé s'il avait été blessé et ne voulait tout simplement pas le lui dire. Mais il avait l'air grand et fort, et c'était un tel soulagement qu'elle se jeta dans ses bras dès qu'elle parvint assez près de lui.

— Tu vas vraiment bien, marmonna-t-elle en enfouissant le visage dans son cou.

Ses bras forts s'enroulèrent autour d'elle, la soulevant dans la force de son étreinte.

— Je t'avais dit que j'allais bien, dit-il en riant.

Il la reposa par terre et la fixa avec un regard si torride que Gillian dut se forcer à déglutir.

— Bonjour, dit-elle maladroitement.

Walker poussa un autre petit rire.

— Bonjour, répliqua-t-il.

Gillian posa une main sur sa joue.

— Tu as l'air bien.

— Tu t'attendais à ce que je revienne avec la peau verte et les cheveux rasés ou un truc comme ça ?

— Non, sourit-elle, mais je ne te connais pas assez pour déterminer si tu vas *vraiment* bien quand tu me le dis, ou bien si c'était un truc de mec pour dire « j'ai reçu quelques balles qui ne m'ont pas tué, alors ça va ».

Il la regarda un instant avant de jeter la tête en arrière, riant si fort qu'elle sentit son corps vibrer contre elle. C'était un son magnifique. D'autant plus qu'elle le voyait en personne, et qu'il allait vraiment bien après sa mission mystérieuse.

Quand il reprit le contrôle de lui-même, Walker se pencha et leurs lèvres se frôlèrent alors qu'il se confiait à elle.

— Je pourrais minimiser ce que je ressens quand je te

parle, mais je ne vais pas te mentir. Si je me fais tirer dessus, je te le dirai. Mais tu dois comprendre que, malheureusement, mon travail implique un risque de blessure. Tu ne dois pas paniquer si je reviens avec des éraflures et des ecchymoses.

— Mais je vais le faire, répliqua Gillian. Tu *dois* comprendre que la pensée que tu sois blessé me retourne l'estomac et me donne envie d'aller botter le cul à ceux qui auraient osé poser la main sur toi. Je ferai de mon mieux pour me contrôler, mais tu vas devoir faire très attention afin que je ne perde pas les pédales quand tu rentreras à la maison.

Elle ne parvenait pas à interpréter son expression, mais il dit alors :

— D'accord, Di. Je peux le faire, dit-elle en se détendant dans ses bras.

Walker la regarda pendant si longtemps qu'elle commença à s'inquiéter. Mais juste alors qu'elle était sur le point de lui demander ce qui n'allait pas, il se déplaça. Il se baissa et prit son sac d'une main tout en gardant l'autre bras autour de sa taille. Puis il les dirigea vers l'immeuble sans rien ajouter de plus.

Il ne la lâcha pas, ne serait-ce qu'une seconde, alors qu'ils se rendaient à son appartement du deuxième étage. Il déverrouilla la porte et la conduisit à l'intérieur.

À la seconde où la porte se referma derrière eux, il laissa tomber son sac et Gillian se retrouva plaquée contre le mur du vestibule, tandis que Walker la contemplait de très près.

— Merci pour le dîner hier soir... Enfin, ce matin.

— Je t'en prie, dit-elle en s'accrochant à ses avant-bras tout en levant les yeux vers lui.

— À quelle heure es-tu rentrée ? demanda-t-il.

Gillian haussa les épaules.

— Vers deux heures.

— Mais même si j'ai apprécié, ne refais plus ce genre de choses. C'est dangereux de conduire et de te balader à une heure pareille.

— Je voulais être certaine que tu avais quelque chose à manger, répondit-elle doucement.

Walker fourra sa main dans une de ses poches avant et en tira quelque chose.

Baissant les yeux, Gillian vit qu'il tenait dans la paume de sa main une clé argentée brillante. Elle le regarda d'un air confus.

— J'ai parlé au gérant ce matin. Je lui ai dit que tu étais toujours autorisée à entrer dans mon appartement et qu'il devait toujours accepter de te laisser rentrer à n'importe quelle heure. Mais je me suis dit que ce serait plus facile de te donner une clé, comme ça, tu n'auras plus à le réveiller et à subir son attitude.

— Tu me donnes la clé de ton appartement ? demanda-t-elle en fronçant les sourcils.

— Absolument.

Elle ne tendit pas la main pour la prendre. Cela semblait énorme, et elle avait du mal à enregistrer.

Walker afficha un petit sourire puis tendit la main pour fourrer la clé dans la poche avant du jean de Gillian. Puis il se pencha plus près, lui faisant basculer la tête en arrière davantage.

— Tu as lu le texto que j'ai envoyé tôt ce matin ?

Elle hocha la tête.

— Il y a quelque chose dans ce que j'ai dit que tu n'as pas compris ou que tu ne désires pas ?

Gillian s'humecta nerveusement les lèvres.

— Non, c'était clair, lui dit-elle. Mais... je ne sais pas ce qui s'est passé au cours des deux dernières semaines pour que tu passes de « allons-y lentement » et « je ne peux pas dormir dans un lit avec toi » à... maintenant.

— Je me suis finalement sorti la tête du cul, déclara Walker sans hésitation. Je suppose que ce n'était pas juste envers toi, mais trop de mes amis ont vu leur relation se dégrader quand leur copine n'a pas su gérer l'incertitude inhérente à notre profession.

Gillian était un peu déçue de sa réponse, mais elle ne pouvait pas vraiment le lui reprocher. Il continua avant qu'elle ne puisse dire quoi que ce soit.

— Et tout ce que je t'ai dit avant était vrai. J'avais peur de me rapprocher de toi parce que si tu avais décidé que tu ne pouvais pas gérer ce que je fais, ça m'aurait tué. En ce qui me concerne, tu es parfaite. Tu as tes propres amis, tu es intelligente, drôle, active, et tu as une âme innocente. Et je veux avoir tout ça. Je ne veux pas te corrompre ni te faire changer, mais je sais que si tu restes avec moi, ça finira par arriver. Je suppose que c'est pour ça que je me suis retenu. Mais quand je suis rentré hier soir, complètement épuisé, et que j'ai vu que tu avais fait tout ton possible pour respecter mon besoin d'espace pour me libérer la tête après la mission *et* me nourrir, j'ai finalement compris.

Quand il ne poursuivit pas, Gillian demanda :

— Quoi donc ?

— Que je m'étais comporté comme un idiot, dit doucement Walker. Je te tenais à l'écart alors que j'aurais dû faire tout ce qui était en mon pouvoir pour te rapprocher de moi. Je sais qu'il ne s'agit que d'un seul déploiement et qu'il était relativement court, mais penses-tu pouvoir gérer ce que je fais ? Rester seule pendant des périodes indéfinies sans avoir la moindre idée du moment où je reviendrai ou du lieu où je me trouve ?

— Oui, répondit simplement Gillian.

Elle n'aimait pas être laissée dans l'ignorance, mais si c'était la seule façon dont elle pouvait avoir Walker, elle gérerait. Il était à elle. Elle le sentait dans ses os.

— Merde, je ne te mérite pas, murmura Walker avant que sa tête ne retombe.

Gillian n'eut pas le temps de réfléchir à autre chose que la sensation des lèvres de Walker sur les siennes. La prenant entre ses mains, il lui fit lever la tête, et à la seconde où elle s'ouvrit à lui, il était là.

Gillian ne sut pas pendant combien de temps ils s'embrassèrent contre le mur juste à l'intérieur de son appartement, mais quand elle sentit les mains de Walker sur sa taille, qui relevaient son chemisier, elle inspira profondément et se retira.

— Lève les bras, ordonna-t-il.

Déroutée, elle fit ce qu'il lui demanda et quelques secondes plus tard, elle se tenait devant lui dans son soutien-gorge. Il baissa immédiatement les yeux et elle l'entendit grogner avant de lever la main, abaissant un des bonnets de son soutien-gorge pour exposer son mamelon durci. Puis il y posa la bouche, suçant fort, la faisant cambrer le dos et enfoncer ses doigts dans ses cheveux, le serrant contre elle.

Elle leva une jambe et Walker l'attrapa de sa main libre. Il la plaqua contre lui, la déséquilibrant. Mais elle savait qu'elle n'allait pas tomber. Walker ne laisserait pas cela arriver.

Il fit remonter sa bouche et suça sur la partie charnue de son sein alors que ses doigts pinçaient et faisaient rouler le mamelon qu'il venait d'avoir dans sa bouche. Elle baissa les yeux et inhala fort devant l'érotisme de ce qu'elle voyait.

La mâchoire légèrement piquante de Walker remuait alors qu'il suçait sa chair.

— Tu me fais un suçon ? réussit-elle à dire entre deux halètements.

Il leva la tête et sourit.

— Oui.

— Tu as quel âge ? le taquina-t-elle.

— Trente-sept ans, répondit-il comme si elle avait posé une question sérieuse. Et je veux voir ma marque partout sur toi. Je te fais mienne ici et maintenant, Gillian. Dis-moi d'arrêter si tu n'en as pas envie. Je suis un bâtard possessif et protecteur. Si on le fait, il faut que tu sois d'accord à cent pour cent.

Ses yeux étaient sérieux et perçants d'intensité.

— Est-ce que tu es à moi aussi ? demanda-t-elle. Ça ne te dérangera pas si je me mets en colère contre des connasses aux mains baladeuses quand elles essaieront de te toucher ? Ou bien si je fusille du regard une fille qui insiste dans un bar ? Parce que je ne partage pas. Si tu me trompes, c'est fini. Il n'y aura pas de deuxième chance.

Au lieu de s'inquiéter de ce qu'elle avait dit, Walker sourit.

— J'ai vraiment *hâte* que tu sois possessive avec moi en public. Et comme je te l'ai déjà dit, je ne trompe jamais. Pourquoi je ferais une chose pareille alors que j'ai tout ça ? demanda-t-il.

Mais c'était une question rhétorique, parce qu'il baissa une fois de plus la tête contre sa poitrine et lui suça le mamelon comme s'il était affamé.

La tête de Gillian bascula en arrière contre le mur avec un petit bruit sourd.

— Aïe, murmura-t-elle, ne ressentant pas vraiment la légère douleur.

Mais cela suffit pour que Walker se déplace. Il posa immédiatement la main à l'arrière de sa tête et les fit tourner pour se mettre en route en titubant dans le couloir qui menait à sa chambre.

À la seconde où ils entrèrent, Gillian inspira profondément, sentant l'odeur unique de Walker, et elle sut que ses mamelons venaient de durcir. Elle avait fantasmé d'être ici avec lui.

Parvenu au bord de son lit, il l'arrêta et ouvrit le fermoir de son soutien-gorge. Il ne mit que quelques secondes pour le défaire et le faire tomber à terre. Mais il ne s'arrêta pas là ; il défit le bouton de son jean et abaissa sa fermeture éclair. Puis il posa les mains sur ses hanches et fit descendre à la fois sa culotte et son jean.

— Fais un pas de côté, murmura-t-il lorsqu'ils arrivèrent sur ses chevilles.

Gillian réussit à se débarrasser de ses sandales et envoyer bouler ses vêtements sans se prendre une gamelle. Mais elle se rendit compte qu'elle était complètement nue, tandis que Walker avait encore tous ses vêtements. C'était inconfortable, mais aussi franchement excitant.

Il se tenait à trente centimètres d'elle, complètement immobile. Trigger dévora plusieurs fois son corps du regard. Il respirait lourdement comme s'il venait de courir huit kilomètres.

Se forçant à rester immobile, Gillian attendait qu'il dise ou fasse quelque chose. Quand il ne bougea pas, elle commença à se sentir embarrassée.

— Walker ? chuchota-t-elle. Qu'est-ce qui ne va pas ?

— Rien, dit-il d'une voix qui se brisa. Absolument rien. Tu es belle. Bien trop jolie pour un homme tel que moi.

Gillian leva les yeux au ciel.

— Je t'en prie, dit-elle. Ça serait plutôt le contraire.

Il posa un doigt sur ses lèvres et croisa son regard.

— Ne te rabaisse pas, lui ordonna-t-il. Je ne tolérerai pas

que quelqu'un dise quoi que ce soit de défavorable sur toi, et c'est valable pour toi aussi.

Il retira le doigt de ses lèvres, sans rompre le contact avec son corps. Il le fit passer sur son menton, le long de sa clavicule et jusqu'à son sein gauche. Il fit glisser le doigt autour de son mamelon durci puis descendit sur ses côtes, où elle se trémoussa un peu quand il la chatouilla.

Il sourit légèrement, mais il ne s'arrêta pas. Son doigt caressa les contours de l'os de sa hanche, puis il caressa les boucles entre ses jambes. Gillian verrouilla les genoux, mais elle ne put s'empêcher d'inhaler brusquement quand il frôla son clitoris. Elle n'était pas certaine qu'il l'avait fait exprès, mais quand elle vit son sourire s'élargir et qu'il recommença, elle se rendit compte qu'il savait exactement ce qu'il faisait.

Gillian tendit la main vers lui et fronça les sourcils quand ses mains touchèrent son tee-shirt au lieu de sa peau.

— Si je suis nue, tu devrais l'être aussi, se plaignit-elle.

Son doigt continua de la taquiner, et il utilisa son autre main pour passer derrière sa tête et enlever sa chemise. Un mouvement rapide et le vêtement se retrouva sur le sol à leurs pieds, oublié.

Gillian avait du mal à se concentrer alors que le doigt de Walker avait plongé plus bas entre ses lèvres, mais elle ne pouvait pas s'empêcher de soupirer à la vue de sa poitrine. Il était très musclé et avait à la fois les abdos et les muscles en V sensationnellement sexy sur lesquels elle avait fantasmé, mais c'était la grosse ecchymose sur ses côtes qui attira son attention. Elle était au stade où elle affichait une couleur verte et jaune repoussante, mais il était évident que quelque chose l'avait frappé fort.

Sans rien dire, elle fit glisser doucement son pouce dessus.

— Je vais bien, dit-il doucement.

Gillian hocha la tête.

Regarde-moi.

Mais elle ne pouvait pas détourner les yeux de la marque de son côté. Elle continua d'essayer d'imaginer ce qui avait bien pu lui arriver pour lui faire une marque pareille, mais elle ne trouva rien.

Une main lui saisit la hanche et l'autre alla sous son menton pour la forcer à détourner le regard de ses côtes.

— Je vais bien, dit-il fermement.

Inhalant profondément par le nez, Gillian hocha la tête. C'était ce dont il avait parlé plus tôt.

— D'accord. Tu vas bien, dit-elle. Mais ça ne me ravit pas pour autant. Ça ne signifie pas que je ne veux pas inspecter chaque centimètre carré de ton corps pour voir où tu es blessé. Pour embrasser chaque meurtrissure. Chaque éraflure pour les guérir.

— Ça me convient parfaitement, lui dit-il en souriant. D'ailleurs, je pense qu'on devrait en faire une tradition. Chaque fois que je reviendrai d'un déploiement, mon infirmière devra effectuer une inspection très personnelle de mon corps de la tête aux pieds.

Gillian accepta immédiatement.

— C'est d'accord. Mais je ne peux pas le faire avec tes vêtements. Déshabille-toi, soldat.

Walker éclata d'un rire sonore et Gillian sourit. C'était ce qui avait manqué à ses relations passées. Le rire. Les rares fois où elle avait eu des relations sexuelles, cela avait été parfaitement calme et sérieux. Être avec Walker était amusant. C'était excitant et angoissant, mais elle n'avait jamais fait rire un homme au lit de la sorte.

Walker se pencha et rabattit les draps. Une fois de plus, son parfum boisé s'éleva des draps, et Gillian plongea pratiquement sur le matelas. Elle aurait voulu se rouler partout sur les draps, imprimant l'odeur de Walker sur son corps comme si elle était un animal sauvage, mais elle se retint. À peine.

Essayant de trouver la meilleure façon de s'allonger pour paraître la plus séduisante possible, elle oublia bien vite d'y penser alors que Walker se débarrassait rapidement de son pantalon et se plaça debout près du lit, aussi nu qu'au premier jour.

Inspirant à nouveau profondément, Gillian se tortilla sur le lit. Elle pouvait sentir son corps se préparer à l'accueillir. Elle était tellement humide entre les jambes et ne voulait rien de plus que de le sentir à l'intérieur d'elle... enfin.

— Walker, souffla-t-elle.

Il sourit puis la rejoignit lentement sur le lit. Au lieu de se coucher à côté d'elle, il chevaucha ses jambes et resta au-dessus d'elle, son poids reposant sur ses avant-bras de chaque côté de sa tête. Elle pouvait sentir son érection frôler la toison entre ses jambes, et elle tenta immédiate-ment de se déplacer, d'écarter davantage les jambes, mais ses genoux l'empêchèrent de bouger autant qu'elle l'aurait voulu.

Gémissant, elle fit courir ses mains de bas en haut le long de ses côtes, voulant le toucher partout à la fois.

— C'est ta dernière chance, lui dit Walker.

Pour toute réponse, Gillian déplaça une main entre leurs corps et saisit sa verge dure comme de la pierre. Elle se rendit compte que sa main parvenait à peine à se refermer autour de lui, et elle parvint seulement à le frotter une fois de haut en bas avant que Walker ne lui prenne la main et l'écarte de sa verge.

Gillian fit la moue.

— Hé, ce n'est pas juste, se plaignit-elle.

Il éclata de rire, et une fois de plus, Gillian réalisa qu'elle aimait vraiment l'entendre rire.

— On aura du temps pour ça plus tard. Si tu me touches maintenant, je vais jouir comme un ado. Ça fait treize longs jours pour moi, ma belle. Aie un peu de pitié.

— Je suppose que tu n'as pas vraiment l'occasion de te masturber pendant que tu es en mission, hein ? demanda-t-elle.

— Non. Et j'étais trop fatigué hier soir pour faire autre chose que manger, prendre une douche et m'écrouler au pieu.

— Je crois que tu as raison, lui dit-elle avec un sourire. Je veux dire... j'ai pu m'occuper de moi hier soir quand je suis rentrée, alors c'est juste.

— Sérieusement, ma belle ? grogna Walker. C'est vraiment cruel.

— Hé, sourit-elle. Parfois, il faut bien faire les choses soi-même.

— Tu as pensé à moi pendant que tu t'es touchée ? demanda-t-il.

— Bien sûr.

— Je te touchais ?

— Oui.

— Raconte-moi, lui ordonna-t-il.

Gillian rougit. Elle n'avait pas peur d'admettre qu'elle s'était masturbée, mais lui en parler était un peu intimidant.

— Je te touchais ici ? demanda-t-il, décelant sa timidité. Il se déplaça au-dessus d'elle et une main lui prit le sein.

— Pour commencer, dit-elle d'une voix essoufflée.

Pendant un moment, il lui taquina le mamelon, puis ses doigts frôlèrent son ventre.

— Ici ? demanda-t-il.

Gillian acquiesça alors que ses doigts frôlèrent son clitoris. Elle vit que Walker avait baissé la tête et qu'il regardait ses propres doigts jouer avec sa vulve détrempée. Elle soupira et reposa la tête sur son oreiller. Elle saisit fermement un de ses bras alors que ses hanches commencèrent à onduler sous ses caresses.

Puis il descendit, jusqu'à ce qu'il se retrouve à plat ventre entre ses jambes. Il lui écarta les cuisses, se servant de ses épaules larges pour qu'elle reste ouverte à lui.

Ils ne discutaient plus de ce à quoi elle avait pensé quand elle s'était masturbée. Il se concentrait trop fort sur ce qu'il faisait et Gillian était trop perdue dans le plaisir qu'il lui donnait.

Lui écartant les lèvres d'une main, Walker se pencha et inhala profondément. Gillian rougit, mais n'eut pas le temps de se plaindre quand l'homme entre ses jambes se pencha et la lécha de bas en haut.

— Bordel, marmonna-t-il avant de le refaire. Et encore une fois.

Gillian se tordit et posa ses mains sur la tête de Walker.

— *Hum*, murmura-t-elle quand il referma la bouche autour de sa vulve et se servit de sa langue pour lui donner le baiser le plus intime qu'elle ait jamais reçu.

Walker prit son temps. Il embrassait, suçait et léchait chaque centimètre carré de son intimité. Au moment où il inséra lentement un doigt dans son vagin étroit, Gillian se dit qu'elle allait mourir. Ses hanches se soulevèrent du matelas pour essayer de l'accueillir plus profondément.

— Tu es si sexy, dit Walker en abaissant une fois de plus la bouche. Mais cette fois-ci, au lieu de la lécher, il se concentra sur son clitoris. Il le suça comme il l'avait fait pour la chair de son sein.

— Walker ! s'exclama-t-elle en essayant de l'éloigner d'un coup de bassin. Mais il plaça son bras libre sur son ventre et la maintint en place alors qu'il continuait son assaut sur sa petite boule de nerfs sensible.

Gillian sentit son orgasme monter fort et rapidement. C'était différent de tout ce qu'elle avait pu faire naître sous ses propres doigts. Elle n'était pas responsable. Elle fut forcée de rester en place et d'accepter ce que Walker lui donnait. D'habitude, quand elle sentait qu'elle s'approchait du gouffre, elle diminuait la vitesse de son vibrateur et se laissait glisser dans l'orgasme.

Mais Walker ne s'arrêta pas. Il la propulsait vers le précipice, et sans parachute. Elle allait dégringoler, fort.

Agrippant ses cheveux courts, Gillian essaya une fois de plus de s'écarter de sa bouche. Mais il ne voulait pas la lâcher. D'ailleurs, il fit glisser un autre doigt à l'intérieur de son corps et commença à les faire venir d'avant en arrière. Le bruit de ses doigts était fort dans le silence de la chambre. Gillian savait qu'elle était humide, mais elle ne ressentait pas la moindre gêne.

Juste quand elle pensait qu'elle allait exploser, Walker s'arrêta de sucer. Il ne leva pas la tête et ne retira pas ses doigts, se contentant de s'immobiliser entre ses jambes.

Gillian resta accrochée au précipice, déchirée entre la joie qu'il se soit arrêté et une colère sans nom.

— Walker ? grogna-t-elle.

Puis, alors qu'elle avait cru perdre l'orgasme vers lequel elle se hissait, il se déplaça. Il suça plus fort qu'il ne l'avait fait auparavant et se servit de sa langue pour exciter son clitoris alors qu'il faisait tourner ses doigts à l'intérieur d'elle et pressait contre son point G. Son petit doigt lui frôlait également l'anus, stimulant les nerfs qui s'y trouvaient.

Elle fut stupéfaite par l'agression simultanée de ses sens et se perdit immédiatement dans les délices de l'orgasme le plus intense qu'elle ait jamais connu. Elle s'arqua et cambra ses hanches vers Walker, jetant la tête en arrière, criant son nom. Ses muscles tressautèrent alors que ce plaisir sans nom se poursuivait encore et encore.

Gillian ne savait pas quand Walker avait changé de position. Il était à présent à genoux et s'enfilait une capote qu'il avait sortie d'on ne sait où. Reconnaissante qu'il ait la présence d'esprit de se protéger, elle ne put que gémir quand il lui leva une jambe pour la positionner sur son épaule. Il passa ensuite son bras sous son autre genou et se pencha vers elle.

Elle était étendue, grande ouverte sous lui, et elle inhala profondément quand elle sentit son gland frôler sa vulve encore très sensible. La regardant dans les yeux, elle vit que ses pupilles étaient dilatées et que ses narines s'ouvraient chaque fois qu'il respirait.

— Dis-moi que tu es à moi, ordonna-t-il d'une voix basse et rauque.

— Après cet orgasme éblouissant ? Je suis totalement à toi, lui dit-elle.

Il sourit brièvement, puis grogna tout en la pénétrant.

Cela faisait longtemps pour elle et il était tellement imposant qu'elle grimaça quand il pénétra son corps.

Il le remarqua, mais il ne s'arrêta pas avant qu'ils ne soient si étroitement fusionnés qu'elle ne savait pas où elle s'arrêtait et où il commençait. Puis il passa la main sous elle pour lui prendre le cul, lui écartant les fesses et s'enfonçant encore davantage.

Au début, elle eut l'impression de se faire déchirer, mais au bout d'une seconde d'ajustement, la douleur se transforma en une extase totale. Gillian contracta ses muscles internes et fut récompensée par un grognement de la part de Walker.

— Je sais que je t'ai fait mal, mais je ne pouvais pas m'arrêter, déclara-t-il au bout d'un moment. Il ne s'était pas déplacé une seule fois depuis qu'il l'avait pénétrée, la laissant s'accommoder à sa présence.

— Ça va.

— Ce n'est pas le cas, répliqua-t-il. Mais tu étais si belle. Tu avais tellement bon goût que je n'ai pas pu m'arrêter. Je suis désolé.

— Arrête de t'excuser, le gronda Gillian.

Elle tendit la main, lui saisit les fesses et se mit à malaxer sa chair dure comme de la pierre. Puis elle contracta ses abdominaux et se redressa pour pouvoir atteindre la tête de Walker. Elle lui mordilla l'oreille, puis aspira le lobe dans sa bouche.

Elle le sentit avoir une contraction à l'intérieur d'elle, et cela lui donna un tel sentiment de pouvoir qu'elle recommença.

— Tu aimes ça, dit-elle.

— J'aime tout ce qui te concerne, répliqua-t-il.

Puis il déplaça sa main plus haut sur le matelas, prenant sa jambe avec lui puisqu'elle reposait sur son bras, ce qui l'ouvrit encore davantage. Gillian sentit l'intérieur de ses cuisses protester contre l'étirement, mais elle s'en fichait. Elle se sentait très sexy, étendue sous lui alors qu'il la pénétrait de sa verge.

— Bouge, ordonna-t-elle.

— Tu es sûre ? Je ne veux pas te blesser et je ne pense pas pouvoir aller lentement.

— Walker, je n'ai jamais joui aussi fort. Je n'ai jamais autant mouillé. C'est bon. Prends-moi.

Apparemment, c'était tout ce qu'il attendait, parce qu'avant que la dernière syllabe ne soit sortie de sa bouche, il bougea les hanches. Lent au début, comme s'il ne croyait

pas vraiment qu'elle n'avait plus mal. Mais au fil des pénétrations lentes, il devenait de plus en plus confiant, jusqu'à
ce qu'il martèle contre elle si rudement que le son de leurs
corps qui claquaient ensemble résonna comme un écho
dans toute la pièce.

Au début, Walker l'avait regardée dans les yeux alors
qu'il faisait l'amour avec elle, mais au bout d'un certain
temps, il se mit à baisser les yeux vers leurs corps. Gillian
baissa également les yeux, et la vue de sa queue qui dispa-
raissait dans son corps avant d'en réapparaître, couverte de
sa mouille, était terriblement érotique. Il devait le penser
aussi, car un muscle dans sa mâchoire se contracta et qu'il
grogna.

Gillian fit de son mieux pour participer, pour lever les
hanches à chaque pénétration, mais c'était maladroit, avec
la façon dont sa cheville se trouvait sur son épaule et son
autre jambe était au creux de son coude.

Mais ses mains étaient libres. Alors elle les leva et pinça
un des mamelons de Walker tandis qu'il la prenait.

— Bon sang, dit-il en la pénétrant plus fort.

Souriant de sa réaction, elle le refit, jouant avec ses
mamelons comme il l'avait fait pour elle. Quand elle
remarqua qu'il regardait sa poitrine, elle baissa les yeux et
vit que chacune de ses pénétrations faisait rebondir ses
seins.

Gillian ne s'était jamais sentie aussi puissante. Certes, il
était sur elle et elle n'était guère en mesure de bouger, mais
elle savait avec une conviction profonde que c'était elle qui
était aux commandes. Elle n'avait qu'à prononcer un seul
mot pour qu'il s'arrête.

Elle posa une main sur sa nuque et l'attira vers elle. Son
rythme perdit en régularité alors qu'il lui obéissait.
Consciente qu'il ne ferait pas mieux de revenir au boulot

avec un bon gros suçon sur le cou, elle décida de coller sa bouche sur un de ses pectoraux. À peu près au même endroit qu'il l'avait marquée plus tôt. Elle n'y alla pas par quatre chemins, lui suçant la peau aussi fort qu'elle le pouvait. Il s'était arrêté de la pénétrer. Tout son corps s'était immobilisé, lui permettant de faire ce dont elle avait envie.

Quand elle fut certaine d'avoir brisé suffisamment de vaisseaux sanguins sous sa peau pour laisser un suçon, elle le mordilla gentiment avant de se retirer. Elle regarda la marque sur sa poitrine avec un sourire satisfait.

— Tu as dit que tu étais possessive, fit remarquer Walker avec un petit rire.

— Si je suis à toi, tu es à moi, lui dit Gillian.

Sans un mot, Walker sortit de son corps.

— Walker ! Non ! protesta Gillian.

Mais il l'avait fait se retourner sur ses mains et ses genoux avant qu'elle ne puisse cligner des paupières.

Puis il la pénétra à nouveau. Étrangement, il paraissait encore plus grand.

Elle tomba sur les avant-bras, les fesses en l'air, et Walker grogna.

— Tu ne sais pas comme tu es bonne, dit-il.

Gillian fut incapable de répondre alors qu'il la prenait fort par-derrière.

— Je ne peux pas m'arrêter, déclara-t-il en s'excusant.

— C'est bon, souffla-t-elle.

Il passa maladroitement le bras en arrière et essaya à nouveau de manipuler son clito, mais Gillian baissa le bras, lui écartant les doigts avant de commencer à se toucher.

Elle aimait cette position parce qu'elle pouvait atteindre son clito sans aucun problème, et elle pouvait également utiliser son autre main pour caresser Walker chaque fois qu'il se retirait de son intimité détrempée.

— Oh, c'est tellement sexy. Fais-toi venir, Gilly, cria-t-il. Je veux te sentir exploser autour de ma verge.

Plus excitée qu'elle ne l'avait jamais été, Gillian enfonça la tête dans le matelas et remplit ses poumons de l'odeur de Walker tout en se touchant frénétiquement pour provoquer un autre orgasme.

— C'est ça. Je peux te sentir te resserrer autour de moi. Merde, je ne vais pas tenir très longtemps. Dépêche-toi, ma chérie.

Percevant son urgence, Gillian fit de son mieux pour obéir. Elle était à deux doigts d'y parvenir quand elle le sentit lui écarter les fesses et presser son pouce contre son anus. Il ne la pénétra pas, mais la sensualité de son contact la fit basculer avant qu'elle n'ait le temps de se préparer.

— Ouiiii, siffla Walker quand chaque muscle de son corps se contracta.

Il la pénétra à deux autres reprises, puis il attira ses hanches vivement contre les siennes et se mit à grogner jusqu'à ce qu'il jouisse enfin.

Pendant une seconde, Gillian crut être devenue aveugle, mais sa vue revint enfin et elle se rendit compte qu'elle avait encore le visage plaqué contre le matelas. Elle tourna la tête et inspira profondément. Elle respirait fort et avait toujours les fesses en l'air. La queue de Walker était encore profondément à l'intérieur de son corps et il la serrait si fort qu'elle se disait que le lendemain, elle aurait des bleus en forme de doigts sur les hanches.

— Bordel, murmura Walker. Tu m'as tué.

Gillian fut incapable de se retenir. Elle pouffa. Le mouvement fit glisser hors de son corps la verge de Walker, à présent ramollie, et ils gémirent tous les deux.

Il l'aida à rouler sur son côté puis la recouvrit du drap.

— Reste ici. Ne bouge pas, ordonna-t-il.

— J'en serais incapable même si j'en avais envie, marmonna-t-elle.

Le poids de Walker quitta le lit et elle comprit qu'il allait jeter le préservatif. Il était de retour quelques secondes plus tard, grimpant sous le drap avec elle et l'attirant contre lui. Gillian colla la joue sur sa poitrine et lui souleva une cuisse pour la poser sur la sienne.

— Je pensais ce que j'ai dit, déclara Walker après un long moment.

— Quoi donc ?

— Tu es à moi, maintenant. Je ne retournerai plus dormir chastement sur le canapé.

— D'accord.

— Et si tu me trouvais protecteur et agaçant avant, avec toutes mes mises en garde, tu vas probablement être désagréablement surprise par l'intensité avec laquelle je veillerai sur ta sécurité à partir d'aujourd'hui.

Gillian ne se tendit même pas.

— D'accord.

— Je suis sérieux, Di. Tu es forte et en plus, très indépendante... mais ne viens plus chez moi en plein milieu de la nuit. Je veux que tu m'envoies un texto chaque fois que tu quitteras ton appartement et que tu rentreras chez toi.

— Tu vas commencer à me dire avec qui je peux passer du temps et ce que j'ai le droit de faire quand je ne suis pas avec toi ? demanda Gillian.

— Non.

— Alors, ça me convient que tu veuilles simplement savoir que je suis en sécurité.

Elle le sentit pousser un long soupir. Levant la tête, elle le regarda dans les yeux.

— Je ne te laisserai pas prendre le contrôle de ma vie. Je vais toujours sortir avec Ann, Wendy et Clarissa. Je vais toujours gérer ma boîte comme je l'aurai décidé. Mais ça fait une éternité que j'attends de te rencontrer, Walker. Ça ne me dérange pas que tu veuilles que je sois en sécurité. Que tu t'inquiètes pour moi. Je suis d'accord pour que tu viennes aux événements que je planifie si tu le peux. J'aime bien t'avoir à mes côtés. Que tu t'inquiètes pour moi me fait me sentir bien. N'en fais simplement pas une histoire de contrôle et ça me conviendra parfaitement.

— Je ne veux pas te contrôler, répliqua immédiatement Walker en lui caressant les cheveux. Mais je connais le mal qui rôde dans l'ombre. Et la pensée qu'il puisse te toucher me rend fou. Incroyablement, malgré ce qui s'est passé au Venezuela, tu as conservé une innocence que j'ai envie de protéger. Je ne veux pas qu'il t'arrive quoi que ce soit d'autre. Jamais.

Gillian reposa la tête sur sa poitrine.

— D'accord.

— D'accord, accepta Walker.

Gillian savait qu'il n'était environ que quatre heures et demie de l'après-midi, mais elle était épuisée. Elle n'avait pas bien dormi la nuit dernière après son trajet impromptu à l'appartement de Walker. Et les deux orgasmes qu'elle venait de connaître lui avaient retiré toute envie de se lever et de faire quoi que ce soit.

— Fatiguée, murmura-t-elle.

— Alors, dors, lui dit Walker.

— On a besoin de faire quelque chose ?

— Non.

— Walker ?

— Oui, ma chérie ?

— Je suis contente que tu sois rentré.

Elle le sentit sourire contre sa tête.

— Moi aussi. Maintenant, silence et fais une sieste. Je

n'en ai pas eu assez de toi et tu dois encore m'examiner de la tête aux pieds pour t'assurer que je ne suis pas blessé ailleurs qu'au flanc.

Gillian poussa un gros soupir.

— Je vais regretter d'avoir accepté, n'est-ce pas ?

— Jamais, promit Walker.

Gillian aurait voulu discuter davantage, demander comment se portaient les autres gars et s'ils n'avaient pas été blessés eux aussi. Elle aurait voulu lui demander quelle serait la prochaine étape et comment ils allaient faire fonctionner cette relation à demi distance, mais elle était trop fatiguée.

Une seconde, elle se disait que ce n'était pas bizarre d'être complètement nue au lit avec Walker, et la suivante, elle sombrait dans le sommeil.

* * *

— Elle le sait, et elle parle aux fédéraux, déclara le mystérieux septième pirate de l'air à Alfredo Salazar.

Salazar était le fils d'un des dirigeants du cartel de Sinaloa. Son père l'avait envoyé au Texas quand il avait dix ans pour apprendre les ficelles du métier, afin qu'il dirige un jour les opérations de l'autre côté de la frontière. Il avait maintenant vingt-cinq ans et était l'un des hommes les plus redoutés de la région d'Austin. Salazar était responsable de millions de dollars de meth et de cocaïne en provenance du Mexique. C'était son travail de les distribuer dans tout le Texas ainsi que dans le reste du pays. Il était aussi impitoyable que son père et ne tolérait aucune menace envers ses activités.

Il était au sommet de la pile en ce qui concernait les opérations sur le sol américain. Il gardait également à l'œil les lieutenants, les tueurs à gages et les faucons qu'il commandait. Il avait des lieutenants qui étaient responsables de la supervision des tueurs à gages et des faucons, et qui pouvaient également effectuer des exécutions de bas étage sans sa permission, mais *rien* ne se déroulait dans son organisation sans que Salazar ne soit au courant.

Les tueurs à gages étaient importants pour l'opération parce qu'ils assuraient la sécurité du cartel. Leur tâche principale était de défendre leur territoire contre les groupes rivaux, la police et l'armée. Ils volaient, kidnappaient, extorquaient et assassinaient quand c'était nécessaire afin que le cartel fonctionne sans heurts.

Les faucons étaient en bas de la hiérarchie des cartels. Ils étaient les yeux et les oreilles du gang, et rapportaient aux tueurs à gages et aux lieutenants les activités de leurs rivaux, de la police et d'autres partis qui travaillaient activement contre eux.

Salazar ne communiquait généralement pas directement avec les faucons. Il avait des lieutenants qui écoutaient leurs griefs et s'occupaient de leurs problèmes. Mais aujourd'hui, il avait accepté de rencontrer ce faucon à cause de ce qu'il s'était passé quelques mois auparavant au Venezuela.

— C'est sûr ? demanda Salazar.

— Positif. Elle a eu une réunion à Austin avec Calum Branch, ce trou du cul de la brigade des stups, et aussi quelques connards du FBI. Elle y est restée au moins quatre heures. Ils essaient déjà de freiner notre opération ici à Austin à cause de ce qui s'est passé au Venezuela. La dernière chose dont on a besoin, c'est que cette chienne leur dise autre chose.

Salazar se pencha en arrière sur sa chaise et dévisagea le

sbire de bas étage qui lui faisait face. Il ne s'était pas opposé au détournement parce que c'était un moyen d'arriver à une fin : c'est-à-dire de se débarrasser d'Hugo Lamas, qui avait causé des noises à son père avant d'être jeté en prison. Le cartel de Sinaloa détestait le cartel des soleils. Et chaque opportunité de se débarrasser d'un de ces connards était la bienvenue.

C'était dommage d'avoir perdu six de leurs propres hommes dans le processus, mais il avait personnellement aidé à sélectionner ceux qui avaient effectué le détournement. Il les avait choisis parce qu'ils étaient remplaçables. Il n'avait pas pleuré leur mort, mais il ne voulait pas que d'autres de leurs frères meurent aussi. Leurs décès étaient honorables, mais leur sacrifice ne devrait pas apporter une attention négative au cartel.

Si le Sinaloa mettait une pression supplémentaire sur leur opération d'Austin, ce ne serait pas bon. Ils perdaient déjà trop de produits à cause des mesures de répression à la frontière, et il ne pouvait pas se permettre d'en perdre davantage.

— Amenez-la-moi, déclara Salazar au seul membre du groupe à avoir survécu au détournement. Je vais voir ce qu'elle sait... et s'il faut qu'elle meure.

— Mais je peux la liquider facilement. Un coup sur la tête et elle ne sera plus un problème, protesta le faucon.

Salazar arqua un sourcil.

— Vous contestez mes ordres ? demanda-t-il avec une froideur mortelle.

— Non, bien sûr que non.

— Bien. Alors, allez la chercher et ramenez-la-moi. Je veux parler à cette chienne en personne. Je vais découvrir ce qu'elle a dit aux fédéraux. Si elle a besoin de disparaître pour de bon, j'en donnerai l'ordre *moi-même*.

Il se pencha en avant et braqua un regard mauvais sur le faucon.

— Vous n'êtes pas mercenaire. Je vous confie cette tâche pour vous récompenser de votre fidélité, et parce que vous avez si habilement trompé tout le monde au Venezuela. Mais quand Gillian Romano se tiendra devant moi, je m'attends à ce qu'elle n'ait pas été brutalisée. C'est compris ?

Sa menace était claire.

Le faucon grimaça, mais hocha la tête.

— *Si, Señor*.

— Bien. Maintenant, fichez le camp.

Salazar avait oublié le faucon dès que la porte de son bureau s'était refermée. Il avait des choses plus importantes à gérer qu'une simple femme. Comme le chargement de cocaïne à hauteur de vingt-cinq millions de dollars qui devait arriver cet après-midi-là.

CHAPITRE SEIZE

Les quinze jours qui venaient de s'écouler avaient été idyl-
liques pour Gillian. Le seul bémol était qu'elle aurait aimé
pouvoir voir Walker au cours de la semaine. Ils avaient passé
le week-end après son retour de mission ensemble, et cela
avait été plus difficile qu'elle ne l'avait cru de rentrer à Georgetown le dimanche soir.

Mais ils avaient tous les deux du travail à faire. Leurs
appels téléphoniques et leurs SMS s'étaient fait beaucoup
plus intimes après avoir passé le week-end à faire l'amour, et
Gillian aimait ce changement.

Walker ne plaisantait pas, il était très protecteur et s'inquiétait pour elle. Mais ce n'était pas un gros sacrifice que
de lui envoyer quelques messages rapides pour lui dire
quand elle quittait son appartement et quand elle allait
revenir.

Peu lui importait, où elle allait, tant qu'elle rentrait à la
maison saine et sauve. D'ailleurs, Gillian avait suggéré qu'ils
pouvaient tous les deux télécharger une application de suivi
sur leur téléphone. Il avait accepté en un clin d'œil.

À présent, à tout moment de la journée, elle pouvait

cliquer sur l'appli et voir exactement où se trouvait Walker, et vice versa. Cela semblait un peu extrême, mais Gillian ne pouvait nier que cela lui avait permis de se sentir en sécurité maintenant qu'il savait en permanence où elle était.

La fête d'anniversaire des Howard approchait rapidement et puisqu'elle impliquait plus de trois cents invités, elle accaparait la plupart de son temps et de son énergie. Elle s'occupait également de quelques petites fêtes et réunions, mais celles-ci étaient assez simples et ne demandaient guère d'efforts.

Dans la journée, Gillian devait retrouver la fille des Howard chez un traiteur du centre-ville pour qu'elle puisse goûter à différents types de gâteaux et décider enfin de celui qu'elle voudrait pour la fête d'anniversaire.

Puisque la séance de dégustation avait lieu à dix heures, Gillian espérait que la circulation à Austin ne soit pas trop mauvaise à l'entrée de la ville. Elle avait déjà sondé la zone et il y avait un garage à un pâté de maisons de l'endroit où elles devaient se rejoindre, ce qui était un soulagement. Elle détestait devoir essayer de trouver un parking en centre-ville.

Gillian savait que Walker serait pris par des réunions ce matin-là, mais elle décida de l'appeler rapidement juste pour lui dire bonjour. Il lui avait dit qu'elle pouvait l'appeler quand elle le voulait et à moins d'être occupé, il avait toujours répondu.

— Salut, dit-il après seulement deux sonneries.

— Bonjour, répondit joyeusement Gillian.

Elle n'avait pas toujours l'occasion de lui parler tôt dans la journée, donc elle était heureuse de pouvoir l'avoir.

— La matinée a été bonne ? demanda-t-il.

— Non.

— Non ? Pourquoi ? Que s'est-il passé ? s'enquit Walker d'un ton inquiet.

— Je n'ai pas eu l'occasion de prendre une douche avec mon petit ami, dit-elle en faisant la moue. Et j'ai été obligée de me préparer mon café toute seule, et mon mug Wonder Woman était sale.

— Oh, ma pauvre, dit Walker, clairement soulagé qu'elle puisse plaisanter si facilement. Apparemment, ton homme a manqué à ses devoirs.

Aimant leur discussion plaisante, Gillian rayonna.

— Je ne sais pas, il se rattrape largement de ne pas être présent pendant la semaine quand on se retrouve le week-end.

— Ah oui ?

— Oh, oui, dit Gillian avec conviction. Comment s'est passée ta matinée ? Comment était l'entraînement ? Tu as couru un marathon pour le plaisir ?

Il ricana.

— Seulement neuf kilomètres. Puis on a fait plusieurs fois le parcours d'obstacles.

— Plusieurs fois ? demanda Gillian.

Elle savait que lui et ses amis l'avaient probablement fait au moins vingt fois de suite, avec probablement la moitié avec leurs sacs sur le dos. Walker et les autres bossaient dur pour conserver leur forme physique. Elle savait que ce n'était pas facile pour Walker, puisqu'il frisait la quarantaine, mais elle l'avait vu s'entraîner... il n'y avait aucun doute dans son esprit qu'il était tout aussi en bonne santé que ses amis qui avaient des années de moins.

— Tu es sur le chemin d'Austin ? demanda Walker, détournant la conversation de lui.

Il le faisait souvent, et au début, cela irritait Gillian, parce qu'elle pensait qu'il essayait d'éviter de parler de lui-même. Mais elle avait fini par se rendre compte qu'il n'essayait pas d'esquiver ses questions. Il ne présentait tout simplement pas le même égocentrisme. Il lui avait dit une fois qu'il lui posait beaucoup de questions parce qu'il était plus intéressé par *elle*. S'il ne pouvait pas être avec elle, il voulait tout savoir sur ce qu'elle faisait et ce qu'elle pensait. Cela lui permettait de se sentir plus proche d'elle. Qu'aurait-elle pu dire à cela ?

— Oui. Je suis partie il y a environ dix minutes. Il y a un peu de circulation, mais ce n'est pas si terrible.

— Tu as vraiment envie de manger du gâteau aussi tôt dans la journée, n'est-ce pas ? demanda Walker avec un petit rire.

Gillian sourit. Walker avait découvert qu'elle aimait se sucrer le bec pendant les week-ends qu'ils passaient ensemble. Son petit-déjeuner idéal était un café et un donut dégoulinant de sucre.

— Hé, c'est un travail difficile, mais quelqu'un doit le faire, lui dit-elle.

— C'est vrai.

— Qu'as-tu de prévu pour aujourd'hui ? demanda-t-elle.

— Ce matin, des réunions, puis les garçons et moi irons dans une des écoles élémentaires de la base pour faire du bénévolat. Lire aux gamins, des trucs comme ça.

Imaginer Walker assis sur une mini-chaise en train de lire à un groupe d'enfants qui seraient captivés par l'histoire qu'il avait choisie détrempa la culotte de Gillian. Elle n'était pas prête à avoir des enfants, mais elle ne pouvait nier qu'imaginer Walker tenant un petit bébé lui faisait turbiner les ovaires.

— Ça a l'air amusant, lui dit-elle.

Il poussa un petit rire.

— Les enfants me terrifient, avoua-t-il.

Ce fut au tour de Gillian d'éclater de rire.

— Pourquoi ?

— Parce que j'ai peur de dire le mauvais truc et qu'ils rentrent à la maison en disant un mot qu'ils auraient appris de moi, ou qu'ils seraient marqués à vie. Ils sont comme de petites éponges, absorbant tout autour d'eux, et je sais que je suis trop intense. La dernière chose que je veux, c'est qu'ils reproduisent mes mauvaises habitudes.

— Walker, le gronda Gillian. Tu es intense, certes, mais ce n'est pas si terrible. Je suis sûre qu'ils voient que tu les protèges. Que tu es amical avec tes hommes. Que tu es respectueux envers leurs enseignants. Que tu ne tolères pas le harcèlement. Que tu salues le plus petit enfant de la classe avec une poignée de main spéciale. Ils ne sont pas stupides ; ils savent quand les adultes leur racontent des conneries. Et tu ne ferais jamais une telle chose.

— Merci, Di, dit-il doucement.

Gillian entendit quelqu'un s'adresser à lui en arrière-plan, et il leur répondit qu'il arrivait tout de suite. Aussi ne fut-elle pas surprise lorsqu'il reprit le téléphone et dit :

— Je dois partir.

— J'avais compris.

— Merci d'avoir appelé. J'avais besoin d'entendre ta voix ce matin. Je risque d'être occupé, mais tu me feras savoir comment s'est passée la dégustation de ce matin et quand tu rentreras ?

— Bien sûr. Je penche plus vers le gâteau aux deux chocolats. Il devrait plaire à la majorité des gens. Mais on verra comment se passe la dégustation quand on y sera, dit Gillian. Tu viens quand même cet après-midi, n'est-ce pas ?

— Je ne manquerai ça pour rien au monde. Si possible, je vais voir si je peux partir un peu tôt pour arriver à temps pour le dîner. C'est d'accord ?

— Bien sûr. Tu es toujours le bienvenu ici.

Gillian lui avait donné la clé de son appartement le week-end après qu'il lui eut offert la clé du sien. Depuis qu'il était revenu de déploiement, leur relation avait progressé à la vitesse de l'éclair, mais Gillian ne se plaignit pas. Elle détestait ne pas le voir pendant la semaine. Ils n'avaient pas parlé d'emménager ensemble, mais tous les dimanches soir, quand elle devait lui dire au revoir, cela se faisait de plus en plus difficile.

Elle savait qu'il n'était pas possible pour lui de déménager à Georgetown pour vivre avec elle, donc s'ils devaient faire passer leur relation au niveau supérieur, c'est elle qui devrait aller à lui. Ce serait difficile pour son boulot et rallongerait ses heures derrière le volant, mais si Walker le demandait, elle emménagerait avec lui le lendemain.

Elle avait eu une longue conversation avec Ann au sujet de sa relation avec Walker, et même si elle avait eu peur que son amie lui dise qu'elle était folle et qu'elle avançait trop vite, Ann lui avait posé une question.

— Si on t'appelait pour te dire la meilleure nouvelle que tu as entendue de toute ta vie, qui serait la première personne à qui tu aimerais en parler ?

La réponse était facile. Walker. Gillian avait ressenti un pincement de culpabilité, car elle était amie avec Ann depuis très longtemps, mais celle-ci s'était contentée de rire.

— C'est normal quand tu aimes quelqu'un. C'est la première personne vers laquelle tu devrais te tourner quand il se passe quelque chose de bien... *et* de mal. Tu sais que je t'aime, ainsi que Clarissa et Wendy, mais tu nous as dit à la seconde où tu es rentrée du Venezuela que tu pensais qu'il était fait pour toi. Emménager avec lui, sortir avec lui ou avec qui que ce soit ne signifie pas que tu nous aimes moins, simplement qu'on aura plus de potins à échanger quand on se reverra.

— Gillian ?

Elle cligna des paupières et réalisa qu'elle rêvait tout éveillée et n'avait pas prêté attention à ce que lui disait Walker au téléphone.

— Désolée, je suis toujours là.

— Ne conduis pas trop vite et sois prudente en allant chez le traiteur.

— Compris, répondit Gillian. J'ai la bombe anti-agression que tu m'as achetée et je vais m'assurer de l'avoir à portée de la main.

— Bien.

— Cela dit, il n'est même pas encore dix heures du matin. Je suis sûre que les tueurs maniaques du pays dorment toujours après leur nuit terrible.

Walker resta de marbre.

— Un mauvais coup peut te tomber dessus n'importe quand.

— Mais tu me répètes constamment que minuit est l'heure du crime !

— C'est la vérité. Mais ça ne veut pas dire que des connards ne peuvent pas être ivres à neuf heures du matin, ou bien à la recherche d'une proie facile pour leur dérober du liquide afin d'acheter les drogues qui leur permettront de tenir toute la journée.

— D'accord, d'accord, d'accord. J'ai compris. Je vais faire attention, Walker. C'est promis.

— Bien.

— Dis bonjour à tes amis pour moi.

— Je n'y manquerai pas. On se parle plus tard.

— Walker ?

— Ah oui ?

Il semblait distrait et Gillian savait qu'il devait partir pour se rendre à une réunion. Elle aurait voulu lui dire qu'il lui avait vraiment manqué et qu'il comptait pour elle, mais puisqu'il semblait pressé, le moment était mal venu.

— Bonne journée, dit-elle un peu maladroitement.

— Toi aussi. À plus.

— À plus.

Gillian raccrocha et poussa un soupir. Elle aimait parler à Walker. Ils semblaient toujours avoir des choses à se dire. Mais à présent, elle devait se concentrer sur les autres voitures autour d'elle et se rendre à la bonne adresse en centre-ville. Avec toutes ces rues à sens unique, elle devait souvent faire le tour.

Mais cette fois-ci, elle put trouver où elle allait sans aucun problème et elle arriva au parking largement en avance pour son rendez-vous. Gillian choisit de se garer au dernier étage du garage, près des portes de l'ascenseur. Il y avait moins de voitures au sommet du bâtiment, mais cela ne lui faisait rien. Elle avait vu un documentaire sur la fois où des architectes véreux avaient conçu un parking sur plusieurs étages qui s'était effondré, piégeant et écrasant les gens des niveaux inférieurs. Cela lui semblait plus sûr de se garer tout en haut. Certes, ce serait une chute plus longue, mais au moins, elle se retrouverait au-dessus des débris.

Ses amies se moquaient de sa paranoïa, mais Gillian ne les écoutait pas. On verrait bien qui avait raison quand elle se retrouverait vivante sur la pile de gravats qui était autrefois un parking à plusieurs étages.

Elle descendit au rez-de-chaussée en ascenseur et se dirigea vers le traiteur.

Une heure et demie plus tard – gorgée du sucre de tous les gâteaux qu'elle avait dégustés –, Gillian retourna à sa voiture. Elles avaient jeté leur dévolu sur deux gâteaux pour la fête : celui aux deux chocolats (elle avait su à l'avance qu'il l'emporterait), et un autre à la vanille plus simple avec un glaçage au chocolat.

En sortant de l'ascenseur du dernier étage du parking, Gillian réfléchissait à toutes les tâches qu'il lui restait encore pour finaliser la fête d'anniversaire des Howard, et elle ne vit pas les deux hommes masqués courir vers elle avant qu'il ne soit trop tard pour y faire quoi que ce soit.

Le spray au poivre que Walker lui avait donné se trouvait à l'intérieur de son sac, mais même si elle l'avait eu à la main, tout se déroula si rapidement qu'elle put simplement se préparer à l'impact.

Un des hommes l'attrapa par la taille et plaqua une main sur sa bouche.

Gillian cria, mais le son porta à peine plus loin que la voiture suivante.

Le deuxième homme lui attrapa les jambes quand elle commença à donner des coups de pied et à se débattre. Ils l'entraînèrent vers une camionnette à panneaux blancs – quel cliché ! – et la fourrèrent à l'intérieur quand la porte s'ouvrit.

Il n'y avait pas de sièges à l'arrière de la fourgonnette et elle était remplie de toutes sortes d'outils. Gillian avait vu assez de séries policières pour savoir que si ces hommes parvenaient à l'entraîner loin du parking, elle était morte. Ils pouvaient très bien l'emmener au milieu de nulle part. Il y avait beaucoup d'endroits au Texas qui étaient totalement isolés, même autour d'Austin ; assez pour qu'elle n'ait aucun espoir de s'en tirer vivante.

Paniquée, elle se débattit aussi fort qu'elle le put. Elle comprit qu'elle avait atteint sa cible quand elle entendit une bordée de jurons et de grognements.

— Tenez-la bien ! dit un homme.

— J'essaie ! répondit l'autre.

— Frappe-la ! ordonna une troisième voix.

La troisième voix s'inscrivit dans sa conscience comme étant celle d'une femme, ce qui était une surprise, et l'espace d'une seconde, Gillian la trouva familière. Mais cela fut noyé par la douleur d'un poing qui atterrit sur sa pommette.

Momentanément abasourdie, elle cessa de se battre. La porte se referma et elle entendit le moteur démarrer en grondant.

Non !

Elle essaya encore de se débattre, mais son absence momentanée avait donné la main haute à ses ravisseurs. L'un d'eux lui saisit les poignets et un autre les lui attacha. Il serra tellement fort qu'elle poussa un petit cri de douleur.

— Ferme-la, lui grogna un de ses ravisseurs au visage.

Elle lui cracha dessus.

Il poussa un juron, et la dernière chose dont Gillian se souvint fut de son poing qui s'abattait sur son visage.

* * *

Trigger ne parvenait pas à se concentrer sur le livre qu'il lisait au groupe de CE1 rassemblés autour de lui. On l'avait installé dans un coin de la salle de classe avec cinq enfants, et il aimait leur enthousiasme et la façon dont ils étaient suspendus à ses mots. Pourtant, il ne pouvait pas s'arrêter de penser à Gillian.

Il était deux heures, et elle aurait déjà largement avoir dû terminer sa dégustation au traiteur et être rentrée à la maison.

Mais chaque fois qu'il avait vérifié l'application sur son téléphone, elle indiquait qu'elle était toujours dans le parking près du traiteur. Il se dit qu'elle avait oublié son portable dans sa voiture et qu'elle avait peut-être emmené sa cliente déjeuner après avoir choisi le dessert qu'elles proposeraient à la fête d'anniversaire dans une quinzaine de jours.

Mais cela n'avait aucun sens. Gillian avait *toujours* son téléphone sur elle. En tant que gérante d'une petite entreprise, elle dépendait des e-mails et de son téléphone pour parler à ses clients, anciens et nouveaux. Elle le mettait sur silencieux lorsqu'elle était en réunion, mais elle ne l'avait encore jamais oublié. Et voir cette icône clignotante qui disait que son téléphone n'avait pas bougé, longtemps *après* la fin de sa réunion, était incompréhensible.

Il n'avait même pas été en mesure de vérifier où elle était avant midi, lorsque lui et l'équipe avaient eu le droit d'aller manger un morceau avant de se rendre à l'école primaire. Au début, il n'avait pas beaucoup pensé à l'endroit d'où son téléphone émettait, jusqu'à ce qu'il zoome et se rende compte que c'était depuis le parking.

Ce n'était pas juste envers les enfants, mais Trigger lut le livre qu'il tenait aussi vite qu'il le put. Il fallait qu'il fasse quelque chose. Quand il eut fini, il se leva et passa un moment à féliciter chacun des enfants qui l'entouraient, puis il se dirigea vers la porte d'un pas vif. Il adressa le signe « danger » à Lefty avant de sortir de la salle de classe.

Il ne prit pas la peine d'envoyer un SMS ; il cliqua sur le nom de Gillian et porta le téléphone à son oreille. Pris d'un mauvais pressentiment, il ne s'attendait pas vraiment à ce qu'elle réponde. Et il avait raison : elle ne répondit pas. Il passa sur messagerie vocale au bout de cinq sonneries. Il lui laissa alors un bref message pour lui dire qu'il s'inquiétait pour elle et lui demanda de l'appeler dès que possible. Il lui envoya ensuite un texto lui disant la même chose.

Le temps qu'il termine, Lefty et Grover l'avaient rejoint dans le couloir.

— Qu'est-ce qui ne va pas ? demanda Lefty, parfaitement sérieux.

— Je ne sais pas. C'est Gillian. Elle avait un rendez-vous au centre-ville ce matin et elle aurait déjà dû avoir fini. L'application traqueur montre qu'elle se trouve dans le parking à proximité. Ou du moins son téléphone.

— Tu as essayé de l'appeler ? demanda Grover.

— Pas de réponse, confirma Trigger.

— On appelle les flics ? demanda Lucky.

— Tu sais aussi bien que moi qu'ils me diront qu'elle est adulte et qu'elle n'a pas à me signaler tout ce qu'elle fait. Il faut qu'elle ait disparu pendant plus de vingt-quatre heures avant qu'ils n'envisagent de recevoir ma plainte, expliqua Trigger.

— Mais ils pourraient quand même vérifier qu'elle va bien, non ? demanda Grover.

— Peut-être. J'y vais tout de suite.

— Tu veux qu'on t'accompagne ? proposa Lefty.

Trigger hocha la tête.

— Si ce n'est rien et que j'ai réagi trop vite, on pourra tous dîner ensemble ou un truc de ce genre. J'ai déjà mon sac dans ma voiture, puisque c'était déjà prévu que j'y passe plus tard de toute façon.

— Mais si quelque chose se passe mal, on sera là pour te couvrir, dit Grover.

Il ouvrit alors la porte de la salle de classe et signala au reste de l'équipe qu'ils devaient s'en aller. Cinq minutes plus tard, Trigger était entouré des hommes qui n'avaient même pas réfléchi une seconde avant de voler à son secours, sans même savoir pourquoi.

Lefty expliqua la situation et cinq minutes plus tard, ils

s'étaient tous tassés dans les véhicules de Trigger et de Doc pour faire le trajet jusqu'à Austin.

Trigger avait conscience qu'il conduisait trop vite, mais peu lui importait. Plus ils se rapprochaient d'Austin, et alors que chaque appel restait sans réponse de la part de Gillian, il savait profondément au fond de lui qu'il s'était passé quelque chose de grave.

Elle avait toujours pris soin de lui faire savoir où elle se trouvait. La situation au Venezuela l'avait effrayée, mais Trigger ne pensait pas que cela ait fondamentalement changé la façon dont elle voyait le monde. C'était une des nombreuses choses qu'il aimait à son sujet.

Merde. Il l'aimait.

Dès le premier instant où il l'avait pénétrée, elle lui avait appartenu comme aucune femme ne l'avait jamais fait auparavant.

Gillian voyait toujours le bien chez les gens. Dans le monde. Elle avait une vision intrinsèquement positive de la vie et se disait que tout le monde avait du bon en eux, que tout le monde était rachetable. Trigger savait que ce n'était pas le cas, mais il trouvait son innocence rafraîchissante.

Il espérait juste qu'elle n'ait pas causé sa mort.

Gillian reprit connaissance en un clin d'œil. Elle n'était pas confuse et savait exactement ce qui s'était passé, mais ne parvenait pas à comprendre *pourquoi*.

Plissant les paupières, elle regarda autour d'elle... et son sang se glaça.

Elle se trouvait dans une sorte de maison délabrée dont elle ne parvenait absolument pas à déterminer l'emplacement. Il y avait des détritus et des débris tout autour d'elle, ainsi que des meubles vieillots. Elle était assise sur une chaise en bois très inconfortable, les bras retenus derrière le dos. Ses chevilles étaient également attachées aux pieds de la chaise.

Mais la chose la plus effrayante dans toute cette situation était la bâche en plastique étendue sous ses pieds.

Elle n'était pas idiote. Elle avait vu *Dexter* ; elle savait ce que cela signifiait. Ils faisaient de leur mieux pour contenir son ADN afin de ne laisser aucune trace de sa présence en ces lieux.

Ses membres commencèrent à trembler et elle ne parvint pas à les contrôler. Elle poussa un gémissement de terreur.

C'est alors que la porte s'ouvrit et elle regarda les hommes qui étaient entrés, sentant qu'elle tremblait encore plus fort. Un seul regard suffit à l'informer que l'homme qui se tenait devant elle ne ressentait pas la moindre sympathie pour elle. Il était hispanique, avec des cheveux foncés et des yeux sombres et profonds. C'était comme si son regard la transperçait. Il ne voyait pas Gillian Romano ; il voyait une ennemie.

Être aussi détestée et haïe n'était pas un sentiment familier. Elle était une personne gentille. Elle faisait tout son possible pour que les autres se sentent à l'aise et l'apprécient. Elle ne savait pas ce qu'elle avait fait pour que cet homme la déteste autant.

— Alors, c'est toi Gillian, déclara-t-il une fois qu'il s'arrêta devant elle.

S'humectant les lèvres, elle hocha la tête. Reconnaissante de ne pas avoir été bâillonnée, Gillian ne parvenait cependant pas à parler.

— J'ai entendu dire que tu avais discuté avec le FBI et les stups.

Surprise, elle cligna des yeux. Elle ignorait complètement pourquoi on l'avait enlevée sur le parking, mais elle ne s'était pas attendue à ce que cet homme lui dise cela.

Quand elle ne répondit pas, il inclina la tête et l'étudia. Au bout d'un moment, il demanda :

— Tu ne sais absolument pas qui je suis, n'est-ce pas ?

Gillian secoua la tête.

— Le nom de Salazar t'évoque-t-il quelque chose ?

Gillian se tritura les méninges, mais elle ne pensait pas connaître quelqu'un qui portait ce nom de famille, aussi finit-elle par secouer à nouveau la tête.

L'homme ricana, un son n'exprimant cependant pas le moindre amusement.

— Je pense que tu es la seule personne dans un rayon de mille cinq cents kilomètres d'Austin qui n'a pas entendu parler de moi, déclara-t-il.

Gillian détestait se sentir en position de faiblesse.

— Je suis désolée, monsieur Salazar, je retiens généralement facilement les noms et les visages. Si nous nous sommes déjà rencontrés, j'ai oublié dans quelles circonstances.

Ses excuses semblaient plutôt l'amuser.

Mon nom est Alfredo Salazar.

Il s'arrêta comme pour voir si son prénom allait lui dire quelque chose. Quand elle ne réagit pas, il continua.

— Je suis le leader du cartel de Sinaloa ici au Texas... et en fait, dans tout le sud des États-Unis.

Gillian ouvrit grand les yeux. *Oh, merde. Triple merde.* Elle ne regardait pas beaucoup les infos, c'était trop déprimant. Mais elle s'était récemment renseignée en profondeur sur le cartel de drogue de Sinaloa, à cause du détournement de son avion et de quelques recherches sur Internet.

— Je vois que ça te dit quelque chose, dit Salazar. On va

recommencer. Je sais d'autorité que tu as parlé de nous au FBI et aux stups.

Gillian essaya de déglutir, mais sa bouche était trop sèche.

— Je veux savoir ce que tu leur as dit. Ce que tu sais. Et si je pense que tu n'es pas honnête avec moi, mon ami ici présent, dit-il en désignant de la tête un des hommes qui s'était avancé et se tenait derrière son épaule droite, va te trancher un doigt. Puis si je pense que tu me dissimules encore quelque chose, je vais peut-être prendre une oreille. Ou un orteil. Je peux jouer à ce jeu toute la journée, dit-il.

Gillian savait qu'il était capable de mettre ses menaces à exécution.

— Alors, que leur as-tu dit à propos de nous ?

— R-rien, bafouilla Gillian. Je veux dire, ils n'ont pas vraiment posé de questions sur vous, sur votre organisation.

Salazar adressa un geste du menton à l'homme qui se tenait derrière elle et en un clin d'œil, il lui avait saisi la main et lui collait un énorme couteau contre la base de son pouce.

— On raconte que ça fait un mal de chien, dit Salazar avec détachement.

— Je vous jure qu'ils ne m'ont rien demandé sur ce cartel ! s'écria-t-elle. Ils voulaient me parler des passagers de l'avion. C'est tout ! J'ai dû regarder les photos de chaque passager et leur dire ce que je me rappelais d'eux. Ils essaient de déterminer qui était le septième pirate de l'air. C'est tout !

L'homme au couteau le tenait toujours contre pouce ; il ne l'avait pas encore entaillée, mais Gillian savait qu'elle risquait de perdre un doigt dans la seconde qui suivait. L'acier froid contre sa chair faisait croire à son cerveau qu'il était vraiment en train de la mutiler, surtout parce qu'elle ne pouvait pas voir ses mains, ligotées derrière elle.

— Et qui penses-tu que ce soit ? demanda Salazar.

— Je ne sais pas, hurla alors Gillian, en proie à la terreur la plus folle. Peut-être Leyton. Il se comportait de façon très étrange et m'a fait flipper. Mais comme je leur ai dit, je n'ai pas passé de temps avec les hommes, alors je ne pouvais pas leur dire grand-chose.

— Mais tu as passé beaucoup de temps avec les femmes, n'est-ce pas ? demanda Salazar.

Gillian hocha la tête.

— Bien sûr. Ils nous avaient séparés.

— Tu penses peut-être qu'il s'agit d'Alice ? Ou de Janet ? Peut-être de Maria Gomez ?

Elle ne savait pas comment cet homme savait qui étaient les autres passagers, mais elle n'aurait pas dû s'en étonner. Ce septième pirate de l'air lui avait de toute évidence raconté ce qui s'était déroulé à l'intérieur de l'avion.

— Je ne sais pas, répéta-t-elle. Je suis juste une planificatrice d'événements. Pas une enquêtrice.

Salazar l'étudia pendant si longtemps que Gillian avait peur de respirer. L'homme qui lui tenait la main avait une poigne de fer, et elle savait qu'elle ne pourrait rien y faire si Salazar décidait de lui faire trancher le pouce.

— Que faisais-tu à Austin aujourd'hui ? demanda Salazar enfin.

— J'avais une réunion avec une cliente pour décider quel genre de gâteau servir à la fête d'anniversaire de ses parents.

— Tu ne devais pas retrouver les agents fédéraux ?

— Non ! Ils ne m'ont pas recontactée depuis que je les ai vus il y a un mois environ, répondit-elle.

— Et je suppose que tu ne sais pas que le traiteur auquel

tu as rendu visite est situé en plein milieu de la plaque tour-
nante du trafic de drogues au centre-ville d'Austin ?
demanda Salazar d'une voix traînante.

Stupéfaite, Gillian cligna des yeux. Elle l'ignorait *totalement*. Cela étant, elle n'avait aucune raison de *connaître* ce
détail.

— Bon sang, dit Salazar en secouant la tête. Tu es vraiment l'incarnation du privilège blanc, n'est-ce pas ?

Gillian ne savait absolument pas de quoi il parlait, alors
elle ne pouvait ni acquiescer ni nier, estimant que c'était la
chose la plus sûre à faire sur le coup.

— Tu vis dans ton univers tout blanc, et tu n'as jamais à
te soucier d'être descendu à cause de la couleur de ta peau.
Ne jamais avoir à te soucier de te retrouver dans la mauvaise
partie de la ville parce que tes cheveux blonds et tes yeux
verts finiront bien par te sauver. Même au milieu d'un
putain de détournement d'avion, tu es passée en premier,
puisque c'est toi qu'on a choisie pour parler aux autorités,
déplora-t-il en secouant la tête. Tu as déjà pris de la drogue,
Romano ?

Gillian répondit par la négative.

— Même pas un petit joint ? insista Salazar.

Elle secoua à nouveau le menton.

— Tu as déjà été tentée ?

Encore une fois, elle secoua la tête en silence.

— Il y a une première fois à tout, dit Salazar d'un ton
doucereux.

Il s'accroupit à quelques pas devant elle, ne touchant pas
la couverture en plastique qui avait été disposée à ses pieds.

— Tout le monde dit que la drogue te fait te sentir super
mal. Que c'est mauvais pour toi. Mais ce que tu ne sais pas,
c'est le *plaisir* que te provoque un peu de cocaïne. C'est le
meilleur sentiment du monde, c'est l'euphorie. Rien ne

ressemble à la première fois qu'on est défoncé. On passe le reste de sa vie à essayer de retrouver la sensation qu'on a ressentie la première fois qu'on a plané. Tu ne veux pas te sentir bien, Gillian ?

Elle détestait la façon dont son nom sonnait sur ses lèvres. Extérieurement, Alfredo Salazar était beau. Mais elle pouvait sentir qu'il était entièrement pourri. Il n'hésiterait pas à la faire tuer. Il aimait l'argent et le pouvoir, c'était tout. Elle fut seulement capable de le regarder d'un air terrifié. Elle ne voulait pas qu'il la force à prendre de la cocaïne. Ou tout autre type de drogue. Elle ne voulait pas devenir accro. Pas alors que tout dans sa vie allait si bien.

— Regarde-toi, tu es terrifiée. Tu es comme un chien sauvage. Tu as trop peur pour bouger, mais tu as aussi peur de rester là où tu es. Honnêtement, tu ne sais pas qui était le traître dans cet avion, n'est-ce pas ? De toutes les personnes avec lesquelles tu t'es liée d'amitié, tu ne sais pas qui veut te voir morte, toi et tous les autres.

— Non, murmura Gillian.

— Et c'est ce que tu as dit aux autorités, n'est-ce pas ?

Elle hocha la tête.

— Je parie que ça les a mis en rogne, marmonna-t-il.

— Ils n'en étaient pas ravis, confirma Gillian d'un ton hésitant.

Elle avait détesté les décevoir, mais elle leur avait rapporté ce dont elle se souvenait. Elle ne savait que rien de ce qu'elle avait dit ne leur avait fourni la moindre indication supplémentaire. Ils s'étaient montrés polis et l'avaient remerciée pour ses infos, mais au fond, elle savait qu'elle les avait déçus.

Salazar secoua la tête et marmonna plus pour lui-même que pour elle :

— Les femmes et toutes leurs histoires !

Puis il adressa un geste du menton à l'homme qui plaquait un couteau contre sa main, et celui-ci s'écarta. Gillian poussa un soupir de soulagement. Mais cela ne dura qu'une seconde, parce que l'individu derrière elle referma alors les mains autour de sa tête et l'inclina vers l'arrière.

Gillian perdit de vue Salazar et se débattit sous l'emprise de l'homme. Mais avec ses mains attachées derrière elle et ses jambes immobilisées, elle n'avait aucune prise. Aucun moyen de se protéger.

— Détends-toi, *chica*, dit Salazar. Je te crois. Je te prie de m'excuser pour la gêne occasionnée aujourd'hui. J'aurais dû examiner la situation d'un peu plus près avant de croire un de mes faucons. Mais ça ne change rien au fait que je ne peux pas simplement te relâcher dans ton monde d'ignorance.

— S'il vous plaît, ne me tuez pas, murmura Gillian en levant les yeux vers le plafond. Je ne dirai rien sur ce qui s'est passé. Enfin, je ne sais *même pas* ce qui s'est passé, ni pourquoi.

Elle entendit le petit ricanement de Salazar.

— Désolé, mais je ne te crois pas. Tu vas en parler à quelqu'un. Un ami, un petit ami, les flics, quelqu'un alors, je vais devoir m'inquiéter de cette connerie, ainsi que de toutes les autres conneries que je dois gérer en ce moment. Mais... Je ne peux m'empêcher d'être intrigué par l'innocence et la bonté que tu arbores aussi fièrement.

Gillian frissonna quand elle sentit un doigt descendre le long de sa gorge vulnérable. Salazar s'était de toute évidence redressé pour se rapprocher d'elle. Avec sa tête renversée en arrière, elle était complètement à la merci de cet homme.

— J'étais comme toi... autrefois. Mais ça s'est terminé à mon neuvième anniversaire quand on m'a initié à ce que ma vie allait être. J'ai vu mon premier homme se faire tuer ce jour-là. Il le méritait, pour avoir trahi le Sinaloa, mais c'était... choquant, de voir le sang d'un homme jaillir et de le voir se tordre sur le sol, en priant d'être épargné.

Gillian fut incapable d'arrêter les larmes qui lui coulaient des yeux. Elle aurait voulu être courageuse, le genre de personne qui aurait botté des culs comme les héroïnes des livres qu'elle avait lus. Mais elle ne l'était pas. Elle était ligotée et impuissante. Et elle ignorait complètement si Walker ou quelqu'un d'autre s'était déjà rendu compte de sa disparition.

— Dans une seconde, on te donnera une boisson. Tu vas la boire sans faire d'histoires. Entièrement. Jusqu'à la dernière goutte. C'est compris ?

Elle n'en avait pas envie. Elle savait que cette tasse contenait probablement un poison et qu'il ne lui restait probablement que quelques secondes à vivre.

— Je vois bien que tu cogites. Ça ne va pas te tuer. C'est du Rohypnol. Ça va te détendre. Dans quinze ou vingt minutes, tu vas t'endormir. Tu ne te souviendras pas de ce qui s'est passé ici. Tu ne pourras rien dire aux flics sur moi ou bien sur ce dont on a parlé. Ce sera comme si tout ça ne s'était jamais produit. C'est dans ton intérêt. Ce sera ça... ou bien mon lieutenant te tranche la gorge et tu te videras de ton sang.

Salazar se pencha vers elle jusqu'à ce que Gillian puisse plonger le regard dans ses yeux bruns glacés.

— Mais c'est ta seule chance, Romano. Si j'entends dire que notre petit entretien d'aujourd'hui t'est revenu en mémoire et que tu en as parlé, ça ne se passera pas aussi bien la prochaine fois. Et je comprends que tu as aussi des amies proches dans la région, n'est-ce pas ? Tu ne voudrais pas que tes amies – mesdemoiselles Pierce, Reed ou Thomas – aient un accident, n'est-ce pas ?

La pensée qu'Ann, Wendy ou Clarissa se retrouvent entre les mains de ce monstre au cœur de glace la rendait malade physiquement. Gillian secoua la tête aussi fort qu'elle le put.

— C'est bien. Alors on se comprend. Maintenant, bois.

Avant qu'elle ne puisse accepter, une tasse en plastique fut pressée contre ses lèvres et le malfrat qui lui tenait la tête appuya sur une zone de sa mâchoire qui lui fit pousser un cri de douleur. Quand elle ouvrit la bouche, le deuxième homme fit basculer le verre et elle n'eut pas d'autre choix que de boire.

Cela avait un goût terrible et la brûla en descendant dans sa gorge. L'espace d'une seconde, Gillian se dit qu'ils l'avaient forcée à boire de l'acide, de l'antigel ou un truc de ce genre, mais lorsqu'elle inhala par le nez en avalant, elle comprit qu'il s'agissait d'une sorte d'alcool. De la tequila, peut-être.

Elle cracha et s'étrangla, mais les hommes ne cédèrent pas. Le temps qu'ils s'écartent, elle était trempée de son menton à son nombril. Elle essaya de respirer, mais elle eut un haut-le-cœur.

Une main énorme couvrit sa bouche par-derrière et elle leva les yeux vers Salazar quand elle l'entendit dire :

— Si tu vomis, on va te le refaire bouffer. On ne peut pas laisser perdre un bon cocktail.

Se forçant à inspirer profondément par le nez, Gillian essaya de réprimer l'envie de vomir. Quand l'homme la lâcha enfin, elle inhala immédiatement et demanda :

— Et maintenant ?

— Maintenant ? On attend que tu t'endormes. Ensuite, mes hommes trouveront un endroit tranquille et sûr où te déposer. On ne voudrait pas que des trafiquants de drogue mal intentionnés te découvrent inconsciente, n'est-ce pas ? Ils ne seront peut-être pas aussi gentils que je l'ai été.

Gillian aurait voulu lui arracher les yeux, mais elle ne pouvait rien faire d'autre que de l'écouter.

— Ce n'est pas parce que j'ai commis une erreur en croyant mon faucon et en t'amenant ici que je ne garde pas un œil sur toi. Sois gentille, retourne dans ton monde de privilège blanc et restes-y. C'est compris ?

Gillian ne savait pas ce qu'il voulait dire par « faucon », mais elle hocha quand même la tête. Elle était encore horrifiée par ce qui allait lui arriver quand elle sombrerait dans l'inconscience. L'alcool lui montait directement à la tête, mais c'est la drogue qu'il l'avait forcée à ingérer qui l'inquiétait le plus.

Elle avait entendu parler de femmes qu'on droguait dans les boîtes de nuit. C'était une drogue de viol tristement célèbre. Elle ne voulait pas oublier ce qui s'était passé ici. Il semblait très, *très* important qu'elle ne l'oublie pas.

Alors que les minutes s'écoulaient, elle se répéta ces mots à l'infini dans sa tête, dans l'espoir insensé que quand elle se réveillerait, son subconscient serait peut-être en mesure de s'en souvenir.

Salazar, faucon, Salazar, faucon, Falauzar, falazon...

La pièce commença à tourner.

— C'est ça, Gillian. Ferme les yeux et endors-toi. Au réveil, tout cela ne sera qu'un mauvais rêve.

Elle obéit, ayant l'impression que son corps appartenait à quelqu'un d'autre. *Salafar, fanzar...*

Gillian essaya de s'accrocher, de mémoriser l'essentiel avant de perdre complètement connaissance, mais il était trop tard.

* * *

Salazar attendit que la gonzesse soit inconsciente avant d'adresser un geste à ses lieutenants.

— Amenez-moi Vilchez à la première occasion. D'abord, je lui avais dit de m'apporter Gillian sans la moindre égratignure. Ces contusions sur son visage vont foutre son mec en rogne, et on n'a *vraiment* pas besoin de ça. Deuxièmement, cet entretien était inutile et potentiellement dangereux pour notre organisation. Elle est déjà sur le radar des fédéraux, et son nouveau petit ami est l'un des mecs qui ont liquidé Luis et les autres. J'ai essayé de rattraper le coup autant que possible, mais on court quand même le risque qu'elle se souvienne de quelque chose et crache le morceau. Vilchez va devoir répondre de *beaucoup* de choses.

— *Si, Señor*, répondirent les hommes à l'unisson.

— Où vous voulez qu'on la mette ? demandé l'homme qui avait forcé Gillian à avaler la mixture.

— Peu importe. Quelque part sans caméras, répondit Salazar avec impatience avant de tourner les talons et de quitter la pièce.

Il était énervé d'avoir perdu sa journée pour cette connerie. Il avait des choses plus importantes à faire, à savoir distribuer les millions de dollars de cocaïne qu'on lui avait livrés la veille.

Ils s'occuperaient de Vilchez d'une manière ou d'une autre. S'assurer que ses faucons restent à leur place était impératif, et discipliner Vilchez leur rappellerait à tous leur rôle au sein de Sinaloa. C'est-à-dire garder les yeux ouverts et rendre leurs rapports pour qu'ils puissent rester discrets. Ne pas mentir sur ce qu'ils avaient vu ou entendu afin de servir leurs propres vendettas.

Le Sinaloa passait en premier, point barre. Lorsqu'un faucon acceptait de travailler pour Salazar, il ou elle faisaient passer leurs propres besoins après ceux du cartel. Il serait bon que tout le monde s'en souvienne.

Il devrait contraindre par la peur à forcer les faucons à penser avant d'agir.

Les tueurs à gages auraient la possibilité de pratiquer leurs techniques d'interrogatoire.

Et les lieutenants apprendraient à y réfléchir deux fois avant de lui ramener ce genre de conneries.

Secouant la tête, Salazar se dirigea avec assurance vers la voiture qui l'attendait au bord de la route. Sa Mercedes déparait dans ce quartier délabré, mais personne ne piperait mot, il en était sûr. Il possédait cette partie de la ville. La moitié des résidents travaillaient pour lui et l'autre moitié avait besoin des drogues qu'il leur fournissait.

Se forçant à ne plus penser à Gillian Romano, Salazar s'installa sur le siège en cuir de sa voiture et adressa un geste du menton à son chauffeur. Cette petite réunion avait peut-être été une pause distrayante dans sa routine habituelle, mais elle était également agaçante, parce qu'à présent, cela signifiait qu'il devait traiter la raison pour laquelle elle s'était avérée nécessaire.

— Les femmes et toutes leurs histoires, murmura-t-il pour la deuxième fois de l'après-midi avant de prendre un de ses nombreux téléphones impossibles à tracer et d'appeler un autre de ses lieutenants.

Il était temps de reprendre son boulot et d'aller se faire du pognon en fourguant sa cargaison de drogues.

CHAPITRE DIX-SEPT

Cinq heures.

Cinq heures s'étaient écoulées depuis que Trigger avait compris que Gillian avait disparu.

Lui et son équipe s'étaient rendus directement au parking où son téléphone était localisé et, après l'avoir parcouru en voiture, ils avaient retrouvé son véhicule au dernier étage. Son sac à main, qui contenait son téléphone et son spray au poivre, était également là, ayant glissé sous une voiture près des ascenseurs.

L'application indiquait que le téléphone se trouvait là depuis onze heures trente-trois, et il était à présent seize heures trente. Trigger en était malade et, pour le moment, il n'avait aucune idée de ce qu'il fallait faire pour essayer de la retrouver. Ils avaient contacté la police dès qu'ils avaient trouvé son sac à main et avaient réalisé qu'elle avait disparu, mais rechercher quelqu'un prenait du temps. Un temps que Gillian ne possédait peut-être pas.

Il en avait dit aux flics autant qu'il le pouvait sur le fait que Gillian avait été prise en otage plusieurs mois auparavant et que le septième pirate de l'air n'avait pas été identifié, mais il savait que rien de tout cela ne serait utile. Lucky avait appelé l'agent des stups qui avait interviewé Gillian, et il avait été en contact avec le FBI, mais encore une fois, rien ne se produisait rapidement avec ces bureaucraties, et la pensée de Gillian se retrouvant entre les mains d'un cartel de drogue qui n'avait eu aucun problème à tuer des civils innocents dans l'avion lui rongeait l'âme.

— On va la retrouver, dit doucement Grover, se tenant à côté de Trigger à l'étage supérieur du parking.

Trigger n'avait pas voulu partir, puisque c'était le dernier endroit où Gillian s'était trouvée. Les caméras de surveillance étaient sur minuterie, et au moment exact où sa compagne avait été enlevée, ces putains de choses étaient braquées vers l'autre extrémité du garage. Le temps qu'elles se retournent, Gillian avait disparu.

Il avait promis de veiller sur sa sécurité, mais comment pouvait-il le faire quand il ne savait pas *de quoi* il devait la protéger ?

— Trigger ? Tu m'entends ? demanda Grover.

Il hocha la tête. Les mots n'étaient que des platitudes. Ils savaient tous les deux que Grover ne pouvait pas promettre qu'ils la retrouveraient. Des milliers de personnes disparaissaient tous les jours de la surface de la Terre. Tués par des inconnus, ou même par des gens qu'ils connaissaient et aimaient, leurs cadavres enterrés ou bien démembrés et jetés comme des ordures.

La pensée que sa Gillian puisse être abandonnée de la sorte lui serrait le cœur.

— Putain de merde, Trigger ! s'exclama Lefty, courant vers lui et Grover à la vitesse de l'éclair depuis l'autre bout du garage, où il était parti chercher des indices.

Le cœur de Trigger s'arrêta de battre.

— Une femme a été retrouvée de l'autre côté de la ville,

l'informa Lefty avec enthousiasme. Elle était inconsciente dans un parking entre deux voitures. Ils pensent que c'est Gillian !

— Elle est vivante ? se força-t-il à demander.

— Oui. On la transfère à Saint-David, au nord d'ici.

Trigger s'était remis en mouvement avant que Lefty eût fini de parler.

Gillian était vivante. C'était la seule chose qui comptait pour lui en ce moment.

Brain prit le volant de la voiture de Trigger et mit les gaz jusqu'à Saint-David. Il ne prit pas le temps de se garer, s'arrêtant devant l'entrée de la salle d'urgence pour laisser tout le monde descendre.

Trigger se dit qu'il devrait le remercier plus tard, mais pour l'instant, il voulait simplement retrouver Gillian.

Il rejoignit l'accueil d'un pas vif et remarqua que la femme ouvrit de grands yeux alarmés à son approche, mais il ne ralentit pas pour autant.

— Gillian Romano, aboya-t-il. Je crois qu'on vient de l'amener. Elle a été retrouvée inconsciente sur un parking. Où est-elle ?

La femme s'éclaircit la gorge et dit :

— Je suis désolée, Monsieur, si vous voulez bien vous asseoir, je vais voir ce que je sais sur elle. Vous êtes de sa famille ?

— Oui.

Le mensonge sortit sans hésitation.

— Je suis son fiancé.

Elle semblait sceptique, mais ne chercha pas à creuser.

— D'accord. Comme je l'ai dit, asseyez-vous, je suis à vous dès que possible.

— Non, déclara Trigger en secouant la tête. Il faut que je la voie tout de suite. Elle doit être terrifiée.

La femme ouvrit la bouche, probablement pour l'envoyer bouler une seconde fois, quand il y eut du remue-ménage derrière eux.

Quand il se retourna, Trigger reconnut immédiatement Gillian allongée sur le brancard qu'on transportait en salle d'urgence. Ils étaient parvenus à arriver à l'hôpital avant l'ambulance.

Sans hésitation, Trigger se dirigea vers la femme qui avait conquis son cœur.

— Reculez, Monsieur, entendit-il quelqu'un dire.

Mais il n'obéit pas ; c'était impossible.

— Gillian ? l'appela-t-il quand il se fut rapproché d'elle.

Elle tourna la tête et à la seconde où il la vit, Trigger aurait voulu buter quelqu'un. Elle avait les débuts d'un œil au beurre noir et un bleu sur la pommette.

Mais c'étaient les marques de doigts distinctes autour de son cou qui lui firent voir rouge.

— Walker ? dit-elle d'une voix grinçante en lui tendant la main.

Les deux ambulanciers tournèrent la tête vers lui alors que les hommes de la sécurité entouraient le groupe. Trigger savait que son équipe était restée derrière lui durant tout le temps, et ils offraient probablement un spectacle imposant aux employés de la réception.

Mais avant qu'il ne puisse être éloigné de force de Gillian, un des ambulanciers leva la main.

— C'est bon, aboya l'homme en arrêtant net les agents de sécurité. Elle n'a pas dit grand-chose depuis qu'elle a repris connaissance dans l'ambulance. Mais elle le reconnaît. Laissez-le passer.

Reconnaissant d'avoir cette opportunité, Trigger se rendit sans hésiter aux côtés de Gillian et lui prit la main. Il essayait de déterminer dans quel état elle se trouvait, mais quand elle gémit, il ne put que la regarder dans les yeux.

— Je suis ici, Di, lui dit-il doucement. Ça va aller. Je suis là.

— Walker, répéta-t-elle.

— Suivez-nous, ordonna l'ambulancier.

Sans détourner le regard des pupilles dilatées de Gillian, Trigger hocha la tête.

— Tu vas bien, répéta-t-il en marchant le long du brancard sans lui lâcher la main.

Ils n'eurent pas eu l'occasion de se dire quoi que ce soit d'autre, car les ambulanciers l'emmenèrent dans une chambre et la transférèrent de la civière au lit. La poigne de Gillian était presque douloureuse, mais Trigger n'allait certainement pas s'en plaindre.

Hormis les bleus sur son visage et sa gorge, elle paraissait aller bien. Il se tourna pour écouter l'ambulancier qui informait le médecin qui apparut à l'intérieur de la salle.

— La patiente s'appelle Gillian Romano, âge inconnu. Elle ne nous a dit que son nom. On l'a retrouvée inconsciente dans un parking à l'extrémité sud de la ville. À part des ecchymoses superficielles, nous n'avons pas décelé d'autres blessures évidentes. Pas d'os brisé et apparemment pas de douleur particulière. Son rythme cardiaque et sa tension artérielle sont élevés, mais c'est probablement parce qu'elle n'avait pas l'air de savoir où elle était ou ce qui se passait lorsqu'elle a repris connaissance. On a mis en place une intraveineuse, mais on soupçonne qu'elle est sous l'emprise de drogues ou qu'elle a ingérée au cours des dernières heures, en raison de la dilatation de ses pupilles.

Trigger écoutait avec un mélange étrange d'horreur et de soulagement.

Le médecin hocha la tête.

— Infirmière, faites une analyse de sang complète et on va voir si elle peut nous dire ce qu'elle a ingéré. J'aimerais également procéder à un test de viol, juste au cas où. Elle aura peut-être besoin d'une IRM pour qu'on soit certains qu'elle ne s'est pas cogné la tête. Gillian, pouvez-vous me regarder ? Que s'est-il passé ?

Au lieu de regarder le médecin, celle-ci garda les yeux braqués sur ceux de Trigger. Il détestait vraiment lire la terreur dans son regard.

— C'est bon, ma chérie. Tu es en sécurité, maintenant. Tu peux nous dire ce qui s'est passé ?

Elle secoua la tête.

— Tu es en sécurité, répéta-t-il.

— Je ne me souviens pas, murmura-t-elle. Je vous le dirais si je le pouvais, mais je ne me souviens pas de quoi que ce soit. Tout ce que je sais, c'est que je me suis réveillée dans une ambulance et que j'ai mal à la tête.

L'estomac de Trigger se serra.

— Quelle est la dernière chose dont vous vous souvenez ?

Gillian déglutit fort et ferma les yeux. Au bout d'un moment, elle les ouvrit et dit :

— Je te parlais au téléphone dans ma voiture.

— Tu allais chez le traiteur pour goûter des gâteaux pour la fête des Howard, lui indiqua-t-il.

Elle cligna des paupières.

— Je ne m'en souviens pas. J'y suis allée ?

— Oui. Tu t'es garée dans un garage à proximité et tu as rencontré la fille des Howard. Vous avez choisi deux gâteaux différents.

Trigger savait tout cela parce qu'il s'était lui-même entretenu avec le traiteur pour vérifier que Gillian l'avait bien fait.

— Je ne me souviens pas, gémit-elle.

Trigger lui caressa tendrement le visage du revers des doigts.

— Ça te fait mal ?

Elle secoua la tête, mais elle grimaça quand elle pressa contre ses doigts.

— Mais ma gorge me fait mal, et j'ai l'impression d'avoir la gueule de bois.

— Si vous voulez bien vous reculer un peu, on doit l'examiner, déclara l'infirmière avec impatience.

Trigger lâcha à contrecœur la main de Gillian et fit un pas de côté.

À la seconde où il lui lâcha la main, Gillian commença à trembler. Trigger voulait revenir vers elle, mais il se força à rester où il était. Il savait qu'il avait déjà de la chance qu'on l'autorise à rester dans la pièce et il ne voulait rien faire qui pousse le médecin à l'en éjecter.

Il regarda en silence pendant qu'on déshabille Gillian, lui retirant ses vêtements pour les placer dans un sac que la police viendrait chercher plus tard.

— C'est humide, déclara l'infirmière en découpant le chemisier de Gillian. Ça sent également l'alcool. Vous avez bu plus tôt dans la journée ? demanda-t-elle.

Gillian secoua la tête, mais elle garda les yeux fermés pendant que son corps était manipulé par le personnel médical.

— Elle a des marques de ligature autour des poignets et des chevilles, ajouta l'infirmière. Elles vont bleuir, mais la peau n'est pas abîmée.

— On aura besoin de photos pour le détective qui s'occupe de son cas, dit le médecin.

Ils parlaient comme si Gillian n'était pas là. Comme si

elle ne pouvait pas entendre tout ce qu'elle disait. Cela exaspérait Trigger, mais il garda son calme.

Cela dit, il resta silencieux jusqu'à ce qu'il soit temps pour l'infirmière de faire un test de viol et qu'elle essaya de le faire sortir de la salle.

— Vous devez sortir, Monsieur, lui dit-elle fermement.

Faisant de son mieux pour contenir sa colère, Trigger se dirigea vers le lit et reprit la main de Gillian.

— Veux-tu que je parte, Gilly ? demanda-t-il à voix basse.

Elle ouvrit les yeux et secoua frénétiquement la tête.

— Non ! Ne pars pas ! Je t'en prie !

— Je reste, déclara fermement Trigger à l'infirmière.

Celle-ci pinça les lèvres, mais elle n'insista pas.

— J'ai été violée ? demanda Gillian avec terreur en regardant Trigger dans les yeux.

Il s'installa sur une chaise près de sa tête et posa la main sur le côté valide de son visage.

— C'est juste une précaution.

— Mais je l'ai été ? demanda-t-elle. Je ne me souviens pas de quoi que ce soit. Je n'ai pas mal... en bas. Est-ce que quelqu'un m'a touchée pendant que j'étais inconsciente ? Je ne pense pas avoir bu en plein milieu de la journée... mais apparemment si ?

— Chut, ma chérie. Ne te mets pas dans des états pareils.

— Je ne me souviens de rien ! répéta-t-elle d'un ton plein de douleur.

— Ils t'ont fait une prise de sang. Ils vont découvrir ce qu'on t'a donné. D'ici là, ne panique pas, Di.

Gillian ferma les yeux et fit de son mieux pour contrôler sa respiration alors que l'infirmière plaça ses jambes dans des étriers et commença le test de viol.

— Je ne suis pas Wonder Woman, murmura Gillian. Je

suis morte de trouille. Ma tête et mon cou me font mal, et apparemment, on m'a ligotée. Comment se fait-il que je ne me souvienne de rien ? Ça n'a aucun sens !

— Ta peur ne te rend pas moins extraordinaire, Gillian. Et c'est normal que tu ne te souviennes de rien si on t'a donné quelque chose précisément pour ça, l'apaisa Trigger.

— Mais pourquoi ?

— Pourquoi, quoi ?

— Pourquoi ne m'ont-ils pas tuée ?

Trigger s'était demandé la même chose, mais il n'en laissa rien paraître.

— Peut-être parce que celui qui t'a enlevée s'est rendu compte que tu es incroyable et que te tuer laisserait une marque noire sur son âme dont il ne se remettrait jamais.

Pour la première fois depuis qu'il avait croisé son regard alors qu'on l'amenait en civière, Trigger vit quelque chose dans son expression qui n'était pas simplement une terreur des plus abjectes.

— Oui, je suis sûre que c'était ça. Ça a dû être mon sens de l'humour légendaire.

Trigger fut submergé par la gratitude que sa compagne ait réussi à se libérer de l'emprise que la peur avait eue sur elle.

— On va essayer de démêler tout ça, lui dit-il en la regardant attentivement dans les yeux alors qu'il s'exprimait, afin qu'elle le croie. Brain et le reste de l'équipe sont sur le coup. Je veux que tu viennes rester avec moi jusqu'à ce que les personnes qui t'ont fait ça soient attrapées.

— Et s'ils ne parviennent pas à l'arrêter ? Ce n'est pas comme si je pouvais fournir des informations sur ce qui s'est passé, dit-elle.

— Alors tu devras rester avec moi pour toujours.

Rien ne lui paraissait aussi plaisant que la pensée de

s'endormir chaque nuit avec Gillian à ses côtés, sachant qu'elle serait également là à leur réveil.

— Si tu te sens responsable de ce qui m'est arrivé, et que c'est pour cela que tu le demandes, alors ma réponse est non, lui dit-elle.

Trigger ouvrit la bouche pour protester, mais elle l'interrompit.

— Mais si tu me le demandes parce que tu veux vraiment que je sois là, si tu penses que tu pourras un jour m'aimer autant que je t'aime, alors ma réponse est oui.

Ils étaient au beau milieu d'une salle d'urgence. Une infirmière venait juste de rallonger les jambes de Gillian après avoir effectué un test de viol, et Trigger fut frappé par son courage.

— Je t'aime. Quand je me suis rendu compte que tu avais disparu, j'ai eu l'impression qu'on m'avait arraché le cœur de la poitrine. Il a commencé à battre à nouveau quand on a reçu la nouvelle qu'on t'avait retrouvée vivante. Je veux que tu vives avec moi pour que je puisse voir ton visage souriant tous les jours. Pour que je puisse te donner du café et des beignets tous les matins et entendre ton soupir de contentement. Je veux rire avec toi et me disputer aussi... simplement pour qu'on puisse se réconcilier après. Eh oui, j'ai envie de te protéger, mais cette période sombre va bien finir un jour, et je vais quand même vouloir me réveiller en contemplant ton visage magnifique tous les matins.

— Bordel, c'était beau, marmonna l'infirmière qui s'affairait sur le côté, préparant les plaques pour les laboratoires.

Gillian ne put s'empêcher de rire.

— Je ne quitte pas mon travail. J'ai encore des événements à organiser et à finaliser.

Trigger fronça les sourcils, mais il acquiesça.

— Mais que dis-tu de ça ? poursuivit-elle. Je termine les événements que j'ai planifiés pour le moment, puis je me concentre sur la région de Killeen. Ça ne veut pas dire que je vais cesser de travailler à Austin, parce que j'ai déjà beaucoup de contacts ici ainsi que des clients réguliers, mais je ferai de mon mieux pour rester plus près de chez moi.

— Je déménagerais si j'en étais en mesure, lui dit honnêtement Trigger.

— Je sais. Mais ce que tu fais est important et tu dois être aussi près de la base que possible.

Elle n'avait rien dit qui n'était pas vrai, mais c'était quand même difficile à entendre. Il hocha la tête.

Le médecin revint dans la chambre.

— Comment vous sentez-vous, Mademoiselle Romano ? Gillian haussa les épaules.

— Je vais bien.

— Sur une échelle d'un à dix, où dix est le plus de douleur que vous ayez jamais ressentie de votre vie et un est l'absence totale de douleur, où vous positionnerez-vous en ce moment ?

— Trois ? dit Gillian avec un haussement d'épaules. Ma tête et ma gorge me font mal, mais c'est à peu près tout.

Le médecin acquiesça d'un air approbateur.

— Vous devrez parler au détective lorsqu'il arrivera, mais je ne pense pas qu'il soit nécessaire de vous garder ce soir. Vos pupilles sont encore un peu dilatées, mais à part ce trou dans vos souvenirs, vous ne semblez pas confuse ou désorientée.

— Je ne le suis pas, lui dit Gillian.

— Vous avez quelqu'un qui peut rester avec vous ?

— Oui, effectivement, déclara immédiatement Trigger. Elle va rester avec moi. Je suis dans l'Armée de terre et j'ai assez de connaissances médicales pour veiller sur elle. Je peux l'emmener à l'hôpital si son état ou son niveau de douleur change.

Le médecin hocha à nouveau la tête.

— C'est bien. J'espère qu'on retrouvera qui vous a fait ça.

— Je l'espère aussi, déclara Gillian.

Puis le médecin sourit d'un air distrait, fit volte-face et quitta la pièce, l'esprit déjà braqué sur son patient suivant.

Trigger savait qu'il fallait attendre que le détective de la police arrive, mais il avait terriblement envie d'enrouler Gillian dans une couverture chaude et de la ramener à la maison. Il avait parfaitement conscience d'avoir failli la perdre. Il n'avait aucune idée de ce qui s'était passé, mais il avait l'impression que c'était en rapport au détournement. Quelqu'un voulait des informations, et ils avaient décidé d'enlever une des personnes qui pouvait en avoir. Il se souvint mentalement d'appeler l'agent du FBI pour s'assurer que les autres passagers passent en alerte rouge.

Gillian avait été kidnappée, probablement interrogée, puis avait été droguée pour s'assurer qu'elle ne se souviendrait de rien avant d'être abandonnée au hasard, en grande partie indemne et non molestée. C'était plus que bizarre et cela n'avait pas de sens... ce qui rendait la chose d'autant plus inquiétante.

Il passa le reste de l'après-midi et le début de la soirée à discuter avec les amies de Gillian, pour s'assurer qu'elles sachent qu'elle allait bien et les informer de son déménagement. Le détective s'était également présenté, et il avait été douloureux et frustrant – pour chacun d'eux – de devoir écouter Gillian expliquer encore et encore qu'elle n'avait aucun souvenir de son enlèvement.

Le détective n'avait pas plus d'informations qu'avant. Il avait également confirmé ce que Trigger soupçonnait déjà :

que s'ils ne retrouvaient pas d'ADN sur ses vêtements, et puisqu'elle n'avait pas été agressée, la police ne pourrait pas faire grand-chose pour retrouver les coupables, à moins que Gillian ne se souvienne de quelque chose.

Trigger savait qu'elle était frustrée et épuisée, et quand le médecin signa enfin ses documents de sortie, il avait hâte de l'emmener loin de là aussi rapidement que possible. Elle portait une blouse qu'une infirmière avait trouvée quelque part et elle s'était endormie pratiquement à la seconde où il avait commencé à rouler vers le nord.

Ses coéquipiers étaient restés là avec lui durant tout ce temps. Ils avaient apporté de la nourriture pour le dîner et fait de leur mieux pour réconforter Gillian.

Lefty et Brain étaient avec Trigger. Les autres étaient partis avec Doc, retournant au garage pour récupérer la voiture de Gillian, qu'ils avaient déposée à l'immeuble de Trigger.

— J'ai effectué des recherches, dit Brain après avoir conduit pendant quinze minutes et une fois qu'ils étaient certains que Gillian dormait. Les soupçons du médecin se portent sur le Rohypnol et je suis d'accord. Dans certains cas, les gens sont capables d'invoquer des bribes de souvenirs juste avant d'avoir été drogués.

Trigger poussa un grognement. Il serait utile que Gillian se souvienne de quelque chose, mais cela ne changerait rien à ce qui lui était arrivé.

— Selon toi, qui est derrière tout ça ? demanda Lefty.

— Honnêtement ? demanda Trigger.

— Bien sûr, déclara Lefty.

— Sinaloa, répondit Trigger sans la moindre hésitation.

— Ouais, c'est ce que je pensais aussi, confirma Lefty. Ce genre de drogues est facile à obtenir au Mexique. C'est légal là-bas, alors ils n'auraient eu aucun mal à en mettre dans un verre et à la forcer à en boire.

— Mais son enlèvement n'a guère de sens, ajouta Brain. Pourquoi maintenant ? Je veux dire qu'ils ont eu plusieurs mois pour passer à l'attaque et la tuer s'ils l'avaient voulu. Et pourquoi la libérer sans lui avoir vraiment fait du mal ?

— Je pense qu'ils ont eu vent de sa visite au FBI. Ils voulaient peut-être savoir ce qu'elle leur a dit. Si elle sait qui était le septième pirate de l'air, réfléchit Lefty à haute voix.

— Et lorsqu'ils ont découvert qu'elle n'en avait aucune idée, ils ont décidé que prendre le risque de la tuer n'en valait pas la peine, conclut Brain.

Trigger serra les dents, frustré. Tout ce que disaient ses coéquipiers était logique, mais il détestait le fait que c'était de *Gillian* qu'ils parlaient d'un ton aussi détaché. C'était ce qu'ils faisaient à chaque mission : ils mettaient tout à plat... Mais cette fois, cela semblait déplacé.

— Les gars ? demanda-t-il.

— Oui ?

— Que se passe-t-il ?

— On peut laisser tomber pour le moment ? La dernière chose dont Gillian a besoin est que son inconscient intègre qu'on parle d'elle, déclara fermement Trigger.

— Tu as raison, désolé, s'excusa Brain.

— Oui, désolé, on aurait dû attendre, ajouta Lefty.

Trigger inspira profondément et essaya de se détendre, ce qui était impossible.

— Alors... tu la fais emménager chez toi, hein ? demanda Lefty.

Même s'il ne pouvait pas le voir depuis le siège conducteur, Trigger entendit le sourire dans sa voix.

— Oui.

— Elle a conscience qu'elle ne retournera jamais à son appartement de Georgetown ?

Trigger sourit pour la première fois de la journée.

— Je ne sais pas et je m'en fiche.

Ses amis rirent doucement.

— Tu as besoin d'aide pour déménager ses affaires jusqu'à chez toi ?

— J'apprécierais, répondit Trigger avec gratitude.

— Elle ne va pas se mettre en rogne quand on va se présenter avec tous ses trucs ? demanda Brain.

— Je ne sais pas, déclara à nouveau Trigger. Mais à long terme, ça lui conviendra. Je l'aime et elle m'aime aussi. Elle est faite pour moi. Hors de question qu'elle vive ailleurs que chez moi avant que je sois certain qu'elle soit à l'abri de la menace qui pèse sur elle. Et par la suite, j'espère qu'elle se sentira tellement bien qu'elle ne pensera même pas à partir.

— Ton appart n'est pas très grand, fit remarquer Brain. Je parie que tu pourras trouver quelque chose de plus grand. Peut-être un appartement de trois ou quatre chambres ou quelque chose comme ça.

— J'avais prévu de le faire, avoua Trigger.

Pas plus tard que la semaine précédente, il avait cherché sur Internet des logements à louer à proximité de la base qui étaient un peu plus grands que son appartement actuel.

— Mais pour le moment, ma piaule fera l'affaire. Elle est petite, mais sûre. Et je préfère ne pas me laisser distraire par un déménagement avant que la menace ne soit passée.

— Tout à fait d'accord. Je suis content pour toi, Trigger, dit Lucky.

— Merci.

— Je me serais volontiers plaint du fait que les choses ne vont plus être les mêmes à présent que tu t'es dégoté quelqu'un, mais après avoir vu Ghost et son équipe tomber amoureux – super *fort* –, mais que leurs relations ont toutes résisté aux changements, ça ne me dérange pas autant, dit Brain.

Trigger voyait ce qu'il voulait dire. L'autre équipe Delta avait prouvé qu'avec la partenaire adéquate, avoir une famille en étant soldat d'élite n'était pas impossible. Il n'avait pas cherché l'amour, mais il lui était tombé tout cuit, et il n'allait certainement pas abandonner Gillian par peur d'avoir une relation fonctionnelle.

Gillian et lui étaient faits l'un pour l'autre et rien n'allait la lui retirer. Rien et personne. Il ferait tout ce qui était en son pouvoir pour s'en assurer.

CHAPITRE DIX-HUIT

Une semaine plus tard, Gillian avait l'impression de s'être retrouvée. Les premiers jours avaient été difficiles. Elle avait été percluse de douleurs et se sentait extrêmement vulnérable. Elle détestait ne pas pouvoir se souvenir de ce qui lui était arrivé. Elle avait fini par se rappeler qu'elle était allée chez le traiteur et avait dégusté différents gâteaux, mais tout ce qui s'était déroulé après avoir quitté le bâtiment et avant son réveil à l'hôpital restait un mystère.

Il était bon de pouvoir se terrer dans l'appartement de Walker pour se cacher du monde entier. Elle savait sans l'ombre d'un doute qu'il veillerait sur elle. Elle n'avait même pas été contrariée lorsque son équipe s'était pointée avec une multitude d'affaires venues de son appartement. Ils étaient un peu à l'étroit dans l'appartement de Walker, avec leurs affaires combinées, mais il ne s'en était pas plaint.

Les deux premiers jours, il l'avait étreinte toute la nuit durant, la rassurant lorsqu'elle s'était réveillée après avoir fait des cauchemars. Mais après cela, elle s'était lassée qu'il la traite comme un morceau de verre fragile. Elle voulait redevenir Diana Prince à ses yeux. Être la femme forte qui lui avait valu son surnom.

Ainsi, la troisième nuit, elle était passée à l'acte avant de grimper dans son lit. Il voulait continuer à la dorloter, mais elle savait qu'elle parviendrait à ses fins quand elle se mit à genoux devant lui, et il ne protesta pas. Son visage était encore douloureux, mais cela ne voulait pas dire qu'elle ne pouvait pas lui montrer sans paroles à quel point elle l'aimait.

À sa grande déception, il ne la laissa pas s'attarder trop longtemps, mais il se rattrapa largement quand il la souleva, l'allongea sur son lit et entreprit de lui donner deux des orgasmes les plus intenses qu'elle ait jamais eus. Puis il lui avait fait l'amour... Il n'y avait pas d'autre mot pour le décrire. Il était tendre et doux, et il l'avait regardée dans les yeux sans cesser de la prendre.

Son troisième orgasme avait été moins intense que les deux précédents, mais tout aussi extraordinaire. Lorsqu'il se laissa enfin aller, elle fut incapable de détourner les yeux de la veine qui battait sur son cou quand il avait jeté la tête en arrière et poussé un long grognement de plaisir.

Elle avait cru que faire l'amour serait un tournant, que les choses reprendraient leur cours normal et que son envie de la protéger se relâcherait un peu. Mais elle avait eu tort.

À présent, Gillian était déchirée. Elle avait beau apprécier sa sollicitude, il refusait de la laisser sortir toute seule. Elle avait de plus en plus l'impression de perdre son indépendance.

Une fois, Ann, Wendy et Clarissa lui avaient rendu visite, et Walker n'était parti que lorsque ses amies avaient promis de ne pas la laisser seule. Bien sûr, elles avaient trouvé cela romantique et mignon, mais Gillian commençait à être frustrée.

Certes, elle avait été kidnappée et droguée.

Certes, toute cette histoire la faisait toujours flipper.

Mais cela ne signifiait pas qu'elle s'était soudainement transformée en une gamine de cinq ans qu'on devait surveiller en permanence.

Alors qu'une semaine s'était écoulée, Gillian se voyait de plus en plus irritée. Walker était *trop* protecteur. C'était étouffant et même si elle savait qu'il l'aimait et *pourquoi* il ne voulait pas qu'elle s'éloigne de sa vue, il fallait que cela s'arrête.

Son dernier décret avait été la goutte d'eau qui avait fait déborder le vase. Il l'avait entendue parler à la fille des Howard et lui assurer que la fête se déroulerait comme prévu le week-end suivant. Dès qu'elle eût raccroché, il avait recommencé.

— Je ne pense pas que ce soit une bonne idée pour toi d'aller à Austin ce week-end.

Gillian fit de son mieux pour museler son emportement avant de se tourner pour lui faire face.

— Walker, je n'ai pas le choix. C'est mon gagne-pain. J'ai passé près de trois mois à bosser sur cette fête. Je ne vais pas la rater.

— Tu as fait le plus gros du travail. Ça se passera bien que tu sois là ou pas, dit-il d'un ton calme qui la rendit folle.

— Tu n'as pas idée, dit-elle un peu plus rudement qu'elle en avait eu l'intention. Tu étais au zoo. Tu as vu ce que je fais. Il y a des millions de petits détails à régler. Il va bien finir par y avoir un problème et quelqu'un doit être là pour rediriger la situation.

— Tu peux embaucher une personne pour le faire. Tu devrais probablement recruter une assistante de toute façon, dit Walker d'un ton raisonnable.

— Tu es sérieux ? lui demanda-t-elle en posant les mains sur ses hanches.

— Absolument. *Tu* ne penses sérieusement pas à revenir à Austin aussi vite ? Ton visage est encore contusionné et on t'a kidnappée il y a à peine plus d'une semaine. Pourquoi crois-tu que ce serait une bonne idée d'y retourner ?

Gillian avait contenu sa frustration pendant plusieurs jours, mais elle ne pouvait plus continuer à le faire.

— Je t'aime, Walker. Vraiment. Mais je ne peux pas être le genre de femme qui se contente de rester à la maison en attendant que son homme revienne de déploiement. J'ai besoin de travailler. J'aime ce que je fais. Je pensais que tu le comprenais.

— Oui, répondit-il immédiatement en faisant un pas vers elle.

Gillian ne voulait pas se laisser apaiser, alors elle fit un pas en arrière pour qu'il ne puisse pas la toucher. Ils savaient tous les deux que c'était sa faiblesse, que quand il posait les mains sur elle, elle fondait comme un morceau de chocolat par temps de grosse chaleur.

Walker se redressa et pinça les lèvres avant de reprendre la parole.

— D'accord. On n'en a pas parlé, alors c'est le moment le plus opportun. Quand je me suis rendu compte que tu avais disparu, ça a été le pire jour de ma vie. Pire que n'importe laquelle de mes missions. Mon monde s'est arrêté de tourner. Je ne savais pas quoi faire ni même par où commencer à te chercher. Pire encore, tu avais déjà disparu depuis plusieurs heures. Je sais mieux que quiconque combien il est facile de tuer quelqu'un. Tu t'étais peut-être déjà fait tuer avant qu'on se rende compte de ta disparition. Je n'étais pas là pour toi alors que j'avais promis que tu serais en sécurité, et ça a failli me détruire.

Les défenses de Gillian commencèrent à s'effriter quand elle comprit qu'il avait le cœur brisé.

— Walker, murmura-t-elle.

Il secoua la tête et reprit la parole avant qu'elle ne puisse poursuivre.

— On a fait tout ce qu'on a pu et ça n'a pas suffi. Le FBI ne savait absolument pas où tu te trouvais ; les caméras de surveillance n'avaient rien filmé. Ton téléphone, ton sac à main et ta voiture étaient toujours dans le parking. On n'avait littéralement pas d'indice. *Rien.* Tu aurais déjà très bien pu être au Mexique à ce qu'on en savait. Puis, par miracle, on nous a appelés pour nous dire que tu avais été retrouvée vivante. Mon cœur a commencé à battre à nouveau à ce moment-là, et j'ai juré que je ne te ferai *plus jamais* défaut.

— Tu ne m'as pas fait défaut, insista Gillian. Tu n'aurais rien pu faire. Walker, je pourrais être blessée ou mourir dans la rue en sortant de ton appartement. Ou bien en prenant la voiture pour aller au supermarché. Ou bien je pourrais avoir une crise cardiaque.

— Est-ce que tu peux arrêter de parler de ta mort ? implora-t-il. Je ne peux pas le supporter. Pas alors que je te vois avec le visage encore couvert de bleus et que tu ne me laisses pas te toucher.

— D'accord, Walker.

— Je ne suis pas certain que tu réalises que c'est un miracle que tu sois encore là. Tous les jours, des centaines de personnes sont portées disparues, et personne ne les revoit plus jamais. Et d'après tout ce que l'agent Tucker a découvert, et ce que moi et l'équipe suspectons aussi, tu as été enlevée par le Sinaloa. Le cartel de drogue le plus impitoyable et le plus dangereux que le monde a jamais connu. Pour l'amour de Dieu, ils ont détourné un avion, pour se venger d'un gang concurrent. Non seulement tu as été épargnée, mais ils n'ont pas abusé de toi sexuellement, ils ne t'ont pas brisé les os et ils ne m'ont pas envoyé des parties de ton corps par la poste, menaçant de faire pire si je ne faisais pas ce qu'ils voulaient. Tu ne devrais *pas* être là en ce moment. Ça n'a aucun sens. Aucun.

« Je sais que je te colle et que je me comporte comme un con depuis une semaine, mais c'est parce que je t'aime tellement et que je suis hanté par la pensée que quelqu'un qui décide qu'il a commis une erreur et que tu n'aurais pas dû être libérée te retrouve. Je ne peux pas revivre ça. Je ne peux pas ! C'est injuste pour toi, et ça me fait passer pour un petit ami dominateur quand je ne peux pas te quitter même deux minutes sans avoir à m'assurer que quelqu'un veille sur toi, mais je ne peux *littéralement pas* m'en empêcher.

« Je vais m'améliorer, je te le promets. Mais tout ce que je veux est que tu sois en sécurité. J'ai envie de t'épouser. D'avoir une famille. De vieillir avec toi. Je sais que tu es indépendant. J'aime le fait que tu as ta propre vie, que tu n'as pas besoin de moi pour être heureuse. Si jamais tu décidais que tu ne m'aimais plus et que tu me quittais, ça serait nul, mais au bout du compte, je serais d'accord... parce que je saurais que tu es vivante et en bonne santé. Mais si tu venais à te faire tuer, je ne pourrais pas y survivre. »

— Tu es faite pour être à moi, Gillian. J'ai besoin de toi autant que j'ai besoin d'air pour respirer. Tu as changé ma vie en si peu de temps que c'est presque incroyable. Autrefois, je vivais pour l'Armée. Pour mes coéquipiers. Mais maintenant, je vis pour *toi*. Maintenant que j'ai eu un avant-goût de ce que ma vie pourrait être avec toi, je ne peux pas revenir en arrière. Je t'en prie, dis-moi que tu comprends.

Les yeux de Gillian étaient remplis de larmes. Elle avait su que Walker était nerveux et s'inquiétait pour elle, mais elle n'avait pas compris à quel point. Elle fit un pas vers lui, et avant qu'elle ne puisse se rendre compte qu'il avait bougé, elle était dans ses bras.

— Je t'aime, Walker. Je comprends, vraiment. Je ne dis pas que j'ai envie de partir à Austin toute seule. Je ne pense pas pouvoir y aller de nouveau toute seule. J'avais pensé que tu serais *avec* moi.

Elle leva les yeux vers lui.

— Je te jure que je vais faire attention. Je ne me plaindrai pas si tu me suis comme une ombre pendant la fête. C'est simplement que... j'ai travaillé dur pour monter ma boîte. Si je me désiste pour cet événement, ça me portera préjudice. Les clients perdront confiance en moi. Peu importe que j'aie été kidnappée par un cartel de drogue ; les gens sont égoïstes. Ils veulent ce qu'ils ont demandé. Même s'ils sont compatissants après ce qui s'est passé, ils veulent quand même leur fête.

— Je veux que le reste de l'équipe soit là aussi, dit Walker au bout d'un moment.

— Aucun problème, acquiesça Gillian.

— Et tu ne pourras aller *nulle part* sans l'un d'entre nous.

— Même pas aux toilettes ? le taquina-t-elle.

Walker ne se dérida pas.

— L'un d'entre eux jettera un coup d'œil avant de te laisser entrer, et personne d'autre ne sera autorisé à y pénétrer tant que tu y seras.

Gillian inspira profondément. Elle avait envie de protester. De dire à Walker qu'il était parano. Cependant, elle se souvint ensuite de la peur qu'elle avait ressentie lorsqu'elle avait repris connaissance et s'était rendu compte qu'elle ne savait pas ce qu'elle faisait dans une ambulance et pourquoi elle avait aussi mal.

— D'accord, déclara-t-elle solennellement à son petit ami.

Walker posa une main à l'arrière de sa tête et la plaqua sur son épaule.

— OK, murmura-t-il.

Ils demeurèrent ainsi dans sa cuisine pendant un certain temps, Gillian regardant la fenêtre qui menait à son balcon, observant les oiseaux au-dehors qui voletaient d'un arbre à l'autre.

Faucon.

Elle se recula brusquement et regarda Walker.

— Faucon ! dit-elle d'un ton urgent.

— Quoi ?

— Faucon. Je ne sais pas ce que ça signifie, mais ça a rapport à mon enlèvement.

Il arqua un sourcil, mais son expression se durcit.

— Tu en es certaine ?

Gillian hocha la tête.

— Oui. Je ne sais pas pourquoi, mais... oui.

Walker fit courir une main sur ses cheveux, puis il caressa du revers des doigts sa pommette encore meurtrie.

— Je suis fière de toi, Di. Tu es absolument Wonder Woman.

— Mais ça n'a aucun sens.

Walker secoua la tête.

— Peu importe. Je vais appeler l'agent Tucker et le lui faire savoir. Il pourra effectuer des recherches et voir s'il comprend ce que ça signifie.

Gillian ferma les yeux, essayant de se forcer à se remémorer autre chose.

Faucon, faucon, faucon. Elle répéta ce mot dans sa tête à plusieurs reprises.

Puis un autre mot s'imposa à son esprit.

— Salazar ! lâcha-t-elle.

Cette fois-ci, il eut l'air choqué.

— Quoi ? demanda Gillian. Qui est-ce ?

— Alfredo Salazar est le leader du cartel de Sinaloa ici au Texas. Calum Branch, l'agent des stups à qui tu as parlé, soutient qu'il a son quartier général à Austin. Je ne sais pas pourquoi tu te souviens de ce nom, mais si c'est lui qui t'a enlevée ou t'a fait enlever, le fait que je puisse te tenir dans mes bras est encore plus miraculeux.

— Pourquoi ? demanda Gillian, ne sachant pas si elle voulait entendre la réponse.

— Il est impitoyable. Il a rejoint le gang quand il était encore à l'école primaire. Il a tué son premier homme vers l'âge de dix ans. Tout le monde sait que si on le croise, on est mort. On dit qu'il n'a aucune pitié, qu'il a tué sa propre *sœur* quand il a cru qu'elle avait trahi le cartel.

Gillian ouvrit de grands yeux devant le récit de Trigger.

— Il faut que j'appelle Tucker, déclara-t-il.

Gillian hocha la tête.

— Je sais.

— Je vais peut-être aussi vérifier si Ghost et son équipe peuvent venir à Austin avec nous, marmonna-t-il.

Aussi effrayée que Gillian l'était, elle trouvait cela un peu exagéré. Avoir quatorze hommes qui la suivraient partout durant une fête d'anniversaire serait un peu beaucoup. Mais elle essaierait de l'en convaincre plus tard. Peut-être quand ils seraient tous les deux contentés après plusieurs orgasmes.

— Walker ?

— Oui, ma chérie ? demanda-t-il d'un ton posé.

— Je te fais confiance.

Cela retint son attention. Il arqua un sourcil.

— S'il m'arrive autre chose, je sais que tu arriveras à

temps. Toi aussi, tu as changé ma vie. J'ai toujours eu l'impression qu'il me manquait quelque chose, même si j'ai des parents géniaux, des amies formidables et un travail que j'aime. Maintenant, je sais que c'était toi. C'était *toi* qui me manquais.

Il se pencha et l'embrassa doucement.

— Nous allons nous en sortir, lui dit-elle. Ni l'un ni l'autre, nous ne sommes habitués à vivre avec quelqu'un d'autre. Rajoutes-y un petit appartement, mes blessures et ton ressentiment de ne pas avoir pu m'aider... Nous sommes condamnés à nous disputer. Merci de n'avoir pas refusé de m'écouter ou bien d'être parti en courant. Ce n'est pas facile d'exprimer ce qui nous dérange, mais j'apprécie que tu le fasses.

— J'ai été célibataire pendant très longtemps, mais rien n'est aussi bon que de me réveiller en te tenant dans mes bras, Gilly. Je ne peux pas promettre de toujours être heureux et de bonne humeur, mais je promets de ne jamais te faire subir ce qui me dérange. Je ferai de mon mieux pour qu'on mette les choses à plat avant d'aller au lit. Je ne veux jamais qu'on aille se coucher en colère.

— Moi non plus. Et... Walker ?

— Je suis là, ma chérie, dit il avec un sourire.

— Je n'ai pas pu m'empêcher de remarquer que tes amis avaient pratiquement déménagé tout mon appartement ici cette semaine.

— Ce n'était pas vraiment un secret, sourit-il.

— Alors maintenant que je vais mieux, je suppose que tu ne veux pas que je retourne à Georgetown ?

— Absolument pas, répondit-il immédiatement. Et pas seulement parce que je m'inquiète de ta sécurité. J'aime quand tu monopolises les couvertures la nuit. J'aime te regarder te brosser les dents dans ma salle de bains... *notre* salle de bains. Mes draps et mes serviettes ont l'odeur du chèvrefeuille, et j'*adore* ça. J'aime t'apporter le café pendant que tu te prépares le matin, et j'aime te voir quand je lève les yeux de mon travail. Je *t'*aime, Gillian.

Elle manqua fondre dans ses bras.

— Je t'aime aussi, Walker.

— Tu es d'accord pour vivre ici… en permanence ?

— J'ai le choix ? demanda-t-elle d'un ton taquin.

— Tu as toujours le choix, déclara-t-il sans l'ombre d'un sourire. Je ne te forcerai jamais à faire quoi que ce soit que tu ne veuilles pas faire.

— J'ai envie de vivre avec toi, lui dit-elle.

— C'est bien. Plus tard, on prendra un appartement plus grand. Ici, on est collés comme des sardines. Ça ne me dérange pas, mais au bout d'un moment, ça pourrait faire un peu beaucoup. Mais maintenant, même si je n'ai pas envie de te quitter, j'ai vraiment besoin d'appeler Tucker. Que tu te sois souvenue de ces deux petits mots insignifiants est une bonne chose. Ça ne signifie peut-être rien pour nous pour le moment, mais le fait que tu sois assez forte pour avoir battu les drogues qui ont embrouillé tes souvenirs ne fait que me conforter dans l'idée que tu *es* Diana Prince.

Sur ce, Walker l'embrassa sur le front et se tourna pour saisir son téléphone.

Gillian lui donna un peu d'espace, se dirigeant vers leur chambre à coucher. Elle n'avait pas besoin d'entendre sa conversation. Elle n'avait aucune idée de ce que signifiaient les mots *faucon* et *Salazar*, et elle admettait également qu'elle ne *voulait* pas savoir. Elle avait quelques détails de dernière minute à régler pour la fête des Howard, et elle devait également parler à leur fille et lui assurer qu'elle serait bien là samedi soir.

* * *

— Ce n'est pas grand-chose, dit Gary Tucker à Trigger.

— Je sais, mais je voulais vous faire savoir le plus tôt possible que Gillian se souvenait de quelque chose.

— Hmm. Très bien, je suis d'accord avec vous pour le nom de Salazar. Bien qu'il soit très peu probable qu'elle l'ait effectivement vu en personne. Il est insaisissable et ne s'implique pas dans les extorsions et les enlèvements.

— Je ne suis peut-être pas expert en matière de barons de la drogue, déclara Trigger, mais je crois qu'il est plus impliqué qu'on le suppose. Je sais qu'il y a une hiérarchie dans des organisations comme celle-ci, mais ne serait-il pas au courant de tout ce qui se passe ? Qui est ciblé et pourquoi ?

— Putain de merde, dit soudainement l'agent Tucker.

— Quoi ? demanda Trigger, alarmé.

— Attendez... J'appelle Calum. En tant qu'agent des stups, il en sait beaucoup plus sur le Sinaloa que moi.

Trigger attendit avec impatience que l'agent du FBI contacte l'autre homme.

— Vous êtes là, Branch ? demanda Tucker après environ une minute.

— Oui, répondit son interlocuteur.

— Trigger ? demanda Tucker.

— Aussi, confirma-t-il.

— Alors, bon, Calum, Trigger m'a appelé pour me dire que Gillian se rappelait deux choses de son enlèvement.

— Génial ! déclara l'agent des stups.

Trigger était heureux d'entendre la sincérité de sa voix.

— La première était le nom de Salazar.

Calum poussa un long sifflement bas.

— Oui. Trigger et moi parlions de lui quand il m'est venu une idée.

— Laquelle ? demanda Calum.

— On se disait qu'il était réellement peu probable que Salazar en personne ait eu un contact direct avec Mademoiselle Romano. J'ai dit à Trigger qu'il laissait probablement les enlèvements et les assassinats aux membres inférieurs de son organisation.

— C'est probablement vrai. Les barons de la drogue ne se mouillent généralement pas dans ce genre de choses. Ils ont des membres hautement qualifiés et dignes de confiance dans leurs organisations qui font le sale boulot.

— Exactement. Ce qui nous ramène à l'autre chose dont Gillian s'est souvenue.

— Eh bien ? Quoi ? demanda Calum quand Gary hésita.

— Elle s'est souvenue du mot « faucon ».

— Ouah. Oui, c'est logique. Ce serait simplement bien de connaître le contexte, dit Calum au bout d'un moment.

— Éclairez-moi, l'un ou l'autre, demanda Trigger d'un ton impatient.

Il n'avait aucune idée de ce que pouvait signifier *faucon*, mais évidemment, cela avait une certaine pertinence, d'après ce que disaient les deux hommes.

— Alors, dans les cartels comme le Sinaloa, il y a différents niveaux de participation, expliqua Calum. Au sommet se trouvent des gens comme Salazar, les barons de la drogue. Ce sont eux qui gèrent l'ensemble. La tête du serpent, si vous voulez. En dessous se trouvent les lieutenants. Les gens à ce niveau sont en contact direct avec le seigneur de la drogue et sont hautement fiables et précieux, car ils supervisent beaucoup de membres des niveaux inférieurs de l'organisation. Ensuite viennent les tueurs à gages ; pas besoin de vous expliquer ce qu'ils font. Mais sous *eux* se trouvent les membres qu'on appelle des faucons. C'est la position la plus basse du gang, et la plupart d'entre eux travaillent dur pour gagner la confiance et la faveur des hommes de main et des lieutenants dans le but de gravir les échelons.

— Alors, que signifie le mot faucon dont se souvient Gillian dans ce contexte ? demanda Trigger.

— Normalement, je dirais qu'on n'en est pas certains. Il se peut que la personne qui l'a kidnappée ait mentionné un faucon d'une manière ou d'une autre. Ou cela pourrait signifier qu'elle a vu un oiseau voler au-dessus d'elle après avoir été jetée hors de la voiture et que son cerveau a simplement produit le mot « faucon ».

— Alors pourquoi Tucker était-il si enthousiaste à l'idée de vous faire participer à cet appel ? demanda Walker.

— Parce que se souvenir du mot faucon tout seul ne signifie rien. Mais s'en souvenir en conjonction avec le nom de *Salazar* signifie qu'elle était certainement dans les mains du cartel de Sinaloa. Il existait une raison à son enlèvement, mais il y en a probablement une plus importante derrière sa libération presque sans aucune égratignure... Ce qui, nul besoin de le préciser est très, *très* rare. Je peux compter sur les doigts d'une main le nombre de personnes qui ont échappé aux griffes du cartel de Sinaloa après avoir été kidnappés, dit Calum.

— Parmi les personnes que vous connaissez qui en ont réchappé... combien ont été reprises par le cartel ? demanda Trigger.

— Aucune, lui dit Calum sans hésitation. Il n'y a eu qu'une seule situation où nous savons avec certitude ce qui s'est passé. Nous avions un AI... Désolé, un agent infiltré dans le cartel, qui nous a rapporté que les hommes de main avaient enlevé quelqu'un qu'ils soupçonnaient de répandre des informations. Finalement, ils ont enlevé la mauvaise personne. Ils avaient le même nom, mais le pauvre homme qui a fini devant Salazar s'était simplement retrouvé au mauvais endroit au mauvais moment. On l'a laissé partir après l'avoir violemment battu et prévenu de ne pas révéler un seul mot sur ce qui lui était arrivé. Le mec a fini par déménager au Canada avec sa famille, et il y réside encore.

Trigger poussa un long soupir.

— Alors, que pensez-vous de tout ça en référence à Gillian ? demanda-t-il. Et parlez-moi sincèrement. Pourquoi a-t-elle été prise, quelles sont les chances qu'elle soit encore en danger et allons-nous devoir surveiller nos arrières pour le reste de nos vies ? Dois-je demander une mutation en Alaska ?

— Honnêtement, je ne sais pas quoi penser, déclara Calum, et Trigger se tendit une fois de plus. Je veux dire que le fait qu'elle ait été relâchée saine et sauve est une bonne chose.

Trigger aurait voulu contester « saine et sauve », mais il choisit de ne pas relever.

— Mais rien de tout ça n'est normal. Le détournement était un acte extrême et audacieux, et le fait que nous ne savons toujours pas qui était le septième pirate de l'air signifie qu'il y a beaucoup de pistes à remonter. Mademoi-selle Romano a eu un rôle très actif dans tout cela. Elle a été choisie parmi tous les passagers pour être la porte-parole entre les pirates de l'air et les négociateurs. Elle était égale-ment là quand les pirates de l'air ont été tués à leur tour. Il se pourrait donc tout simplement que Sinaloa tente de savoir ce qu'elle sait sur l'identité de l'autre pirate de l'air.

— On part à Austin ce week-end pour un événement qu'elle organise, dit Trigger aux hommes.

— Tu penses que c'est une bonne idée ? demanda Tucker.

— Non, déclara Trigger avec insistance. Mais je ne peux pas la garder enfermée pour toujours. Si elle est assez courageuse pour se remettre en selle après être tombée, alors je serai là à ses côtés. Moi et mes amis.

Trigger savait que les deux hommes comprenaient ce qu'il disait quand ils murmurèrent tous les deux leur approbation. Ils savaient qu'il était membre des Forces Delta et qu'il participerait à la sécurité.

— Prévenez-nous si vous remarquez quelque chose qui sonne faux, déclara l'agent du FBI.

— Je le ferai, les rassura Trigger.

— Merci de nous avoir communiqué ce dont Gillian se souvenait, ajouta Calum. Je sais que ça paraît être un détail insignifiant, mais le fait qu'elle se soit souvenue de quoi que ce soit est vraiment impressionnant.

— C'est ce que je lui ai dit, en convint Trigger. On reste en contact.

Les trois hommes raccrochèrent et Trigger resta dans son salon. Il regarda dehors pendant un long moment. D'une certaine manière, cet appel téléphonique l'avait rassuré sur la sécurité de Gillian, mais il se sentait toujours mal à l'aise. Il se dit qu'il resterait nerveux à son sujet pendant encore très longtemps.

Quand elle avait disparu et qu'il s'est rendu compte qu'ils n'avaient absolument aucun indice quant à l'endroit où elle pouvait se trouver, il avait failli perdre les pédales. Ce n'était pas souvent qu'il se sentait impuissant, et il détestait cette sensation.

Il voulait la garder enfermée dans son appartement, en sécurité et protégée pour toujours, mais il savait que ce n'était pas possible. En plus, avec la chance qu'il avait, quelqu'un dans l'appartement voisin finirait par faire un feu de cuisine qui mettrait le feu à tout l'immeuble. Il avait appris tout au long de sa carrière que parfois, l'endroit le plus sûr était en fait le plus dangereux.

Il devait laisser Gillian prendre son envol, mais cela ne signifiait pas qu'il ne doive pas être là pour la rattraper si elle tombait.

Il regarda son téléphone et cliqua sur un bouton pour appeler Lefty. Il devait faire savoir à son équipe qu'ils se rendraient à Austin pour une fête le samedi suivant.

CHAPITRE DIX-NEUF

Gillian contemplait la grande salle de bal du Driskill avec satisfaction. Tout était absolument magnifique et l'événement s'est déroulé de manière incroyablement fluide jusqu'à présent. Elle était arrivée à l'hôtel plus tôt dans l'après-midi pour s'assurer que tout était conforme à ses spécifications. Elle avait enfilé la seule robe que les coéquipiers de Walker avaient rapportée de son appartement. Heureusement, elle était élégante et appropriée à l'événement. Elle avait acheté cette robe vert clair un jour où elle faisait du shopping avec Ann. Son amie lui avait dit qu'elle faisait ressortir la couleur de ses yeux, et dans un moment de faiblesse, Gillian l'avait achetée.

Lorsqu'elle était sortie de la chambre ainsi vêtue, elle avait cru pendant une seconde que Walker allait la prendre sur le canapé. Elle n'y aurait pas été opposée, même si cela avait signifié qu'elle serait arrivée à l'hôtel en retard.

Au lieu de cela, il s'était contenu, lui chuchotant à l'oreille que lorsqu'ils rentreraient chez eux plus tard dans la nuit, il la prendrait si fort qu'elle le sentirait à l'intérieur d'elle pendant au moins une semaine.

Gillian avait senti ses genoux faiblir, mais elle avait simplement répondu qu'elle avait hâte.

Walker l'avait suivie autour de l'hôtel alors qu'elle s'entretenait avec les différents membres du personnel pour s'assurer que tout était prêt pour la fête. Il n'avait pas été intrusif et restait à l'écart, mais il ne la quittait pas des yeux. Plusieurs personnes l'avaient interrogée sur lui et ses amis, et elle avait expliqué qu'ils faisaient partie de la sécurité. Lui et ses coéquipiers ressemblaient à des mannequins dans leurs costumes sombres. Aucun d'eux ne portait de cravate, mais leurs chemises blanches sous leurs costumes noirs donnaient l'impression qu'ils venaient de sortir de *Men in Black* ou quelque chose du genre. On lui avait jeté quelques regards étranges quand elle avait expliqué sa « sécurité », mais personne n'avait vraiment creusé le sujet.

Lefty et Brain avaient étudié la liste d'invités qu'elle avait reçue de la fille des Howard et ils n'avaient trouvé aucun nom qui aurait pu les inquiéter. Deux heures plus tôt, le couple de la soirée était arrivé pour ce qu'ils pensaient être un dîner intime pour deux organisé par leur fille, et ils avaient été agréablement surpris de l'immense fête donnée en leur honneur.

Les gâteaux avaient été bien reçus et dévorés en moins d'une heure. Au bar, les boissons coulaient à flots et le DJ jouait de la musique sur laquelle tout le monde, quel que soit leur âge, pouvait danser.

Dans l'ensemble, la soirée avait été un succès, et Gillian était soulagée qu'elle soit presque finie.

— Mademoiselle Romano ? lui demanda un membre du personnel du Driskill derrière elle.

Gillian se tourna.

— Oui ?

— *Hum*… il y a eu un problème avec la carte de crédit utilisée pour payer la chambre des Howard pour la nuit.

— Oh, je suis certaine que ce n'est qu'un malentendu. Je vais venir avec vous pour m'en occuper et je règlerai ça avec mon client plus tard. Walker, l'appela Gillian en se tournant vers lui. Je dois m'absenter un instant. Je dois juste faire un petit tour rapide à la réception.

— Je viens aussi, répliqua Walker.

Gillian aurait voulu lever les yeux au ciel et insister sur le fait qu'elle était parfaitement capable de se rendre à la réception et d'en revenir sans qu'il lui colle aux basques, mais comme cela ne la dérangeait vraiment pas, elle hocha simplement la tête.

Elle suivit l'employé à travers la foule de la salle de bal puis le long d'un couloir. L'hôtel était vieux et les couloirs étaient étroits. Et en plus d'être un samedi soir, il y avait tellement de gens qu'elle eut l'impression qu'ils devaient jouer des coudes pour parvenir au comptoir.

Le personnel de la réception était dépassé avec tous les gens qui essayaient de s'enregistrer ou qui posaient des tas de questions, alors elle remit sa carte à l'employé et se plaça de côté, attendant qu'elle revienne. Walker se tenait de l'autre côté de la pièce, contre le mur. Elle accrocha son regard et sourit, aimant voir son visage s'adoucir alors qu'il lui rendait son sourire.

Un remue-ménage à l'autre bout du vestibule lui fit tourner la tête, et Gillian regarda dans cette direction. Un homme et une femme se hurlaient dessus, puis l'homme tendit le bras et poussa l'épaule de la femme. Gillian regarda Walker s'éloigner du mur contre lequel il était adossé et se diriger vers le couple.

Elle avait deviné qu'il allait réagir. Il n'allait certaine-

SUSAN STOKER

ment pas rester là à regarder quelqu'un agresser une femme.

— Gillian !

À l'appel de son nom, Gillian tourna la tête et elle resta bouche bée en reconnaissant celle qui se tenait là.

C'était Andréa. Et elle avait une vraie tête d'enterrement.

Elle portait du maquillage, mais elle ne pouvait pas cacher les bleus profonds sur son visage. Elle avait un bras en écharpe et portait également un énorme bandage sur cette main.

— Oh, mon Dieu, Andréa, ça va ? demanda Gillian, se précipitant vers celle qu'elle n'avait pas vue depuis leur sauvetage au Venezuela.

Andréa plissa le visage et hocha la tête. Ce mouvement la fit grimacer.

— Que s'est-il passé ?

— Il fallait que je te vienne te prévenir. Je ne savais pas où tu habitais, mais je me rappelais que tu m'avais parlé de cette fête par texto. Le cartel m'a kidnappée et ils voulaient tout savoir sur le détournement. Ils ont dit qu'ils allaient venir te prendre après.

— Ils l'ont déjà fait, admit Gillian.

Les yeux d'Andréa s'écarquillèrent.

— Vraiment ?

— Oui.

Andréa sembla osciller sur ses pieds.

— Oh, merde ! Je ne me sens pas très bien, gémit-elle.

— Viens, on va trouver un endroit où t'asseoir, dit Gillian en plaçant son bras autour de la taille de l'autre femme.

— Je n'aurais pas dû venir. J'ai trouvé une place dans la première rangée du parking. Tu y crois ? Aide-moi à y retourner et je ne resterais plus dans tes pattes.

— Tu es en état de conduire ? demanda Gillian avec inquiétude quand Andréa les entraîna vers l'un des nombreux couloirs qui sortaient du vestibule.

— Probablement pas, mais il fallait que je vienne te voir. Je ne voulais rien dire par téléphone au cas où ils écouteraient.

Gillian regarda de nouveau dans le vestibule pour voir où était Walker. Elle voulait s'assurer qu'il verrait où elle allait, mais il était occupé à essayer de contrôler l'homme saoul à l'autre bout de la grande pièce. La femme ne faisait qu'aggraver la situation, car elle tentait de frapper son mari, son petit ami ou qui que cet homme puisse être.

Pensant qu'elle ne s'éclipserait qu'une minute ou deux et que Walker ne se rendrait même pas compte de son absence, Gillian aida Andréa à descendre en boîtant le couloir qui menait vers la sortie. Elles sortirent et Andréa désigna l'extrémité d'une file de voitures.

— Elle est dans la première rangée, tout au bout, dit-elle.

— Je suis vraiment désolée que ça te soit arrivé, répondit Gillian.

— Moi aussi, dit Andréa.

Quand elles arrivèrent à la voiture, Gillian garda son bras autour de la taille d'Andréa pendant qu'elle les conduisait vers la portière.

— Donne-moi ton sac à main, je vais t'ouvrir la portière.

— Merci.

Gillian la lâcha et fourragea dans le sac pour trouver les clés.

Elle venait d'appuyer sur le bip pour ouvrir les serrures quand elle sentit quelque chose s'enfoncer dans ses côtes.

— Entre, dit Andréa d'un ton que Gillian ne l'avait encore jamais entendue utiliser.

Elle baissa un regard confus et fut choquée de voir un

pistolet dans la main d'Andréa. Elle l'avait enfoncé contre ses côtes et le pressait contre sa chair de manière agressive.

Gillian mit une seconde à comprendre ce qu'il se passait.

— Quoi ? demanda-t-elle d'un ton incrédule.

— Monte dans la voiture, répéta Andréa. Obéis-moi. Ou bien je te fais un trou dans le côté.

— Pourquoi fais-tu ça ? C'est eux qui t'ont forcée ?

— Eux ? Le cartel ? Qu'ils aillent se faire foutre ? J'ai fait *tout ce* qu'ils voulaient. Et pour quoi ? Pour rien, voilà ! J'ai exhorté Luis à se proposer pour le boulot au Costa Rica. Salazar nous avait dit que ce serait du gâteau. Les partisans de Sinaloa devaient placer des armes dans l'avion et le détournement serait facile. Et c'était vrai. Ce connard de Lamas a été tué, comme on l'avait prévu... mais ensuite il a fallu que *tu* fasses tout foirer !

Gillian essayait toujours de comprendre ce qu'elle entendait.

— Luis ? Le pirate de l'air ? Tu le *connaissais* ?

— C'était mon mari ! cracha Andréa.

— Mais... vous avez des noms de famille différents.

— Ça ne veut absolument rien dire. Je n'ai eu aucun mal à obtenir de faux documents. Permets-moi de me présenter correctement. Je m'appelle Andréa *Vilchez,* et non Vilmer. Luis Vilchez était mon mari. L'amour de ma vie. Et il est mort à cause de toi !

L'esprit de Gillian tourbillonnait.

— De moi ?

— Oui, espèce de connasse ! On était presque de retour chez nous en liberté, à deux doigts d'entrer dans notre avion de secours. On aurait décollé et on aurait volé sous le radar jusqu'au Mexique, et on serait tous montés en grade dans le cartel. Mais non, il a fallu que tu fasses trébucher Alberto. Je ne sais pas pourquoi cet idiot a changé de plan et a décidé de t'emmener. Puis tu as trébuché et tu as donné à ces connards l'occasion de descendre mon Luis ! Tu as *tout* gâché !

— Mais...

— Monte dans la voiture, Gillian, et je m'assurerai que ta mort soit aussi indolore que possible. Sinon, je te tire dans le bide, ce qui signifie que tu vas lentement te vider de ton sang. Ensuite, je vais aller à l'intérieur pour tirer sur les invités de ta précieuse petite fête. Je garderai ce connard qui a tué Luis pour la fin. Et avant de le tuer, je m'assurerai que c'est *toi* qui es responsable de sa mort.

Gillian n'était pas idiote. Il était impossible qu'Andréa soit en mesure de tuer Walker. Pas dans l'état dans lequel elle se trouvait.

Elle avait été idiote de quitter l'hôtel, même si elle avait cru qu'Andréa était une amie. Mais la dernière chose que Gillian allait faire était de grimper dans cette voiture. Sans quoi, elle savait sans l'ombre d'un doute qu'elle connaîtrait une mort horrible et douloureuse, peu importe ce qu'Andréa avait promis.

Et soudain, une phrase s'imposa dans sa tête.

Les femmes et toutes leurs histoires.

Gillian savait qu'elle avait entendu cela lorsqu'elle avait été kidnappée.

— Tu as dit à Salazar que j'en savais davantage, n'est-ce pas ? demanda-t-elle.

Andréa sourit.

— Bien entendu. Et il a fait exactement ce que je voulais : il a approuvé ton enlèvement. Mais il a fallu que tu lui fasses croire que tu ne savais rien ! acheva-t-elle en plissant le visage de rage.

— Je *ne* savais rien, insista Gillian.

— Il était censé te malmener ! Te couper quelques

doigts. Te torturer comme *j'ai* été torturée tous les jours depuis que mon Luis a été abattu ! siffla Andréa.

— C'est ce qui t'est arrivé ? demanda Gillian en regardant la main bandée d'Andréa.

— Ça ne lui a pas plu que je mente, déclara-t-elle d'un ton trop calme. Il a dit que j'allais lui servir d'exemple. Il a tranché trois de mes doigts et m'a tabassée. Puis il m'a jetée dans le sous-sol d'une de ses baraques. Il espérait que je me vide de mon sang, mais si ça n'arrivait pas, il devait envoyer un autre faucon, un nouveau venu en plus, le lendemain, pour terminer ce qu'il avait commencé. Je devais être sa première mort. Mais j'ai réussi à m'échapper. Je me cache depuis la semaine dernière, en attendant ce soir et l'occasion de me venger.

Gillian aurait voulu ressentir du remords en apprenant qu'Andréa avait été battue aussi violemment, mais elle en était incapable. Pas alors qu'elle était là pour la tuer.

Puis elle réalisa quelque chose, et se dit qu'elle était vraiment la personne la plus crédule du monde.

— Luis ne t'a pas violée dans cet avion, dit-elle d'un ton plat.

Andréa sourit à nouveau.

— Non. J'étais ravie de le sucer. Et c'était *génial*.

Gillian se sentait malade. Elle secoua la tête.

— Je ne pars pas avec toi, dit-elle à Andréa.

— Si. Monte, lui ordonna-t-elle.

— Non, dit Gillian en faisant un pas en arrière. Elle ne savait pas combien de minutes s'étaient écoulées, mais Walker devait s'être rendu compte qu'elle n'était plus à la réception. Il la trouverait. Elle devait simplement lui donner assez de temps.

Andréa leva le pistolet et le braqua entre les yeux de Gillian.

— Monte. Dans. La. Voiture.

Gillian était lasse d'avoir peur. Lasse de regarder dans le canon d'un pistolet.

Elle ne sait pas ce qui lui prit, mais elle en avait assez d'être une victime.

— J'ai pleuré pour toi, déclara-t-elle d'un ton glacial. Je trouvais horrible qu'on t'ait traitée aussi mal dans cet avion... Ou du moins le *croyais*-je. J'ai même essayé de convaincre les autres passagers de faire quelque chose pour t'aider. Et pendant tout ce temps, tu te moquais probablement de nous. Peu t'importaient les passagers qui ont été tués. Tu soutenais ces monstres depuis le début ! J'ai plus de respect pour Alfredo Salazar en ce moment que pour *toi*.

Andréa ne broncha même pas.

— La seule personne qui m'importe, c'est moi. Je tenais à Luis, mais maintenant il n'est plus là. À cause de *toi*. Je te donne une dernière chance. Grimpe dans cette putain de voiture !

Gillian regarda dans les yeux de cette femme qu'elle pensait connaître. Une femme qui avait été témoin de l'expérience la plus traumatisante de la vie de Gillian.

Andréa n'était pas celle qu'elle l'avait cru. C'était une tueuse impitoyable.

En même temps, elle entendit un cri sur sa droite, et Gillian se déplaça.

Au lieu de tendre la main pour saisir l'arme braquée entre ses yeux, elle lança le poing et frappa la main bandée d'Andréa aussi fort qu'elle le pouvait.

L'arme que tenait l'autre femme partit toute seule et Gillian sentit une brûlure au biceps. Elle s'aplatit au sol alors que quelque chose vola au-dessus de sa tête. Elle vit un éclair noir, puis quelqu'un la tira en arrière et se plaqua sur elle.

Luttant sous une masse pesante, Gillian fit de son mieux pour se débattre.

— Du calme, Gillian, c'est moi, dit Lefty dans son oreille.

Elle cessa immédiatement de bouger et lui serra la manche de sa main valide.

— Donne-lui une seconde, puis on pourra se déplacer, dit-il.

Ses paroles n'avaient guère de sens, mais Gillian resta immobile, lui faisant confiance.

Trigger était plus irrité par le couple qui se battait dans le vestibule que par n'importe quoi d'autre. Il était intervenu lorsque l'homme avait poussé sa petite amie, mais la femme n'avait pas voulu se calmer, même lorsque son compagnon avait été contenu. Il avait fallu trop de temps pour que la sécurité de l'hôtel arrive et prenne le relais, en séparant le couple et en appelant la police pour mettre à plat toute la situation.

En fait, cela ne faisait que quelques minutes, mais cela lui avait paru plus long quand Trigger se tourna vers l'endroit où il avait vu Gillian pour la dernière fois, trouvant l'espace près du desk vide.

Pour la deuxième fois ce mois-ci, son cœur cessa de battre.

— Où est Gillian ? demanda-t-il à Lefty quand son ami se présenta à ses côtés.

Quelques instants plus tard, toute son équipe était dans le vestibule, essayant de déterminer où elle se trouvait.

Il ne fallut pas longtemps pour qu'une des clientes rassemblées dans le vestibule leur dise qu'elle avait vu une personne vêtue d'une robe verte courte soutenant une autre femme – qui semblait avoir été battue récemment – pénétrer dans un couloir donnant vers l'arrière.

Trigger ignorait qui était cette femme, mais les poils de sa nuque se hérissèrent. Il n'avait jamais ignoré ses instincts et n'allait pas commencer aujourd'hui.

Lui et le reste de son équipe descendirent le couloir. Ils ne pouvaient pas sortir leurs armes, pas au milieu d'un hôtel bondé, cependant, ils étaient tout aussi mortels sans elles.

À la seconde où ils sortirent de l'hôtel et arrivèrent dans le parking à l'arrière du bâtiment, Trigger aperçut Gillian. Elle et une autre femme se tenaient, face à face, à l'extrême gauche de la première rangée de véhicules. Elles avaient l'air d'être en train de discuter, tout simplement, ce qui apaisa les papillons qu'il avait dans le ventre.

Mais ensuite, la femme mystère braqua un pistolet au visage de Gillian.

Trigger se déplaça sans même prendre le temps de réfléchir.

Son équipe était bien entraînée, et ils se dispersèrent immédiatement. Doc, Oz et Lucky partirent à droite pour venir derrière Gillian et la femme, tandis que Lefty, Grover et Brain suivirent Trigger.

Il ne pouvait pas entendre ce qui était dit, mais cela n'avait pas d'importance. Personne ne braquait une arme sur sa femme. *Personne.*

Quand il se rapprocha, il entendit l'autre femme dire :

— Je te donne encore une chance. Grimpe dans cette putain de voiture.

Il ouvrit la bouche et poussa un rugissement puissant, espérant surprendre la femme et la faire se tourner vers lui. Gillian parut bouger en même temps. Il ne voyait pas ce qu'elle faisait, mais l'autre femme cria et un tir résonna dans la nuit tranquille du Texas.

Trigger tacla la femme en bondissant au-dessus de Gillian qui s'était accroupie. Andréa tomba en arrière, sa tête heurtant le trottoir avec un bruit sourd. Il aurait voulu se retourner et voir si Gillian allait bien, mais il savait que son équipe saurait la mettre en sécurité et administrer les premiers soins si nécessaire.

Le bruit du coup de feu résonnant toujours à ses oreilles, Trigger sentit l'adrénaline pulser dans ses veines alors qu'il maîtrisait cette femme sous lui. Elle se débattit mollement entre ses bras et quand il observa son visage meurtri et battu, il se rendit compte qu'il la reconnaissait.

— Andréa Vilmer ? demanda-t-il d'une voix choquée.

— C'est *Vilchez*, siffla-t-elle avant d'essayer de lui cracher au visage.

C'est alors que tout cliqua dans sa tête. Elle était la septième pirate de l'air.

Vilchez était le nom de famille de Luis, et elle était de toute évidence liée à lui. Sa sœur, sa femme... peu importait.

Du sang suintait à travers le bandage de sa main et Trigger se demanda brièvement ce qui avait pu lui arriver. Il devait surtout s'assurer qu'elle n'ait plus jamais l'occasion de faire du mal à Gillian. Elle en avait fait assez. Plus qu'assez.

Il la fit se redresser et lui attacha fermement les mains derrière le dos avec un lien en plastique. Il avait le sentiment que Gillian le taquinerait plus tard parce qu'il en avait pris un avec lui, mais il avait appris à ses dépens lors d'une mission qu'il valait mieux toujours posséder un moyen de sécuriser l'ennemi.

Alors seulement, il se tourna vers Gillian. Lefty était au-dessus d'elle, lui rendant son regard. Lucky et Doc firent leur apparition à ses côtés et il les laissa immédiatement prendre le contrôle de cette femme folle qu'il venait de tacler.

— La police est en route. Et Brain a appelé Branch et Tucker, lui dit Lucky.

Trigger entendait les paroles de son ami, mais il ne parvenait pas à détourner les yeux de Gillian alors que Lefty s'écartait lentement d'elle.

Du sang. Il tachait le sol sous elle, mais il ne voyait pas d'où il venait. Ayant l'impression de se déplacer au ralenti, il se dirigea vers elle. Gillian cligna des paupières. Une fois, puis deux. Mais cette fois-ci, il fallut un moment pour que ses paupières se rouvrent.

Tout dans le monde de Trigger s'arrêta.

— Non, dit-il dans un murmure étouffé en se mettant à genoux à côté de Gillian.

— Je suis désolée, dit-elle d'une voix éraillée qu'il entendit à peine. Je n'aurais pas dû quitter le vestibule avec elle.

— Ne parle pas, ordonna-t-il, absolument terrifié, toutes les connaissances médicales qu'il possédait s'échappant par la fenêtre.

C'était sa femme qui était allongée là, en sang, et il ne trouvait pas quoi faire pour l'en empêcher !

— C'est Andréa.

— Je sais, dit-il. S'il te plaît, ne parle pas.

Elle referma les yeux.

— Salazar l'a battue parce qu'elle lui a menti en lui disant que je savais qui elle était, et que j'allais le dire aux autorités.

— Ne me laisse pas ! l'implora Trigger. Je ne peux pas vivre sans toi.

Elle rouvrit les yeux et le regarda d'un air confus.

— Garde tes forces. L'ambulance sera bientôt là. Accroche-toi.

— Walker, commença-t-elle en plissant le front.

— *Chut*, ordonna-t-il.

— Je ne suis pas en train de mourir, Walker, lui dit-elle fermement.

Il regarda le sang sous elle et pinça les lèvres.

— C'est vrai, insista-t-elle. Mon bras me fait un mal de chien et je crois que Lefty a fait sortir tout l'air de mes poumons quand il m'a sauté dessus pour me protéger des balles perdues, mais je ne vais pas mourir. Du moins... Je ne le pense pas.

Trigger cligna des paupières, inspira et soudain, tout redevint clair. Il n'y avait du sang sous elle que d'un seul côté. Ses pupilles réagissaient à la lumière et sa respiration, quoiqu'un peu rapide, était régulière.

— Merde, dit-il en se redressant. Merde, merde, *merde* !

Il entendit Lefty et Grover ricaner à côté de lui.

— Attends, mon pote, tu as sincèrement cru qu'elle allait mourir ? demanda Lefty.

— La ferme, grommela Trigger.

— Tu l'as cru ! le railla Crover. Hé, les mecs, Trigger a vu un peu de sang et il a flippé !

Il n'entendit plus les taquineries de ses coéquipiers quand il sentit Gillian lui toucher le bras. Il se pencha immédiatement plus près d'elle et lui saisit la main.

— Je vais bien, lui dit-elle doucement.

Trigger hocha la tête.

— Maintenant que j'ai les pensées plus claires, je vois que ce n'est qu'une simple égratignure. Mais tu vas quand même à l'hôpital, dit-il d'un ton qui n'appelait pas la contradiction.

— D'accord, mais seulement le temps qu'ils me

recousent. Je suis épuisée. Je me suis démenée toute la journée et tu m'avais promis de me faire des choses cochonnes quand on rentrerait.

Il éclata de rire et ferma les yeux en secouant la tête. Lorsqu'il les ouvrit à nouveau, il vit des larmes dans les yeux de Gillian.

— Je suis désolé pour Andréa.

— Moi aussi, dit-elle.

Trigger savait que Gillian traverserait quelques jours difficiles. Ils avaient tous les deux su que le septième pirate de l'air était un des passagers, mais avoir été trahie par quelqu'un qu'elle considérait comme son amie devait être douloureux. Il ferait son possible pour effacer la douleur et la trahison de son regard. Il savait également que passer du temps avec ses véritables amies, Ann, Wendy et Clarissa, l'aiderait aussi.

Mais il ne doutait pas que sa Wonder Woman redresse les épaules et redevienne rapidement la femme courageuse qu'il connaissait. Alors que les sirènes résonnaient au loin, Trigger se jura de l'accompagner pas à pas.

ÉPILOGUE

Gillian s'accrochait si fort au canapé que ses jointures avaient blanchi alors que Walker la prenait par-derrière.

Cela faisait trois mois qu'Andréa avait essayé de l'enlever et de la tuer derrière le Driskill. Elle avait dû jeter la robe verte que Walker aimait tant, mais elle avait fait du shopping avec Wendy et Clarissa, et avait trouvé la robe qu'elle portait ce soir.

Elle était plus courte que l'autre. Avec son encolure basse, elle mettait son décolleté en valeur, et elle espérait qu'une fois que Walker l'aurait vue dedans, ce serait ainsi que leur nuit se terminerait.

Puisqu'il avait fini tard, elle l'avait retrouvé au restaurant pour le dîner, et sa réaction à la robe – et à *elle* dedans – avait été conforme à ses espérances. Il avait écarquillé les yeux, ses pupilles s'étaient élargies et il avait marmonné un juron.

Durant tout le dîner, il n'avait pu s'empêcher de la toucher, ses doigts errant fréquemment vers un territoire indécent sur sa jambe alors qu'ils étaient assis l'un à côté de l'autre dans l'alcôve du restaurant à steaks. Il n'était pas non plus aussi bavard que d'habitude.

C'était probablement une bonne chose qu'ils avaient tous les deux leur voiture et qu'ils doivent conduire séparément jusqu'à leur appartement, sans quoi, Gillian avait l'impression qu'elle se serait retrouvée à poil et qu'il l'aurait prise dans la voiture.

Et en effet, à la seconde où la porte de l'appartement s'était refermée derrière eux, Walker l'avait attrapée, l'avait serrée contre lui et l'avait embrassée comme s'il ne l'avait pas déjà prise ce matin-là.

À présent, elle était renversée sur le côté du canapé alors qu'il la prenait par-derrière, comme elle avait imaginé qu'il l'aurait fait après la fête des Howard lorsqu'ils seraient rentrés à la maison.

Elle était toujours entièrement habillée, à l'exception de sa culotte en soie blanche qu'il avait arrachée pile avant de la pénétrer par-derrière. Ils avaient cessé d'utiliser des préservatifs deux semaines auparavant et Gillian trouvait toujours la sensation de Walker en elle extraordinaire.

Ses hanches accélérèrent quand il frisa l'orgasme. Une de ses mains courut le long de son ventre, et il fit rudement vibrer son clitoris alors que sa verge allait et venait en elle.

— Jouis pour moi, Di, ordonna-t-il.

Gillian avait essayé de lui expliquer une fois que juste parce qu'il lui avait ordonné de jouir, cela ne voulait pas dire que cela allait se produire. Mais ce soir, elle était là avec lui. Elle avait été tout humide et prête à l'accueillir avant qu'ils arrivent chez eux, et le voir complètement perdre le contrôle, incapable de se retenir, la fit basculer.

Comme d'habitude, il ne ralentit pas son allure sur son clitoris alors qu'elle s'approchait du point culminant. Une seconde son contact était presque douloureux et la suivante, elle ferma les yeux, cambra le dos, poussa les fesses contre lui et jouit. Fort.

Elle le sentit la pénétrer à nouveau violemment puis pousser aussi profondément en elle qu'il le pouvait alors qu'il jouissait à son tour. Son grognement résonna autour d'eux, mais les doigts de Walker ne ralentissaient pas sur son clitoris. Gillian essaya de se décoller de lui, mais cela ne servit à rien.

— Encore un, grogna-t-il. Laisse-moi te sentir presser ma queue.

Cela suffit. Un autre orgasme plus petit la traversa, chaque muscle de son corps se contractant. Elle jura qu'elle pouvait encore le sentir palpiter à l'intérieur d'elle.

Ils restèrent comme ça pendant un moment, leurs cœurs battant, le front en sueur.

— Bon sang, murmura-t-elle quand elle récupéra l'usage de son cerveau.

Walker ricana et se retira lentement de son vagin détrempé. Gillian sentit un peu de son sperme glisser à l'intérieur de sa cuisse.

— Je sais que c'est gênant pour toi, mais je ne me lasserai jamais de voir ça. C'est sexy, lui dit Walker. Viens, je vais t'aider à te nettoyer.

Il l'aida à se redresser et l'embrassa doucement avant de passer un bras autour de sa taille et de l'accompagner dans le couloir qui menait à leur chambre.

Nettoyer les preuves de leur amour et se changer pour la nuit ne leur prit guère de temps. Moins de dix minutes plus tard, ils étaient enlacés dans leur lit.

— Au cas où j'aurais oublié de te le dire, ce que je pense être le cas, tu étais magnifique ce soir, lui dit Walker.

— Merci. Je suis heureuse qu'on ait enfin eu l'occasion de se prendre sur le canapé, lui dit-elle honnêtement. Je commençais à craindre que tu ne me traites comme du verre fragile pour le reste de notre vie.

Elle sentit Walker trembler, et même si elle savait qu'il n'aimait pas parler de cette nuit-là, elle en avait besoin.

— Tu es la personne la plus forte que je connaisse, Di. Sérieusement. Mais c'est juste que... cette nuit... bon sang !

Gillian lui caressa la poitrine de la main.

— Je sais.

— Non, tu ne sais pas. Quand je l'ai vue lever ce pistolet et le braquer vers ta tête, j'ai revu défiler toute ma vie. Je n'ai pas souvent peur – demande aux garçons –, mais là, j'étais terrifié.

Gillian se releva sur un coude pour pouvoir le regarder dans les yeux.

— Je *sais*. Je pense que j'ai eu plus peur cette nuit-là que lors du détournement. Peut-être à cause de la haine que j'ai vue dans les yeux d'Andréa. Elle me méprisait. J'ai eu du mal à réconcilier ça dans mon cerveau parce qu'elle avait été très gentille avec moi depuis le détournement, et parce que je m'étais sentie vraiment mal à propos de ce qui lui était arrivé quand on était dans cet avion.

— Que ressens-tu à propos de ce qui lui est arrivé ?

— Qu'elle se soit fait tuer en prison ?

— Oui.

Gillian essaya de faire du tri dans ses sentiments avant de répondre.

— Soulagée, dit-elle après un moment de réflexion. Je sais que c'est terrible, mais...

— Ce n'est pas terrible. J'ai fêté ça aujourd'hui avec l'équipe lorsque j'ai reçu la nouvelle, avoua Walker. J'étais tellement content qu'elle soit morte et que tu n'aies pas à témoigner, et j'espère que toute menace que sa relation avec le cartel de Sinaloa pourrait t'avoir causée est maintenant bien neutralisée. Ce n'est pas comme si les autorités n'avaient pas déjà le cartel dans leur ligne de mire, et comme ce n'est plus un secret qu'Andréa était la septième pirate de l'air, il n'y a plus vraiment de raison de s'inquiéter que Salazar s'en prenne à toi.

Gillian s'allongea, reposant à nouveau la tête sur son épaule.

— J'ai entendu dire qu'elle avait été attaquée en prison ?

— Oui, dit Walker. On l'avait placée en isolement, mais quelqu'un a commis une erreur, ou c'était peut-être exprès, et on lui a permis d'aller dans la cour avec le reste des prisonnières. Je pense qu'une personne liée au Sinaloa a profité de l'occasion pour la buter. Elle n'était pas exactement dans leurs bonnes grâces. Ils ont très bonne mémoire et un certain code auquel ils doivent obéir.

— Je me sens mal pour elle, dit Gillian en soupirant.

— Non, répondit Walker en secouant la tête. Elle ne mérite pas ta bonté ou ta sympathie.

— Mais son mari a été tué, protesta Gillian.

— Ils *ont choisi* cette vie, dit Walker en la faisant rouler sur le dos pour se pencher sur elle.

Il braqua sur elle un regard intense.

— Personne ne les a forcés à s'impliquer dans le cartel. Personne ne les a forcés à devenir trafiquants de drogue. Luis était un meurtrier. Ce n'est pas comme s'il était en simple voyage d'affaires et avait été tué dans un accident de voiture. Elle ne mérite pas une once de ta bonté.

— D'accord, Walker.

— Gillian... Je veux simplement dire qu'elle n'a eu que ce qu'elle méritait.

— J'ai dit, d'accord.

Elle le regarda inspirer profondément, puis elle se détendit quand il roula sur le dos et l'attira contre lui.

— Je suis fier de toi, Di, lui dit-il. Je n'étais pas ravi

d'avoir à te quitter un mois après ce qui s'est passé, mais tu as très bien surmonté ce déploiement.

— Je n'étais pas ravie non plus, mais j'ai passé du temps avec mes amies et j'ai beaucoup travaillé sur les événements futurs que je planifiais.

— J'ai presque supplié mon commandant de me laisser rester ici, mais je me suis dit que ce serait tout aussi difficile de te quitter la prochaine fois que je serai appelé, alors j'ai serré les dents et j'y suis allé. Mais je n'ai pas cessé de penser à toi.

— Ce qui compromet ta sécurité, le gronda Gillian.

Cela fit ricaner Walker.

— Les gars savaient que je n'étais pas cent pour cent et se sont assurés que je ne passe jamais en première ligne.

Gillian ne savait pas exactement ce que cela signifiait et n'avait pas vraiment envie de le savoir.

— Ce sont des mecs bien, murmura-t-elle.

— Absolument. Walker se déplaça, passant la main par-dessus elle pour ouvrir un tiroir de la petite table de chevet.

Elle grogna quand elle se retrouva écrasée contre sa poitrine pendant une seconde avant qu'il se rallonge.

— Qu'est-ce que tu fais ? grommela-t-elle. Me faire sentir tes aisselles n'est pas sexy, Walker.

Avant de pouvoir se déplacer pour se remettre à l'aise, Walker avait pris la main qu'elle avait posée sur sa poitrine. Elle ouvrit de grands yeux en le regardant glisser une magnifique et parfaite bague en diamant taille princesse à son annulaire.

— Quoi ?

— Je t'aime, Gillian Romano. Je ne peux pas m'imaginer passer ma vie sans toi. Veux-tu bien m'épouser ?

Cette demande sortait de nulle part... Non, ce n'était pas vrai. Ils s'étaient installés pour vivre ensemble si facilement que c'était comme si elle vivait déjà avec lui depuis une éternité. Elle avait officiellement résilié son bail pour son appartement à Georgetown, et tout ce qui ne rentrait pas dans l'appartement de Walker avait été stocké en attendant qu'ils trouvent un logement plus grand. Walker lui disait et lui montrait tous les jours à quel point il l'aimait, et un soir, ils avaient eu une longue conversation au sujet des âmes sœurs, se disant qu'ils pensaient réellement s'être déjà rencontrés dans une vie antérieure, et que c'était la raison pour laquelle ils avaient cliqué aussi vite.

— Bien sûr, c'est oui, lui répondit-elle avec un grand sourire. À une condition.

— Vas-y, déclara Walker.

Gillian aimait la lueur charnelle dans son regard et savait qu'elle était sur le point de se faire complètement ravager... Une fois de plus.

— Ce n'est pas moi qui planifierai notre mariage. Je ne veux pas quelque chose d'immense. Je dois penser à la logistique et planifier des événements chaque jour que Dieu fait. Je veux quelque chose de discret et sans stress. Je veux juste qu'on se marie, qu'on passe un bon moment avec nos amis et qu'on poursuive le reste de notre vie.

— Tes parents ne vont pas flipper de ne pas avoir la possibilité de faire un mariage du tonnerre pour leur fille unique ? demanda-t-il.

Gillian aimait le savoir aussi respectueux de ses parents. Une fois de plus, ils avaient pris l'avion pour venir au Texas quand ils avaient appris qu'on lui avait tiré dessus, et même si ce n'était pas comme cela qu'elle aurait voulu que Walker les rencontre, cela n'aurait pas pu mieux tourner. Ses parents avaient immédiatement apprécié Walker, ce qui n'était pas surprenant.

— Non, lui répondit-elle. *Tes* parents seront-ils contrariés ?

— Non. Je pense qu'ils vont juste être contents que j'aie finalement trouvé quelqu'un qui me supporte. Alors, quel que soit le genre de cérémonie que tu souhaites, tu l'auras, dit-il.

Il prit sa main, embrassa l'anneau qu'il venait d'y poser, puis la poussa doucement sur le dos.

— Tu veux discuter d'autre chose avant de ne plus être en mesure de penser ? demanda-t-il en la pénétrant lentement, rabaissant les couvertures sur son passage, l'exposant à son regard brûlant.

Gillian ouvrit les cuisses avec impatience, lui faisant de la place alors qu'elle secouait la tête.

— Non, ça va.

— Oh, tu es belle, ma chérie, dit Walker avec une lueur dans ses yeux.

Il s'écoula au moins une heure et demie – ainsi que trois orgasmes, deux pour elle et un pour lui – avant que Gillian ne puisse récupérer l'usage de son cerveau. Walker était blotti contre son dos, la serrant contre lui, et elle baissa les yeux vers le diamant magnifique qui ornait à présent son doigt. Elle pensa à ses amis et à l'équipe de Walker, à la chance qu'elle avait eue d'avoir échappé à la mort non pas une, mais deux fois, et se jura d'être heureuse.

Quoi qu'il puisse se passer dans sa vie, elle avait un homme qui l'aimait, de bons amis et un travail qu'elle appréciait. La vie n'était pas parfaite, mais la sienne s'en approchait vraiment.

* * *

— Ces missions de baby-sitting sont ce que j'aime le moins, grommela Doc alors qu'une partie de l'équipe se tenait devant un bâtiment lambda de la capitale française.

Doc, Trigger et Lefty étaient en service, et Grover, Oz et Lucky prendraient le relais plus tard. Brain était en patrouille, à l'extérieur, écoutant les conversations des personnes rassemblées près du bâtiment et cherchant le moindre détail qui pourrait compromettre la sécurité des représentants à l'intérieur.

Normalement, Lefty aurait été d'accord avec Doc sur le terme « baby-sitting », mais plus tôt dans la journée, il avait vu arriver Walter Brown, le secrétaire adjoint aux Affaires insulaires et internationales, et il savait que cela signifiait que son assistante était probablement dans les parages.

Kinley Taylor. Il l'avait rencontrée la dernière fois qu'ils avaient travaillé comme gardes du corps en Afrique. Son patron y était, et il n'avait pas prêté la moindre attention à son assistante. Il l'avait renvoyée à son hôtel pour récupérer quelque chose qu'il avait oublié, au milieu d'une putain de manifestation ! Elle avait failli mourir et si Lefty ne l'avait pas suivie discrètement pour s'assurer que ce connard de manifestant qui avait posé les mains sur elle regrette de l'avoir arrachée à la foule, elle aurait été tuée.

Lui et Kinley avaient passé le reste du séjour à se voir en cachette quand ils le pouvaient. Elle était drôle et délicate, ce qui éveillait son côté masculin. Il avait toujours été attiré par les femmes plus petites. Il avait eu envie de passer ses mains à travers ses longs cheveux noirs et de la serrer contre lui chaque fois qu'il l'avait vue, mais ils étaient restés exclusivement professionnels.

Ils s'étaient beaucoup amusés lors de ce voyage. Ils avaient ri et plaisanté ensemble, mais même lorsqu'elle le taquinait, il avait perçu en elle un relent de tristesse. Cela avait rendu chaque sourire qu'elle lui avait adressé encore plus gratifiant.

À la fin de ce sommet, et donc de la mission de garde du corps de Lefty, elle avait promis de garder le contact, mais il n'avait plus jamais entendu parler d'elle.

Il lui avait fallu un certain temps pour arrêter de penser à elle. Il ne savait pas ce qu'il avait fait pour qu'elle change d'avis et refuse de le contacter, et cela le contrariait.

Mais à présent, ils se retrouvaient à nouveau au même endroit en même temps, et Lefty voulait des réponses. Il voulait savoir pourquoi elle l'avait ignoré si froidement alors qu'il avait cru qu'ils étaient vraiment amis.

L'équipe des Forces Delta était appelée de temps à autre pour protéger de hauts fonctionnaires lors de leurs voyages à l'étranger. Cette fois-ci, leur travail était de protéger le sous-secrétaire à l'Agriculture. Des représentants politiques importants de pays du monde entier avaient été invités à Paris, et comme d'habitude, autant de pouvoir rassemblé en un seul lieu attirait les fous, les malheureux et ceux qui voulaient juste protester contre quelque chose.

Le patron de Kinley était protégé par une autre équipe Delta basée au Fort McNair de Washington. Lefty avait rencontré les hommes à plusieurs reprises sur d'autres opérations, et il savait que c'étaient des types bien qui feraient leur possible pour protéger non seulement le secrétaire adjoint aux Affaires insulaires et internationales, mais également son assistante.

Mais cela n'était pas suffisant pour Lefty. Il voulait protéger Kinley personnellement.

— Qu'est-ce qui ne va pas ? demanda Trigger.

Lefty poussa un juron silencieux. Il savait qu'un de ses amis finirait bien par remarquer son étrange comportement.

— Elle est là, répondit-il à Trigger.

— Kinley ? lui demanda son ami, sachant exactement de qui il parlait.

Lefty hocha la tête.

— Elle travaille toujours pour ce connard ?

— Apparemment.

— Tu lui as parlé ? demanda Trigger.

Lefty secoua la tête.

— On va s'assurer que tu as le temps de le faire, dit Trigger.

— J'apprécie, lui répondit Lefty.

C'était vrai. Ils étaient ici en mission. Ils n'avaient pas le temps de s'amuser. Pas de dîners romantiques dans un charmant petit café et pas de visites à la tour Eiffel. Mais tout le monde savait à quel point il avait été contrarié quand Kinley n'avait répondu à aucun de ses e-mails ou de ses SMS. Son équipe ferait le nécessaire pour s'assurer qu'il obtienne la résolution dont il avait besoin.

Lefty se souvenait de sa dernière conversation avec Kinley comme si c'était hier.

— *Merci de m'avoir collé aux talons dans cette foule de gens.*

— *Je t'en prie. J'espère que ce n'est pas un adieu. Tu me plais, Kinley. J'aimerais garder le contact... si ça te va.*

— *Absolument. Ça me plairait beaucoup. Je n'ai pas beaucoup d'amis. Vivre à DC est... difficile. Les gens utilisent toujours les autres pour tenter de monter les échelons politiques.*

— *Et tu n'as pas envie de faire ça ?*

— *Certainement pas ! Si j'avais le choix, je vivrais dans une ferme au milieu de nulle part avec seulement des animaux pour me tenir compagnie. Ils sont honnêtes. Ils ne mentent pas et n'essaient pas de vous faire du mal.*

— *Qui t'a fait du mal ?*

— *Oh... Je disais ça comme ça. Mais oui, j'aimerais garder le contact.*

Il avait repensé à cet échange pendant plus d'un an, depuis qu'il l'avait vue pour la dernière fois, et cela le dérangeait de plus en plus, particulièrement puisqu'il n'avait plus jamais eu de ses nouvelles. Il avait essayé de tourner la page et de se dire qu'elle avait dit qu'elle allait garder le contact par politesse, mais il ne le pensait pas. Quelque chose dans cette situation ne tournait pas rond.

Et maintenant, Lefty avait une autre occasion de percer le mystère que représentait Kinley Taylor. Il avait hâte. Si elle pensait qu'elle pouvait à nouveau l'envoyer bouler, elle était folle. Lefty n'avait jamais été aussi fasciné par personne. Une partie de lui voulait savoir ce qu'il avait fait pour qu'elle coupe ainsi le contact, mais une autre partie de lui était inquiète.

Ils avaient cliqué. Cela ne lui était jamais arrivé. Jamais. Kinley avait bien une raison d'avoir peur de lui parler, il en était sûr. Il voulait savoir laquelle.

Pour la première fois de sa vie, il était reconnaissant d'avoir une mission de garde du corps.

J'espère que tu es prête à me fournir quelques réponses, se dit Lefty à lui-même, ses yeux parcourant le vestibule en permanence à la recherche de menaces potentielles pour les hommes et les femmes qui se trouvaient dans la salle derrière lui. *Parce que je ne suis pas prêt à te laisser aussi facilement cette fois-ci. Je veux tout savoir sur ce qui provoque la douleur que j'ai lue dans ton regard... Et la soulager.*

NOTES

Chapitre sept

1. En Espagne et en Amérique Latine, la **fête des quinze ans (quince año)** est une fête traditionnelle dans le monde latino-hispanique. Elle marque le passage de l'enfance au statut de femme des quinceañera (jeune fille qui fête ses quinze ans).

DU MÊME AUTEUR

Un Défenseur pour Harlow

Un Défenseur pour Everly

Un Défenseur pour Zara

Un Défenseur pour Raven

Ace Sécurité

Au Secours de Grace

Au Secours d'Alexis

Au Secours de Bailey

Au Secours de Felicity

Au Secours de Sarah

Forces Très Spéciales Series

Un Protecteur Pour Caroline

Un Protecteur Pour Alabama

Un Protecteur Pour Fiona

Un Mari Pour Caroline

Un Protecteur Pour Summer

Un Protecteur Pour Cheyenne

Un Protecteur Pour Jessyka

Un Protecteur Pour Julie

Un Protecteur Pour Melody

Un Protecteur pour l'avenir

Un Protecteur Pour Les Enfants de Alabama

Un Protecteur Pour Kiera

Un Protecteur Pour Dakota

Forces Très Spéciales : L'Héritage

Un Sanctuaire pour Caite

Un Sanctuaire pour Brenae

Un Sanctuaire pour Sidney

Un Sanctuaire pour Piper

Un Sanctuaire pour Zoey

Un Sanctuaire pour Avery

Un Sanctuaire pour Kalee

Delta Force Heroes Series

Un héros pour Rayne

Un héros pour Emily

Un héros pour Harley

Un mari pour Emily

Un héros pour Kassie

Un héros pour Bryn

Un héros pour Casey

Un héros pour Wendy

Un héros pour Mary

Un héros pour Macie

Un héros pour Sadie

Un héros pour Annie

À PROPOS DE L'AUTEUR

Susan Stoker est une auteure de best-sellers aux classements du New York Times, de USA Today et du Wall Street Journal. Elle a notamment écrit les séries Badge of Honor: Texas Heroes, SEAL of Protection et Delta Force Heroes. Mariée à un sous-officier de l'armée américaine à la retraite, Susan a vécu dans tous les États-Unis, du Missouri jusqu'en Californie en passant par le Colorado, et elle habite actuellement sous le vaste ciel du Tennessee. Fervente adepte des fins heureuses, Susan aime écrire des romans où les sentiments laissent place au grand amour.

http://www.StokerAces.com

facebook.com/authorsusanstoker

twitter.com/Susan_Stoker

instagram.com/authorsusanstoker

goodreads.com/SusanStoker

www.ingramcontent.com/pod-product-compliance
Lightning Source LLC
Chambersburg PA
CBHW060315100726
47907CB00002B/405